KB107934

아버지, 우리 아버지

아버지, 우리 아버지

발행일   2020년 12월 28일

지은이   진목
펴낸이   손형국
펴낸곳   (주)북랩
편집인   선일영   편집   정두철, 윤성아, 최승헌, 배진용, 이예지
디자인   이현수, 한수희, 김민하, 김윤주, 허지혜   제작   박기성, 황동현, 구성우, 권태련
마케팅   김회란, 박진관
출판등록   2004. 12. 1(제2012-000051호)
주소   서울특별시 금천구 가산디지털 1로 168, 우림라이온스밸리 B동 B113~114호, C동 B101호
홈페이지   www.book.co.kr
전화번호   (02)2026-5777   팩스   (02)2026-5747

ISBN   979-11-6539-546-9 03810 (종이책)   979-11-6539-547-6 05810 (전자책)

이 도서의 국립중앙도서관 출판예정도서목록(CIP)은 서지정보유통지원시스템 홈페이지(http://seoji.nl.go.kr)와
국가자료공동목록시스템(http://www.nl.go.kr/kolisnet)에서 이용하실 수 있습니다.
(CIP제어번호: CIP2020054637)

진목 장편소설

아버지,
우리 아버지

책을 내면서

『아버지, 우리 아버지』를 탈고하면서 많은 감회로 늦은 가을의 떨어지는 낙엽 소리에 잠시 기쁨의 눈물을 흘립니다. 주인공 선이는 어려서 어머니를 잃고 아버지 품에서 자라났습니다. 오직 아버지를 하느님처럼 생각하며 절대적인 순종으로 어린 시절을 보내며 자신은 만족하고 살았지만, 무엇인가 부족함을 느끼며 어머니, 아버지와 함께 살아가는 친구들을 부러워했습니다. 그리고 동네 처녀 누나들이나 갓 시집온 새댁들을 보면서 그들에게서 숨겨진 성적인 사랑을 느꼈습니다. 즉, 인격 형성이 정상적으로 되지 않았습니다. 이드와 에고, 슈퍼에고의 심리적 성장 과정을 제대로 거치지 않았기 때문에 남녀 간의 사랑이나 친구들의 일탈을 이해하지 못하고 자기 일에만 열중합니다. 결국 하느님처럼 여기던 아버지와도 이견을 보이며 트러블이 생기고 결혼 문제로 극한 대립을 합니다. 그리고 아버지가 새어머니를 맞아 새 장가를 들었는데 그 어머니에게 에로스를 느낍니다. 아버지의 첫사랑이었던 서울 어머니에게도 그런 사랑을 가집니다. 그리고 유일한 친구 석이 고모에게도 그런 사랑을 느끼며 살았습니다. 그러나 아버지가 선이 색시로 점찍은 동네 처녀 정이에게는 에로스를 느끼지 못하고 사랑에 대한 심한 갈등을 느낍니다. 다행히 선이는 자기 일에는 최선을 다하는 성격을 아버지로부터 배워서 외무고시에 합격하고 공무원이 되어 정이와 약혼하고 해외 근무를 위하여 홀로 떠납니다. 친구와 부모님과 훌륭한 관계를 맺으며 행복하게 살아가기 위해서는 어릴 때 어머니, 아버지의 지극한 사랑 속에서 자라나야 합니다. 그 사랑 속에서 마음껏 먹고 편안하게 잠을 잠으로써 사회에 적응하는 과정에서 대인 관계를 원활하게 할 수 있습니다. 그리고 살아가면서 겪는 모든 현실에서 자신을 감시하는 관찰자를 두어 상식적이고 현실적인 생각으로 주어진 오늘을 값있게 보내며 시기마다 주어진 기회를 살려서 성공적인 삶이 되기를 소원합니다. 그리고 우리 사람의 인생은 그 사람이 어떻게 살아가든 의미가 있고 존중받아야 마땅합니다. 이 책을 통하여 독자 여러분의 삶에 행복이 있기를 빕니다. 특히 1950년 6월 25일 한국 전쟁으로 인하여 개인들이 겪은 비참한 상황 그리고 그 모든 지옥 같은 현실을 극복하고 각자의 노력으로 삶을 재건하고 나름대로 행복하게 살아가는 모습을 보면서 사람은 어떠한 경우에도 꿈과 희망을 잃지 않고 살아간다면 우리의 꿈과 희망이 이루어진다는 것을 깨달았습니다. 오늘날 우리나라가 이렇게 굳건하고 강한 경제 대국이 된 것도 한국 전쟁의 불행을 겪은 소산이라고 생각합니다. 현재 닥친 상황이나 현실이 힘들고 절망적이라도 힘을 내시고 당장 하실 수 있는 일을 하시고 몸과 마음을 건강하게 유지하는 나날을 값지게 보내시길 빕니다. 감사합니다.

2020년 늦가을 어느 날

진목 배상

차 례

제1장

.
.
.

하느님 같으신 아버지

＊ 하느님 같으신 아버지

엄격하고 보수적인 아버지는 언제나 자기 일을 완벽하게 수행했다.

봄이면 볍씨를 물에 불려 못자리를 해서 벼 모종을 만들어 논을 갈고 써레질을 하여 온 동네 두레꾼이 모여 물 논에 들어가 못줄을 띄우고 모를 심었다. 가사 품일을 오신 오 씨 아주머니는 갖가지 음식을 장만하여 온종일 정재 일을 도와주는 아낙네들과 갖가지 재료들로 먹을 것을 만들어 일꾼들이 허기지지 않도록 광주리에 담아 머리에 이고 손에 들고 들판으로 날라서 제공했다. 음식을 먹으며 허리도 펴고 고단한 일에 대한 보상도 받는다. 그리고 일하는 집에 대한 평가도 내린다. 동네 인심이 아낙네들 음식으로 좋게도, 나쁘게도 돈다. 선이는 아버지를 도와 드리는 것을 자기의 큰 자랑거리로 삼았다. 모를 심을 때 모줄 대를 잡아주며 나이는 어리지만 큰 일꾼 몫을 잘하였다. 그리고 아버지를 위하여 오 리쯤 되는 양조장에서 막걸리 모주를 받아 오는 것도 그의 몫이었다. 선이는 학교에 다니는 것보다 아버지와 일하고 이야기하고 심부름하는 일을 더 즐기게 되었다. 아버지는 그렇게 하는 선이를 무척 사랑하며 귀여워해 주셨다. 장날이면 아직 걸어가기는 힘든 삼십 리 길인 장터로 데려가 맛있는 국밥도 사주고 우동도 사서 맛있게 먹도록 했다. 동네 사람들은 선이를 효자라고 하며 복되고 예쁜 노래 잘하는 신동이라고 했다. 그리고 동네의 보물이라며 그에게 노래도 시키고 노래가 끝나면 박수를 쳐주고 용돈도 주었다. 친구들은 그런 선이를 부러워하며 미워하기도 했다. 그러나 선이는 그런 친구들과도 자치기도 하고 돼지 오줌보로 만든 공도 차며 쥐불놀이도 주도적으로 하며 재미있고 행복하게 어느 해 겨울 하루를 보내기도 하였다. 그런데 그런 선이가 다리 밑에서 주워온 아이라고 동네 어느 어른이 말했다. 그래도 선이는 그 말이 무슨 뜻인지도 모르고 그냥 아버지와 즐겁게 살았다. 아버지는 가끔 선이에게 가정교육을 시켰다. "남아일언 중천금(男我一言 重千金), 남자는 말하기를 천금같이 무겁게 해서 신중해야 대접을 받는다."라고 했다. 아버지는 말씀하는 것을 싫어하시는 분이다. 무슨 일이든 말보다 행동으로 먼저 하신다. 명절이면 동네 사람들이 모여서 공동 우물도 깨끗이 정화하고 길 치도를 하고 귀향하는 친인척을 맞을 준비를 할 때는 아버지는 선이를 데리고 밖으로 나가 새벽부터 신장로에서 동네로 들어오는 길을 깨끗이 쓸고 팬 골은 메우며 돌멩이나 사금파리는 주어서 버렸다. 해가 중천이 되고 그날 할 일을 삼 할쯤 하면 동네 사람들이 모여서 그 일을 다 함께하곤 했다. 그리고 일을 마치고 돌아오면서 아버지는 선이에게 "남자는 이렇게 솔선수범해야 작은 일도 성공할 수 있고 큰일도 도모할 수 있다."라고 산교육을 했다. "항상 사람은 말로써 실수하고 말로써 자신을 괴롭히는 경우가 많다."라고 하면서 "어떤 경우라도 말을 먼저 하면 손해를 본다."라고 하셨다. "상대방의 말을 잘 들어 주는 사람이 결국은 지도자가 될 수 있고 모든 일에서 좋은 결과를 도출할 수 있다."라고 했다. 아버지는 말없이 묵묵히 하루하루를 열심히 살았다. 동네 환경 미화를 하는데 혼자 한다고 생각하며 먼저 나가서 일을 시작하면 사람들이 그날이 환경 미화하는 날이구나 하며 나와서 일을 했다. 한 번은 날짜를 잡고 그날 마을 청소를 하러 나오라고 했다. 그러나 그날이 되어 동네 사람들이 나올 때까지 기다리니 안 나오는 사람도 있었고 일을 마칠 때 겨우 나온 사람들도 있었다. 이미 일을 마치고 다른 일을 해야 했는데 결국에는 일도 못 하고 마을 사람들끼리 서로 언성만 높이다 뿔뿔이 헤어진 다음부터 아버지는 오늘과 같은 방법을 택했다고 한다. "말보다 행동으로 먼저 하는 것이 동네나 사회나 나라에 도움이 되는 일이다."라고 선이에게 아버지는 말했다. 아버지는 꼭두새벽부터 지게를 지고 바닷가에 가서 일하고 땀에 흠뻑 젖어서 들어왔다. 선이는 그런 아버지가 신기했다. 늘 저녁에는 아버지와 함께 잤는데 새벽에 눈을 떠보면 아버지가 안 계셨다. 어느 가을날 선이는 오늘은 아버지가 무엇을 하러 매일 새벽에 나가는지 알아보기로 결심하고 밤을 지새우려고 했다. 그러나 번번이 실패했다. 그러다 꾀를 하나 내었다. 하루는 아버지가 약주 한 잔을 마시고 먼저 잠들었다. 선이는 아버지 고쟁이 허리띠로 아버지 오른 발목과 선이의 왼발목을 묶었다. 그리고 선이도 잠이 들었다. 그날은 마침 국군의 날이라 선이는 학교에 가지 않아도 되는 날이었다. 드디어 아버지는 잠에서 깨어나 일을 나갈 요량으로 일어났는데 아버지 발목과 선이의 발목이 묶인 모습을 보고 깜짝 놀라서 선이를 깨웠다. 선이는 아버지를 바라보며 잠꼬대하듯 "아버지, 이 오밤중에 매일 어디에 가는데." 하니 "너도 오늘은 학교에 안 가도 되니 함께 가 볼래?" 하면서 선이의 기특한 생각에 고마워했다. "너도 이제 다 컸구나, 이런 생각을 다하다니." 하는 아버지 모습이었다. 선이는 아버지가 챙겨주는 옷을 단단히 입고 아버지를 따라나섰다. 마루에 걸린 괘종시계가 큰소리로 세 번을 울었다. 한밤중 세 시다. 추석이 지난 지 며칠 안 되어 유난히 밝은 달이 세상을 환하게 비추고 있었다. 아버지는 지게에다 삽과 곡괭이를 얹어 지고 들판 길로 걸어갔다. 선이도 아버지가 만들어준 지게를 지고 아버지 뒤를 따라갔다. 부자는 좁은 산길로 접어들어 넓은 바다가 보이는 곳으로 갔다. 가보니 꽤 넓은 갯논이 보였다. 그동안 아버지는 그 새벽에 나와 낮은 바다를 산 흙을 파서 져 날라 바닷물이 못 들어오게 막고 작은 논들을 여러 개 만들고 계속 이어서 논을 만들어 가고 있었다. 선이는 아버지의 위대한 모습에 경탄하였다. 동네에서 존경을 받으며 춘궁기 없이 쌀밥을 먹고 사는 비밀을 발견했기 때문이다. 아버지가 하느님처럼 보였다. 선이 생각에는 바닷물을 막아서 논을 일구고 그곳에 벼를 심는 것은 사람은 할 수 없는 일이고 신만이 할 수 있는 일이라고 생각했다. 그동안 집 앞 논만 보아 온 선이는 바다가 논으로 변하여 벼들이 익어 가는 모습을 경이로운 눈으로 바라보았다. 그리고 아버지가 위대한 하느님으로 보였다.

＊ 아버지의 집념과 성취

미군 부대가 들어온다고 하니 동네 사람들이 미군 부대 노무자로 취직한다고 해도 아버지는 꿈쩍도 안 하시고 자신의 길을 끊임없이 가고 있었다. 새벽 세 시에 나와 반 시간을 걸어서 갯논으로 와서 논을 한 뼘, 한 뼘 늘려 가고 있는 것이다. 그날은 선이가 아버지를 이 세상에서 가장 존경하는 날이 되었다. 무에서 유를 창조하는 아버지. 말보다는 실천을 중시하시는 아버지. 한번 마음먹고 세운 뜻을 굽히지 않고 먼 세계를 바라보며 주어진 시간을 헛되이 보내지 않는 아버지의 모습을 보았다. 대여섯 시간을 꾸준히 아무 말 없이 그날 할 일을 마치고 집으로 돌아오며 서로가 서로에게 말 없는 기쁨을 주었다. 아버지는 아직도 아기처럼 보이는 아들이 기발한 기지로 자신이 남모르게 추진하는 간척 사업을 아들과 함께한 것이 기뻤고 선이는 십여 년간 조금씩 모를 심어 벼를 생산하여 동네 사람들에게 보릿고개를 넘기게 한 아버지의 위대한 모습을 보며 그 아버지에게 작은 도움을 주었다는 것에 한없는 기쁨을 얻게 되었다. 아버지는 선이와 함께 조반을 들고 이내 잠이 들었다. 한 시간쯤 주무시고 일어나서 밭으로 가셨다. 김장 무와 배추 작황을 살피고 벌레도 잡아 주기 위해서다. 매년 짓는 배추 농사와 무 농사도 아버지의 주업이기 때문이다. 배추, 무 농사를 잘 지으면 일 년간 비료 대금을 비롯한 농사 비용을 마련할 수 있기 때문이다. 아버지는 벌레 하나, 풀 한 포기도 농약을 사용하여 죽이거나 뿌리까지 말려 죽이지 않았다. 가끔 피사리를 하거나 논둑의 풀을 낫으로 잘라서 풀은 퇴비로 만들었다. 밭에도 농약 쓰는 것을 꺼렸다. 다른 사람들은 논둑에 풀을 죽이는 제초제를 뿌려 풀이 빨갛게 타 죽어 버렸다. 아버지가 농사 짓는 논둑은 씀바귀, 민들레, 질경이 등 야생화가 앙증맞게 피어 있었다. 그리고 벼가 자라는 논에도 온갖 민물고기들과 우렁이가 벼와 공생을 한다. 심지어 물뱀도 있었다. 한여름에 비가 오면 논에 물을 대는 물길에 대나무로 만든 물고기 집을 논물이 빠지는 곳에 설치하

면 민물 새우, 미꾸라지, 붕어, 우렁이들이 그곳에 잔뜩 잡힌다. 선이
는 고기 잡는 기술도 동네 어부 지 씨 아저씨에게 배워서 비가 내리
기 전에 물고기 집을 설치하고 비가 내린 후 하루쯤 있다가 고깃집
을 거두어 고기를 털어서 물통에 담아 집 우물가에서 손질해놓았
다. 그러면 아버지는 좋아하시며 "우리 선이가 좋은 안줏거리를 잡아
왔으니 막걸리 한 되 받아 오라."라고 하셨다. 선이는 주전자를 들고
양조장에 간다. 양조장 아저씨는 선이가 가면 선이를 친절하게 대해
주며 막걸리 모주를 주전자에 가득 담아 주었다. 그리고 돈을 내면
안 받기도 하고 오히려 심부름을 잘한다고 하면서 먹어 보지도 못한
사탕이나 과자를 한 봉지씩 싸주었다. 선이는 그런 양조장에 가는
것을 무척 좋아했다. 선이가 쑥을 뜯어 주전자 주둥이를 꼭꼭 막고
한 손에 주전자를 들고 삐딱한 자세로 한달음에 집으로 오면 아버지
가 물고기를 조리해놓으셨는데, 그 냄새가 선이의 입맛을 자극한다.
아버지는 찬밥과 갖은양념을 넣고 끓인 물고기 매운탕과 부추겉절이
로 점심 겸 저녁상을 조출하게 차려서 선이와 함께 마주 앉아 식사
를 했다. 뜨거운 매운탕에 찬밥을 말아서 막걸리를 마시며 맛있게
드시고 초등학교 2학년인 선이에게도 작은 종지에 막걸리를 따라주
며 마시라고 했다. 선이는 아버지로부터 주도를 배웠다. 아버지는 밥
은 적당히 먹으며 막걸리는 반 되쯤 마신다.

* 아버지의 주도

다른 어른들은 막걸리를 많이 마시는데, 아버지는 적당히 마시며 선이에게 술을 마시는 철학을 말해 준다. 술은 원래 신에게 제사를 올리기 위해 만들어졌고 전쟁터에서 용감하게 싸우기 위하여 병사들에게 술을 마시게 했다고 한다. 용감한 장수들은 말술을 마신다고 한다. 고려 개국 공신이자 평산 신씨 시조인 신숭겸 장군은 주선이라 불릴 만큼 두주불사(斗酒不辭)했다고 하면서 술은 잘 마시고 잘 소화하면 용감한 장수도 될 수 있고 큰일도 도모할 수 있다고 아버지는 선이에게 이야기했다. 그러나 술을 많이 마시고 자기 일을 하지 못하거나 안 하고 잠만 자면 안 된다고 하면서 그런 사람은 아예 술을 마시면 안 된다고 했다. 아버지는 상을 물리고 일찍 잠을 잤다. 선이는 설거지를 하고 공부를 하는데 아버지에게 받아 마신 술기운이 오르자 정신이 더 맑아졌다. 선이는 동화책을 읽고 학교 숙제도 끝내고 잠을 자려고 하는데 잠지가 자꾸 커졌다. 그래서 방바닥에 엎드려 국소를 방바닥에 대고 비볐다. 선이는 어느 순간에 선경을 경험하고 곧 잠에 곯아떨어졌다. 꿈에서 선이는 양조장집 손녀와 진달래가 활짝 피어있는 동산에서 숨바꼭질하는 꿈도 꾸었다. 아버지는 어느덧 일하러 나가셨다. 요즘같이 비가 자주 오면 간척지에 물을 가두어 소금기를 빼는 일을 하신다. 산 밑에 큰 물웅덩이를 만들어 산에서 내려오는 물을 가두어 모아서 개간한 논에 물을 대어 소금을 녹여 내는 역할을 하게 한다. 아버지는 그렇게 한 후 모를 내고 살아나는 벼들을 가을에 추수한다. 척박한 땅이 옥토로 변하는 것은 적어도 삼 년이 지나야 가능하다. 삼 년이 지나면 벼들이 잘 자라고 쌀도 맛있는 훌륭한 농토가 된다. 그렇게 아버지는 낮은 갯벌을 개간하여 농토를 만들었다. 그런데 세상에는 법을 잘 아는 자들이 아버지가 만든 농토를 교묘하게 등기를 제 이름으로 내서 아버지 땅을 빼앗아 가는 사건이 생겼다. 그것도 한동네에 사는 친척이 저지른 일이다. 선이는 그런 것도 모르고 아버지가 갑자기 돌변하여 폭음을 하시고 억울해하는 모습을 자주 보며 안타까워하였다.

✳ 아버지의 좌절

어느 날 아버지는 선이에게 "넌 열심히 공부하여 법관이 되어라. 어제 법원에 난생처음으로 갔더니 법관들이 좋아 보였다. 그런데 그 법관은 내 말에는 귀 기울이지 않고 내가 평생 일궈 놓은 땅을 빼앗아 간 놈 말만 듣고 그놈에게 피 같은 그 땅을 반반씩 나눠 가지라고 했다. 억울해서 법정에서 큰소리를 쳤지만, 소용이 없었다."라고 하셨다. 아버지는 분개했다. 공유 수면을 논으로 만들려면 개간 신청을 하고 개간이 되면 정당한 법적 절차와 세금을 내고 등기를 해야 하는데, 아버지는 아무것도 모르고 일만 해서 그렇게 농사를 지어온 것이었다. 땅을 반이나 차지한 자는 공유 수면 개간 신청만 하고 아무 일도 하지 않고 그 땅이 이미 개간된 사실을 알고 법적 절차를 거쳐 등기를 자기 앞으로 내고 아버지 땅을 명도하라는 소송을 냈으니 아버지는 속수무책으로 당할 수밖에 없었다. 그러나 아버지의 이야기를 들으며 선이는 법관이 되겠다는 굳은 결심은 하지 못했다. 선이는 아버지가 돈 때문에 고생하는 모습을 보면서 멋진 사업가가 되어 아버지의 돈 걱정을 덜어 주고 싶었다. 아버지는 당신이 공부를 했으면 뭐든지 다 할 수 있었을 텐데 했다. 무식하고 무능하면 어떤 일을 이루어도 남에게 빼앗긴다고 했다. 그리고 억울함을 삭힐 요량으로 긴 한숨을 내쉬었다. 선이는 조용히 아버지 말을 듣다가 아버지 땅을 빼앗아 간 사람이 누구냐고 물었다. 아버지는 아무 말을 하지 않다가 한숨을 쉬며 선이도 알 만한 사람의 이름을 거명하며 말했다. 아버지 친척 중 한 사람으로 도회지에서 법률 사무소에 다니다 낙향하여 사는 사람인데 여기저기 법적인 약점을 이용하여 돈을 뜯어내거나 땅을 빼앗아 원래 주인에게 되파는 수법으로 사는 폐병 환자라고 한다. 그 순간 선이는 같은 반의 수자 생각이 났다. 수자 아버지 스토리와 지금 아버지의 말이 맞아떨어져 갔기 때문이다. 초등학교 선이네 반으로 서울서 전학 온 수자는 얼굴이 어두워 보이고 다른 학생들과 어울리지 못하였다. 선이는 그러한 수자가 불쌍해 보여서 그녀에게 따뜻하게 대하곤 했다. 수자의 아버지가 아버지 땅을 법적으로 소송을 걸어서 빼앗아 가는 사람인가 생각해 보니 아버지 성과 수자의 성씨가 같았다. 선이가 뭔가 생각을 하는데 그런 모습에 아버지는 버럭 화를 냈다. "이놈아! 어른이 말을 하면 바른 자세로 경청을 해야지, 딴생각을 하며 건성으로 들으면 어쩌자는 것이냐? 종아리를 맞아야 정신 차리겠니!" 했다. 선이는 갑자기 정신이 번쩍 들어 "아버지, 잘못했어요. 용서해 주세요." 하니 굳었던 아버지의 표정이 누그러지며 "그러면 그렇지, 내 아들이 최고다." 했다. 선이도 안심이 되었다. 아버지는 어떤 어른과 논쟁을 벌이며 화를 내시다가도 상대방이 미안하다고 하면 그전의 모든 것을 잊고 그에게 따뜻하게 대하며 늘 좋은 결론을 내었다. 선이에게도 그런 원칙은 늘 적용된다.

* 아버지의 한없는 사랑

선이가 일곱 살 되던 때에 쥐구멍으로 도망간 쥐를 잡는다고 쥐구멍에 석유를 붓고 불을 놓았는데 그 불이 추녀에 쌓아 놓은 나무 동에 붙어 큰불을 낼 뻔했다. 마침 농한기라 동네 청년들이 선이네 마당에 모여 있다가 불이 나자 놀라서 불을 진압했다. 그 전날까지 눈이 많이 내려 지붕에는 눈이 덮여 있었다. 선이는 놀라서 도망쳐 산중에 숨었다. 날이 어두워지다 두려움이 덮쳐 오는데 "선이야! 선이야!" 하고 아버지가 선이를 부르는 소리가 들렸다. 선이는 무서웠지만 반가워 "네!" 하고 아버지가 부르는 쪽을 향하여 달려갔다. 아버지는 선이를 들어 올려 가슴에 안고 "놀랐지? 아버지도 네가 없어져 놀랐단다." 하면서 선이를 안고 집으로 돌아와서 저녁을 먹이고 우황청심환을 물에 개어 먹였다. "다시는 불장난을 하지 말거라. 알았지?" 한마디 하시고 선이를 안심시켰다. 그렇게 아버지는 선이에게 관대하였다. 어릴 때는 모르고 하는 일이 많아도 고칠 수 있지만, 버릇이 되고 습관이 되면 안 된다며 한 번 더 잘못하면 종아리를 때릴 거라고 하시며 훈계를 한다. 선이는 아버지의 엄중한 말을 명심하고 한 번 일으킨 잘못을 두 번은 안 했다. 선이는 그 후에 자주 경기를 하고 가끔 자다 일어나 밖으로 나가 동네를 울며 뛰어다니기도 했다. 아버지는 그런 선이를 꼭 안아주며 "괜찮다, 괜찮아." 하면서 용한 한의원을 찾아가 보약을 지어다 선이에게 먹였다. 개구쟁이 선이는 학교에 다니면서 많이 의젓해지고 초등학교 분교에서 반장도 하고 회장도 하며 좋은 교육을 받았다. 그래도 선이는 아버지와 함께 있을 때를 더 좋아했다. 그래도 학교에 가면 공부도 재미있고 예쁜 여자 친구들이 있어서 좋았다. 특히 서울에서 전학 온 연이와 함께 노는 것이 좋았다.

＊ 아버지의 정의로운 모습

그런데 복이라는 깡패 같은 친구가 있었다. 이 녀석은 끼리끼리 뭉쳐 다니며 선이를 괴롭혔다. 시골 아이들에게 돈도 갈취하고 신학기가 되면 필기도구와 공책을 빼앗는다. 하지만 아이들은 그의 보복이 두려워 그에게 빼앗기고 착취를 당하고도 함구했다. 복이를 어떻게 골탕 먹일까? 아무리 생각해도 묘책을 찾을 수 없었던 선이는 한번 학생들 앞에서 복이와 이판사판 싸움을 하기로 마음을 먹고 기회를 엿보고 있었다. 어느 가을 오후에 여학생들이 고무줄을 하며 놀고 있는데 복이가 고무줄을 날카로운 칼로 끊어 버리고 여학생 치마를 위로 홀떡 올리고 뛰어가기에 선이는 모른 척 그 녀석의 발을 걸었다. 복이는 나뒹굴어 떨어지며 아프다고 악을 썼다. 여학생들이 몰려와 고소하다는 듯 까르르 웃으며 복이가 넘어져 있는 모습을 재미있게 보았다. 복이는 한참 만에 일어나더니 다짜고짜로 선이에게 달려들어 주먹을 휘둘렀다. 선이는 여학생들 보는 앞에서 죽도록 얻어맞다가 복이의 얼굴에 주먹을 날렸다. 복이는 "헉!" 하고 다시 쓰러지고 선이는 일어나 옷에 묻은 흙을 털었다. 선이는 의젓하게 그 자리를 떠났다. 생각 같아선 죽도록 더 짓밟고 싶었지만, 참기로 했다. 아버지는 늘 선이에게 쌈박질을 하더라도 정정당당하게 하고 상대방이 쓰러지면 더 이상 공격하면 안 된다고 가르쳤기 때문이다. 아버지도 어느 날 어떤 나이 어린 청년이 술에 취해 난동을 부리는데 그 청년을 진정시키려다 그 청년이 아버지께 발길질을 하고 주먹을 휘두르자 아버지는 한 방에 그 청년을 쓰러뜨리고 경찰에 연락하여 상황을 종료시켰다. 그러면서도 경찰에게 취중 실수이니 훈방하라고 부탁까지 하는 모습을 보았다. 선이는 사실 복이의 보복이 두려웠다. 그 녀석 패거리들이 몰려오면 대처할 방법이 없기 때문이다. 아버지 도움을 받을까 하다가 포기하고 일단 이튿날 학교로 갔다. 복이 얼굴에는 파란 멍 자국이 있고 부어올라 있었다. 선이는 시치미를 떼고 복이에게 다가가 먼저 미안하다고 했다. 복이도 오늘따라 순순히 선이의 사과를 받아 주었다. 선생님께서 들어오셨다. "반장, 너 어제 큰 사고를 쳤더라. 복이 얼굴을 저렇게 만든 것이 너라고 하던데, 자초지종을 말해봐!" 했다. "아, 그래서… 아, 저래서…" 하며 우물쭈물하는데 수자가 일어나 "선생님! 복이가 우리가 고무줄놀이를 하는데 고무줄을 끊고 제 치마를 들치고 도망가다가 선이에게 부딪혀 넘어졌는데 복이가 일어서자마자 선이의 가슴과 배를 차고 선이가 쓰러지자 더욱 기세등등하여 선이를 깔아뭉갰어요. 선이가 주먹으로 복이 얼굴을 때려서 복이가 쓰러지고 선이는 그냥 갔어요." 하면서 싸움질하던 상황을 사실대로 이야기했다. 선생님은 "선이가 말해 보라니까!" 하고 다그쳤다. 양심에 찔리지만 "수자 말이 다입니다." 하고 조그마한 소리로 선이는 대답했다. 선생님은 선이를 나오라고 하더니 종아리를 걷으라고 한다. "선생님, 잘못했어요. 용서해 주십시오." 하면서 종아리를 감추고 있는 바지를 올렸다. 선생님은 선이의 종아리가 아리고 아프게 다섯 대를 치셨다. 그리고 다시는 싸우면 안 된다고 하며 "싸움은 신성한 학교에서 하는 것이 아니라 아무도 안 보는 산속에 들어가서 하는 것이다. 알았나!" 했다. 선이는 아픈 기색을 보이지 않고 제자리로 돌아가 조용히 앉았다. 나중에 안 사실이지만 복이 아버지는 월남전에 참전했다가 젊디젊은 나이에 전사하고 엄마는 어디론가 가시고 할머니, 할아버지 슬하에서 성장하는 아이라고 했다. 그 일이 있고 난 뒤 복이는 선이를 더욱 괴롭히기 시작했지만, 선이는 위기를 모면하며 그와의 대적을 피했다.

* 아버지 같은 친구 석이

그러던 어느 날, 체격이 건장한 석이가 선이네 학교로 전학을 왔다. 보기에도 우람하고 얼굴은 우락부락하고 싸움꾼처럼 생겼다. 늘 의기양양하던 복이도 석이 앞에서는 사기가 떨어지고 주눅이 드는 것 같았다. 수자가 선이의 편을 들어 선생님도 객관적인 사실을 평가하고 선이에게 종아리 다섯 대의 체벌로 이 사건을 마무리한 것 같았다. 선이는 아버지에게 복이와의 사건을 이야기했다면 종아리 맞을 일은 없었을 텐데 하는 생각을 하면서 이런저런 고민을 한없이 했다. 복이와 어떻게 화해를 하나 등굣길에 늘 고민했다. 산속 어디에서 그 녀석 패거리들이 나올 것 같아 겁이 난 적도 있다. 복이는 월남파병 전사자 가족으로 특별한 보호를 받는 것 같았다. 그러니 안하무인이고 제멋대로 생각나는 대로 말하고 행동하는 것 같다. 하여간 학교에서 복이와 싸워 보지 않은 사람이 없다. 더구나 우리 학교는 분교에서 정규 학교가 되어서 우리가 최고 학년이다. 그러니 복이가 우리 학교 최고 싸움닭이다. 그래서 선이는 아버지와 함께 있을 때가 가장 안전하고 행복하다고 생각했다. 아버지는 선이의 모든 소원을 들어주는 신이고 위험의 피난처요, 위협에서 숨어들 바위이다. 그러나 선이는 자나 깨나 복이에 대한 두려움에 시달렸다. 그런데 복이에게 시달리는 일은 아버지의 힘을 빌리고 싶지 않았다. 선이는 학교에서 혼자 힘으로 학교 일은 스스로 해결하고 싶었다. 고민하던 중 언뜻 전학 온 석이를 생각하며 옳지 그렇게 하면 되겠구나 생각했다. 석이가 학교를 가는 길 한쪽에는 배밭이 넓게 자리 잡고 있다. 흰 배꽃이 필 때는 배꽃에 매료되어 등굣길에 잠시 배밭을 둘러본다. 한밤에 아버지에게 배밭을 구경 가자고 하면 아버지는 조용히 선이를 앞세워 달밤에 배꽃이 흐드러지게 핀 배밭을 구경하러 갔다. 고려 말의 충신 이조년이 배밭에 핀 꽃을 보고 깊은 달밤에 읊은 시조를 아버지는 선이에게 가르쳐 주었다. "이화에 월백하니 은한이 삼경인데 일지춘심을 자귀야 알리라만 다정도 병인 양 하여 잠 못 이뤄 하노라." 천 년 전에 낙향한 충신이 자신의 복잡한 심경을 읊은 시조이다. 배꽃이 피어 있는 배밭에 달빛이 비치니 하늘의 은하수가 내려앉은 형상이다. 깜깜한 오밤중에 달빛은 한없이 밝았으리라. 그 시절은 공기가 얼마나 깨끗하고 맑았을까? 그리고 두견새의 울음이 들릴 때 한 충신의 심금을 울렸으리라. 세상은 어지럽고 슬프지만, 미물인 두견새와 마음을 나눌 수 있으니 얼마나 행복했을까? 아버지도 작금의 복잡한 심경을 달밤에 배꽃을 보며 위로로 삼을 겸 그 옛시조를 읊조리고 선이에게 가르쳐 준 것 같았다. 반평생을 일군 땅을 법적인 하자로 반이나 빼앗겨야 하는 아버지의 심정. 선이는 그 아버지의 얼굴에 밤이슬이 맺히는 모습을 보았다. 아버지는 그렇게 모든 억울함을 삭히는 듯했다. 선이는 등굣길에 배밭에 잠시 홀렸다가 큰 소나무 숲으로 덮여있는 산길로 접어들었다. 복이가 졸개들과 나와서 선이를 괴롭히던 그 길이다. 아니나 다를까, 오늘도 어김없이 세 녀석이 몰려와 선이 몸을 수색하고 가방을 뒤졌다. 복이는 선이에게 오늘은 그냥 놔두는 조건으로 내일 오 원을 가져오라고 협박했다. 선이는 알았다고 하고 복이와 그 수하들과 등교하였다. 석이는 선이에게 다가와 "나 서울서 전학 왔어. 네가 반장이니 잘 봐주라."라고 했다. 선이는 그런 석이가 고마웠다. 선이는 이이제이 전법으로 복이의 괴롭힘 전쟁에서 헤어나고 싶었다. 그동안 크고 작은 전투에서 패하여 정직을 강조하는 아버지에게 거짓말을 하여 돈을 타다가 바친 것이 얼마나 되고 반장이면서도 그 녀석의 교활한 간계에 빠져 선생님에게 오히려 선이가 가해자가 되어 체벌을 받았다. 그러면 반 친구들이 반장을 변호하여 오해가 풀리곤 했다. 복이는 월남 참전 전사자 아들인 덕을 톡톡히 본다. 아버지가 없지만, 아버지의 희생으로 그 자녀들은 많은 도움을 받는다. 그래서 복이의 비행이 감춰지고 덮인다. 그 또한 다행스러운 일이지만, 그 혜택이 다른 사람에게 피해를 준다면 시정되어야 할 일이다. 석이는 선이가 공부도 잘하고 리더십도 있는데 복이에게 건건이 부딪히는 모습을 보고서 선이를 돕기로 마음먹었다. 선이의 간절한 소망이 석이에게 전이된 것 같았다. 마침 석이는 선이네 앞 동네로 이사를 왔다. 석이네 아버지는 사업을 하시다가 병이 들어 사업을 접고 투병 생활을 하다가 돌아가셨다. 그 이후로 엄마는 석이를 두고 집을 나갔다고 한다. 그래서 고모네 집에서 살기로 하고 시골로 내려왔다. 석이가 먼저 선이에게 내일부터 선이네 집으로 갈 테니 함께 등교하자고 했다. 그래서 선이는 석이에게 그동안 복이에게 당한 일들을 말하고 내일도 복이에게 오 원을 바치기로 했다고 말했다. 선이는 아버지께 고백해서 도움을 주겠다는 약속을 받아 낸 것처럼 후련하고 기뻤다. 석이는 선이의 말을 듣고 두 손을 불끈 쥐고 속으로 선이를 도와야겠다고 결심했다. 이튿날, 약속대로 석이가 선이네 집으로 왔다. 아버지는 석이를 반갑게 맞이하며 "우리 선이와 잘 지내거라. 친구는 소중한 보물이란다." 하고 "선이야. 어서 나오거라. 친구가 왔다." 하고 말했다. 선이는 다른 날보다 가벼운 마음으로 석이와 등교를 하였다. 태어나서 난생처음으로 아버지 다음으로 석이가 자신의 보호자이고 굳건한 지킴이라는 사실을 실감했다. 가기 싫던 학교에 빨리 가고 싶어진 것도 석이의 덕택이다. 의기양양하게 등교를 하는데 드디어 으슥한 솔숲에서 복이와 일당이 나타나 석이와 선이의 등굣길을 막아섰다. 선이는 석이 뒤로 숨었다. 석이는 말없이 좌우를 살피더니 복이의 정강이를 치고 복부에 한 방 먹였다. 복이가 힘없이 푹 쓰러지니 나머지 일당은 혼비백산하여 학교로 도망치듯 갔다. 선이와 석이는 가던 길을 가는데 복이가 한참 후에 일어나 뒤에서 터벅터벅 따라 왔다. 석이는 말이 없는 침착한 아이였다. 몸놀림이 빠르고 사람의 급소를 아는 친구 같았다. 아마 어릴 때부터 태권도를 배운 것 같았다. 그 일이 있고 난 후로 학교 판세는 석이로 몰리게 되었다. 복이는 낙동강 오리알 신세가 되었다. 그리고 선이를 괴롭히는 대신 선이에게 이런저런 것을 주며 아부까지 했다. 석이는 복이처럼 치사하게 힘을 쓰지 않고 늘 씨익 웃을 뿐 말이 없었다. 다만 학급 회의를 할 때면 딱 두 마디를 한다. "우리가 반장 선이를 중심으로 공부도 하고 선한 일도 하며 지내자. 그리고 서로 돕고 돕는 우리 반을 만들자." 그럼 몇 사람 빼고 모두 박수를 쳤다. 석이 덕택에 선이는 힘 있는 명실상부한 실세 반장이 되었다. 선이는 석이를 친구로서 충분한 예의와 현명함으로 대하였다. 반에 대한 일이나 학급 일에 대해선 그의 의견을 청취하되 그의 말만 무조건 따라 주진 않았다. 석이도 그런 선이를 충분히 이해하는 듯 다만 선이의 든든한 버팀목이 되어주며 도움을 줄 뿐, 선이를 이용하거나 어떤 대가를 바라지는 않았다. 그래서 선이와 석이는 개인적으로 우정을 쌓아 갔지만, 각자의 소신과 특성을 유지하며 좋은 관계가 되었다. 오늘도 학교 일과를 마친 석이와 선이는 나란히 하굣길에 올랐다. 복이는 석이에게 복수할 엄두도 못 내고 선이나 석이에게 알랑방구를 뀌면서 주위를 맴도는 수준이다. 그럴 때면 석이는 엷은 미소를 띤 얼굴로 복이를 맞아 주었다. 선이도 복이에게 가졌던 감정을 삭이고 바르고 올곧게 사는 법을 복이에게 실천으로 보이기로 하겠다고 마음먹고 그와 대화를 하면서 그동안의 악연을 호연으로 바꾸기로 결심했다. 지난 삼 년간 그는 한 번도 경험해 보지 못한 세상을 경험하는 것에 대한 두려움에 떨었고 아버지의 품이 얼마나 위대한가를 마음에 깊이 새기며 아버지께 감사했다.

* 아버지는 선이의 최고의 스승

선이는 초등학교에 입학한 후에는 가능하면 모든 일을 혼자 힘으로 해결하려고 했다. 그런데 치열한 세상에 나온 선이는 드디어 삼년 만에 석이라는 친구를 만나 아버지 도움 없이 스스로 학교생활을 하는 데 성공했다. 그동안 복이는 든든한 뒷배인 할아버지 덕분에 학교에서 비행을 저지르고 다른 학생들을 괴롭혀도 집에 가서 반대로 할아버지에게 거짓으로 이야기하여 선생님도 오해하고 피해자가 오히려 가해자가 되었다. 그 할아버지는 불쌍한 우리 복이를 좀 잘 봐달라고 선생님께 신신당부를 했다고 한다. 그러나 선이는 고생하시는 아버지에게 학교에서 일어나는 일들을 이야기하지 않았다. 다만 어쩔 수 없는 일은 아버지의 도움으로 해결하곤 했다. 아버지는 선이가 필요한 것은 무엇이든 제공해 주었다. 가끔 운동화를 사주시기도 하고 멋진 옷도 마련해 주셨다. 용돈도 달라면 언제든지 꼭 해주셨다. 선이에게 아버지는 절대적인 존재이며 최고의 스승님이었다. 어느 날 아버지는 지구의를 사서 선이에게 안겨 주면서 "동그란 이곳에 오대양 육대주가 있으며 전 세계 여러 나라가 이곳에 다 있다. 이세상을 네 가슴 안에 넣어 보는 웅대한 꿈을 꾸어 보아라."라고 했다. 그러기 위해서는 "수신(修身)을 하고 제가(齊家)를 하고 치국(治國)하며 평천하(平天下)를 해야 한다."라고 했다. 특히 수신을 잘해야 한다며 "인생은 주어진 때에 알맞은 일을 잘해야 한다."고 했다. "어린시절은 아버지와 행복하게 보내고 아버지가 선이와 놀아주고 한글도깨쳐 주고 노래도 잘 부르게 하고 일하는 것도 같이했지만, 이제는학교에 다니니 공부를 열심히 하고 친구들과 사이좋게 신나게 놀고좋은 스승님을 만나 학문을 익혀야 한다."고 했다. 선이는 아버지 말에 수긍하며 아버지를 존경하였다. 석이는 오늘도 어김없이 선이네집으로 와서 선이와 등교를 했다. 씨익 웃으며 선이를 앞세우고 등굣길에 오른다. 그런 석이가 등굣길 아버지라고 선이는 생각했다. 가다가 복이를 만나도 서로 눈인사를 하며 당당하게 등교를 한다. 석이는 선이에게 평화와 안심을 주었다. 학교에서도 어디든 선이가 있는곳이면 석이가 맴돈다. 선이는 자신 있게 동무들과 운동도 하고 시소도 타고 화단의 풀도 뽑고 삽과 곡괭이로 땅을 파고 고르고 해서 꽃씨들을 뿌렸다. 매일 학교생활이 기쁘고 즐거웠다. 선생님들에게 질문도 잘하고 자기 의견도 자신 있게 타진했다. 우물쭈물하던 모든 습관은 없어지고 용기와 자신감이 생겼다. 복이도 어느덧 선이 편이 되었다. 아버지는 나날이 달라지는 선이의 태도와 언행에 만족했다. 그리고 이젠 잠자리도 따로 했다. 처음에는 아버지 곁에서 자는 것이 너무 좋았는데 석이와 친해지면서 세상에 대한 두려움을 떨치고 홀로서기에 성공한 선이는 혼자 자고 싶었다. 그리고 선이가 어디에서 자도 아버지가 늘 선이 곁에 있는 것 같아서 안정이 되고 즐거웠다. 요즘 선이는 아버지가 부쩍 늙어 보이고 측은하다고 생각했다. 야단치시는 것도 예전 같이 않게 힘이 없으셨다. 그리고 식사는 잘 안 하고 막걸리를 자주 마셨다. 어느 휴일, 아버지는 새벽일을 하고 들어왔다. 대충 아침 겸 점심상을 차리고 선이가 아침 일찍 양조장에서 받아온 막걸리를 마시며 한 말씀을 했다.

＊ 아버지의 취중 강의

"선이야. 너는 얼굴도 출중하고 생년월일시도 좋으니 앞으로 큰일을 할 수 있을 것이다. 사람은 한번 시간이 지나가면 되돌리기 힘든 일이 많다. 그래서 미련도 많고 후회도 많다. 시간은 사람을 기다려 주지 않는다. 사람이 시간을 잘 활용하며 그 시기를 잘 타야 큰일을 이룰 수 있다. 특히 주어진 그날그날 최선을 다해서 공부도 하고 친구도 사귀고 함께 어울리며 살아야 한다. 오늘 할 숙제는 미루지 말고 즉시 해결해야 한다. 어제는 지나가 다시는 오지 않고 잃어버린 시간이며 내일은 있을지, 없을지 모르는 허상의 시간이다. 오직 오늘만이 우리가 향유할 수 있는 유일한 시간이다. 특히 지금 주어진 촌음이 우리가 향유할 수 있는 유일한 우리들의 시간이다. 선이 너와 아버지가 이렇게 마주하고 밥 먹고 이야기하는 것도 한순간에 이루어지는 기쁨과 행복이 되고 아버지의 인생을 너에게 보이는 일순간이기에 소중한 것이다." 그리고 몇 가지 사항을 더 강조하셨다. "첫째, 성공한 사람은 주어진 순간을 보람 있고 소중하게 보내는 사람이다. 하고자 하는 일이나 욕심이 많고 무엇이든 돈으로 평가하며 삶의 목적이 없이 돈만 따르는 사람은 실패자가 되고 만다."라고 했다. "성공하는 사람은 나무를 보기보다는 숲을 보면서 분명한 인생의 목적을 따라서 한 가지 일을 즐기는 사람이다. 그러다 보면 그것들이 모여서 커다란 부도, 권력도, 명예도 누릴 수 있다."라고 말했다. "그리고 사람은 하루하루, 순간순간 신뢰를 쌓아 가야 한다. 주변 사람들로부터 사랑을 받고 행복을 나누어 줄 수 있고 서로 아껴가며 살아갈 수 있어야 한다."라고 덧붙였다. "두 번째, 근면 성실하고 정직하게 살아야 한다. 그래서 신뢰를 쌓으면 결국 보이지 않는 손이 도와주어 학문도 완성할 수 있고 사업도 번창할 수 있으며 성공하는 인생을 살아갈 수 있다."라고 했다. 아버지는 막걸리를 마시며 인생학을 선이에게 열심히 강의했다. 선이는 가부좌를 틀고 허리를 곧추세우고 아버지의 명강의를 경청했다. 아버지는 "오늘은 이만

하자."며 안방으로 들어가 술기운을 빌려 새벽부터 일한 피곤함을 푸시려고 깊은 잠을 잤다.

* 아버지의 강의를 듣고 난 후

선이는 앞뜰과 뒤뜰을 오가며 풍성한 가을을 느끼며 구경을 했다. 앞 논에는 누렇게 벼가 익어 가고 배추, 무밭에는 모종이 심어져 잘 자라고 있고 뒤뜰의 감나무에는 감이 익어 가며 배나무에는 배가, 사과나무에는 사과가 농익어 가고 있었다. 그리고 밤나무의 밤은 가시로 씨알을 보호하고 익혀 오던 일을 서서히 멈추고 입 벌려 웃으며 알밤을 토해내고 있었다. 뒤뜰에서 아버지의 코골이 소리가 달게 들린다. 선이는 오랜만에 가을의 휴일을 지내며 아버지의 말을 가슴에 새긴다. 계절의 변화가 확연히 다른 환절기 여름과 가을 사이에서 기온은 아직 여름인데 공기와 세상은 가을로 기울어졌다. 아버지가 자는 동안 선이는 제 방으로 들어가 책을 읽었다. 전래동화는 아버지가 추천한 책이다. 동화책을 많이 읽으면 지혜가 자란다고 했다. 위인전도 많이 읽으라고 했다. 사람의 품격이 자란다고 했다. 사람은 동물과 다른 것이 정신세계가 있는 것이며, 그 정신세계가 건전하고 탄탄해야 삶이 행복해지고 바람직하게 성장한다고 했다. 아버지도 오늘이 휴일이라 그런지 평소에는 한두 시간 주무시던 낮잠을 오늘은 서너 시간이 넘었는데도 아직 코 고는 소리가 들린다. 고추잠자리가 몰려와 가을바람에 흐느껴 부르는 대나무 숲의 노래에 맞추어 군무를 춘다. 뉘엿뉘엿 넘어가는 가을 해는 마치 큰 달덩이처럼 은은하게 동네 호수에 하루의 강렬한 빛을 비춘다. 아버지는 푹 자고 일어나 저녁상을 차렸다. 점심때 마시던 술과 칼국수를 어느덧 만들어 선이를 불러 저녁 식사를 하자고 한다. 선이는 아버지의 저녁 강의와 함께하는 저녁 식사 시간을 기다렸다. "아버지. 술만 드시지 말고 칼국수를 다 먹고 술 드시소." 하면서 아버지가 선이가 좋아하는 칼국수를 만들어 주신 것에 감사하다고 했다. 아버지는 선이가 당신이 만든 음식을 무엇이나 맛있게 먹어주는 것이 고마웠다.

∗ 아버지의 저녁 강의

아버지는 "감사하는 사람이 되어야 한다."라고 했다. "이 세상의 모든 일이 감사하지 않은 일이 없다."라고 한다. "태풍이 불면 많이 불편하고 피해도 크지만, 그 태풍 덕분에 바다가 뒤집혀 정화되어 물고기들이 살기 좋은 환경이 되고 지상의 공기도 깨끗하게 된다."고 한다. "태풍으로 인하여 지구의 환경이 정화된다."고 한다. "인간들에게 닥친 위기가 오히려 인간에게 유익을 주는 경우가 있다. 그러기에 모든 것에 감사하며 살아야 한다."는 것이다. "들에 나가 보면 논에는 봄부터 못자리를 하고 모를 심고 한여름의 뜨거운 햇살을 받으며 성장하여 벼꽃을 피우고 볏 알을 만들어 가을에 낱알들이 누렇게 익어가고 있다. 모든 일에는 시작이 있으면 끝이 있기 마련이다. 그 과정에는 사람의 노력과 고단함도 있지만, 하늘과 자연의 조화로운 운행의 도움도 필수니라." 아버지는 선이에게 말했다. "하늘은 스스로 자신을 돕는 자를 돕는다. 즉, 논에 모를 심고 밭에 콩을 심어야 하늘은 비바람과 햇빛을 시기적절하게 작동시켜 풍성한 수확을 사람에게 안겨준다. 그것이 세상의 이치다. 그래서 사람은 주어진 일에 집중하고 최선을 다하는 습관을 평소에 키워야 한다."고 아버지는 늘 강조했다. 아버지는 술에 취하여 또 주무실 시간이 되자 명강의를 마쳤다. 이제 선이도 설거지도 하고 웬만한 음식도 할 정도가 되었다. 이제는 선이가 아버지를 보호해 드려야 했다. 학교에 가기 전에 삼 일에 한 번씩은 막걸리를 받아다 놓고 등교를 한다. 어떤 때는 등치도 좋고 걸음도 빠른 석이가 대신 그 일을 해 주며 그동안 공부를 하라고 한다. 선이는 그런 석이가 고맙고 든든했다. 석이가 지척에서 함께 살며 서로 도우며 의지하며 살아가니 행복하고 즐겁다.

＊ 아버지의 세 번째 강의

친구란 존재가 무엇인가? 아버지는 늘 혼자 일하고 혼자 생각하고 혼자 친척들과 교류하며 살았다. 그러다 선이가 자라면서 선이에게 많은 말을 하며 당신의 기쁨을 찾았다. 모든 종교는 하나로 통한다고 한다. 이 세상에 태어난 사람이 모두 소망을 가지고 선하고 착하게 살아가게 하는 것이란다. 그리고 윤리와 도덕의 기준을 제시하고 사랑과 자비를 설파하며 모든 사람이 공평하고 평화롭게 살아가도록 하는 것이라고 아버지는 선이에게 가르쳐 주었다. 아버지는 성리학에 심취하였고 공자, 맹자를 독학으로 공부하였다. 경천애인(敬天愛人)을 가훈으로 정하고 그와 관련된 훈화를 가끔 하시곤 했다. 아버지는 성당을 다니거나 교회는 나가지 않았어도 하늘을 두려워하고 공경하는 사람은 스스로 자신의 나약함을 알고 이웃 사람을 불쌍히 여기는 마음을 가질 수 있고 사랑할 수 있다고 말했다. 이를 사자성어로 경천애인(敬天愛人)이라고 하는데 아버지는 평생 그 생각을 가슴 깊이 새기며 살았다고 했다. 선이도 귀에 딱지가 앉을 정도로 수만 번을 들었던 이야기라 이미 어려서부터 하늘을 쳐다보곤 했다. 그리고 자신이 두려워지거나 힘겨운 일이 생기면 낮에는 해님이, 밤에는 별님과 달님이 자신을 이끌고 지켜준다고 생각했다. 등교하거나 하교할 때 산속 오솔길을 가다 보면 갑자기 동화 속의 도깨비가 나올 것 같아 머리가 쭈뼛 서도록 무서울 때가 있었다. 특히 동네 상엿집 근처나 당집이 있는 곳을 지날 때는 더 그랬다. 그래도 그때마다 해님이 선이를 따라가면서 지켜 준다고 생각하면 마음에 한결 평화가 왔다. 아버지가 말하는 하늘은 우리 사람을 돕는 것이 확실하다.

✳ 아버지를 위하여

가끔 바닷가로 망둥이 낚시를 하러 가거나 조개나 맛을 잡으러 가면 밀물이 들어오면 선이도 모르게 놀라는 경우가 있다. 조개를 캐다가 가끔 큰 돌을 간신히 들어 젖히면 박하지라는 큰 게가 나오고 재수가 좋은 날에는 커다란 낙지도 잡는다. 그런데 그렇게 갯벌에서 신나게 놀다 보면 밀물 때를 놓쳐 큰일을 당할 수 있다. 날이 어두워질 때 바닷물이 들기 시작하면 순식간에 바닷물이 갯벌을 집어삼킨다. 허겁지겁 물에 쫓겨서 원 둑으로 올라와서 "후유, 살았다."는 생각에 하늘에 감사했다. 그리고 일용할 양식을 아낌없이 내어준 갯벌과 바다에 감사했다. 그리고 바다에서 산속 오솔길을 따라 집으로 오는데 마침 보름달이 떠서 산속의 어둠을 걷어 주어 무사히 집으로 오면 아버지는 저녁상을 차려 놓고 선이를 동구 밖까지 마중 나와 선이가 해산물을 잡아 가득 찬 망태를 받아 들며 "일찍 오지, 왜 이렇게 늦었냐?"며 사랑 담긴 말로 선이를 걱정해 주었다. 그런 아버지를 뵐 때마다 선이는 고단한 몸과 마음이 기쁨으로 가득 채워지며 아버지께 감사했다.

✳ 아버지와 세월 속에서

어느덧 세월은 흘러 선이는 초등학교 졸업반이 되었다. 선이는 최상급 반으로 전교 초등학교 회장이 되었다. 수자가 제일 좋아했다. 수자는 늘 얼굴이 핼쑥했다. 수자 아버지는 토지 사기 전과자이다. 수자는 그런 아버지를 사랑하면서도 미워했다. 서울에서 잘 살다가 수자 아버지가 폐병에 걸려 아파서 요양 차 시골 산골 마을로 이사를 왔는데 많이 아파서 살날이 얼마 남아 않았다고 했다. 수자는 선이와는 먼 친척이 되었다. 수자도 그녀의 아버지가 선이 아버지가 십 년 이상을 간척하여 옥토로 만들어 놓은 땅을 반 이상을 빼앗고 되판 사실을 알고 있는지 선이만 보면 미안해하는 눈치다. 선이는 수자 아버지는 괘씸했지만, 수자까지 미워하지는 않으려고 많이 노력했다. 그리고 시간이 지나며 어른 세계를 어느 정도 이해하면서 수자의 입장도 이해하게 되었다. 오히려 수자가 딱해 보이고 그녀를 먼 친척 동생으로 여겼다. 그래서 그런지 수자는 선이가 하는 일에는 적극적으로 동참해 도와준다. 수자는 서울에서 유치원도 다니고 초등학교 2학년 2학기에 전학을 왔다. 그래서 학급 환경 미화를 하는 데는 수자의 도움이 필요했다. 눈썰미도 있고 그림도 잘 그리고 글씨도 예쁘게 잘 썼다. 그래서 선이는 수자를 전교 학생회 미화부장으로 임명했다. 규율부장은 석이가 맡았다. 복이는 선도부장을 시켰다. 복이는 고학년이 될수록 키가 안 자라 6학년 때는 키도 선이보다 왜소했고 공부도 못했다. 그러니 모든 면에서 완벽한 선이 체제로 학생회가 조직되어 모든 학교 행사를 주관하고 학생들이 안정된 학교생활을 즐겁게 하도록 이끌었다. 석이는 주로 저학년에서 소규모로 일어나는 왕따 사건이나 패싸움을 하는 아이들을 조심해서 잘 다루어 분쟁을 해결했다. 복이도 왕년의 경험을 살려 소소한 금품을 빼앗는 후배들을 발본색원하여 학생 상호 간 분쟁을 잘 해결하여 전교 모든 학생이 일치단결하여 기쁘고 즐거운 학교 분위기를 만들었다. 선이는 뿌듯한 마음으로 초등학교 생활을 잘 마무리하기 위하여 공부도 열심히 하고 아이들과 어울리기도 했다. 나중에 학생 간부들과 각 학년 반장, 부반장과 일박 이일로 속리산으로 단체학습을 하러 갔다.

* 속리산으로 간 여행

유서 깊은 속리산을 가는데 교통편이 안 좋았다. 비포장도로의 연속이고 미군 부대에서 빌려준 군용 버스로 가는데 대부분의 학생이 버스의 흔들림이 심하여 멀미를 했다. 말티 고개를 넘어갈 때는 아이들이 모두 기진맥진했다. 옛날 왕들은 한양에서 속리산까지 어떻게 왔을까? 왕의 행차에는 수많은 사람이 동원되었으리라 생각된다. 세조는 속리산 법주사로 요양을 위하여 이동하는데 낙락장송이 길을 막아 힘겨운 길을 갔다. 임금이 탄 용거(龍車)가 다가오자 소나무가 스스로 가지를 들어 올려 임금이 탄 용거가 무사히 지나가도록 했다고 한다. 아마도 자신의 몸뚱어리가 잘려 나갈 것이 두려워서 지레 겁먹고 스스로 자신을 보호하기 위해서 한 행동일 것이다. 그러나 임금은 그 미물의 모습을 자기를 신격화하는 데 이용했다. 조카의 용상을 탈취하고 그 가운데 조선의 유능한 젊은 인재들을 죽이거나 스스로 숨어 살게 한 악한 임금 세조가 자신을 신격화하려고 불교를 이용했다. 그래서 세조는 산속의 절들을 자주 찾았고 시주도 많이 했다. 결국 속리산의 그 소나무는 임금으로부터 벼슬을 받아 정이품송이 되었다. 학생들은 미군 버스를 타고 속리산에 도착해서 허름한 여관에 여장을 풀고 자유 시간을 가졌다. 신장로 흙길 먼지를 뒤집어쓴 버스도 버스지만, 학생들 대부분이 멀미로 녹초가 되었다. 그래서 바로 여장을 풀고 쉬기로 했다. 학생들은 다소 들뜬 마음으로 집에서 싸 온 여러 가지 음식들을 나누어 먹으며 즐거운 이야기를 나누며 밤 시간을 잠시 보내고 모두 곯아떨어졌다. 석이와 복이, 선이와 수자는 아이들을 다 잠들게 하고 서로 잠시 회의를 했다. 서로 아이들을 다독이며 자신들도 힘이 드는데 미군 제임스 기사가 나눠준 비닐을 아이들에게 돌리고 토해놓은 비닐은 모아다가 쓰레기통에 넣었다. 특히 여학생들이 멀미를 많이 했는데 이를 처리하는데 수자가 헌신을 했다. 운전사 제임스 상사는 한국말도 잘하고 가끔 학교에 와서 고학년들에게 영어를 가르쳐 주었다. 그리고 미국에 대한 이야기도 재미있게 가르쳐 주었다. 미국은 자유 민주주의 국가라고 했다. 시민의, 시민에 의한, 시민을 위한 애국 애민하는 민주국가라고 가르쳐 주었다. 그래서 언론의 자유가 있고 과학 문명이 발달한 국가이며 다인종, 다민족이 하느님 안에서 함께 모여 사는 행복한 나라라고 말했다. 그리고 한국 역사에 대한 이야기를 하면서 한국과 미국은 혈맹 국가라고 했다. 다음 날이 되자 학생들은 오와 열을 지어 제임스 상사가 앞장서고 선이가 맨 뒤에 서고 중간중간 석이와 복이, 수자가 서서 질서를 유지하며 법주사로 갔다. 법주사는 천년 고찰로 각종 국보가 많은 사찰이다. 복이는 쌍사자등 앞에서 학생들과 주위 관광객들을 한바탕 웃겼다. 복이는 어느 것이 수놈인지 알아본다며 쌍사자상 사타구니를 만져 보며 끼 있는 유머를 던졌다. 그런데 갑자기 석이가 "원래 쌍사자는 불알이 없는 중성이야, 임마." 해서 더 웃었다. 그리고 부처님의 일생을 팔 폭으로 나누어 그린 불화가 있는 팔상전은 불교 최고의 목조 건축물이다. 당시만 해도 동양 최대 불상인 법주사 부처님상은 세상에 자비를 베푸는 미소가 최고의 멋이었다. 법주사를 둘러싸고 돌아가는 냇가는 맑고 투명한 물이 흐르고 각종 물고기가 한가롭고 즐겁게 자라고 있었다. 그 모습을 보니 그들도 부처님의 가피를 받아서 그런지 고요하고 안정감이 넘쳤다. 법주사에 있는 천 년 된 많은 불교 문화재를 보며 천 년을 이어온 내공을 느꼈다. 학생들은 관람을 마치고 어느 식당에 들어가 산채 비빔밥으로 허기를 달래고 제임스 상사가 운전하는 버스에 올라탔다. 바로 귀교길에 올랐다. 다행히 학생들은 피곤하고 배가 불러 모두 차가 출발하자마자 잠이 들었다. 석이와 선이는 하품을 하며 제임스 상사와 잠을 자지 않았다. 다섯 시간 정도 걸려서 땅거미가 질 무렵에 버스는 학교 운동장에 도착했다. 아이들은 기쁘고 즐겁게 피곤도 잊은 채 마중 나온 사람들과 집으로 향하였다. 석이 고모도 오고 아버지도 학교로 와서 "선이가 보고 싶었다."라고 하면서 부자가 상봉했다. 석이 고모는 예쁘고 건강하게 보였다. 아버지는 점점 쇠약해 가시는 모습이다. 얼굴에는 주름도 생기셨다. 평생 논일, 밭일을 하셨으니 손도 바위같이 되었고 얼굴도 새까맣게 타셨다. 벌써 몇 년째 술을 많이 드셔서 더 쇠약해 보이는 것 같았다. 아버지와 선이는 산속 숲 오솔길을 다정히 손을 잡고 걸어서 집으로 왔다. 석이는 고모와 함께 고모 집으로 갔다. 난생처음으로 아버지 주변을 떠나 여행을 다녀온 것이다.

＊ 아버지의 위기

아버지와 일박 이일 만에 만났는데 아주 오랜만에 만나는 느낌을 받았다. 요즘 아버지가 어딘가 아프다는 생각을 지울 수가 없다. 울화병이 걸리신 것 같다. 예전보다 음식도 많이 먹지 못하고 술만 마신다. 친척에게 논을 빼앗기고 올해는 배추, 무밭을 밭떼기 거래에서 먼저 선 돈을 받은 사람에게 팔기로 했는데 그 사람과 계약할 때보다 무, 배춧값이 세배나 오르자 아버지는 위약금을 물고도 이문이 많이 남는다고 생각하고 이중 계약을 하고 먼저 밭떼기 상인이 오기를 기다렸지만, 사나흘마다 오던 사람이 발길을 끊었다. 무, 배춧값이 천정부지로 오르니 아버지가 값을 더 달라고 할까 봐 그런 것 같다. 한번 약속을 하면 손해를 보더라도 지켰는데 이번에는 그런 아버지의 신념이 흔들릴 만큼 너무 큰 손해고 먼저 선금을 받은 상인이 너무했다고 생각한 아버지는 세 배를 주겠다는 사람과 재계약을 했다. 그리고 며칠 후 선금을 주었던 상인이 나타났다. 다짜고짜로 선금을 받았으니 배추, 무밭은 자기 것이라며 무조건 무, 배추를 수확해 가겠다는 것이다. 아버지가 이런 실수를 왜 했을까? 이제 총기가 없어지신 걸까? 선이는 안타까운 마음으로 상인에게 당하는 모습을 보면서 분노가 일어났다. 광으로 들어가 낫을 들고나와 배추와 무를 마구 쳐내며 "이 날도둑놈아! 그래, 값이 세 배나 올랐으면 찾아와서 상의를 해야지, 갑자기 나타나서 막무가내로 네 것이니 그냥 가져가면 어떻게 하느냐!"라고 하면서 "내가 이 무랑 배추 다 망가뜨리고 너를 죽이고 나도 죽을 테다." 하니 그 상인은 혼비백산하며 아버지가 내놓은 위약금을 챙기고 도망갔다. 물론 무, 배추를 포기한다는 각서와 위약금을 받았다는 각서도 받아 냈다. 아버지는 얼굴에 공포가 사라지고 엷은 미소를 지었다. 선이도 그런 용기가 어디서 나왔는지 알 수가 없었다.

* 아버지의 신뢰

그 일이 있고 난 뒤 아버지는 모든 일을 선이와 의논했고 심지어 우체국 통장까지 공개했다. 가보 같은 농사 일기장도 공개해 주었다. 선이는 "아버지, 왜 이러시는교? 아버지는 늙지도, 쇠약해지지도 않았어요. 아직은 아버지 일은 아버지가 하고 선이는 공부하면서 아버지를 돕는 일만을 하겠습니다. 그러니 이런 것은 아버지가 평소대로 하이소." 했다. "선이야. 요즘 내가 자꾸 예전 같지 않아서 그런다. 그러니 네가 조금 더 아버지를 돕는다고 생각하고 도와주어라. 미안하다." 아버지는 선이를 많이 신뢰하며 의지하고 싶었던 것 같다. 그러나 선이는 그러한 아버지의 모습을 인정하기 싫었다. 아버지는 선이에게 수호천사다. 달려가 숨을 곳이며 고민의 해결사다. 그런데 갑자기 약한 모습을 보이니 두려움이 몰려오고 근심이 마음속에 가득하고 가슴에 불안한 슬픔이 쌓였다.

＊ 아버지의 대수술

아버지는 날마다 음식보다는 술을 더 많이 드셨다. 얼굴빛이 어두워져 갔다. 그리고 가끔 고통스럽게 토를 하셨다. 선이는 아버지를 설득하여 김 내과 의원에 갔다. 김 내과는 시골 병원이지만, 시설도 좋고 의사인 김 박사님은 서울 내형 병원으로 원정 수술을 다니시고 의과 대학에서 강의도 하시는 실력 있는 의사시다. 당시 열악한 농촌의 의료 시설을 아시고 시골 장터에 병원을 지으시고 인술을 베풀었다. 아버지와 함께 병원을 찾아 진료 신청서를 접수하고 잠시 후 박사님을 뵈었다. "선이가 어른이 다 되었구나. 다리 수술을 받을 때만 해도 아기 수준이었는데 아버지를 모시고 병원을 다 오고." 박사님은 선이와 아버지를 반겨 주었다. "박사님, 안녕하세요. 아버지가 음식은 안 드시고 술만 드신 지 오래되었고 요즘은 토를 자주 하시고 기운을 못 차리세요." 하니 아버지를 침대에 누이시고 배를 만져 보고 청진기를 여기저기에 대더니 아무래도 큰 병인 것 같으니 대형 병원으로 가라며 소견서를 써 주시고 여비까지 마련해 주었다. 아버지와 선이는 버스를 타고 도립 병원으로 갔다. 아버지는 사흘간 입원하여 검사를 받았는데 위암 판정을 받았다. 빨리 수술을 해야 한다고 했다. 아버지는 전대에서 우체국 수기 통장을 꺼내서 선이에게 주었다. 선이는 아버지를 홀로 병원에 남기고 집으로 왔다. 이튿날 석이와 선이는 함께 등교하면서 아버지 이야기를 나누며 서로 눈물을 흘렸다. 석이는 선이의 일이 자기 일인 양 걱정을 하면서 선이를 위로해 주었다. 선이는 학교 측에 아버지 이야기를 하고 약 열흘의 결석계를 내고 석이 고모의 도움으로 우체국에 가서 수술비를 마련해서 아버지가 계신 병원에 와서 아버지의 위암 수술을 지켜보았다. 석이 고모도 선이의 손을 꼭 잡고 무사히 수술이 잘되기를 기원했다. 그 옛날 그 시절에는 대수술 기술도 지금처럼 발전이 안 되어서 한번 수술을 하려면 오랜 시간이 걸리고 성공 확률도 낮았다. 그러나 아버지는 천만다행으로 수술이 잘되었다고 했다. 인자한 주치의 겸 집도의인 이 박사님은 눈물을 흘리며 애를 태운 선이에게 "수술이 잘되어 며칠 후면 퇴원할 수 있다."라고 했다. 선이가 "병이 나으면 선이와 함께 오래 사실 수 있으시죠?" 하니 "그렇다."고 했다. 아버지는 수술을 마치고 무사히 집으로 귀가했다.

✳ 아버지의 병수발

아버지는 위장의 삼 분의 이를 절제하는 수술을 했다. 그러나 아버지의 회복 속도는 놀라울 정도로 빨랐다. 약 한 달 후 수술한 병원에 가서 검진을 받았는데 일주일 후에 검진 결과 상세표를 받았다. 결과는 모든 조직 검사는 음성 판정을 받았고 수술 부위도 잘 나아서 아무 이상이 없다는 주치의 소견이었다. 선이는 몹시 기뻤다. "아버지, 축하드려요. 약주는 조금만 드시고 식사를 잘하셔서 전보다 더 건강하게 선이와 함께 오랫동안 살아요." 아버지도 함박웃음을 지으며 "우리 선이 장가를 보내어 손주를 보고 눈을 감아야지." 했다. 선이는 얼굴이 빨개지며 "아이고, 아버지도…." 하면서 아버지와 오랜만에 박장대소를 했다. 아버지는 모든 일에 긍정적이고 안 되는 일은 내 운이 안 닿아서 그렇다고 스스로 자신을 위로한다. 아버지는 수술 후 한동안 술을 끊으시고 논일, 밭일을 조금씩 하시며 자신의 체력을 관리했다. 선이도 아버지와 보조를 맞추며 아버지 음식에 신경을 썼다. 바닷가에 나가서 어부 지 씨 아저씨께 낙지, 갈치, 오징어, 준치, 숭어 등 물고기를 얻어다 날랐다. 아버지는 바지락을 넣고 무를 넣고 오징어를 다져서 된장으로 간을 맞춘 된장국을 잘 드셨다. 그리고 쌀과 현미를 절구에 넣고 잘 빻아서 낙지를 잘게 썰어 넣고 끓인 죽도 좋아하셨다. 선이는 이 책, 저 책을 보면서 아버지에게 알맞은 음식을 만들었다. 아버지는 그때마다 음식을 맛있게 먹으며 선이의 노고를 칭찬했다. 아버지의 병구완을 하느라 선이는 초등학교 졸업 당시 3등을 했다. 그리고 좋은 친구 석이와 복이, 수자, 연이와 함께 읍내 남녀 공학 중학교에 입학하게 되었다.

* 아버지의 집념

아버지가 약주를 안 드시니 선이의 신간이 편해지고 아버지의 건강이 날로 좋아져서 전처럼 선이의 공부 뒷바라지를 해 주었다. 아버지는 당신 병 때문에 선이가 졸업식에서 일등상을 못 받은 것을 못내 아쉬워했다. 그리고 선이에게 미안해했다. 선이와 석이는 함께 삼십 리 길을 통학을 했는데 석이는 친척분이 자전거를 사줘서 자전거를 타고 다녔다. 석이가 선이의 무거운 책가방을 석이 자전거로 실어 날라 주었다. 선이는 도보로 학교에 다니기로 결심했다. 사람의 몸은 원래 걸어 다니기에 적합하게 되어 있다고 한다. 그래서 걷는 것은 가장 좋은 건강 습관이라고 아버지가 선이가 어렸을 때 장에 데리고 다니면서 말해 주었다. 선이는 매일 삼십 리를 걸어 다니며 자연과 친해지게 되었다. 아버지는 군소리 없이 학교를 걸어 다니는 것을 안타까워했지만, 건강을 위하여 도보를 이용하는 것이 늘 좋다고 강조했기 때문에 선이를 대견하게 생각하며 여러 가지 뒷바라지를 해 주었다. 아버지는 수술 후 자신의 건강 증진을 위하여 여러 가지 운동기구를 만들어 일하시며 시간을 내어 꾸준하게 운동을 했다. 시멘트로 역도 기구를 만들어 매일 역기를 들었다. 그리고 뒷마당에 철봉을 만들어 철봉 운동도 했다. 아버지는 선이 뒷바라지를 잘하려면 아버지 자신이 건강해야 한다고 생각했다. 선이가 사람다운 사람이 되기 위해서는 아버지가 선이의 버팀목이 되어야 한다는 집념을 가지고 모든 일을 했다. 결국 선이와 아버지는 전과 같이 건강하고 행복한 삶을 살게 되었다. 그것은 대수술 후 아버지가 온 힘을 다 쏟아서 노력한 집념의 결과이다.

* 아버지의 건강 강의

아버지는 선이에게 건강에 관해 말해 주었다. "아버지가 왜 그렇게 큰 병을 앓아야 했는지 많은 고민을 했단다. 누구나 병이 나면 그때서야 건강이 얼마나 소중한지를 알 수 있다. 아버지도 큰 과오 없이 살아왔는데, 왜 그런 병이 아버지께 발병했는지 신과 조상을 원망했단다. 그러나 병의 원인은 아버지가 과한 일 욕심과 돈 욕심 때문에 정신적, 심적 스트레스를 받은 데 있다고 생각했단다."라고 했다. "논을 개간하기 위하여 십수 년을 잠도 안 자고 일을 한 것과 그렇게 일 귀놓은 논들을 법에 무지해서 빼앗긴 일, 그리고 크고 작은 돈 문제로 속을 끓인 일이 결국 큰 병을 키웠다."고 했다. "선이는 똑똑하고 현명한 사람이니 건강할 때 건강을 지켜라."라고 했다. "공부도 최선을 다해서 정신을 똑바로 차리고 해야 한다."라고 했다. 그리고 "몸과 마음을 편안하게 쉬어 주어야 한다."라고 했다. "선이에게 주어진 환경과 여건을 감사하게 생각하며 공부하는 것이 건강의 첫 번째 법칙이 된다."고 했다. "'정신일도 하사불성(精神一道 何事不成)'이라며 무슨 일이든 집중해서 계속 한길로 나가면 어떤 일을 하든지 이루어 낼 수 있다."고 했다. "두 번째는 노래를 자주 부르고 음악을 들으며 운동을 열심히 하면 일생을 건강하고 즐겁게 보낼 수 있다."고 했다. 아버지는 가끔 시조를 읊으셨다. 신기한 분이다. 수술 후에는 일도 하면서 정해진 시간에 운동을 꾸준히 하시고 자꾸 자신의 주위를 깨끗하게, 단순화시켜 나갔다. 돋보기를 쓰고 신문도 보시고 잡지도 읽었다. 주어진 시간을 잠시도 허비하지 않고 무엇이든지 하셨다. "매 순간 뭔가를 하면 재미도 있고 쓸데없는 잡념이나 고민이 사라진다. 그리고 정신도 맑아져 치매 예방에 도움이 된다. 사람은 가끔 주기적으로 피곤이 몰려와 잠이 올 때가 있는데 그땐 하던 모든 일을 접고 잠을 잠시라도 자 주어야 한다. 잠을 잔다는 것은 보약이 된다. 물론 정기적으로 하루에 다섯 시간에서 여덟 시간을 자 주는 것이 좋다고 하지만, 그럼에도 불구하고 일을 하거나 공부를 하면서 잠이 올 때마다 잠깐씩 꿀잠을 자면 일과 공부의 효과가 상승한다. 사람과 관계는 늘 단순화시키고 명확해야 하며 한번 시작한 일은 꼭 마무리를 지어야 한다. 알파가 있으면 반드시 오메가가 있어야 하고 '예.'와 '아니요.'를 정확하게 밝혀야 좋은 사람이 된다."고 했다. 그리고 "그러한 태도가 건강에 큰 도움이 된다."고 했다. 왜냐하면 잔 근심과 걱정을 없애는 일이기 때문이다. "일이나 공부를 마음을 다하여 정성껏 준비하고 시작하고 꼭 제시간에 깔끔하게 마치면 몸과 마음에 성취감으로 인한 개운함과 뿌듯함이 넘쳐난다."고 했다. 이것이 네 번째 건강 비법이라고 한다. 또한, "음식은 골고루 적당히 소식하면 된다."고 한다. 조금씩 자주 먹는 것이 아버지의 다섯 번째 건강 비법이다. 아버지는 평상시 식사량이 적다. 조금씩 드신다. 먹는 것도 정시에 일정량을 먹고 싸는 것도 정시에 일정량을 싸는 것이 장수의 비결이라고 한다. 아버지는 수술 후에 이 원칙을 철저하게 고수

했다. 선이와 자주 대화하며 가르치는 것도 아버지의 큰 낙이다. 그런데 선이가 중학교에 들어가니 낮에는 자주 마실을 나가셨다. 동네 재담가 엄 씨 아저씨네로 가셨다. 그 집은 매일 동네 아저씨, 아주머니들이 모여 화투 놀이도 하고 세상 사는 이야기를 하는 곳이다. 나이가 들수록 사람을 자주 만나야 즐겁고 행복하여 장수할 수 있다고 한다.

* 아버지가 신선이라고 했다

시골 노인들이 비교적 장수하는 이유 중 하나는 동네 사람 모두가 하나의 공동체가 되어 대소사를 함께 치르며 상호 간에 유대감이 형성되어 사람을 평화롭게 해 주기 때문이라고 한다. 실제로 선이네 마을에는 백열 살에 돌아가신 박 씨 할아버지가 계셨다. 할아버지는 늘 곰방대에 봉초를 꼭꼭 눌러 불을 지펴 피운다. 한가롭게 옷을 단정하게 차려입고 동네 사람들이 오가는 마당 옆에 있는 바깥 마루에 앉아서 지나다니는 아이들을 불러서 마루에 앉히고 재미있는 옛날이야기를 해 주시고 서울 부자 아들이 갖다준 여러 가지 과자와 사탕을 나누어 주신다. 아버지는 그분을 칭하여 신선이라고 했다. 젊어서부터 부지런하고 남의 일이나 자기의 일이나 진배없이 최선을 다하여 성실하게 했다고 한다. 그리고 95세까지 나무 동을 지고 날랐다고 한다. 언제나 사람들에게 "사람은 잘 먹고 잘 싸고 잘 자면

나처럼 오래 살 수 있는 거여."라고 하셨다고 한다. 그 할아버지 자손들도 모두 건강했다. 막내아들은 서울서 공부를 하고 중앙정보부에서 근무했다. 막내아들은 한 달에 한 번씩 시골 부친을 만나러 오는데 올 때마다 동네잔치가 열렸다. 특히 설마다 큰 잔치가 벌어지고 두레(사물놀이)를 놀았다. 온 동네 사람들이 모여서 강강술래도 했다. 당시에는 시골에 특별한 문화 행사가 없었다. 그나마 박 씨 할아버지 막내아들 덕분에 설 명절에 사물놀이를 하여 동네에 활기가 넘쳐났다. 아들이 자랑스럽게 동네에 올 때마다 잔치를 벌이니 할아버지는 얼마나 행복하고 즐거워하셨을까? 그런 에너지가 할아버지가 장수하는 자양분이 된 것도 같았다. 가끔 할아버지는 선이를 불러 "너는 효자다. 우리 동네가 풍수지리로도 좋은 동네라 효자며 신동인 선이가 자라고 있지." 하고 칭찬을 했다. 인향만리(人香萬里)라. 할아버지는 말씀이 점잖고 위엄이 있어 촌장으로 돌아가실 때까지 존경을 받았다. 그분의 110년의 역사는 나라로써는 참으로 많은 질곡도 있고 아픔도 있고 슬픔도 있었다. 전쟁까지 두 번이나 겪은 분답지 않게 인자하고 온유하셨다. 아버지는 "그분은 개똥밭 세상에서 신선으로 선경을 꿈꾸며 사시다 신선들이 사는 나라로 갔다."라고 했다. 아버지도 그분처럼 노후를 살았으면 좋겠다고 말씀하였다.

제2장

.
.
.

아버지의 결단

* 아버지의 결단

아버지는 선이가 서울에 있는 고등학교에 들어가길 간절히 바라셨다. 어느 봄날 중학교 3학년 초 토요일 오후에 하교하여 집에 왔는데 아버지가 항상 열어 놓는 옆 대문을 잠그고 어디엔가 가시고 안 계셨다. 선이는 옆 대문을 열고 집 안으로 들어가 방 청소를 하고 아버지와 먹을 저녁 식사를 준비했다. 바지락 된장국에 달래장, 생 햇김이 저녁상 메뉴이다. 불려놓은 보리쌀을 잘 씻어 밥솥에 넣고 한 소끔 끓여서 찬물에 건져 물을 빼고 쌀과 섞어 쌀 보리밥을 지었다. 저녁때가 되니 아버지가 돌아왔다. "아버지. 저녁 식사 준비 다 했으니 식사를 하시지요." 하니 아버지도 외출복을 일상복으로 갈아입으시고 함께 식사를 하게 되었다. 아버지는 검진을 받으러 병원에 다녀오셨다고 한다. 그리고 주치의 이 박사님과 선이의 장래에 대하여 의논했다고 했다. 선이는 아버지께 감사하면서도 미안했다. 선이도 고등학교 입학 문제로 고민을 많이 했다. 석이와 복이는 읍내 고등학교에 입학하기로 결정했다. 그들은 선이의 고등학교 선택 여부를 늘 선이에게 물었다. 석이와 복이는 선이와 헤어지는 것은 안타깝지만 도회지에 있는 좋은 학교에 입학하여 그들을 대신하여 그들이 나온 모교를 빛내주는 인재가 되기를 원했다. 두 사람은 선이의 진정한 친구가 되었다. 복이는 한술 더 떠서 "나는 공부에 취미도 없고 농사나 짓는다."고 하며 선이에게 "양식은 대줄 테니 좋은 고등학교에 가라."고 했다. 석이도 "선이가 좋은 학교에 가서 공부하면 나도 선이를 따라 유학을 해서 돈을 벌어서 선이의 뒷바라지를 해주고 싶다."고 했다. 셋은 중학교에서는 알아주는 우정파가 되었다. 물론 선이는 중학교 시절 내내 반장 겸 회장이 되었다. 이 생각, 저 생각을 하는데 아버지는 "무슨 생각이 그렇게 많은 거야?" 하셨다. 선이는 "이 박사님이 뭐라고 했는데요?" 하고 아버지께 반문했다. 이 박사님은 선이를 도회지 명문 학교에 입학시키라고 해서 아버지도 그렇게 한다고 박사님과 약속했다고 하셨다. "선이가 총명하다고 하면서 앞으로 교육을 잘 시켜 의사가 되어서 인술을 펼치면 좋겠다."고 했단다. 박사님께 진료를 받을 때마다 선이 걱정을 하면서 서로 아버지와 박사님이 대화를 나누다 보니 선이가 중학교 졸업반이 되니 두 분이 선이를 도회지 명문 고등학교로 보내기로 하고 준비를 일 년간 했다고 한다. 선이를 제대로 공부시키기 위해서 아버지는 고향을 떠나 서울로 이사하기로 하고 미리 준비하시려고 오늘 선이에게 상의 겸 아버지의 결단을 말하는 것이었다. 그러한 아버지의 선이 사랑을 알아차린 선이는 아버지께 안기며 "아버지 감사합니다." 했다. 아버지와 선이는 기쁨과 행복의 눈물을 흘렸다.

* 선이의 유학을 준비하는 아버지

선이를 첫아들로 얻으신 아버지는 선이를 잘 양육하는 데 모든 삶의 초점을 맞추었다. 아버지가 누구보다 애지중지하는 선이가 몰락한 가문을 일으켜 세우기를 간절히 소망했다. 아버지는 과거 이야기를 하는 것을 무척 싫어했다. 아마도 무슨 말 못 할 깊은 사연이 있는 것 같았지만, 선이는 감히 아버지께 선뜻 질문할 수가 없었다. 남들은 다 있는 엄마가 없는 것과 늘 책을 가까이하면서 오직 선이에게만 가르침을 주실 뿐, 밖에 나가서는 조용히 함께 어울려 일하고 놀고 그들의 말을 경청하며 웃을 뿐이고 거의 말은 안 한다. 그래서 만나는 누구나 아버지를 편안하게 대한다. 아는 체를 하거나 남의 일에 관심이 없는 것처럼 보인다. 그러나 아버지는 남모르게 선행을 했다. 동네에 움막집 할머니가 사셨다. 어느 날 동네에 거지 할머니가 왔는데 며칠을 굶주렸는지 걸음도 제대로 못 걸어서 아버지가 일단 사랑방에 모셨는데 할머니가 자꾸 움막 하나를 마련해 달라고 해서 동네 앞산에 땅을 파고 물이 들지 않게 만들어 훌륭한 움막집을 지어서 할머니가 그곳에 기거하도록 하셨다. 양식도 대주고 철 따라 옷도 사 주었다. 할머니는 누구와도 말을 하거나 어울리지 못했다. 아이들이 놀려도 아무 반응이 없다. 그러나 아버지에게는 환한 일그러진 미소를 지었다고 한다. 몇 년 후 할머니가 죽자 염습을 하여 동산에 묻어 주고 철 따라 산소 주변을 꽃으로 장식해 주었다고 한다. 동네 사람들은 아버지를 늘 존중해 주었고 동네 사람들과 구순하게 살아야 한다고 말하며 선이에게 모범을 보였다. 그러니 아버지의 그 깊은 속에 숨어 있는 사연은 아무도 모른다. 특히 아버지는 정치 이야기는 안 했다. 누가 좋고 누가 나쁘다는 이야기를 들은 적이 없다. 늘 사람이 살아가는 도리나 아버지와 선이에 대한 이야기와 계절에 따라 변하는 세상의 모습을 보면서 아버지와 선이의 느낌을 서로 대화의 주제로 삼았다. 아버지는 우리나라가 사계절이 뚜렷하여 좋은 인재들이 많이 난다고 했다. 계절마다 태어나는 인재가 다르다고 했다. 전 세계에서 작은 나라치고 자기 나라 말과 글을 가진 나라는 우리나라가 유일무이하다고 했다. 그리고 시대마다 독특한 인재들이 나와서 위난으로 기울어 가는 나라를 구하고 우리나라 민족정신을 이어가게 했단다.

✳ 아버지의 생각의 세계

아버지는 세상을 지배하는 두 가지가 있는데 하나는 문명이고 또 하나는 이데올로기(이념)라고 했다. 그리고 문명과 이념이 독특한 문화를 낳아서 인류를 발전시켰는데, 서양은 실물 문명, 자유 민주 이념이 발전했고 동양은 자연과 이념적 학문이 발전했다고 했다. 우리나라는 인재가 많아 서로 자기 학문 주장이 세고 상대가 반대 의견을 내면 그들을 적으로 알고 끝까지 서로 끝장을 보는 경향이 있다고 한다. 그리고 그런 민족의 특성을 주변 강대국은 교묘하게 이용한단다. 조선에 임진왜란도 조선 내부의 계파 갈등으로 율곡의 십만 양병설을 묵살해서 무능한 선조가 자초한 큰 전란이 났고 정유재란도 계파 갈등과 이익을 내세워 충신 이순신 장군을 백의종군시킨 고로 또다시 일본의 재침을 받아 백성들이 전란의 고초를 당했다고 했다. 전쟁 와중에도 일본 첩자들의 농간으로 승기를 놓친 적도 있다. 이처럼 잘난 사람들이 많은 조선은 늘 자중지란에 빠져들었다. 그리고 결국 조선은 일본의 식민지가 되었다. 그리고 국권을 회복하기 위하여 수많은 독립투사와 애국지사들의 노력과 일본의 패망으로 우리나라는 해방이 되었다고 한다. 아버지는 당신이 겪어온 해방 당시의 상황과 건국 과정과 고 이승만 대통령과 고 박정희 대통령의 시대적 상황을 몸소 체험했다. 선이에게 시대적 상황을 이야기해 주며 우리나라는 결국 이념의 대립과 문화의 독특함으로 동족상잔의 큰 전쟁도 치르게 되었다고 했다. 일제 삼십 육간치하에서는 친일파와 반일파가 서로 첨예하게 대립하며 백성을 볼모로 자기파의 이익과 승리를 위하여 싸웠다. 결국 일본은 그러한 한민족의 특성을 적당히 이용했단다. 마찬가지로 중국과의 관계도 늘 굴종적 외교로 일관하며 중국의 변화에 늑장 대처를 하여 병자호란을 겪었다고 한다. 이번에는 친명파와 친청파의 대립으로 국난이 닥쳐와 결국 인조는 청나라 왕 앞에서 머리를 조아리고 항복을 했다. 이때도 많은 백성이 희생되고 조선 왕자가 청나라에 볼모로 잡혀갔다. 이렇게 우리나라는 사색당파에 국운을 소진했다고 한다. 그래서 아버지는 늘 중용의 도리를 지키며 어쩌면 좌익에 가까운 생각을 하고 있다. 공평하고 정의로운 사회를 희망했다. 기회가 균등한 사회가 되어 서로 정당한 노동의 대가를 공정하게 나눠야 한다는 것이다. 그래서 아버지는 간척지에서 나온 쌀을 움막집 할머니를 필두로 당시 동네에 들어온 난민들에게 나누어 주었다고 한다. 아버지는 선이에게도 노력하여 번 돈에 대해서는 세금을 내고 혹시 살다가 공돈이 생기면 무조건 가난한 이웃에게 나눠 주라고 했다. 그리고 늘 아버지는 무엇이든지 나눈다. 가뭄이 심한 어느 해에는 한 가구당 밀가루 한 포대씩을 인근 미군 부대에서 나누어 주었는데 아이들과 식구가 많은 한 씨 댁에 자기 몫을 가져다주었다. 가끔 한 씨네 셋째 딸이 예쁘다고 선이에게 말했다. 아이가 예쁘고 조신했다. 걸음걸이도 사뿐사뿐 가벼웠다. 아버지는 자유 민주주의자이며 동시에 생산과 배분은 공산주의에 가까운 생각을 가졌으며 정치적으로는 중도를 지키며 인품과 실력 위주로 사람과 그 시대를 평가했다.

＊ 아버지의 이사 준비

선이는 여름방학에도 학교를 나가 고교 입시 준비를 했다. 서울 명문 모 고등학교에 가기 위해서는 입학시험에서 만점을 맞아야 간신히 입학할 수 있다. 아버지의 주치의인 이 박사님도 그 고등학교를 졸업하고 명문대학교를 졸업하고 미국에서 석·박사 학위를 받았다고 했다. 아버지도 선이가 그런 과정을 거쳐 공부하기를 원했다. 농토는 소작농들이 나누어 농사를 지어 원래는 지주와 반반씩 나누는 게 일반적이지만, 아버지는 삼 할만 받는다고 하니 젊은 농사꾼들이 서로 자기가 하겠다고 나섰다. 아버지는 농사를 지으려는 사람들에게 골고루 똑같은 평수를 나누어 주고 농사를 지어 달라고 하고 한 해 동안 지을 농사비로 쌀 열 가마씩을 나누어 주기로 했다. 그리고 옥토 밭 몇 떼기를 동네 사람들에게 시세보다 싸게 팔고 가을에 추수하여 나온 모든 곡식은 팔아서 현금으로 만들었다. 선이가 입학할

학교 근처에 집을 마련하기 위해서다. 선이는 서울 명문고 몇 개를 골라 합격할 수 있는 학교에 가기 위하여 힘껏 노력했다. 다른 과목은 모의고사에서 만점인데 수학에서 서너 문제가 틀린다. 선이는 논리적이지 못한 것 같다. 그리고 침착함이 덜하다. 그래서 스스로 그 단점을 고치기 위하여 부단히 애를 쓴다. 아버지도 가끔 따끔한 충고를 한다. "뭐든지 급하게 서두르면 손해를 본다. 늘 느긋하고 욕심을 부리지 마라. 차분히, 천천히, 침착하게 노력하면 큰 하자 없이 일을 성공할 수 있다. 그리고 찬찬하게 살피며 가는 느림보가 더 빨리 갈 수 있다. 그러나 방심은 금물이다. 꾸준히 하루도 쉬지 말고 평상심을 유지하며 공부를 해나간다면 이 세상에 성취하지 못할 일이 없다."라고 아버지는 강조하셨다. 아버지는 서울 모처에 오래된 아파트를 사 놓았다고 하며 등기부를 들고 와서 새해 2월에 이사를 하겠다고 했다. 아버지는 서울과 시골을 오가며 선이를 뒷바라지할 터이니 선이는 아무 걱정하지 말고 공부를 열심히 하라고 했다. 선이는 일단 고등학교에 입학하면 서울 집에서 자취를 하며 열심히 공부도 하고 짬짬이 아르바이트로 용돈을 벌기로 마음먹었다. 이제 아버지도 농사일을 많이 줄이셨으니 단출하고 편안하게 사시도록 선이도 노력하기로 했다.

* 아버지와 서울 집으로

선이는 다행히 원하는 명문 고등학교 중에서 두 번째 학교에 합격했다. 중학교 반 친구들은 선이의 서울 명문고 합격을 서로 축하해주었고 선물도 주었다. 수자와 연이도 무척 좋아하였다. 연이 아버지는 학교로 찾아와 당시에는 큰돈을 합격 축하금으로 주었다. 연이아버지는 서울에서 농대를 졸업하고 농사꾼이 되어 고 박정희 대통령 정부로부터 간척지 수만 평을 불하받아 농사를 짓는 부농이었다. 이제 고향 친구들과 오랜 시간을 떨어져 살아야 한다. 모두 서로 좋은 친구들인데 이제는 헤어져 살면서 각자가 갈 길을 가야 한다. 석이는 고등학교를 졸업하고 낙농업을 하겠다고 했다. 선이에게 법관이 되어 달라고 했다. 복이는 농사꾼으로 살아가며 부농의 꿈을 꾸겠다고 했다. 기쁘고 행복한 일이다. 서로의 희망을 나누고 서로에게 꿈을 줄 수 있으니 이 얼마나 좋은 관계의 친구인가? 선이는 친구들이 자기만을 믿어주고 매일 배려해주고 기도해 준 것에 감사하였다. 세상을 살아가면서 친구라는 존재는 물과 산소와 같은 존재이다. 목마르면 물처럼 갈증을 해결해 주고 늘 평온하게 숨 쉴 수 있게 해 준다. 그 친구들을 통하여 다른 친구도 만날 수 있고 또 다른 친구도 만들 수 있다. 석이와 똑같은 광이도 만났고 승이도 만났으며 윤이도 만났다. 수많은 여자 친구도 만났다. 수자는 친척 동생으로, 연이는 여자 친구로, 서로 좋은 관계를 맺으며 중학교 시절 내내 만나면 행복했고 헤어질 때는 아쉬웠다. 순이도 늘 짝사랑을 하며 선이에게 좋은 것을 많이 주었다. 좋은 친구들과 아쉬운 이별을 하고 아버지와 선이는 봇짐을 싸서 처음 청운동 시영 열다섯 평 아파트로 이사를 했다. 아버지는 기본적인 조리 기구와 가스레인지와 가스를 시켜 놓으셨다. "이제부터는 너 혼자 열심히 공부해라. 아버지는 네가 보고 싶으면 올게." 했다. 아버지는 바로 시골로 가셨다. 아마도 몇 가지 살림을 준비해 오실 모양이다. 선이는 서울 아파트에서 첫날 밤을 보내게 되었다. 아버지가 꾸며 주신 공부방은 참으로 좋았다. 선이는 중학교 때 보던 책 중에서 중요한 책은 모두 챙겨 새 책꽂이에 한 권씩 꽂았다. 서울 학생들과 일전을 벌일 각오를 하면서 전기밥솥에 쌀과 서리태를 넣어서 밥을 짓고 된장국으로 저녁을 차렸다. 아버지 없이 식탁에서 서울서 첫 번째 식사를 한다. 아버지가 사준 식탁은 사인용이었다. 왜 아버지는 사인용 식탁을 샀을까? 나중에 안 사실인데 시골 친구들이 놀러 오면 편안하게 식사도 하고 카드놀이도 하라고 사인용 식탁을 마련했다고 한다. 서울에서 하룻밤을 자고 나니 왠지 힘이 나고 마음이 가볍고 기뻤다. 집 베란다에서 남산타워도 멀리 보이고 청와대도 가까웠다. 아버지는 집을 사도 이것저것 다 배려하고 사신다. 꼼꼼하고 차분하다. 정도 많고 깊은 사랑도 있지만, 어떤 결정을 내릴 때는 냉정하다. 그리고 불의라면 타협도 하지 않고 근처에 가지도 않는다. 아버지의 마음은 바다와 같이 깊고 넓다. 그런 아버지를 닮고 싶다.

* 아파트 사람들

선이가 아버지 곁을 완전히 떠나 홀로서기를 한 후 첫 번째로 만난 사람들은 아파트 이웃들이다. 통장을 하면서 면허 없는 부동산 소개를 하는 배 씨 아저씨는 늘 선이만 보면 신동 학생이라고 불렀다. 시골에서 서울에서 알아주는 명문 학교에 유학을 오고 집을 사서 공부하러 왔으니 얼마나 선이에게 친절하게 대하는지 모른다. 바로 옆집에는 청소부를 하시는 오 씨 아저씨도 있었다. 선이네 아파트는 시립 아파트라 서민들이 많이 살았다. 배 씨 아저씨 말에 의하면 청운 아파트는 청와대를 보호하기 위하여 시립으로 급하게 지었다고 한다. 만약 북한군이 장거리포를 청와대를 향하여 쏘면 아파트가 폭탄을 막아주는 방패가 되어 청와대는 안전하다고 했다. 그러면서 청와대는 군인이 지키는 것이 아니라 우리 서민들이 지켜 주는 것이라고 했다. 드디어 선이는 입학식을 하고 서울 학교에 다니게 되었다. 친구들 면면을 보니 모두 집안도 좋고 출중해 보였다. 서울 토박이들이 많고 부산 등 대도시에서 유학 온 아이들이 많았고 시골 학교에서 온 아이는 선이뿐인 것 같았다. 선이는 입학 성적이 좋았는지 1학년 1반에 배정받았다. 그리고 한 달 후 반장 선거에서 몇몇 지방 출신 학생들이 선이를 지명해 주어 억지로 뜻하지 않게 반장이 되었다. 부산 출신 온이와 대구 출신 호이, 광주 출신 희야가 부반장, 규율부장, 자치부장으로 각각 포진하여 오십여 명의 학급생을 통솔하게 되었다. 서로 벌써 치열한 탐색 작전에 들어갔다. 누구는 어떻게 공부하는지, 족집게 과외를 받는 사람은 누군지 서로 눈치를 보며 경쟁의식이 강했다. 선이는 시골 출신답게 순박하게 학교 공부 위주로 공부하며 새벽에는 신문 돌리는 일을 했다. 장관 아들, 대기업 사장 아들 등 모두 백이 든든하다. 부모를 잘 만나 호의호식하며 멋을 부리고 그다지 공부도 열심히 하지 않으며 학교에서 무게를 잡는 아이들도 많았고 계파를 이루어 끼리끼리 어울리기도 했다. 불꽃 튀기는 경쟁의식으로 친구 간 우의를 쌓기가 힘이 들었다. 그래도 반장을 하다 보니 이런저런 일로 모든 학생이 선이를 끼워 주었고 선이는 자연스럽게 그 모든 학생과 잘 어울려 지냈다. 드디어 중간고사를 보고 시험 성적이 발표되었다. 최상위 그룹에 선이가 기어코 들어갔다. 코피를 쏟으며 공부한 결과였다. 아르바이트를 하고 집중하여 공부도 하고 가끔 고향 친구들이 그리워지면 노래도 부르며 아버지가 항상 옆에 계시다고 생각하고 성실하게 살아온 결과물이 나온 것이다. 선이는 서울 아이들과 경쟁해도 무리가 없다는 생각으로 기쁜 성취감을 맛보았다. 하지만 그로 인하여 몇몇 뒷배가 든든한 아이들에게는 질투의 대상이 되었다. 선이는 그들이 선이에게 어떠한 태도로 대하든지 일일이 대응하지 않고 반장으로서 소임을 확실히 하며 스스로를 성찰하며 남을 탓하기 전에 아버지를 생각하며 아버지의 가르침을 곰곰이 기억하고 현실을 타개해 가는 지혜를 얻었다. 그래서 태산 같은 아버지의 존재를 멀리 떨어져 살면서도 느끼며 의지한다. 선이는 늘 자신의 목소리 톤을 평상시의 반으로 낮추고 조용히 대화하며 심한 반대에 부딪혀도 소신을 꺾지 않되, 상대방의 의견도 충분히 들어주는 태도를 가졌다. 평소 아버지께 배운 습관이다. 벌써 한 학기가 끝나며 학기말 고사를 치르고 곧 고교 첫 여름방학을 맞았다.

* 금의환향하여 아버지를 만나다

학기말 고사 성적도 최상위 그룹을 차지했다. 시기, 질투하며 괴롭히던 친구들을 굴복시키는 방법은 학업 성적을 우수하게 하는 방법 밖에 없다. 아무리 부잣집 아들이나 고관대작의 아들이라도 학생 신분이라면 학업 성적 앞에서는 늘 오금이 저린다. 주먹을 잘 쓰고 유도를 잘한다 해도 그들의 힘을 선이 쪽으로 모으려면 일단 실력을 갖추어야 했다. 선이 스스로 인생의 상식을 잘 갖추고 누구에게나 격식에 맞는 말과 행동을 한다면 감히 그들이 선이를 함부로 대하지 못한다고 아버지는 이미 선이를 잘 교육했다. 선이는 학업 성적 우수상과 봉사상을 1학년 1학기 종업식에서 받았다. 그리고 대충 집 안 정리를 하고 희아와 석이와 옥이와 인사를 나누고 배 씨 아저씨께 집 열쇠를 맡기고 바로 시골집 아버지를 찾아서 귀향을 했다. 그동안 신문을 돌리는 아르바이트를 하여 아버지께 드릴 선물도 푸짐하게 샀다. 소고기 한 근 한과 한 상자 그리고 큰 수박을 샀다. 아버지는 수박을 좋아했다. 시내버스를 타고 용산 터미널에서 고향으로 가는 버스를 탔다. 버스는 배차 시간이 길고 신장로가 포장이 안 되어 먼지가 많이 났으며 차에 사람들이 많이 타서 그야말로 콩나물시루와 같았다. 선이는 학생복을 입고 아버지가 미군 부대에서 얻어다 준 캐리어에 선물을 잔뜩 넣어 여미어 등에 졌다. 그리고 안내양의 큰 배려로 버스를 제일 먼저 타서 앞자리 의자에 앉을 수 있었다. 버스 안내양은 버스에서는 왕이다. 온몸으로 손님들의 안전을 책임지기 때문이다. 그녀의 "오라이~!" 한마디에 버스 기사도 움직인다. "스톱!" 하면 가다가도 바로 멈추고 서야 한다. 아버지는 우리도 버스처럼 안내양을 하나씩 데리고 다니며 그 안내양의 감시와 감독을 받으며 살아가면 좋은 인생의 동반자가 되어서 몸과 마음을 수양하고 인성을 성장시키는 데 좋으리라고 말했다. 사람도 자신이 정한 또 다른 안내양의 지시에 따라 "오라이~!" 할 때는 출발해서 달리고 "스톱!" 하면 달리다 잠시 멈추는 지혜가 인생길에서도 필요하다고 했다. 선이는 어느덧 시골집 신장로 임시 정류장에 도착하여 안내양의 환송을 받으며 버스에서 하차하여 집으로 갔다. 아버지는 출타 중이었다. 선이는 아버지의 체취가 배인 집 안 구석구석을 돌아보고 앞뜰과 뒤뜰에 피어 있는 야생화들과 반갑게 인사를 하고 서서히 알이 성장해 가는 과일나무들과도 조우했다. "선이야! 어제 꿈에 보이더니 네가 왔구나." 하면서 아버지가 대문으로 들어오셨다. 손에는 한약 봉지가 들려 있었다. "용한 한의원에 가서 방학 기간에 먹이려고 한 재 지어 왔다."라고 했다. 아버지는 동네 어른들께 인사를 드리고 오라고 했다. 선이는 박 씨 할아버지 댁과 최 씨 할아버지 댁으로 가서 차례로 인사를 올렸다. 엄 씨 아저씨는 미군 부대에서 가져온 것이라며 과자와 사탕을 한 줌 싸 주었다. 시골 인심은 풍성하고 아름다웠다. 햇옥수수를 쪄서 주는 분도 있고 오 씨 아저씨는 동네 인물이라며 고생했다고 돈 봉투를 주었다. 몇 개월 안 보았지만, 동네 어르신들은 반겨 주었다. 그리고 친구들도 집 앞마당으로 몰려왔다. 첫 번째 금의환향이었다.

* 아버지와 마주 앉은 자리

아버지는 석이와 기쁘고 행복한 포옹을 하며 서로 안부를 물었다. 중학교 친구들 근황도 이야기해 주었다. 근동에서는 알아주는 고등학교에 학이와 승이가 갔는데 승이는 그 학교에서 공부도 잘해서 석이가 다니는 시골 학교까지 소문이 났는데, 학이는 두어 달 만에 자퇴하고 시골집에서 공부를 한다고 했다. 승이는 부잣집 아들이라 중학교 다닐 때도 귀티가 나고 공부도 잘했는데 아버지가 심장마비로 일찍 세상을 등지셨다. 그러나 재산이 많아서 사는 데는 지장이 없었다. 그러나 어머니가 외롭다 보니 다른 남자를 만났는데 사기를 당해서 읍내에서 살지 못하고 서울로 이사를 했다. 학이는 아버지가 어릴 때 돌아가시고 엄마는 청상과부로 혼자 살았지만, 아버지가 상속으로 논, 밭, 산을 워낙 많이 받아 살아가는 데는 지장이 없었다. 그런데 큰형이 아버지를 닮아 노름을 해서 어머니와 관계가 안 좋았다. 학이는 늘 형이 엄마를 언제 죽일지 모른다고 했다. 형이 진 도박 빚을 갚느라 밭 몇 떼기를 팔아 줬는데 엄마가 형 몰래 전 재산을 엄마 명의로 해놓았단다. 그러니 형의 경제권이 완전히 사라졌다고 한다. 그래서 날이면 날마다 형과 엄마가 전쟁을 하다가 큰 병을 얻어 일할 사람이 없어 학이는 학업을 포기하고 집에서 독학하며 어머니와 함께 산다고 한다. 석이와 내일 다시 만나기로 약속을 하고 서로 헤어졌다. 오랜만에 아버지와 마주 앉아 아버지가 마련한 저녁 식사를 하게 되었다. 아버지는 수술 후 섭생을 잘하시고 힘든 일을 덜 하셔서 건강하고 젊어 보였다. 아버지는 선이에게 "무거운 수박을 왜 사 왔니. 아버지는 선이만 보아도 배가 부르다."라고 했다. 선이는 학교 성적을 보고드렸다. 아버지는 별 반응 없이 "학생이 제 할 일을 잘했으니 선이가 기쁘겠다. 그러니 아버지도 좋다."라고 했다. "아버지는 어떻게 지내셨어요?" 선이가 물었다. 아버지는 "요즘 동네 어르신들과 자주 어울리고 좋은 생각을 하며 가끔 명상을 하면서 선이가 잘되기를 바라고 기도하며 편안하게 지내고 있다."라고 했다. 아버지는 "서울 아이들은 시골 아이들과 많이 다르지 않느냐?"고 했다. 선이는 "예. 정 주기가 힘들어요. 무슨 말만 하면 역습이 들어와 가끔 당황하곤 했다."라고 말했다. 아버지는 예를 하나 들라고 했다. 역사 시간에 병자호란에 대한 이야기를 나누는데 어느 장관 아들이 병자호란은 청나라가 조선을 유린한 최대의 전투라고 했다. 부연 설명을 할 수 있는 사람이 있느냐고 해서 선이가 "조선에서 인조 임금이 나라를 통치했는데 친명파 조선 관리들과 한통속이 되어 망해 가는 명나라를 상국으로 고집부리며 청나라로 바뀌는 사실을 모르고 청나라를 변방 오랑캐로 무시하다가 명을 무너뜨린 청나라가 조선을 침범하여 강산과 백성을 유린한 청 태종에게 굴욕적인 항복을 하고 항복하는 그 순간까지 조선은 친명파와 친청파의 양 파로 갈리어 서로 암투를 했다고 부연 설명을 했어요. 그랬더니 그 금수저 발표자는 시골 무지렁이가 뭘 아냐고 그러면서 선이에게 심한 모욕을 주었다."라고 했다. 그래도 분이 안 풀렸는지 그 학생은 집에 가서 전후 사정을 부모에게 말하여 학교에서도 난리가 났었다고 했다. 그랬더니 아버지는 씁쓸한 표정을 짓더니 강연을 했다. "네가 잘못한 것은 없지만, 때로는 모르는 척 넘어가는 여유가 필요하다. 그 아이는 개

략적인 이야기를 한 것이고 너는 좀 더 상세한 설명을 했지만, 네 설명도 완벽하지 않았다. 앞으로는 네 속으로만 알고 발표할 때는 늘 신중하게 하고 선이 차례가 오면 해라."라고 했다. 선이는 그렇게 하겠다고 아버지께 약속을 드렸다.

＊ 아버지의 당부

아버지는 사람은 속으로 실력을 가득 쌓아야 한다고 했다. 겉으로 나타나는 것은 아무것도 아니다. 그것은 겉치레 허영일 뿐, 선이의 심신 수양에는 도움이 안 된다. 속이 꽉 찬 사람은 당당하고 안광이 빛난다. 사실 조선을 오백 년간 유지해 올 수 있었던 것은 속이 꽉 찬 사람들이 많고 왕이 인덕이 많았기 때문이라고 했다. 그 시대를 요순시대와 비교했다. 일생을 살면서 많은 일을 겪어 온 아버지의 말에는 진실이 담겨 있고 결기가 있어 말 한마디가 선이의 폐부를 가르고 마음에 오래 간직되었다. 아버지는 언제나 행복하고 즐거웠다. 그러나 선이는 그런 아버지가 큰 고초를 겪는다는 사실도 알았다. 그래도 아버지는 선이 앞에서는 평안해 보이도록 하셨다. 세상을 사는 푯대로 삼아도 손색이 없었고 선이는 학교생활에서 난관에 봉착할 때마다 아버지 말을 떠올리며 그 난관을 극복하는 데 많은 도움을 받았다. 아버지는 외유내강(外柔內剛)형이고 강한 사람에게는 무섭게 강하고 약한 사람에게는 한없이 약한 형인 사내 중 사내이다. 아버지는 늘 온유하게 사람들을 대한다. 그리고 웬만한 일은 그냥 편안하게 넘긴다. 그리고 사회적 약자나 거지들에게는 한없이 약하고 아버지가 할 수 있는 범위 내에서 최대한 도와주셨다. 특히 북한에서 온 피난민들에게는 양식도 나눠주고 집 지을 땅도 마련해 주었다. 그리고 아버지가 하는 간척 사업을 함께해서 품삯을 넉넉히 주었다. 아버지와 함께한 사람들은 최소한 굶는 일은 없도록 도와주었다. 그리고 움막집 할머니를 사시는 날까지 돌보아 주었다. 나라도 못 하는 구제 사업을 이미 실행한 것이다. 아버지는 사람이 노력하여 일군 부 중에서 일부는 반드시 가난한 사람들과 나누어야 한다고 했다. 가난한 사람들이 누릴 부를 어쩌면 부자들이 앗아간 것일지도 모른다고 했다. 그러니 선이도 부자가 되든, 권력자가 되든 바르게 살고 그 힘을 만인에게 나누되 선이로 인하여 눈물을 흘리고 고통을 받은 사람들에게 특히 배려하는 대심지자(大心之者)가 되어야 한다고 했다. 어떤 사람이라도 피난민들에게 함부로 대하거나 동네에 가난하게 사는 사람들을 핍박하다가 아버지에게 잘못 걸리면 불호령이 떨어진다. 가해자가 피해자에게 사과하도록 하고 끝까지 잘못된 자기주장을 하면 즉시 그 사람이 굴복할 때까지 마을 동구 밖으로 내쫓아 버리고 마을에 얼씬도 하지 못하게 했다. 동네 사람들은 아버지를 수호신으로 생각하고 무슨 일만 있으면 와서 의논하고 해결 방법을 처방받아 가곤 했다. 아버지는 사람이 살아가는 이유는 다른 사람과 자신을 돕고 보이지 않는 사랑과 자비를 보이도록 행동하는 것이라고 했다. 사랑과 자비의 현실 구현, 그것이 사람이 사는 이유가 된다고 했다. 그것을 위해서는 지금 당장 당신이 있는 자리에서, 같이 사는 사람들 사이에서 일어나야 한다고 했다. 아버지는 세상에서 가장 소중한 시간은 지금 이 시간이고 가장 소중한 사람은 지금 선이 앞에 있는 사람이며 가장 소중한 일은 지금 하는 일이라고 했다. 실지로 아버지는 동네를 늘 소중하게 가꾸고 동네를 위하는 일이라면 무슨 일이든지 헌신적으로 했다. 동네 사람들 한 사람, 한 사람을 끔찍하게 생각했다. 그들을 모두 사랑했고 그들을 위하는 일이라면 기꺼이 손해도 감수했다. 다른 사람이 누구를 비난하면 아버지는 비난하는 사람의 말을 경청해 주며 비난받는 사람을 다시 생각해 달라고 간청한다. 무슨 일이 있어도 동네 사람들이 서로 갈등하며 불화하는 것을 막을 수 있는 해결 방법을 찾으려 노력했다. 선이는 그런 아버지의 리더십을 배우며 살아왔다. 아버지는 그렇게 선이도 살 것을 당부했다.

✳ 아버지를 떠나 다시 서울로

아버지와 친구들과 고향에서 꿈같이 행복한 시간을 보낸 선이는 다시 서울로 가야 했다. 신문을 돌리기 때문이다. 아버지는 이제 선이가 오면 오나 보다, 가면 가나 보다 하고 생각한다. 이제 선이도 어른이 되었다고 생각하고 선이가 스스로 어떤 일이든 잘할 거라고 믿어 주기 때문이다. 아버지가 개학하기 전에 한번 서울로 올라가겠다고 했다. 학비를 가지고 올라와 학교에 내실 것이다. 아버지는 항상 옷을 단정하게 입으시고 언행 일체가 품격이 있고 당당하며 의연했다. 학교에 있는 모든 어른이 아버지를 존경했다. "아버지, 몸 건강하시고 잘 지내세요. 다시 뵙겠습니다." 정중하게 인사를 드리고 집을 나와 학이네 집으로 갔다. 학이네 집은 산속에 덩그러니 있다. 대문 앞에는 그의 아버지 묘소가 있다. 선이는 춘부장님 묘소에 절을 하고 "학이야!" 하고 부르면서 대문으로 들어가니 대답이 없었다. 한참만에 낮잠을 잔 흔적을 보이며 학이가 나왔다. 서로 오랜만에 만나니 반가웠다. 학이는 깜깜한 공부방으로 선이를 안내했다. 그리고 커다란 남포 등에 불을 켜서 방을 환하게 비췄다. 마치 생을 포기한 사람 같았다. 방 안에서는 소주 냄새도 났다. 농사일을 하니 술도 마시지만, 너무 이른 나이에 술에 찌들어 있는 모습이다. 그래도 선이에게 학이는 제 모습을 진실하게 보이며 예로써 친구를 맞아 주었다. 선이도 학이의 그 모습이 낯설지 않고 자연스럽게 보였다. 어려서부터 엄마와 아버지 그리고 형과 엄마가 무섭게 싸우는 모습을 보고 살다 보니 학이는 무언가에 쫓기는 모습을 자주 보였고 얼굴도 어두워 보였다. 그래도 친구들에게는 의협심이 강한 의리파로 알려져 있었다. 중학교 학창 시절에 복싱 도장을 다녔는데 중간에 그만두기도 했다. 학이는 무슨 일을 해도 중간에 포기하는 경우가 잦았다. 아마 정신적으로 아주 아팠기 때문일 것이다. 시골에서 살다 보니 아무런 치료도 받지 못하고 그냥 살아가는 것이다. 갑자기 선이도 학이와 함께 시골에서 농사를 지으며 살고 싶다는 생각을 했다. 순간 아버지의 불호령을 상상하며 다른 생각을 했다. 학이와 이런저런 이야기를 하다가 선이는 서울 집 주소를 학이에게 알려주고 막차로 서울로 올라와 아파트로 가서 배 씨 아저씨에게 열쇠를 받아 집으로 들어갔다. 일주일 만에 집으로 왔는데 환경이 많이 낯설었다.

✽ 아버지, 감사합니다

오늘따라 아버지가 무척 보고 싶다. 방금 뵙고 왔는데 선이는 아버지와 이야기하고 싶은 생각에 잠을 이룰 수 없었다. 그리고 선이는 꿈에서 아버지를 만나게 되었다. 아버지는 갑자기 선이를 보자마자 "이놈아! 정신 차려라. 지금 잠을 잘 때냐! 어서 일어나 앉아라." 했다. 깜짝 놀란 선이는 잠에서 깨어나 일어났다. 그리고 책상 앞으로 가서 그동안 밀렸던 방학 숙제를 시작했다. 아버지는 선이가 기강이 해이해지고 게으름을 피우면 선이를 채근하여 바른길을 갈 수 있도록 도와준다. 선이는 "아버지, 감사합니다." 크게 말하고 아버지가 계신 시골 방향으로 일 배를 올리며 마음을 가다듬고 숙제를 계속해 나갔다. "무슨 일이든 그날 할 일은 모두 마치고 끝을 내라."라고 한 아버지 말이 자꾸 선이의 뇌리를 스쳤다. 각 과목 숙제하기 계획을 꼼꼼하게 짜고 매일 숙제하기로 했다. 새벽에 신문을 돌리고 잠시 쉬었다. 아침은 빵과 우유로 해결했다. 아버지는 늘 아침은 꼭 챙겨 먹어야 한다고 했다. 그것도 밥으로 해야 한다고 했다. 서양 사람들은 빵이 주식이라 괜찮지만, 동양인, 특히 한국인은 밥을 먹어야 밥심으로 공부도 할 수 있고 세상도 이겨 낼 수 있다고 했다. 하지만 선이는 아침 시간을 아끼기 위하여 간편식을 먹었다. 잠을 곤히 자고 새벽 네 시에 일어나 네 시 반까지 신문사 지국으로 가서 신문을 받아 두 시간 정도 돌리고 일곱 시쯤 집으로 와서 식사를 하고 등교했다. 학교까지는 걸어서 십여 분 정도 걸린다. 선이는 지금 환경을 만들어 주신 아버지께 감사드렸다. 선이는 장관이나 부자 아버지보다 지금 현재 선이의 아버지가 위대한 아버지라고 생각한다.

＊ 아버지, 아버지, 우리 아버지

배 씨 아저씨는 가끔 특별히 선이네 집에 들러 여러 가지 집 안 구석구석을 점검해 주고 불편한 것이 있으면 연락하라고 한다. 사실 서울 생활이 아직도 낯선 선이에게 배 통장님은 훌륭한 후원자이다. 어떤 때에는 학교에 들러 학교 관계자들에게 선이의 사정을 이야기하며 잘 보살펴 달라고 부탁도 했다고 한다. 선이네 집을 구입하는 데도 통장님이 주도적으로 도왔다. 그 아파트는 지은 지 오래되어 서울 사람들은 잘 사지 않는 집이었다. 그 집에 먼저 살던 사람이 부산으로 이사를 가야 하는데 몇 년간 집이 안 팔려 애를 태웠는데 마침 아버지가 그 집을 매입해 주었다고 한다. 그러면서 통장님께 두둑한 수고비를 드리며 선이를 아버지 대신 보살펴 달라는 특명을 내렸다고 한다. 배 씨 아저씨는 통장이지만, 그분의 동생들은 배 씨 아저씨가 장남으로 태어나 동생들을 모두 좋은 교육을 시켜서 지금은 대학

교수 동생도 있고 청와대 비서관으로 근무하는 동생도 있단다. 그래서 배 씨 아저씨는 근동에서는 가장 힘 있는 통장이라고 한다. 통장님은 자신은 희생했지만, 동생들이 출세하여 다행이라고 했다. 선이도 그러한 배 씨 아저씨가 싫지 않았다. 선이는 아버지로부터 배운 예의와 사람의 도리를 다하지 못하는 자신이 늘 부끄러웠다. 하지만 그때마다 "아버지, 아버지, 아버지!"를 부르며 용기를 내어 힘을 얻어 아버지가 가르쳐 준 신독(愼獨)이라는 단어를 되뇌며 자신을 단속하며 공부를 했다. 과외나 학원은 꿈도 꾸지 못했다. 그리고 선이는 그런 것에 관심도 없었다. 학교에서 가르치는 교사들의 말을 열심히 듣고 모든 학습은 수업 시간에 깨닫고 중요한 것은 그 시간에 외워 버렸다. 영어 과목은 본문을 외우는 것을 원칙으로 했다. 그러니 학교 시험은 크게 걱정하지 않아도 되었다. 남은 시간은 주로 문학 전집을 독파했다. 특히 선이는 톨스토이와 도스토옙스키에 관심이 많았고 빅토르 위고에도 관심이 많았다. 고전들을 좋아했다. 한국사와 서양사에 심취하기도 했다. 선이는 기독교에도 관심이 있었다. 대한민국 건국 대통령인 고 이승만 대통령에 대한 책도 읽었다. 여기서 선이는 국가의 흥망성쇠가 국가 지도자의 사상과 능력에 의하여 결정된다는 것을 알았다. 유교 골수 교육을 받은 이승룡(이승만 대통령의 아명) 씨가 기독교 신자가 되어 우리나라 건국 대통령이 되고 그의 국가 통치 이념은 성경에서 나온 것이라고 한다.

＊ 아버지가 알려주신 건국 대통령

아버지는 존경하는 분 중에 가끔 세 사람을 선이에게 이야기해 주었다. 우남(雩南) 이승룡(이승만 건국 대통령), 맥아더 장군, 이병철 회장님이다. 이승만 대통령은 조선 말기 고종 시대 1875년에 태어났다고 한다. 전 세계적으로 강대국이 약소국을 침범하여 속국 혹은 식민지로 삼는 패권 통치를 자행했던 시기였다. 조선도 서서히 국운이 기울어 가던 시기였다. 세도가들이 백성들을 수탈하고 온갖 못된 짓을 일삼았지만, 고종은 제국 왕의 자질을 갖추지 못한 무능한 왕이었다. 무능한 왕 주위에는 무능하고 후안무치한 간신배가 몰려들어 사리사욕을 채우고 개인 권력을 유지하고 치부하는 데 열중할 뿐이고 백성은 죽든지, 살든지 무시했다고 한다. 그런 암울한 시기에 하늘은 새로운 한반도의 인재를 태어나게 했다. 그는 어린 시절부터 신동이라는 말을 들으며 고향 평안도에서 살다가 한양으로 이사를 해서 서당을 다니며 사서오경을 배우고 훌륭한 유교 대가가 되었다. 그 시대는 관료 등용 제도인 과거 시험이 폐지되어 세월을 보내다 개화파 운동에 관여하다가 옥살이를 했다. 한성 감옥에서 옥살이를 하는 과정에서 청년 이승만은 미국 선교사들을 통하여 성경을 옥중에서 읽고 새로운 하느님의 나라를 경험한다. 그리고 세례를 받고 감형을 받아 감옥 안에서 자유롭게 책도 읽고 글도 쓸 수 있는 상황이 되자 이승룡은 선교사들에게 책을 읽을 수 있게 해달라고 했는데 선교사들의 청원으로 고종은 한성 감옥 도서관을 지어서 외국 서적 몇만 권을 이승만 씨에게 안겨 주었다. 이승만 씨는 배재학당에서 육 개월

만에 영어를 마스터하여 배재학당 영어 교수가 되었던 선재이었다. 그러니 외국 선교사들이 이승만이라는 인물에 반하여 그를 어떻게 해서라도 옥에서 빼내어 살려 주려고 힘썼다. 그리고 그는 고종의 특명으로 옥살이에서 해방되어 미국으로 가게 되었다. 그가 경험한 옥살이 기간 5년 7개월은 이승만 씨를 책으로 선진국의 문물을 배우게 해 주었고 경제, 외교, 국방 등의 공부를 통하여 사형수에서 대통령으로서의 자질을 갖추게 했다. 그리고 출옥 후 최초의 신문사인 매일신보를 만들고 언론인으로서 백성들을 일깨우는 데 심혈을 기울였다. 그리고 국권 침탈이 일어나 국권을 잃자 이승만은 일경에 쫓기는 신세가 되었다. 결국 선교사의 도움으로 미국으로 가게 되었다. 이승만은 그 당시 미국의 국무위원들과 인맥을 쌓았고 맥아더 소령과도 인연을 맺었다고 한다. 이승만은 프린스턴 대학교에서 동양 최초로 국제관계학 박사 학위를 최단기간에 받은 인물로 미국 정·재계 인사들에게 그의 인물됨을 각인시켰다. 이때 쌓은 그 인맥들이 한국 전쟁 때 풍전등화의 나라를 구해내는 위대한 힘의 근원이 되었다고 한다. 아버지는 이승만 박사가 대통령 시절에 한 말 중 "뭉치면 살고 흩어지면 죽는다."라는 말을 자주 인용했다.

* 한국 전쟁과 대통령 이승만

이승만은 1945년 8월 15일 대한제국이 일본의 식민 통치에서 해방

되자 상해 임시정부 정부 수반으로서 조국으로 들어와 한 국가를 구성하는 일에 주력하였다. 그리고 1948년에 국회의원 선거에서 국회의원에 당선되고 국회에서 자유 투표로 뽑은 자유 민주주의 국가 대한민국의 건국 초대 대통령이 되었다. 대한민국이라는 나라는 모르지만, 이승만의 이름은 그 당시 세계적인 인물이 되어 있었다. 그의 대통령 취임식에는 미국 정·재계 인사들이 대거 참석했다. 위대한 인물은 수많은 고난과 평범한 사람들이 겪지 않는 엄청난 고난을 겪는다고 한다. 이승만도 가정이 깨지는 아픔도 겪고 옥살이를 6여 년을 하고 해외로 떠돌았으며 나라를 세우고도 수많은 영욕을 겪었다고 했다. 아버지는 단호하게 말한다. "큰 인물은 한순간에 갑자기 솟아나는 것이 아니라 오랜 시간 동안 하늘과 세상이 만들어 결정적인 순간에 나랏일을 맡기는 것이다. 그래서 사람은 어떤 처지에서도 절망하지 말고 희망을 가지고 살아야 한다." 사형수로 칼을 쓰고도 성경책을 읽었던 이승만 씨를 생각하면 아버지는 선이가 장차 어떤 일이 있어도 그만한 절망 상태는 없을 것이니 꾸준하게 지금 당장 할 일을 착실하게 할 것을 선이가 다짐하길 원했다. 선이는 그렇게 하겠노라고 아버지께 다짐하고 아버지의 명강의를 경청했다. 그분은 건국 후 두 번의 선거에서 대통령으로 당선되었다. 그러나 이승만 대통령은 국가가 백척간두의 위기에 처하는 세계 전쟁사 중 가장 처참한 한국 전쟁을 하게 된다. 1950년 6월 25일 새벽 네 시, 북한 김일성 괴뢰 집단은 구소련의 최신식 탱크와 각종 첨단 무기를 앞세워 전격 남침을 감행했다. 김구 선생은 이미 북한의 군사력을 목격하고 전쟁을 막기 위해서는 북한과 손을 잡아야 한다고 했다. 그러나 이승만 대통령은 국제통에다 철저한 반공주의자였기에 북한과 손잡는 것 자체를 큰 문제로 인식했다. 이에 전쟁이 나자 즉시 유엔에 도움을 요청하고 미국 정·재계의 지인들에게 도움을 요청했다. 그래서 트루먼 대통령은 미국의 즉각적인 한국 전쟁 참전을 결정했고 풍전등화의 자유 민주주의 나라 대한민국은 서서히 승기를 잡기 시작했다. 당시 극동 미군 사령관 맥아더는 유엔군 총사령관으로서 한국 전쟁에 참전하게 되었다. 드디어 인천 상륙 작전의 성공으로 유엔군과 한국군은 북한군을 섬멸하여 승기를 잡고 압록강까지 진격했지만, 압록강이 언 틈을 타 중공군이 전격적으로 인해 전술로 아군을 공격해 오자 미군과 한국군은 후퇴하게 되었다. 이후 미국은 아이젠하워 대통령으로 정권이 바뀌며 반전(反戰) 분위기가 되고 한국 전쟁은 남한 정부가 참여하지 않고 미국과 북한 당국자가 참여하여 휴전협정을 맺고 휴전에 들어갔다. 미군은 한국에 주둔하고 한국군이 충분한 무장을 하도록 미국이 원조하는 조건이었다. 이승만 대통령이 맺은 한미방위조약은 우리나라가 비약적으로 부흥할 수 있는 토대가 지금까지 되었다고 아버지는 강조했다. 맥아더 장군은 우리나라를 구해준 하느님 같은 분이라고 한다. 그래서 아버지는 이승만 건국 대통령과 맥아더 유엔군 사령관을 존경한다고 했다.

* 아버지가 말하는 이병철 회장

또한, 이승만 대통령이 정치적인 대통령이라면 이병철 회장은 경제 대통령이라고 했다. 우리 경제가 암울한 시대에 대구에서 삼성 상회를 발전시켜 자본을 축적하고 기업을 일으키고 사업을 번창시켜 수많은 사람에게 일자리를 만들어 주었다. 탁월한 경영가로서 꼼꼼하게 탁월한 용병술로 삼성은 여러 방향의 사업을 계획하고 추진하는 귀한 사업을 일으켰다. 그리고 하는 사업마다 성공했다고 한다. 그런데 삼성가도 수많은 우여곡절을 겪으며 많은 정치적 탄압을 받았지만, 굴하지 않고 사업이 일익 번창하였다. 이병철은 독특한 경영 철학을 가지고 회사를 경영했다. 이병철 회장은 애국자이다. 사업보국, 곧 회사 경영은 단순히 일개인이 돈을 버는 것이 아니라 국가를 부유하게 하여 국민을 잘살게 하는 것이라고 했다. 그리고 인재 제일, 즉 사람을 잘 뽑아 사람 중심의 경영을 해야 한다고 한다. 이병철 회장은 사람을 잘 뽑아 그들을 교육하여 새로운 차원의 인재가 되도록 이끌어냈다. 그리고 그 인재들에게 충분한 대우를 해 주며 사주와 사원이 상호 공생하는 경영으로 유명하다고 했다. 그의 경영 철학 중 마지막은 합리 추구이다. 모든 일은 합리적인 사고방식을 가지고 임해야지 실패와 잘못을 줄이고 일을 성취할 수 있다고 했다. 삼성은 늘 신중하고 돌다리도 두드리고 가는 경영을 하여 무궁한 성장의 토대를 만들었다. 아버지는 삼성 이병철 회장의 경영 철학을 우리 일상생활에 접목해도 좋다고 한다. 즉, "학생으로서 지금 내가 공부하는 것이 애국하는 길이라면 더 열심히 할 수 있고 촌음을 아낄 수 있다. 나라가 번영하고 복되려면 정치인들이 사심 없이 백성들을 사랑하고 먹이며 살리는 데 집중해야 한다. 그리고 경제인들은 애국하는 마음으로 좋은 물건을 생산하여 백성에게 공급하고 전 세계를 상대로 무역을 해야 한다."고 아버지는 강조한다.

✻ 아버지, 죄송합니다

어느 날 선이에게 아버지의 짧은 편지가 배달되었다. "선이야. 네가 많이 보고 싶구나. 선이를 서울로 유학을 보낸 후 네가 하루에도 몇 번씩 눈에 밟혔다. 많이 보고 싶구나. 그러나 배 씨 말에 의하면 선이가 성실하게 서울 생활에 잘 적응한다니 한시름 놓는다. 아버지는 선이를 사랑하고 네가 잘 성장하기를 축원한다. 정진하여 꼭 아버지의 기대를 저버리지 말기를 바라고 또 바란다. 이만 줄이마. 아끼는 아들에게, 아버지가." 선이는 아버지 편지를 처음 받아 보았다. 2학기 중간고사가 끝난 뒤라 마음이 흐트러지려는 순간 아버지의 짧은 글을 대하니 반갑기도 하고 선이가 먼저 편지를 올려야 하는데 선이의 편지를 기다리고 기다리다 아버지가 먼저 편지를 보낸 것 같다. 선이는 아버지 계신 쪽으로 일 배를 올리며 "아버지, 죄송합니다." 하고 눈시울이 뜨거워졌다. 선이는 서울 생활을 하면서 아버지가 선이를 생각하고 걱정한 만큼 아버지를 그리워하지 못했다. 아버지의 사랑으로 지금은 미숙하지만, 자존심을 가지고 서울 아이들과 당당하게 경쟁하며 기죽지 않고 살아가고 있었다. 아버지께 이제 자주 편지를 드릴 것을 다짐하며 아버지께 감사하는 마음이 더욱 간절해졌다.

* 아버지와 배 씨 아저씨

매주 토요일 오후 서울 아이들은 과외다, 학원이다 하며 분주한 주말을 보내지만, 선이는 집으로 와서 그 한 주 동안 배운 것을 철저하게 복습하고 다음 주 수업 내용을 예습한다. 신문은 토요일 새벽까지만 돌리니 토요일은 예·복습을 밤을 새워서 한다. 일요일 오전에 배 씨 아저씨가 선이네 집으로 오셨다. 선이는 통장님을 방으로 안내해서 앉게 하시고 큰절을 올렸다. 통장님도 선이에게 고맙다고 했다. 그러면서 통장님은 평소와 다르게 선이를 자기 앞에 앉으라고 하시고 함께 이야기 좀 하자고 했다. 선이는 잠이 덜 깼지만, 정신을 가다듬고 아버지 말을 경청하는 것과 같이 통장님 말씀을 들었다. 배 통장님은 선이가 학교생활을 잘한다는 소문을 들었다고 운을 떼면서 아버지에 대한 비하인드 스토리를 선이에게 들려주었다. "선이야. 너의 아버지와 나는 사실 북한군 상사와 부하로 한국 전쟁에 참전하여 함께 미군 포로가 되어 거제도 포로수용소에서 생활하다가 함께 반공 포로로 분류되어 북한으로 안 가고 남한에 남게 되었다." 그리고 두 분은 북한에서 선생님을 하다가 소련군이 북한에 진주했는데 마침 군인을 모집하는 데 선생님들은 특별히 장교가 될 수 있고 대우가 선생님보다 훨씬 좋아서 함께 군에 지원하여 인민군 초급 장교가 되었다고 했다. 아버지는 한국 역사와 세계사 선생님이었고 배 씨 아저씨는 국어 선생님이었다고 했다. 두 분은 낙동강 다부동 전투에서 치열한 공방을 벌이다 미군에 의해 진지가 포위되어 포로가 되었다고 했다. 그리고 두 분은 거제도 포로수용소에서 포로 생활을 하면서 죽을 고비를 여러 번 넘겼다고 한다. 공산 포로와 반공 포로 간 반목이 심하였고 미군들이 공산 포로들에게 가혹한 처벌을 해 폭동이 일어나고 미군 포로수용소 소장 도드 장군이 공산 포로들에게 잡혀 전 세계 뉴스가 되기도 했다. 아버지와 통장님은 1953년 6월 18일 반공 포로 석방을 결정한 이승만 대통령 덕분에 자유의 몸이 되었다. 이후 아버지는 먹고 살아갈 길이 없어 시골 바닷가에 정착하여 물고기도 잡고 간척지를 만들어 농사를 지었고 통장님은 서울에서 북한을 탈출한 아내와 아이들 그리고 형제들을 만나 정착했다고 한다. 선이는 서서히 아버지의 비밀을 알면서 아버지가 왜 그렇게 공동체를 강조하며 우리는 뭉치면 살고 흩어지면 죽는다고 하면서 피난민들을 데리고 간척 사업을 하고 그들을 친형제처럼 대했는지 그 이유를 알게 되었다. 그리고 아버지가 선이를 대하고 가르치는 것이 일목요연하여 늘 존경했다. 또한, 이제는 아버지가 동네 사람들을 이끌고 통솔하는 모습이 남다르게 느껴졌다. 아버지는 북한에 계신 어머니가 월남하여 상봉하게 되었는데 어머니가 아버지를 찾는데 얼마나 고생을 했는지, 선이를 낳으시다 돌아가셨다고 한다. 배 씨 아저씨도 선이도 그 순간에는 서로 눈물을 흘렸다. 김일성이 북한에 돌아와서 친일 청산을 한다며 수많은 사람을 학살했다고 한다. 그 과정에서 많은 지식인과 기독교인들이 월남하여 죽을 고생을 하면서 남한에 정착하게 되었다고 한다. 선이 아버지는 군 장교로서 남한 침략군으로 입대할 당시 같은 학교 미술 선생님과 결혼을 약속했다고 한다. 한씨 성을 가졌던 그분은 아버지가 포로가 되었다는 소문을 듣고 단신으로 월남하기로 결정했다고 한다.

제3장

:
:
:

아버지와 어머니의 상봉

✳ 아버지와 어머니의 상봉

배 씨 아저씨는 매주 일요일마다 선이를 찾아와 아버지가 입을 꾹 다물고 비밀로 했던 이야기를 상세하게 해 주었다. 어머니는 처녀의 몸으로 야음을 틈타 산길 등으로 아버지를 만나기 위하여 고난의 행군을 했다고 한다. 여러 벌의 옷을 갈아입으며 뭇 사람들의 눈을 피하여 남으로, 남으로 내려오는데 산속에서 길을 잃어서 며칠씩 굶기도 하고 지쳐서 쓰러져 있다가 산골 노부부의 도움으로 살아나기도 했단다. 그 노부부는 산속에 살면서 전쟁이 일어났는지도 모르고 화전을 일구며 아무 근심 걱정 없이 소도 키우고 개들도 키우며 닭들도 치면서 계란을 생산하며 기쁘고 즐겁게 살고 있었다고 한다. 어머니가 한 철을 그 집에서 머물며 노인 부부의 초상화를 그려 주었더니 그분들은 어머니께 매료되어 여기서 얼마간 머물다 가라고 했단다. 어머니는 그곳에서 노인 부부의 딸처럼 살면서 시간 가는 줄 몰랐다고 한다. 그런데 어느 날 잠을 자다가 아버지가 환하게 웃는 모습을 꿈에서 보았다. 이제 가야 할 시간이 되었다고 하면서 노부부에게 여기가 어디냐고 물으니 청송 주왕산 산중인데 저 아래로 가면 작은 읍내로 갈 수 있고 그곳에 가면 세상 소식을 들을 수 있을 거라며 혹시 다음에 올 기회가 있으면 친정에 온다고 생각하고 오라고 했단다. 어머니는 또 고난의 행군을 시작하기로 하고 노부부에게 인사를 하고 물어물어 거제도까지 무사히 왔는데, 그때 당시가 1952년 한겨울이었다고 했다. 거제도에는 흥남 철수 작전으로 실려 온 피난민이 인산인해를 이루었다고 한다. 어머니는 그곳에서 평안도 고향

언니를 만나 거의 2년을 헤매며 거제도까지 온 보람을 느끼며 안심하였다고 한다. 언니는 포로수용소와 인연이 닿는 사람이 있다고 했다. 그래서 아버지가 무사하고 반공 포로가 되어 있다는 소식을 전해 들을 수 있었다. 어머니는 아버지에게 솜바지를 구해서 포로수용소에 넣어 주었다고 한다. 아버지는 어머니가 보내준 솜바지 저고리를 받아들고 아저씨를 껴안고 펑펑 울었다고 한다. 어머니는 아버지가 석방되기를 기다렸다. 아버지도 어머니를 만날 날을 손꼽아 기다렸다. 선이가 태어나기 위해서 어머니와 아버지는 한국 전쟁의 참화 속에서 서로의 결혼 약속을 지키기 위하여 아버지 근황을 수소문해 근 2년에 걸쳐 죽음의 고비를 넘기며 평양에서 머나먼 거제도까지 와서 서로 같은 하늘의 별과 달과 해를 볼 수 있었으니 얼마나 다행스러운 일인가? 아버지는 예지가 있고 지혜가 많았다고 한다. 이승만 씨는 철저한 반공 신봉자라 반공 포로를 북한으로 보내지 않을 거라고 했다. 북한으로 보내져 처형당할 거라는 공산주의자들의 흑색선전에 놀아나지 말 것을 반공주의자 동료들에게 공언하곤 해서 공산주의자들의 표적이 되어 죽을 고비를 몇 번이나 넘겼다고 한다. 어머니는 그래도 달러를 넉넉히 구해서 가지고 있어 돈 고생은 안 했지만, 그래도 아버지가 석방되면 살 집을 마련하기 위하여 뭔가를 하려고 했다. 마침 이승만 씨가 학교 교육을 정상화하기 위하여 피난민 중에서도 교사를 했던 사람을 특채한다고 해서 미술 교사에 응시해 바로 합격했다고 한다. 그래서 당시 충무에서 학교 선생님을 하며 아버지를 기다리게 되었다고 한다. 드디어 미국과 북한이 휴전 협정이 체결되기 전에 반공 포로가 석방되고 공산주의자들은 전원 북한으로 돌아갔다고 했다. 배 씨 아저씨도 월남한 형제들을 만나 어렵게 살림을 꾸렸는데 먹고 살기가 막막했지만, 서울에서 학원 강사를 하며 동생들의 뒷바라지를 했다. 하지만 인민군 경력 때문에 평생 자신의 신분을 속이며 여기까지 왔다며 한숨을 내쉬었다. 아버지도 엄청난 고생을 했을 거라고 했다. 다행히 아버지는 시골에 살아서 그래도 그만큼 살게 되었다고 한다.

* 간첩으로 몰렸던 아버지

아버지와 어머니는 1953년 6월 20일에 어머니가 근무하는 여중 근처에 어머니가 마련한 작은 한옥에서 신혼살림을 시작했다고 한다. 어머니는 학교에 출근하고 아버지는 날마다 바닷가로 낚시하러 다녔다고 한다. 어머니는 언제나 아버지를 다정다감한 마음으로 대하시며 행복한 신혼 생활을 이어 나갔다. 그리고 결혼 후 3년이 지나서 선이를 낳게 되었는데 선이를 낳다가 어머니는 죽고 말았다고 한다. 어머니가 선이를 잉태하고 석 달이 지났는데 아버지가 며칠째 귀가를 하지 않아 어머니는 큰 걱정에 휩싸였다고 한다. 그래서 어머니가 여러 루트를 통하여 알아보니 누군가가 낚시를 하던 아버지를 간첩으로 오인 신고하여 경찰서 유치장에 들어가 있다고 했단다. 어머니는 일단 안심을 하고 집에서 기다리다가 며칠이 되어도 아버지가 안 들어오시자 어머니가 직접 경찰서로 찾아갔더니 아버지는 경찰서에서 묵비권을 행사하여 큰 오해를 사 심한 고문까지 당했다고 한다. 아버지가 반공 포로였지만 주소와 호적 정리가 제대로 안 되어 있고 묵비권을 행사하니 간첩이란 확신을 가진 경찰관이 한 건의 실적을 올리려고 아버지를 풀어 주지 않고 있다가 어머니가 찾아가 본인은 학교 미술 교사이고 배 안에 있는 아이의 아버지가 이 사람이라고 하니 어머니가 보증서를 쓰는 조건으로 아버지를 석방해 주었다고 한다. 어머니가 아버지에게 왜 묵비권을 행사했는지 이유를 묻자 이 나라나 북쪽이나 다른 게 하나도 없다고 생각했다고 한다. 낚시하는 사람을 간첩이라고 신고한 사람도 밉고 경찰관들이 다짜고짜로 수갑을 채워서 경찰서로 끌고 가 간첩이라는 조서를 꾸며서 지장을 찍으라고 하니 자유 민주주의 국가라는 것은 허울뿐이고 마치 북한에서 자행되었던 인민재판과 다를 바 없다는 생각이 들어서 묵비권을 행사할 수밖에 없었다고 했단다. 어머니는 우리가 남쪽으로 내려와 사는 서러움이니 이해하라고 하면서 아버지를 달랬다고 한다. 우리나라는 작은 나라이면서도 뛰어난 인물들이 많아 한 번도 통일된 나라를 만들지 못했다. 물론 고려나 조선이나 한 국호로 오백 년 사직을 이어 왔지만, 완전한 나라라고 말할 수는 없다. 고려와 조선도 잘난 사람들이 많아서 나라가 분열되고 사정없이 자기편이 아니면 온갖 누명을 뒤집어씌워서 죽이는 일들이 비일비재하였다. 특히 강직하고 애국 애족하며 부정과 부패에 맞서며 청백리의 길을 가는 인재들은 당파 싸움에서 희생되고 말았다. 아버지는 순수하고 순진한 어머니에게 한국에 대한 비극적인 상황을 일깨워 주었다. 아버지는 남한의 체제도, 북한의 집단도 인정하기 힘들다고 토로하며 한국의 암울한 현실에 절망하였다. 정치적인 측면에서는 이해하지만, 자유 민주주의와 공산주의의 모두가 말로만 국민을 위한다고 하며 결국 권력을 가진 지배자들의 이익을 위하여 피지배자들의 인권과 권리는 짓밟아 버린다. 오직 지배 권리의 유지를 위하여 온갖 거짓말들을 생산하고 혹세무민한다. 그래서 편향된 이념의 집단은 전쟁을 일으켜 다른 이념의 집단을 모조리 싹 쓸어버린다. 그것의 증거가 한국 전쟁이다. 외세를 끌어들여서 자신의 이념인 공산주의를 실현하기 위하여 온 국민을 죽이고 자기편만 살리는 것이다. 한국 전쟁 당시 약 삼백만 명의 군인 국민이 죽거나 실종되었고 한반도는 쑥대밭이 되었다. 그러나 국민은 또다시 고난의 행군을 시작했다. 국민의 대다수가 살아 있어도 사는 것이 아니었다. 초근목피로 간신히 목숨을 유지했고 남의 집 추녀 밑에서 잠을 자야 했다. 이승만 대통령은 교육만이 나라를 살릴 수 있다고 생각하며 미국의 선진교육을 국내에 도입하여 백성들의 교육에 힘썼다. 세상 모든 아버지, 어머니들은 자신들의 헌신으로 자녀들을 열심히 대학까지 공부를 시켰다. 학생들은 배를 곯아 가며 학교에 가서 공부를 했고 스스로 아르바이트를 하면서 돈을 벌며 고학을 하였다. 그래서 미래를 철저히 준비했다. 아버지는 간첩으로 몰린 사건을 당한 후 머리가 복잡해지자 술을 자주 드시고 자신의 처지를 비관하며 한반도의 암울한 미래를 예언했다고 한다. 그러나 그 사건 이후로 아버지와 어머니의 사랑은 더 깊어졌다고 한다. 어머니는 점점 배가 불러와 산달이 되어 선이를 낳으려고 학교를 휴직하고 집에서 아기가 태어날 준비를 했다고 한다. 아버지는 뱃일 등 막노동을 해서 한 푼이라도 벌었다고 한다. 어머니는 그런 아버지를 존경했다고 한다. 모든 생각을 현실에 맞추어서 하고 일을 해서 돈을 버는 일이면 무엇이든 조건을 생각하지 않고 해서 어머니를 감동시키곤 했단다. 배 씨 아저씨는 아버지와 어머니에게 대한 비화를 선이에 상세하게 알려 주었다.

* 어머니의 죽음과 아버지

산달이 되어 선이를 낳던 어머니는 산통을 많이 겪으셨단다. 드디어 아들을 간신히 출산한 어머니는 기절하시더니 이내 일어나지 못했다고 한다. 아버지는 핏덩이 선이를 잠시 병원에 입원시키고 어머니 장례를 모셨는데 몇몇 피난민이 함께 도와주었다고 했다. 경상도 사람들은 은근히 속으로 정이 많아 생면부지 피난민의 죽음에도 모두 장례에 도움이 되는 음식과 물건들을 가져왔고 동네 이장은 산자락을 공짜로 제공하며 어머니를 안장할 묘지로 쓰라고 내어놓았다고 한다. 그래서 어머니는 "흙에서 왔으니 흙으로 돌아가라."라는 성경 말씀에 의하여 흙으로 돌아가 육신은 흙으로, 영혼은 하늘나라로 가셨다. 아버지는 한동안 망연자실했지만, 하루하루 선이를 키우며 지내다 좀 더 북쪽으로 올라가서 살기로 결정하고 가산을 정리하여 오늘날 정착지로 이사를 왔다. 이사를 한 결정적인 요인은 당시의 상황 때문이었다. 그 당시에는 북한 밀명을 받고 남파된 간첩과 남한에 정착한 고정간첩이 접선하여 남한에 공산 사회주의 좌파 비밀조직을 구축하는 데 혈안이 되어 있었다. 아버지도 그들의 표적이 되어 힘들었다고 한다. 자주 찾아와 회유도 하고 협박도 하고 돈과 보석으로 유혹하며 좌익 지하 조직원이 되라고 했단다. 남한은 적화가 될 것이고 곧 공산주의자의 세상이 된다고 이야기했다고 한다. 아버지는 중대한 결심을 했다. 아무도 모르는 곳으로 가서 자신의 세계만을 유지하며 살고 싶었다. 전쟁도 없고 서로 이념적으로 싸움도 하지 않고 백성을 신처럼 모시며 살 수 있는 세상을 만들고 싶었다. 백성이라고 말하기보다 이웃을 섬기며 사랑하고 싶었다. 그리고 모든 이념의 갈등은 자신 대에서 그 고리를 끊고 선이에게는 평화롭고 아름다운 세상을 마음껏 자유롭게 누리며 살아갈 수 있는 터전을 마련해 주고 싶었다. 아버지는 깊은 산골에 들어가 선이에게 아무 교육도 시키지 않고 자연인으로 살다가 감쪽같이 누구도 모르게 살다가 함께 죽을까 하는 생각을 한 적도 있다고 배 씨 아저씨에게 토로한 적도 있다고 한다. 그러나 그렇게 한다고 세상이 달라질 것도 아니었거니와 선이가 그 생활에 만족할지도 모르고 오히려 더 비참한 유산을 물려주는 걸 수도 있다고 배 씨 아저씨가 말하니 아버지는 술김에 한 말이라고 했다. 하지만 어머니의 죽음에 대한 충격에서 벗어나지 못하면 아버지도 선이와 함께 죽어서 한 선생에게 가고 싶다고 하며 오열했다고 한다.

* 아버지의 결심

일단 아버지는 선이를 위하여 살기로 하고 자신의 이상 세계를 선이가 이뤄 갈 수 있도록 노력하기로 했다. 그래서 살던 집을 월남한 동지에게 헐값에 팔고 빨리 떠나기로 했다. 모든 살림은 버리고 어머니 유품 중 귀중품은 챙기고 나머지는 어머니 묘소 옆에 구덩이를 파고 묻어 주었다고 한다. 그리고 북한과 비교적 가까운 바닷가에 자리를 잡았다. 그곳에도 월남한 난민이 많이 살았지만, 아버지의 정체는 아무도 몰랐다고 한다. 그러니 지금 배 씨 아저씨로부터 선이가 이러한 엄청난 이야기를 처음 듣고 있는 것이다. 배 씨 아저씨도 주민들과 가능하면 공평하고 정의로운 세상을 만들기 위하여 노력한다. 시청에서 주민을 위하여 나오는 모든 물품은 각 아파트 동장들에게 공개하고 공평무사하게 나누었다. 그리고 독거노인 중에서 전란에 가족을 잃고 독거하는 분들이 많았는데 이틀에 한 번꼴로 돌아보면서 돌봐 주신다. 당시 서민 아파트들은 연탄보일러라 매일 연탄을 갈아 주어야 하는데 동네 사람들을 모아서 연탄 계를 만들어 독거노인 옆집에 사는 사람이 자신의 집 연탄을 갈아 줄 때 노인이 기거하는 집 연탄도 갈아 주도록 했다. 그리고 연탄도 공동으로 공장에서 직접 구매하여 가끔 연탄도 한 차씩 얻어와 독거노인 가정에 나누어 주기도 했다. 공산주의 이념을 사욕 없이 실행하는 모습이다. 그래서 배 씨 아저씨는 주변 주민들에게 존경을 받았다. 구청장 말은 안 들어도 통장님 말은 주민 모두가 따랐다. 그분의 말을 잘 듣고 따르면 주민들에게 유익이 되고 공동체 가족애를 느끼기 때문이라고 주민들이 이구동성으로 말한다. 그래서 그런지 모두 경제적으로 어려워도 인심이 좋았다. 선이가 혼자 아르바이트를 한다는 소문이 아파트 전 동에 퍼져서 주민들이 먹을 것, 입을 것, 덮을 것을 자주 갖다주었다. 옷은 성한 것들을 골라 석이와 복이에게 보내주었다. 학이에게는 일복으로 쓸 것들을 모아서 보내 주기도 했다. 선이는 그런 일을 할 때면 늘 행복하고 즐거웠다. 아무튼 배 씨 아저씨도 아저씨의 공산주의 이념을 선하게 실행해서 다섯 동 천여 세대 주민들에게 공동체 의식을 강하게 심어 주어 주민들의 복지를 향상시켰다. 좋은 이념을 사심 없이 세상에 펼치면 이상 세계를 만들 수 있다. 그러나 그 좋은 이념을 사유화하고 계파를 만들고 편 가르기를 하면 그 공동체는 무너지게 된다. 그리고 그를 주도한 세력들은 살수 있지만, 백성들은 말할 수 없는 고통을 겪는다. 지금의 북쪽 사람들의 체제나 백성들을 보면 적나라하게 증명된다고 한다. 김일성 일가 왕가와 그 주위 권력을 가진 사람들은 세계 최고, 최상의 생활을 누리고 있지만, 일반 인민들은 세계에서 가장 가난한 삶을 살아간다. 그것을 이념의 왜곡이라고 한다. 민주주의를 가장한 독재 사회, 공산주의 사회이다. 그런 나라들은 결국 망하고 만다. 그리고 백성들의 삶은 짐승만도 못한 비참한 삶으로 귀결되고야 만다. 선이와 아버지는 바닷가 한적한 마을로 이사해서 아버지가 사 놓은 터에 집을 지었다. 동네 피난민들이 몰려와 터를 다지고 한옥 안채와 사랑채를 뚝딱 지었다. 그리고 아기 선이와 아버지는 새 삶을 살게 된 것이라고 한다. 그 당시 북한 공작원은 선이를 없애 버리겠다는 협박도 했다고 한다. 아버지는 바닷가에 정착한 후 갯벌에 정치망을 설치해서

고기도 잡고 잠도 안 자며 피난민들과 함께 갯물이 차지 않는 바닷가를 둑으로 쌓아 막아서 농토를 만들기 시작했다고 한다. 아버지가 그렇게 일찍 자리를 잡은 것도 어머니가 월남하면서 가져온 달러 때문이라고 한다. 어머니는 아버지와 짧은 시간을 보내고 선이와 재산을 남기고 아까운 창창한 나이에 아버지를 그리워하며, 미안해하며 세상과 이별했다. 아버지는 선이에게 "엄마는 저 하늘에 별이 되어 아버지와 선이를 지켜 준다."라고 말한 적이 딱 한 번 있다. 그 말을 할 때 아버지는 선이에게 "다시는 엄마 이야기는 꺼내지 말아라."라고 타이르며 "혹시라도 엄마가 그리워지면 저 하늘에서 제일 큰 별을 보면 된다."라고 했다. 그러나 선이는 그런 적이 한 번도 없다. 혹시 선이가 어머니를 그리워하는 모습을 보면 아버지가 더 슬퍼할까 봐 두려워서였다.

* 아버지의 건강과 사랑

선이는 배 씨 아저씨 덕분에 밤하늘을 자주 바라보는 버릇이 생겼다. 어머니별을 찾기 위해서다. 선이는 어머니가 있는 친구들이 부러웠다. 학이는 아버지가 일찍 죽고 어머니만 계셨는데 학이네 집에 가면 어머니의 따뜻한 사랑이 아버지와 다르다는 느낌을 받곤 했다. 그러나 어릴 때 아버지 앞에서 어머니에 대한 이야기는 안 하기로 했기에 겉으로는 어머니가 있는 친구들을 부러워할 수 없었다. 하지만 동네 친구들이 어머니 품에 안겨있는 모습을 보면서 내심 울컥한 적도 있다. 동네 친구 중에 항이가 있었다. 그 친구는 막내아들로 태어났는데 초등학교 3학년까지 하교하면 엄마 찌찌를 먹었다. 어머니 가슴에 안겨서 젖을 빠는 그 친구가 너무 부러웠다. 그래서 한동안 항이가 하교할 때면 가끔 항이네 집에 가서 그가 엄마 젖을 빠는 것을 구경했다. 그러면 그 어머니가 "선이도 젖을 한번 먹어 볼래?" 한 적이 있는데 어린 마음에 부끄러워서 도망친 적이 있었다. 아버지의 엄명으로 어머니를 찾지는 않았지만, 어머니를 남몰래 그리워한 것은 사실이다. 그런데 아버지에게 좋은 어머니가 있었으면 좋겠다는 생각을 했다. 세월에 장사가 없다고, 아버지는 수술 후에 운동도 꾸준히 하고 늙지 않으려고 여러 가지 노력을 했다. 그러나 아버지를 뵐 때마다 외로워 보였다. 선이가 고등학교 졸업반이 되고 얼마 지나서 아버지가 주말에 서울 집으로 왔다. 선이는 반갑기도 하고 놀라기도 했다. 아버지가 건강해지고 혈색이 참 좋아 보이며 젊어졌다는 느낌을 받았다. 아버지께 일 배를 드리고 식탁에 마주 앉았다. 아버지는 수술 후 경과가 좋고 아버지의 노력으로 병환은 완전히 다 나았다고 주치의 이 박사님께서 말해 주어 제일 먼저 선이에게 알리고 싶어서 한달음에 올라왔다고 했다. 선이는 안도의 한숨을 푹 쉬었다. 사실 선이는 학교생활이나 서울 생활에는 익숙해졌지만, 아버지 병환으로 인한 아버지의 건강 상태가 늘 걱정되었기 때문이다. "아버지, 혈색도 좋아 보이고 기분도 좋아 보여서 선이도 좋고 아버지께 감사드리며 병환을 물리친 것을 축하드려요."라고 했다. 아버지는 온화한 얼굴로 선이에게 "서울 생활을 잘해 주어 고맙다."라고 하면서 선이의 근황을 배 씨에게 들었다고 했다. 아버지는 아무 말도 안 하고 침묵하시다 선이에게 어렵게 말을 했다. "아버지에게 좋은 여자 친구가 생겼다."라고 했다. 그분도 인민군 정보장교로 일하다 전쟁 중에 군을 이탈해 남한에 남았다가 약학 대학을 나와 약사로 혼자 살아왔는데 북한에 남아 있는 남자 친구를 그리며 살다가 오십 대 후반까지 혼자 사는데 루가 의원 원장님의 소개로 만나서 오빠, 동생 사이로 지내고 있다고 했다. 선이는 은근히 질투가 났다. 아버지가 선이가 없는 틈을 타 바람을 피웠다는 묘한 기분이 들었던 것이다. 하지만 선이는 한편으로 아버지가 더 많이 늙기 전에 좋은 여자 친구가 생겼으면 좋겠다는 생각을 했다. 그리고 얼굴에 미소를 띠며 아버지께 잘되었다며 축하를 드렸다. "아버지. 새어머니를 빨리 뵙고 싶네요." 했다. 아버지도 걱정스러운 표정이 사라지고 만면에 미소를 띠며 "네가 이해해 주어서 고맙다."라고 했다. 나이가 들다 보니 부엌에 들어가기도 싫고 특히 선이가 없으니 더 외로워져서 루가 원장님께 본인의 심정을 이야기했더니 새어머니를 소개해 주었단다. 몇 번 만나 보니 이북에서 동향 후배로서 선이 친어머니도 아는 분이라는 것이다. 아버지가 선이 앞에서 선이의 친어머니를 직접적으로 언급한 것은 처음이다. 선이는 배 씨 아저씨께 친어머니에 대한 말씀을 자세히 들어서 이미 알고 있었지만 모르는 척했다. 아버지는 선이에게 "이제는 선이도 어른이 다 되었고 공부도 많이 해서 네 마음과 몸과 정신과 영혼이 잘 성장할 때까지 선이 친어머니에 대한 이야기를 아버지가 직접 할 수가 없어서 배 씨에게 부탁했다."고 했다. 아버지와 배 씨 아저씨는 평생 형제처럼 지내는 막역한 친구라고 했다. 하지만 선이가 서울 생활을 하면서 외롭고 어려우면 아버지께 의지하듯이 배 씨 아저씨께 의지할 것 같아서 배 씨 아저씨에 대한 이야기를 할 수 없었단다. 선이는 아버지의 정성과 세밀한 배려와 사랑에 감사드렸다. 사람이 좋은 아버지와 어머니 사이에서 태어나 좋은 환경에서 성장하는 것이 사람의 행복 중 제일이나 아버지와 함께 살아온 선이도 행복했다고 할 수 있었다. 그 젊은 나이에 고아원에 보내지 않고 아버지가 직접 선이를 키운 것은 기적에 가까운 일이다. 그만큼 아버지가 어머니를 사랑하는 마음이 지극했기 때문이다. 아버지는 어머니보다 나이가 십여 년 이상 차이가 났다. 그러니 이제 많이 늙은 나이지만, 새어머니가 생긴다니 선이는 무조건 좋았다. 그리고 새어머니가 빨리 보고 싶었다. 새어머니는 독실한 천주교 신자라고 한다. 그 또한 선이를 기쁘게 했다. 고등학교 때 선이에게 처음 생긴 친구가 철이인데, '바오로'라는 세례명을 가진 친구다. 서울 갑부의 아들이며 금수저이지만 그의 언행은 늘 겸손했다. 그는 손해를 보더라도 공동체의 일이라면 감수하며 기꺼이 손해 보는 일을 했다. 선이도 천주교 신자인 철이를 따라 성당을 갔는데 참 좋았다. 철이네 가족은 모두 천주교 신자였다. 매일 저녁이면 철이 아버지가 주관하여 가정과 가족을 위한 기도를 한다고 한다. 그래서 선이는 대학 예비고사가 끝나면 천주교회에 신입하여 교리를 받고 신자가 되겠다고 결심했다. 새어머니가 천주교 신자라니, 하느님의 오묘한 섭리를 체험하는 순간이다. 새어머니는 아버지를 무척 사랑하고 아껴주신다고 한다. 벌써 보약을 두 번이나 지어 주었다고 한다. 약사이니 사람 몸과 마음에 좋은 약을 아버지에게 주어 아버지가 건강하게 오랜 세월

동안 선이 곁에 계시길 선이는 속으로 빌었다. 선이가 읽은 어느 책에서 남녀가 서로 사랑을 나누며 다정하게 짝을 지어 사는 것이 건강에도 좋고 수명도 연장하게 하며 노후에도 금실이 좋으면 장수한다고 쓰여 있었다. 아버지는 사랑도 열정적으로 할 분이다. 주위 아주머니들에게도 인기가 많았다. 어려서부터 할머니와 할아버지의 사랑 속에서 비교적 좋은 가정교육을 잘 받으셨단다. 아버지는 그동안 선이를 키우면서 화를 내거나 야단을 치기보다는 온유한 말로 다정다감하게 타이르곤 했다. 세상의 어머니들도 다정다감한 남편을 원할 것이다. 서울 친구 철이네 어머니와 아버지는 결혼 후 한 번도 다툰 적이 없다고 했다. 그래서 그런지 철이도 성격이 원만하고 친구들에게 인기도 좋으며 부반장으로 리더십도 훌륭하다. 어머니는 아버지의 순하고 합리적인 말에 순종하고 아버지는 그러한 어머니에게 늘 감사했다고 한다. 그리고 어머니가 원하시는 일은 특별히 가정의 평화를 깨지 않는 일이라면 이해하고 도와준다고 한다. 한 번은 어머니가 친구의 꼬임에 넘어가 도박을 하여 당시에 큰돈을 잃어 실의에 빠져서 죽을 생각을 하였는데, 그런 어머니를 아버지가 그 사실을 미리 간파하고 무슨 일인지 말하라고 하니 어머니는 감추기에 급급하고 거짓 변명을 했단다. 철이 아버지는 한동안 철이 어머니가 하지 않았던 화도 내고 아버지의 선의의 말을 오해하는 등 어머니가 평정심을 잃은 것을 보고 수상하다는 느낌을 받았다. 하루는 어머니가 피곤하다며 잠을 자는 척하는데 밤늦게 누군가에게 전화를 받으며 쩔쩔매는 어머니의 모습을 보았다. "누구 전화요?" 하니 어머니가 전화를 놓치며 졸도했단다. 아버지가 어머니 친구의 전화를 대신 받아 나중에 다시 하라고 했다. 무슨 일이기에 전화를 받다가 졸도를 하게 하느냐고, 다시는 전화하지 말라고 했다. 어머니를 침대 위에 눕히고 응급조치를 하니 어머니가 깨어나더란다. 아버지는 당신이 졸도하여 내가 대신 전화를 받아서 모두 처리했으니 자초지종을 말하라고 어머니에게 부드럽게 말했다. 어머니는 그동안 화투를 동창들끼리 모여서 치다가 삼천만 원 정도를 잃어서 고민을 많이 하고 죽어버리려고 하다가 이렇게 당신께 걸렸다며 용서를 빌었다. 아버지는 어머니께 이제 아버지 당신이 모두 해결할 터이니 걱정하지 말고 가정에 충실하고 당분간 동창들을 만나지 말 것을 온유하나 단호하게 말하였다. 철이 어머니는 펑펑 울면서 아버지에게 잘못했다고 했단다. 아버지는 하느님께 용서를 빌고 다시는 악마의 유혹에 넘어가지 말라고 타이르며 묵주 기도와 가정을 위한 기도를 매 순간 하라고 했다고 한다. 그 이후로 어머니는 아버지를 더욱 존경하게 되고 아버지를 하느님처럼 생각하고 섬겼으며 아버지는 그런 철이 어머니를 이해와 사랑으로 대하며 "미안합니다. 감사합니다. 사랑합니다. 존경합니다."라는 말을 자주 들으며 살아왔다고 한다. 아버지가 먼저 그렇게 했는데 어느 순간부터 어머니도 수시로 아버지가 하는 말을 그대로 했다고 한다. 철이도 자주 "미안합니다. 감사합니다. 사랑합니다." 란 문장과 비슷한 말을 쓰는 것을 보았다. "고맙다. 미안하다. 사랑한다. 친구야. 너희들 때문에 철이가 행복하다."는 등의 말을 많이 하니 친구들이 철이를 좋아할 수밖에 없었다. 선이는 아버지가 새어머니와 철이네 부모님처럼 기쁘고 행복하게 살았으면 좋겠다고 희망했다. 아버지는 그래도 부끄러운지 선이의 눈을 피한다. 선이는 일어나 아버지 품에 안기며 "아버지, 사랑합니다. 존경합니다. 감사합니다." 하면서 "꼭 두 분이 그동안 못했던 사랑을 많이 나누시길 선이는 기도하겠습니다. 그리고 어머니를 빨리 보여 주세요."라고 했다. 아버지는 대답 대신에 얼굴에 함박웃음을 피웠다. 아버지와 선이는 서로 뒤척이며 잠을 이루지 못했다. 이튿날 아버지는 선이가 늦잠이 들었는데 밥도 지어 놓고 집에서 새어머니가 만들어서 보냈을 반찬으로 상을 차려 놓으시고 쪽지와 꽤 많은 용돈을 놓고 시골로 내려갔다. 선이는 아버지가 내려가시는 쪽으로 일 배를 드리고 봉투와 쪽지를 확인하였다. "또 만나자. 이 용돈과 밑반찬은 새어머니가 준 것이니 좋은 곳에 써라. 아버지는 언제나 선이를 지지한다. 꼭 학문의 목표를 달성해라. 배 씨 아저씨는 아버지와 진배없는 분이니 네가 믿고 의지해도 된단다. 사랑한다. 내 아들 선이야." 이러한 내용이었다. 새어머니가 약사라니 좋았다. 선이는 일단 아버지 문제는 새어머니에게 맡기고 얼마 남지 않은 대학 입시에 집중하기로 했다.

* 아버지가 원하는 선이의 길

그간 선이는 아버지를 시골에 사는 농사꾼으로 알고 그분이 남다른 면모가 있지만, 막연히 아버지로서의 가르침이려니 하고 생각했는데 아버지가 중학교 교사이자 인민군 장교였다니 선이는 아버지의 존재감을 새삼 다시 느꼈다. 반공주의자가 되어 남한에서 극히 평범한 촌부로 겸손하게 선이를 올곧게 키워 오신 것을 알고부터 선이는 아버지의 기대에 어긋나지 않은 사람이 되기로 새삼 결심하였다. "아버지, 아버지, 좋은 선이 아버지, 감사합니다. 그러한 엄청난 이야기를 감추고 사시느라 얼마나 고생하셨는지요." 그리하여 그런 큰 병도 앓으신 것 같다고 선이는 생각했다. 평소 아버지는 선이가 법대를 나와 법복을 입기를 그토록 원했지만, 사실 선이는 예술 쪽으로 가려고 했다. 늘 미술부 특별활동을 하면서 그림을 그렸다. 그리고 학생 미술 경진 대회에서 입상을 자주 하였다. 신기하게 그림을 그리면 마음이 편하고 행복했다. 오늘따라 더욱더 그림을 그리고 싶었지만, 모든 일은 대학을 들어간 이후에 실행하기로 했다. 사람에게는 비밀이 존재하기 힘들다. 아버지는 선이가 그림을 잘 그려서 입상해서 상을 타오면 반기면서도 서글퍼 하시는 모습을 자주 보였다. 아마도 그런 모습을 보면서 아버지는 어머니를 떠올리며 서글퍼 하셨으리라. 아무것도 모르는 선이는 가끔 아버지가 선이가 예술 하는 것을 싫어한다고 생각해서 어느 순간부터 그림 그리는 것을 멈추었다. 이제 대학을 선택해야 하는데 어느 길을 갈 것인가? 고민이다. 아버지가 교사를 하지 않고 군을 선택한 것은 무엇 때문이었을까? 그리고 공산주의자에서 반공주의자로 전향한 이유는 무엇 때문이었을까? 이런저런 생각으로 복잡한 일요일 오후, 배 씨 아저씨가 선이가 좋아하는 통닭을 사 가지고 왔다. 대학은 선택했느냐고 아저씨는 선이에게 물었다. 대학교는 선택했는데 무슨 공부를 할 것인가는 결정하지 못했다고 했다. 아버지보다 나이가 많으신 통장 아저씨는 자녀들이 모두 명문대를 나와서 좋은 직업을 가지고 일을 하지만, 선이는 이제 대학을 가게 되니 배 씨 아저씨도 선이에게 장래의 계획을 묻는 것이다. 예비고사 성적은 잘 나왔으니 학교는 선택되었고 어떤 공부를 해야 하는지 고민된다고 선이가 말하였다. 통장님은 선이에게 사범 대학을 나와서 교사의 길을 갈 것을 추천했다. 그러나 선이는 그 길을 가기가 두려워졌다. 사람을 가르치려면 선이가 먼저 사람으로서 인격과 슬기가 있어야 하는데 스스로 늘 부족하다고 생각했기에 교사는 일찌감치 하지 않기로 마음먹었다. 선이는 외교관이 되고 싶었다. 그래서 남북으로 나눠져 있는 우리나라의 평화를 위해 헌신적으로 일하고 싶었다. 그리고 한국사와 세계사를 공부하고 싶었다. 부전자전인지라 아버지의 전공을 따르려는 선이의 생각은 필연적 유전 인자의 작용인 듯했다. 일단 원하는 대학에 외교학과가 있으니 그것을 전공하겠다고 선이는 배 씨 아저씨께 말했다. 배 씨 아저씨는 법학이나 경영학을 공부하기를 추천했지만, 선이는 그런 학과에 별 관심이 없었다. 이념 대립으로 남북 관계가 냉전인 상태를 푸는 방법은 오직 외교로 해결할 수밖에 없다고 생각했다. 우리나라는 반도 국가이고 북으로는 중국과 러시아와 국경을 맞대고 있고 남쪽으로는 섬나라 일본과 대한 해협으로 맞서고 있다. 그렇기 때문에 외교력이 국가의 존망에 미치는 영향이 대단히 크다고 선이는 생각했다. 선이의 뜻을 알아차린 통장님은 매우 만족하며 "네 생각이 깊고도 좋구나." 하면서 선이의 뜻에 동조하며 칭찬을 아끼지 않았다. 철이는 같은 대학교에 경영학과에, 선이는 외교학과에 합격했다. 이제 선이는 유아 세례를 받은 철이를 따라 성당을 나가기 시작했다. 고등학교 3년 내내 단짝으로 뭇 학생들의 부러움을 샀던 두 사람은 과는 다르지만, 대학 생활도 함께하게 되었다. 철이 아버지, 어머니도 선이와 철이의 대학 합격을 축하하며 유명 양복점 제화점 상품권을 합격 선물로 주었다. 철이와 선이는 커플 양복과 구두를 맞추기로 했다.

✳ 아버지와 어머니

선이는 시골에 내려가 아버지와 어머니를 찾아뵙기로 하고 어머니와 아버지에게 드릴 선물로 어떤 선물을 살지 고민을 하였다. 차라리 백화점 상품권을 사서 두 분이 서울 나들이를 할 수 있게 해드리는 것이 좋을 거라고 생각했다. 그래서 화신 백화점 상품권을 그동안 아르바이트로 번 돈으로 샀다. 어머니에게는 좋은 스카프를 선물하기로 하고 일본산 명품 스카프 한 장도 사서 상품권과 함께 예쁘게 포장하였다. 꼭 친어머니가 별나라에서 다시 내려오신 기분이 들고 어머니가 빨리 보고 싶었다. 선이는 참으로 가벼운 마음으로 시외버스 정류장으로 가서 버스를 탔다. 마침 차장 언니가 선이네 동네의 순이 누나였다. 순이 누나는 "아이고! 우리 도련님, 집에 가시는가? 키 크고 얼굴도 더 잘생겨졌네." 하면서 선이를 반겼다. 순이 누나는 초등학교를 졸업하고 작은 공장에서 일하다가 버스 차장으로 변신한 용감하고 멋진 누나이다. 영어는 어디에서 어떻게 배웠는지 미군들과 자유자재로 의사소통을 잘한다. 그래서 버스 차장으로 등극했다고 한다. 하여간 차장 누나 덕분에 선이는 편안하게 자리에 앉아

집까지 무사히 도착했다. 집은 외부는 기와집 한옥 그대로인데 내부는 양식으로 리모델링되어 있었다. 집에 도착하니 아버지와 어머니가 안 계셨다. 선이는 소파에 앉아 있다가 잠시 잠이 들었다. 털털이 버스를 타고 멀미를 하며 와서 그런지 피곤이 몰려왔다. 선이는 꿈속에서 어머니를 만났다. 어머니는 온화한 미소를 띠고 다정하고 순한 말투로 "선이야, 잘 왔구나. 엄마도 별나라에서 너와 아버지를 만나러 왔단다. 대학 입학을 축하한다."라고 했다. 그 순간 인기척이 나고 누군가가 선이를 깨웠다. 아버지였다. 선이는 벌떡 일어나 정신을 가다듬고 "아버지!" 하면서 겸연쩍게 대했다. "어머니는 어디 계세요." 하니 아버지는 뒷머리를 긁으며 "읍내로 돌아갔다."라고 했다. 시골에서 출퇴근하기도 힘들고 해서 읍내에 거처를 정하고 서로 그립고 보고 싶으면 주말이면 어머니가 오고 평일에는 아버지가 나가신다고 한다. 선이는 그런 아버지와 어머니의 입장을 이해했다. "오늘 어머니가 계실 줄 알고 선물을 사 왔는데…" 하고 선이는 말끝을 흐렸다. "오늘 네가 올 줄 미리 알았으면 좋았을 것을, 우리가 몰라서 미안하다." 하면서 아버지는 아쉬워했다. 선이는 꿈에서 어머니를 뵈었다고 말하며 아버지의 마음을 위로해 주었다. 여전히 아버지는 어머니 이야기는 안 했다. 선이도 더 이상 아무 말도 안 했다. "네가 좋은 대학에 들어갔다고 동네 사람들이 잔치를 해 준다고 하니 이번 설에는 꼭 오거라." 했다. 선이는 아버지가 착잡한 심정을 달래려고 그런 말을 한다고 생각했다. 그러나 얼른 동네 어른들에게 귀향 인사를 드리고 싶었다. 선이는 철이와의 약속으로 금요일에 다시 서울로 올라가야 해서 아버지께 양해를 구하였다. 어머니가 토요일에 오신다고 했으나 선이에게는 어머니보다는 친구와의 약속이 더 소중했다. 선이는 최근에 철이가 건네준 프랑스 신부님 달레가 지은『한국 천주교 교회사』에 푹 빠져 있었다. 그리고 철이와 함께 성당에 다니며 신의 도움으로 일생을 살아가기를 원했다. 그래서 가능하면 주말에는 서울에 머물기로 다짐했다. 아버지는 어머니가 일하는 약국을 함께 들러서 인사하고 서울로 가라고 했다. 그렇게 하겠다고 하고 아침 일찍 읍내까지 걸어가기로 했다. 아주 어릴 때 아버지를 따라 장터에 간 것 같이, 이제는 어른이 되어서 아버지와 읍내로 가게 되었다. 사람이 목표를 정하고 함께 걷는 것을 동행이라고 한다. 아버지와 함께 먼 길을 걸어간다는 것은 즐겁고 행복한 일이다. 어릴 때 아버지가 장을 보러 간다고 하면 걸어가는 것은 힘들고 싫으면서도 그날이 기다려졌다. 금요일이 빨리 오기를 기다렸다. 아버지와 선이는 어머니를 만나러 아침 식사를 일찍 하고 읍내로 향하였다. 산길도 변함이 없었고 내린 눈이 초목을 감싸 안고 있다. 많이 추웠지만, 아버지와 동행하기에 추운 줄 모르고 읍내로 가게 되었다. 어머니가 출근하는 시간과 아버지와 선이가 읍내에 도착한 시간이 딱 맞아떨어졌다. 어머니는 이미 도착하셔서 약국 문을 열어 놓았다. 약국은 꽤 넓었고 한쪽에 미닫이문을 단 공간에 멋진 소파와 간이침대가 있고 2인용 식탁도 놓여 있었다. 어머니가 아버지를 위한 공간으로 만들어 놓으신 것 같았다. 어머니 약사는 아버지와 선이를 반갑게 맞이하며 "어서 오시라요. 추운데 고생하셨수다." 하면서 특유의 이북 말을 상냥하게 하며 접견실로 안내해 주었다. 그리고 "선이가 이 아이야요. 참 훤칠하고 잘생기고 멋진데." 하면서 오랜 구면을 대하듯 했다. 한쪽

벽면에는 고상이 걸려 있고 성모 마리아상과 성서도 있었다. 새어머니는 "선이도 성당 다니는 친구와 성당을 다닌다는 얘기를 들었다."라고 했다. "아버지는 혼배 성사하기(성당에서는 외짝 교우가 부부가 되기 위해서는 한쪽이 반드시 세례를 받아야 혼배 성사를 할 수 있다) 위하여 급하게 교리를 수업을 받고 '요셉'이라는 세례명으로 세례를 받았고 어머니는 '마리아'이다."라고 했다. 또, "아버지를 만나서 너무 기쁘고 행복하며 선이와 같이 멋진 아들을 두게 되어 더 기쁘다."라고 했다. 그 말을 들으며 선이도 반갑고 기뻤다. "어머니, 작은 선물입니다. 받아주세요." 하면서 스카프와 화신 백화점 상품권을 드렸다. 어머니는 감동하면서 선이를 사랑스러워하는 눈으로 바라보다가 선이를 끌어안고 "선이야. 내 아들아, 사랑한다. 이제 엄마가 네 뒷바라지를 할 테니 마음껏 책도 읽고 여행도 다니고 여자 친구도 당당히 사귀어라."라고 했다. 선이는 난생처음으로 어머니 품에 안기어 어머니 향기를 마음껏 마셨다. 그 모습을 보시던 아버지 눈시울이 붉어지고 얼굴 주름에 눈물이 고였다. 선이, 아버지, 어머니는 소파에 나란히 앉아서 도란도란 이야기를 나누었는데 어머니는 연실 손님이 오니 들락날락하시며 고생을 했다. 선이는 바로 나와서 서울행 버스를 탔다. 어머니는 용돈을 선이에게 두둑하게 주면서 "서울 갔다가 설날에 꼭 내려오라."라며 영양제도 싸 주었다. 선이는 그렇게 어머니와 첫 만남을 가졌다. 잠깐이었지만, 정말 친어머니를 만난 것처럼 정이 폭 들었다. 빨리 또 만나게 되기를 바라게 되었다.

제4장

·
·
·

천주교 교리를 교육받는 선이

* 천주교 교리를 교육받는 선이

선이는 서울로 올라와 달레 신부님이 쓴 『한국 천주교 교회사』를
연이어 정독하기 시작했다. 당시 선교사로 조선에서 사목하시던 다
블뤼(안돈이) 신부님이 1841년경에 조선에 입국하여 1866년 병인교난
으로 돌아가시기 전까지 25년 동안 조선 사목을 하면서 조선의 박
해와 여러 자료를 수집하여 프랑스 달레 신부에게 보내어 『한국 천주
교 교회사』를 집필하는 데 큰 공을 세웠다. 또한, 한국 천주교의 복
자와 성인 탄생에 결정적인 순교 증거 자료를 마련해 주신 분이 위대
한 다블뤼 주교님이다. 1866년 병인박해 때 다블뤼 주교와 오매트로
신부님, 위앵 신부님, 황석두 루가 회장님, 장주기 요셉 회장님께서
천주교 괴수로 연행되어 참수형을 받아 형 집행을 해야 하는데 고종
의 결혼식이 있어서 사형은 궁궐이 있는 한양 이백 리 밖에서 해야
한다는 당시 미신에 의한 법 때문에 한양에서 이백 리 밖에 있는 충
청도 보령에 위치한 갈매못 병영으로 도보로 갔다. 착고를 차고 칼
을 쓰고 죽으러 가면서도 다섯 분의 성인은 서로 위로하기를 "이제
지상을 떠나 천국으로 가니 얼마나 기쁘고 행복한지 모르겠다."며
찬미 노래를 부르며 "하느님 감사합니다." 하니 옥졸들도 즐거워했다
고 한다. 그러나 당시 이십 대였던 오매트로 신부님만은 두려움에 크
게 떨었다고 한다. 장주기 요셉 성인은 나이가 연로하여 석방하려고
했으나 주교님과 천국을 같이 가게 해 달라고 판관에게 사정하여 갈
매못에서 칼을 맞고 장렬하게 순교했다고 한다. 이러한 순교자들의
피 위에서 한국 천주교가 태어나게 되었다고 한다. 전 세계에서 유일

하게 『천주실의』 등의 서적을 통해 양반들 사이에서 자진으로 교리를 받아들이고 가 성직자 제도를 통하여 천주교가 평신도 모임으로 태동한 나라는 한국 천주교뿐이다. 선이는 모든 것이 신기했다. 사형을 당하러 가면서도 찬송을 부르고 그들의 대화가 유쾌했다니, 그 믿음과 사랑과 소망을 가진 그들의 하느님을 선이도 믿고 따라 볼 만한 일이 아닌가? 선이는 그동안 본인이 다종교적이었다는 생각을 해 보았다. 동네 교회도 가 보고 원효대사의 전설이 있는 동네 절에도 가 보았다. 물론 아버지 몰래 갔다. 아버지는 종교를 반대는 안 하시지만, 종교는 사회를 좀먹는 사악한 것이라고 가르쳤다. 실제로 그런 면도 있다. 예수님 장사를 하는 사람들이 많은 것은 사실이다. 그래서 종교는 전통적인 뿌리가 있는 종교를 가지면 삶이 매우 풍요롭게 된다. 선이는 어릴 때부터 호기심이 많았다. 특히 아버지와 단둘이 살면서 아버지와 함께 사는 것이 지극히 자연스러운 일이라고 생각했다. 그 아버지가 종교적인 절대자이기도 했다. 그러나 지금은 또 다른 절대자 신앙의 대상이 필요해졌다. 선이도 사람이 얼마나 나약하고 힘이 없고 변덕이 심하며 미래가 불투명하고 불완전한 존재임을 책을 통하여 알았기 때문이다. 아버지는 지금도 선이의 신앙이지만, 세월이 가니 그 아버지는 더 이상 선이를 보호해 주는 대상이 아니라 이제는 오히려 선이가 도와야 하는 입장이 되어 버린 것이다. 그런 면에서 철이는 선이에게 영향력 있는 친구가 되어 주었다. 철이는 어쩌면 또 다른 선이의 아버지가 되어서 같은 배를 함께 타고 떠나는 인생 항해를 해야 하는 제2의 아버지가 되었다고 생각했다. 그래서 철이와의 약속은 늘 꼭 지켰다.

✳ 철이와 난생처음으로 성당에 가다

대부분의 사람이 '성당' 하면 명동 성당을 생각한다. 명동 성당은 서울 대교구 주교좌성당이며 우리나라에 오는 많은 관광객이 천주교 성지로 찾아오는 곳이다. 그리고 수많은 걸인과 사회적 약자들의 쉼터이자 그들이 희망을 일구던 곳이다. 그런데 철이가 나가는 성당도 아담하고 고색 찬연한 성당이다. 일단 새 신자는 등록을 하고 교리 공부를 해야 한다. 선이는 매주 주일마다 9시까지 성당 교리실로 나가 정이 테레사 교리 교사에게 교리를 배우게 되었다. 교리 선생님은 쾌활하고 유쾌, 통쾌하게 살아가는 탁 트인 모범적인 천주교 신자라고 철이 바오로가 말해 주었다. 천주교는 성경과 그동안 구전으로 전해 오는 전통적 전례를 새 신자에게 약 6개월간 교리 교육을 시켜서 세례를 해 준다. 그러면 예비 신자의 딱지를 떼어 낼 수 있다. 즉, 정식 세례를 받고 천주교 신자라는 자격이 주어진다. 그리고 세례 성사가 끝난 신자는 주교님이나 주교 대리인으로부터 견진성사를 받으면 다른 세례 받는 사람의 대부가 될 수 있는 자격을 받는다. 선이는 6개월간의 교리 공부를 마치고 성모 승천 대축일 직전 주일에 세례를 받았다. 8월 15일은 우리나라 광복절인 동시에 천주교 달력으로는 성모 승천 대축일이기도 하다. 신자들은 우리나라 광복이 성모님의 전구하심으로 인해 하느님의 은총으로 주어진 것이라고 말하고 있다. 선이는 천주교에 대하여 하루하루 살아가면서 알게 되어 기뻤다. 철이가 성당이 끝나면 함께 철이네 집으로 가자고 했다. 사실 선이는 주일이면 집으로 오는 배 씨 아저씨를 만나 어머니와 아버지에 대한 이야기와 그 가족사를 듣는 것이 어느덧 중요한 일정이 되었다. 이렇게 갑자기 일정이 바뀌면 연락도 안 되고 곤란한 경우가 생긴다. 선이는 철이에게 선약이 있으니 다음 주로 미루자고 했다. 그랬는데 사실 그날이 철이의 생일이라고 했다. 저녁에 식구들과 친척들이 오기로 해서 선이도 초대하는 것이라고 했다. 선이는 철이의 말을 들으며 금수저들은 아직 어린 나이임에도 태어난 생일을 기념하여 가족 축제로 지내는구나 하는 생각을 하며 그의 초청을 선약이 있어 받아들이지 못하니 이해해달라고 사정을 하였다. 철이는 다소 실망한 눈치였지만 그래도 선이의 간곡한 설명을 받아들였다. 선이는 성모상 앞에서 기도를 드렸다. 아버지와 어머니가 건강하게 장수하시길 빌었다. 그리고 천주교 참 신자가 되게 해 달라고 빌었다. 성당은 졸업식이 없다. 한번 입교한 이상 죽을 때까지 성당을 다녀야 하는 것이다. 선이는 집으로 돌아왔다. 철이는 청년 모임에 갔다. 선이는 일단 성당에서 교리 공부를 더 하는 데 집중하기로 했다. 기타 활동은 나중에 견진성사를 받은 후에 하기로 하고 활동도 후에 중요한 단체에 가입하여 성당에 도움이 되는 일을 해 보기로 했다. 믿음에 최선을 다하는 것도 삶에 큰 도움을 받는다고 어느 유명한 신부님의 강론 테이프에서 들었다. 우리가 살아가는 과정에는 여러 가지 방법이 있는데 꼭 필요하고 긴급한 일이라면 즉시 집중하여 그 일을 실행하여야 한다. 그렇지 않은 경우는 차후로 미루거나 중요하지 않은 일은 즉시 용도를 폐기하고 새로운 계획을 세워서 다른 중요한 일을 해야 한다. 그리고 여타 곁가지들은 과감하게 쳐내 가며 삶을 단순화시켜서 자신의 인생 목표를 달성하기 위하여 질주해야 한다고 아버지는 선이에게 가르쳐 주었다.

＊ 설에 아버지를 찾은 선이

얼마 있으면 대학 수강 신청도 하고 설이 된다. 선이는 일단 이번 학기는 필수 교양 과목 강의를 철이와 함께 듣기로 하고 국제학과 관련된 서적을 다섯 권 정도 독파하기로 했다. 그리고 설에 귀향하여 이틀 정도 머물며 고향 친구도 만나 보기로 했다. 석이, 복이, 학이, 연이 등이다. 석이는 대학을 가지 않고 고향에서 소를 키우며 고모님과 살기로 결정했단다. 학이는 어머니와 농사를 짓다가 형과의 갈등으로 상경하여 우유 배달을 하는데 그의 일터에 가 보니 가게와 붙어 있는 조그만 방에서 새벽에 라면과 대병 소주를 마시고 우유 배달을 하는데도 끄떡없이 잘하고 있었다. 선이는 아버지께 배운 술이지만, 조금만 마셔도 취하여 술을 멀리했다. 고교 시절에도 몇 번의 음주 기회가 있었으나 모두 용하게 피하였다. 그동안 학이는 서울에서 몇 번 보았는데 열심히 살아가고 있었다. 학이 어머니께도 세배를 드리려 한다. 석이와 복이가 보고 싶고 그들의 농촌 생활이 행복하기를 기도했다. 선이는 이번에는 아버지와 어머니께 용돈을 드리고 싶었다. 그동안 아르바이트로 돈이 꽤 많이 모였다. 아버지가 돈은 날개가 달려있어서 항상 날아가려고 해서 꼭꼭 잘 챙겨서 못 날아가도록 해야 한다며 조금씩 저축을 하면 돈은 날개를 접고 돈을 아끼는 사람에게 오랫동안 머물며 그 주인을 빛내주고 편안하게 해 준다고 했다. 그리고 돈은 생명과 같아서 잃어버리거나 탕진하면 다시는 그 생명인 돈이 좀처럼 부활하지 못한다고 했다. 선이는 봉투 몇 개를 만들어 가방에 넣고 가벼운 몸과 마음으로 귀향길에 올랐다. 설 이튿날 동네 분들이 선이의 대학 입학 축하 잔치를 한다고 했다. 버스가 만원이다. 자리에 앉을 수가 없다. 순이 누나는 차장을 그만두고 오산 미군 기지 바걸로 취직했다고 한다. 아마 누나의 영어 실력을 알아본 사장이 스카우트해 갔다는 소문이다. 고통스러운 귀향길이지만, 아버지와 어머니를 만날 수 있어서 기뻤다. 콩나물시루 같은 버스지만 비교적 안전하게 운행을 하여, 동구 밖 신장로에 선이를 실어다 내려주었다. 옷을 고쳐 입고 집으로 향했다. 신장로 언덕길로 내려가면 왼편 기와집이 선이네 집이다. 마침 토요일이고 구정 전전 날이라 아버지와 어머니가 거실에 계셨다. "아버지, 어머니. 안녕하세요. 선이가 왔습니다." 하니 어머니가 "아이고, 내 아들이 왔구나." 하면서 평소라면 아버지가 했던 일을 어머니가 대신 선이를 반갑게 맞아들였다. 선이는 아버지와 어머니의 얼굴이 밝고 평화롭게 보여 안심했다.

* 설날 고향 풍경

아버지, 어머니 두 분의 부모님이 북한 평안도에서 돌아가셔서 두 분 조상에 대한 차례를 합동으로 지내고 어머니 상만 따로 선이가 절을 하고 잔도 따랐다. 어머니, 아버지는 그런 선이를 측은하게 바라보았다. 돌아가신 어머니께 진설할 음식을 준비해 주신 살아 계신 어머니께 감사했다. 제사를 올리고 아침상을 차려서 아침 식사를 마치고 세배를 드리는데 아버지와 어머니는 함께 받으신다고 하는데 어머니와 맞이한 첫 설이라 따로 드리고 싶었다. 선이는 아버지, 어머니를 설득하여 어머니께 먼저 세배를 드리고 용돈 봉투를 드렸다. 어머니는 감명을 받으셨는지 기쁨의 눈물을 흘리며 "이렇게 멋진 아들에게 세배를 받으니 기쁘고 행복하다."라며 "새해에는 좋은 짝을 만나서 데이트를 하고 건강한 몸과 마음으로 캠퍼스 생활을 해라."라고 덕담을 하였다. 아버지께 세배하고 용돈을 드리니 "선이를 매일 어린아이로만 생각했는데 어느덧 장성하여 아버지에게 용돈까지 주다니." 하면서 싱글벙글한다. 아버지도 흰머리가 보였다. 아들 하나 잘 키우기 위하여 청춘을 희생하신 분이다. 이제부터는 아버지와 어머니의 인생 후반부가 나날이 행복하기를 기원했다. 그리고 다시 한번 하늘에 계신 선이의 수호신인 한 씨 어머니도 하늘나라에서 평화를 누리기를 간절히 빌었다.

＊ 고향 어르신들께 세배

선이는 박 씨 어른, 최 씨 어른, 한 씨 어른, 오 씨 어른, 엄 씨 어른, 지 씨 어른들을 찾아 세배를 드리고 덕담을 나누었다. 박 씨 어른은 우리 동네 최고령으로 돌아가신 박 씨 할아버지의 장남으로, 동생은 중앙정보부 고위 공무원으로 재직 중인 우리 동네에서 최고 위직 공직자 명문 가문이다. 세배를 하니 부부 어르신께서 맛있는 식혜와 집에서 만든 산자를 내오셨다. 박 씨 어르신 댁 식혜와 산자는 그 가문의 특별한 음식으로 설날에만 맛볼 수 있는 음식이다. "좋은 대학에 들어갔으니 열심히 공부해라."라고 했다. 최 씨 어르신은 조선조 말에 낙향한 수성 최씨 종가이고 양반집 가풍을 이어온 집안인데 선이는 어릴 때 그 어르신께 소학과 천자문을 배웠다. 지금은 연세가 많지만, 하얀 수염을 길러 선비의 기품을 풍기는 분인데 가는귀를 먹어 말을 크게 해야 알아듣는다. 그 댁은 며느리가 잘못 들어와 가산이 쇠락하게 되고 시아버지를 구박한다는 소문으로 집안 분위기가 썰렁했다. 그 손자분들도 알 수 없는 병으로 고생하였다. 지 씨 어르신은 동생과 아들이 목사가 되어서 모두 훌륭한 목회자가 되어 기독 명문가가 되었다. 지 씨 어르신은 목수 일도 하시고 바닷고기 잡는 일도 했다. 동네에서 인심 좋기로 유명한 가문이다. 부부 어르신이 교회를 다니며 동네 집 짓는 일은 도맡아 했다. 그분의 둘째 아들은 전자 학원에 다녔다. 그 당시에는 텔레비전도 없고 라디오도 없는 동네가 많았다. 지 씨 어르신 둘째 아들이 전파 수신기를 만들어 집마다 스피커를 달아 주고 매달 현금이나 현물로 세를 받았다. 유일한 산골 KBS 방송지국이 된 셈이다. 선이는 그 덕분에 이미자 선생님의 〈섬마을 선생님〉 노래를 배워서 동네 어르신들의 인기를 독차지하기도 했다. 아버지는 가끔 선이에게 노래를 부르라고 하면서 장단을 맞추며 기뻐하셨다. 지 씨 어르신 내외는 선이의 세배를 받은 후 "큰일을 하려면 하느님을 믿고 따라야 한다."라고 하셨다. 또한, "성경을 열심히 읽어라."라며 "지식은 짧고 지혜는 길다."라는 말을 해 주었다. 그리고 직접 잡은 꽃게로 게장을 담아 잘 익은 것을 서울로 가져가 먹으라고 싸 주었다. 사실 지 씨 아저씨 아내는 선이 어머니처럼 선이를 어릴 때부터 챙겨 주었다. 한 씨 어르신 댁은 지 씨 어르신 바로 윗집이다. 칠 공주 아빠라고 딸만 연속으로 일곱 명을 낳았고 막내로 늦둥이 아들을 두었다. 선이 아버지는 그 집 딸들에게 관심이 많았다. 한 씨 부부 어르신은 시부모를 극진히 모시며 사셨다. 그 자녀들도 모두 효자로 소문났다. 시부님을 봉양하는 모습을 보면서 자라났으니 그 자녀들이 어머니, 아버지께 잘해 드리는 것은 당연했다. 세배를 드리고 나오는데 아직 생존해 계신 노할머니가 봉투 하나를 선이 손에 쥐어 주면서 "훌륭하게 잘 커 주어 고맙다."라고 했다. 그 할머니는 교회의 권사님이고 인품이 고왔다. 오 씨네는 동네 부자인데 인심이 좋지는 않았다. 바로 옆집 임 씨네는 온천지 산들과 밭떼기가 그 댁 것이다. 조선조 말의 거상 임상옥의 후손이라 대대로 부자로 살아온 집안인데 그 집 안주인이 갑자기 신을 받아서 굿을 많이 했다. 그리고 자손들이 아파서 많은 산과 논을 팔았다. 특히 임 씨 어르신의 바람기가 잘 날이 없어 땅을 첩들에게 빼앗기고 사기도 당했다. 맨날 전국을 주유하며 사시니 내림굿을 한 아주머니 혼자 제 세배를 받고 덕담을 한다. "인물은 인물이로다. 국회의원 한 번 하고 대통령도 해봐." 했다. 선이는 황당하다는 생각을 하면서 인사를 하고 나왔다. 이제 김 씨네 세 집을 돌고 늘 동네

일에서 아버지를 도와준 손 씨 아저씨와 아저씨 어머니께 세배를 드리기로 했다. 손 씨 아저씨 부부도 홀어머니를 헌신적으로 봉양하였다. 시시때때로 목욕도 시켜 드리고 철 따라 고운 옷도 해 입히시고 할머니가 드시고 싶다고 하면 한밤중이라도 챙겨서 드시도록 했다고 한다. 손 씨 아저씨 부부의 효심은 근동에 다 소문이 나 있었다. 동네 어르신들께 세배를 끝난 후 학이 어머니께 세배를 했다. 동네에서 오 리쯤 떨어져 있는 산골 집이다. 마침 학이도 집에 와 있었다. 형이 결혼하여 새색시도 있었다. 가서 세배를 드리니 떡국을 끓여서 내왔다. 어머니가 빚은 이북식 만두는 참으로 맛이 좋았다. 선이가 학이네 집에 가는 이유 중 하나가 그 만두가 먹고 싶기 때문이었다. 형수가 예쁘고 참해 보이고 수줍음을 많이 탔다. 어머니는 선이가 대학에 들어간 것을 축하하며 기뻐하였다. 학이에게 괜스레 미안했다. 학이는 만두를 넣은 떡국에 술을 마셨다. 선이는 술을 마시지 않기로 했다. 아버지와 어머니와 저녁 식사를 하며 어머니가 직접 빚은 포도주를 한 잔씩 마시기로 약속했기 때문이다.

✻ 아버지, 어머니, 선이

어머니는 설날 저녁상을 정성껏 차리고 몇 년 전에 직접 담근 포도주를 선이와 아버지께 대접하기로 했다. 그리고 "요셉 씨와 선이와 우리 함께 설날 저녁 기도를 하느님께 드려요."라고 했다. 어머니의 갑작스러운 제안에 아버지와 선이는 당황했으나 거부했을 때의 부작용이 클 것 같아 그대로 따르기로 아버지와 선이는 순간적으로 합의했다. 온 가족이 예수님의 고상과 성모상 앞에서 기도하게 되니 신기하다는 생각이 들었다. 아버지와 단둘이 보냈던 긴 세월 속의 여느설과는 사뭇 다른 분위기인데 저녁 기도까지 하니 행복감을 느끼게되었다. 기도를 마친 후 선이, 아버지, 어머니는 원탁 앞에 앉아 어머니가 차려오신 음식을 함께 차려놓았다. 어머니는 신문지로 몇 겹으로 싸 놓은 포도주를 내왔다. 포도주를 예쁜 파카 글라스 잔에 한잔씩 따라서 서로 마시며 건배를 했다. 어머니는 "내 아들의 장도에하느님 축복이 가득하기를." 하면서 유쾌한 시간을 보냈다. 그런 분위기에 익숙하지 못한 아버지와 선이는 어머니가 리드하는 대로 따라서 즐거운 한때를 보내며 한 가족이 얼마나 아름답고 소중한지를알게 되었다. 어머니는 "요셉 씨와 선이 덕분에 즐거운 시간이었다."라고 하면서 어머니도 "이렇게 기쁘고 행복한 설은 처음 맞는다."라고 했다. 그리고 내일은 선이가 좋아하는 만두를 빚는다고 했다. 아버지가 선이를 위해서 리모델링한 사랑채로 갔다. 아버지는 어머니의 엄명을 받고 "선이가 설날에 내려오면 편안하게 쉴 수 있도록 호텔급으로 리모델링하라."라며 돈까지 받았다고 한다. 정말 광으로 쓰던 공간과 사랑방을 터서 넓은 방으로 만들어 고급 호텔 방처럼 해놓았다. 샤워할 수 있게 화장실도 예쁘게 꾸미고 탁자와 침대와 책장이 있었다. 아늑하고 마음이 평화로웠다. 포도주가 기분을 업 시켜 주어서 노래를 부르고 싶었다. 선이는 〈섬마을 선생님〉을 구성지게 불렀다. 이웃집 김 씨 아저씨가 집 마당 앞을 지나가시며 "얼씨구, 잘한다." 하고 추임새를 넣어 주었다. 그렇게 선이는 정겹고 행복한 고교 시절을 마감하는 설날을 고향에서 보냈다. 선이는 어머니의 세심한 배려에 감탄했다. 좋은 어머니를 사랑하고 존경하기로 했다.

✳ 아버지, 어머니, 선이의 동네잔치

이튿날, 동네 어르신들이 모두 동네 새마을 회관에 모였다. 피난민들 반, 원주민 반인 선이네 마을은 남북 주민이 오손도손 서로 상생하며 잘 화합하여 평화롭게 살아가고 있다. 아버지가 중심을 잡고 모두 함께 잘 살아가는 방법을 취하고 동네 두레 계를 효율적으로 운영하기 때문이다. 정초면 두레 계 회의를 열어 일 년간의 공동 사업을 계획하고 볍씨 파종을 위한 굵직한 사안부터 각 가정의 경조사까지 의논하여 한 해를 미리 준비한다. 오늘은 선이의 명문대 합격과 앞으로 외무고시 합격을 기원하는 두레모임을 갖고 아버지와 어머니의 간이 결혼식도 하는 날이다. 아버지와 어머니가 고운 한복을 입으시고 몸단장을 하니 어머니는 이십 대 새색시로 변신하여 선이의 애인이라고 해도 손색이 없을 정도였다. 아버지도 만면에 환한 미소를 지었으나 한편으로는 다소 부끄러워하는 면모도 보였다. 동네 아낙네도 모두 부러운 눈으로 선이네 가족들을 바라보았다. 먼저 동네 연장자 어르신 부부들께 아버지와 어머니가 일일이 첫 세배를 올리고 덕담을 주고받았다. 그리고 어머니가 만든 포도주를 한 잔씩 따라 드렸다. 마을 어르신들은 포도주 맛을 대부분 처음 보는 눈치였다. 한 잔씩 마시고 술맛이 좋다고 했다. 어머니는 수줍은 복사꽃처럼 동네 어르신들의 칭찬에 미소로 답했다. 선이네 가족이 동네의 모범 가정으로 등극하는 순간이었다. 석이, 복이, 학이가 와서 잔치에 참여하였다. 그렇게 간단한 축하식이 끝나고 두레 계 사물놀이를 시작했다. 지 씨 어르신 나팔수를 필두로 꽹과리 손 씨 아저씨, 장구 오 씨 아저씨, 징이 아버지의 몫이었다. 북은 한 씨 아저씨가 쳤다. 농자 천하지대본이라는 꿩 털로 장식된 깃대를 들고 앞장선 기수를 따라서 죽 사물놀이패가 줄지어 악기들을 연주해 가면서 동네의 안녕과 농사 풍년을 기원했다. 선이와 친구들도 풍물패를 뒤따라가며 어깨춤을 추었다. 흥겹고 멋진 하루해가 저물어 갔다. 마을 사람들은 그렇게 함께 서로의 건강과 가정의 안녕을 빌어 주었다.

* 친구들과 밤새워 인생을 논하다

선이는 친구들과 집으로 돌아와서 친구들과 아버지, 어머니께 인사를 드리고 선이의 잘 꾸며진 사랑채에 모였다. 어머니가 친구들이 올 것을 대비하여 방을 넓게 치워 놓았다. 대여섯 명의 친구와 앉아서 놀 수 있는 공간을 마련해 주신 것이다. 선이는 어머니의 사랑을 느끼게 배려해 주신 것에 몇 번을 속으로 '어머니께 감사합니다.'라고 되뇌었다. 석이는 일찌감치 우사(牛舍)를 짓고 소를 키울 준비를 해

놓았다고 한다. 면사무소에 농자금도 신청해 놓고 한 해 동안 해야 할 일을 꼼꼼하게 계획해 놓았다고 했다. 학이는 어머니가 마련한 안주와 소주를 마셨다. 서울에서 고단하지만, 돈을 버는 학이는 늘 말수가 적었다. 복이는 동네에 있는 벽돌 공장에서 일하며 할아버지와 할머니를 도와 농사를 지을 것이라고 한다. 다달이 나오는 원호금은 잘 모아서 장가들 밑천을 마련할 거라고 한다. 복이는 중학교를 졸업하고 갯벌에서 조개를 캐고 맛을 잡는 어부 처녀가 된 분이와 결혼을 약속했다고 한다. 선이와 친구들은 복이의 현실적인 삶에 경의를 표하며 부러워하였다. 동네 친구들도 대부분 농사를 짓는다고 했다. 성이는 초등학교를 졸업하고 서울로 올라가 미싱공으로 일했는데 지금은 공장에서 알아주는 기능공이 되었고 월급도 많이 탄다고 한다. 애인도 여러 명 있다고 이야기하여 친구들이 서로 재미있게 얘기를 들으며 성이를 부러워했다. 선이와 친구들은 그렇게 밤을 새워 가며 서로의 포부와 희망을 이야기했다. 선이는 별말 없이 조용히 친구들 얘기에 맞장구를 치면서 즐겁게 놀아 주었다. 친구들이 말하는 소박한 이야기들을 들으며 선이도 시골에 눌러앉아서 일생 동안 농사를 지으며 한 씨 어르신네 셋째 따님과 일찍 결혼하여 아이를 낳고 어머니, 아버지에게 효도하며 살고 싶었다. 그러나 하늘과 아버지와 어머니가 준 재주를 잘 갈고닦아서 나라와 국민을 위하여 멸사봉공(滅私奉公)하는 것이 올바른 일이요, 사람의 도리라고 생각하며 오늘의 모든 꿈은 미루기로 하고 시골에 남아서 농사일을 할 친구들과 도회지에서 돈을 버는 친구들이 소원하는 모든 일이 잘되기를 빌었다. 술에 취한 학이와 성이는 코를 골며 곯아떨어졌고 석이와 복이도 잠이 든 것 같다. 선이는 걸상에 앉아 코를 책상에 박고 잠이 들었다. 아침에 깨어 보니 성이와 학이는 가버렸고 복이도 안 보였다. 석이는 선이의 침대에서 깊은 잠에 빠져 있었다. 선이도 방바닥에 대충 요를 펴고 이불을 뒤집어쓰고 다시 잤다. 얼마 동안 잠을 잤는데 아버지가 깨웠다. 선이와 석이는 일어나 거실 식탁으로 갔다. 어머니는 아침 일찍 상을 차려놓고 첫차로 읍내 약국으로 출근했다. 아버지와 석이, 선이가 한 식탁에서 식사를 했다.

＊ 식탁에서 이루어진 아버지의 철학 강의

아버지는 식사를 하시며 석이와 선이를 청중으로 삼고 인생철학 강의를 했다. "사람이 살아가면서 할 일과 안 할 일이 있다. 우선 사람으로서 할 일은 첫째로 공부를 열심히 하여 사람이 어떤 존재인가를 알아가는 것이다. 누구보다도 자기 자신을 바라볼 줄 알고 내 본성을 바로 알아 가는 것이다. 불교에서는 자기 자신이 누구인가를 깨닫는 것이 최고의 미덕이라고 하고 기독교에서는 십계명을 하느님께 받아서 인간이 살아가는 기본으로 삼았다. 인간은 종교를 알고 하늘을 처다볼 수 있는 유일한 존재지만, 모두 제 잘난 맛에 살다 보니 세상에서 가장 무섭고 지독한 존재도 인간이라고 한다. 물론 반대로 한없이 선하고 너그럽고 아름다운 존재 또한 인간이다. 그래서 가장 좋은 일은 선각자들의 길을 잘 살펴서 따라가며 발전시키는 것이 참된 인간이다." 아버지의 말에 따르면 "사람은 교육을 받고 성장하게 되어 있다."라고 한다. 좋은 부모님을 만나 좋은 환경에서 교육을 받은 사람도 있고 척박한 환경에서 태어나 여러 환난 속에서 성장하는 사람도 있지만, 어느 환경이든 개개인의 노력과 성향에 따라서 사람답게 사느냐, 아니면 인간답지 않게 사느냐가 결정된다고 한다. "금수저가 되든 흙수저가 되든 본인의 열정이 인생의 질을 높일 수 있다."라고 한다. 그래서 "잘 되고 못 되는 것은 전적으로 본인 자신의 책임이다."라고 한다. 그리고 "국가나 사회가 한 개인의 성장에 영향을 중요하게 미친다."라고 한다. "사회가 민주적이고 자유롭고 정의가 바로 서고 국가 기관이 공평무사하고 부정 불법 비리가 없다면 그런 사회 환경이 사람이 성장하는 데 큰 도움이 된다."라고 한다. 또한, "완전 시장 경제로 운영되는 경제 체제가 중요한데 국가는 세금만 잘 거두어 경제 약자들을 보호하면 되는 것이다."라고 한다. 즉 애덤 스미스가 『국부론』에서 '모든 부의 창조는 보이지 않는 손들에 의하여 이루어져 물 흐르듯 잘 흘러야 세상 사람들이 부를 누리며 창조적인 활동으로 우리 인간 사회는 성장·발전한다고 한다. 그래서 사회 지도층은 도덕성과 윤리성 측면에서 완전무결(完全無缺)해야 한다.'고 말한 것과 같다는 것이다. 그리고 "농사를 지어도 정직하고 바르게 해야 땅도 하늘도 제때에 결실을 맺게 해 준다. 가능하면 퇴비를 많이 쓰고 비료를 적게 하여야 땅이 화를 안 내고 토질이 제 역할을 잘하여 좋은 열매를 내준다."라고 했다. 그리고 "세상에 있는 모든 곤충이나 미물도 사람과 공생하도록 신이 창조했는데 농사짓는 사람들이 자신들의 편의를 위하여 제초제를 뿌려서 풀을 죽이면 풀과 공존하는 모든 미물이 죽어서 그 땅의 토질은 죽음의 흙으로 변하여 더 이상 생명을 생산하지 못한다."라고 했다. 석이는 아버지의 말에 공감하며 "소를 키우고 농사를 지으며 소 배설물과 왕겨 등을 배합하여 유기농 비료를 만들 예정입니다."라고 했다. 아버지는 좋은 생각이라고 하면서 "앞으로는 시골에서 농사를 제대로 짓는 사람들이 부자로 살 것이다."라고 예언하며 "석이가 퇴비를 만들면 아버지 논에다 거름으로 쓸 거다."라며 좋아했다. "무슨 일을 하든 돈과 물질적 이윤을 추구하기보다는 세상에 도움이 되는지와 사람에게 유익한 일인지를 먼저 생각하고 그 일을 해야 한다."라고 한다. "점점 세상이 발전해 가면서 이윤 추구에 급급하여 사람의 가치가 폄하되는 일이 자주 있을 거다."라고 했다. 그리고 생명 경시와 물질 만능주의가 팽배할 것이라고도 했다. 그럴수록 우리 평범한 사람들은 한 사람, 한 사람 서로 사람을 귀하게 대하고 식물이나 동물이나 모든 생물의 소중함을 느끼며 살아가야 한다고 했다. 또한, 국가 기관에서 공직자로 살아가는 사람들은 멸사봉공해야 한다고 했다. "그들이 부패하거나 사익을 추구하면 나라가 어지럽고 민심이 흉흉해 백성들이 큰 고통 속에서 산다."라고 했다. 아버지는 "공산주의와 자유 민주 사회에서 살아 본 경험이 있는데 두 체제의 장단점이 있지만, 최고의 선은 지도자층이 얼마나 청렴하고 도덕적이고 윤리적인가에 따라 사람들이 살기 좋은 체제인지의 여부가 결정되는데, 두 체제 모두 특권층이 있다는 사실에 절망했다."라고 했다. 단지 자유 민주 체제는 자유자재로 개인이 활동할 수 있다는 것이 최대의 장점이라고 한다. 아버지는 지식에도 사람에게 독이 되는 지식이 있다고 한다. 특히 종교의 사이비는 사람을 피폐화시켜서 사회적인 물의를 일으키는데 공산주의에서 수령을 신격화하듯이 종교 지도자를 신격화하는 순간 종교나 이념이 마귀화되어 따르는 백성들이 모두 잘못된 신앙과 사상으로 일생을 혼란과 고통 속에서 창살 없는 종교나 사상의 감옥 속에서 살아가며 국가나 사회 공동체에 큰 피해를 준다고 한다. 아버지는 열정적으로 강의하시다 피곤하신지 오늘은 그만하자고 했다. 선이는 이미 익숙한 청강생이지만, 석이는 솔직히 몹시 괴로워하는 모습이었다.

* 석이가 품은 농촌 삶의 꿈

아버지께 작별 인사를 드리고 석이와 상경하는 길에 석이가 면사무소를 통하여 국가로부터 불하받은 땅에 임시 숙소로 마련한 컨테이너 집을 방문하게 되었다. 물론 모든 행정 절차는 석이 고모가 대행해 주었다. 석이 고모는 고모부를 몇 년 전에 여의고 석이와 함께 살고 있는데 석이가 장성하니 함께 살기가 싫어서 빨리 세간을 내 준 거라고 한다. 소 막사도 다 지어 가고 송아지를 입소시키는 일을 하고 있단다. 우사가 두 동인데 일단 한우 육우를 위주로 키우려고 한다고 했다. 석이는 등치가 우람하다. 석이는 선이에게 소를 키워서 첫 출하로 얻은 고기를 선이네 아버지와 어머니께 진상한다고 했다. 선이는 그런 말을 하는 석이가 좋았다. 대학을 다니면서 틈틈이 석이를 찾을 것이다. 그의 일손도 도와주고 시골 바람도 쐬기 위해서다. 석이는 소에게는 가능하면 지하수를 개발하여 사람이 먹을 수 있는 물을 먹이고 풀이나 옥수숫대 등을 키워서 사료로 사용하기로 했다. 그리고 소가 잘 잘 수 있도록 우사 바닥을 경사가 지도록 하여 소의 배설물을 잘 빠지게 하고 가능하면 왕겨를 바닥에 깔아 주어 자동 발효 기법으로 우사 특유의 냄새를 없애려고 한다고 했다. 또한, 모기와 파리들이 소를 괴롭히지 않도록 특수한 방충망과 해충 퇴치기를 설치하려고 한다고 했다. 석이의 계획과 꿈은 현실적이고 실제적이어서 좋았다. 선이는 학교 공부를 하면서 외무고시 준비를 해야 하기에 많은 부담을 가지고 대학에 다녀야 한다. 그러나 석이나 복이나 학이는 그들 나름대로 선택한 길을 가면서 일찌감치 생활 전선에 뛰어들었다. 결국 인생은 어느 길을 가든지 독특한 길을 가면서 자신의 행복을 찾아가는 것인데 선이는 미래를 담보로 오늘은 각고의 아픔과 고통을 견디며 공부에 매진해야 했다. 그러나 선이는 아버지와 여러 지인이 인정하고 가라고 한 길이기에 최선을 다하며 즐기며 가려고 한다. 미래는 오늘을 잘 살면 자동적으로 보장되는 것이라는 낙천적인 생각은 아버지로부터 받은 좋은 유산이다. 그 드넓은 간척지도 십 년 동안 하루도 쉬지 않고 산을 평지로 만들며 흙을 지게로 한 짐씩 매일 져다 바닷물을 막아서 만든 것이다. 그와 같이 공부도 일정량을 정하여 조금씩 해나가면 즐겁고 행복하게 삶을 즐기며 고지를 점령할 수 있다고 아버지는 선이를 가르쳤다. 사람이 꿈을 이루지 못하는 것은 목표가 수시로 바뀌거나 고지 점령에 필요한 공부를 게을리하기 때문이다. 석이와 컨테이너 숙소에서 밤을 새우고 라면과 김치로 아침 식사를 하고 선이는 석이와 작별 인사를 하고 읍내로 나와서 어머니가 계신 약국에 들렀다. 어머니는 반갑게 선이를 데리고 약국 응접실로 들어갔다. 성호를 그으시며 선이가 약국으로 잘 왔다며 선이를 그냥 서울로 보냈다는 생각에 한참 서운했다고 했다. 어머니는 냉장고에 있는 식혜와 떡을 데워 주었다. 선이는 맛있게 먹으며 어머니의 사랑을 듬뿍 느꼈다. 어머니는 선이가 있어 기쁘고 행복하며 일하는 보람도 커졌다고 했다. 선이와 어머니는 서로 포옹도 하고 가벼운 키스도 주고받았다. 어머니의 사랑의 향기는 선이에게 깊은 사랑으로 선이의 가슴에 깊이 새겨졌다. 선이는 차 출발 시각에 맞추어 어머니께 인사를 드리고 약국 문을 나섰다. 어머니는 선이에게 봉투를 주시며 학교생활을 하면서 쓰라고 했다. 그리고 바빠서 멀리 못 나간다고 하시며 손님들을 맞이했다. 이제 서울에 가면 언제 또 내려올지 모른다. 학교생활도 바쁘고 성당생활도 만만치 않을 것 같다. 그리고 세례받을 교리 준비로 바쁠 것 같다. 아무튼 당분간은 서울 생활에 매진해야 한다.

＊ 서울의 이웃에게 세배를 하다

선이는 토요일 오후에 그동안 자신을 챙겨 주었던 서울 아파트 사람들을 찾아 새해 인사를 하면서 덕담을 나누었다. 배 씨 통장님은 선이를 반갑게 맞이해 주었다. 선이는 배 씨 아저씨에게 세배를 드리고 만수무강하시라고 하니 선이도 건강을 챙기며 학교생활을 잘하라고 했다. 아버지와 아저씨는 이북에서 숭실 학교를 2년 다니고 바로 교사를 했다고 한다. 제대로 교육도 못 받고 교사를 하다가 군대로 갔으니 캠퍼스의 낭만은 즐길 새도 없었다고 한다. 대학을 다닌다는 것은 우리 사회에서 특권을 누리는 것이니 열심히 공부하여 국가와 국민에게 그동안 누린 특권만큼 봉사하고 국가 발전에 기여해야 한다고 했다. 그리고 마음껏 젊음을 후회 없이 만끽하라고 했다. 흐르는 세월에 따라서 강물이 유유히 흐르듯 사람도 그렇게 조용히 자신도 모르게 흘러간다는 시적 표현을 하면서 배 씨 아저씨는 젊은 시절을 헛된 이데올로기에 사로잡혀서 천방지축으로 살아온 자신의 과거를 후회한다고 했다. 그러니 선이는 자유분방한 창조적 생각을 가지고 이념으로부터 해방된 사고로 사물을 바라보라고 충고한다. 그리고 언제나 긍정적이고 객관적이고 합리적인 사고방식을 가지되, 자신의 소신도 뚜렷해야 한다고 한다. 소신은 반드시 정의와 진리와 자유의지와 신중한 지적 능력이 바탕이 되어야 한다. 그리고 정해진 규율과 법과 원칙에 충실해야 한다. 그리고 일반 시민의 호응과 청렴하고 정직한 삶을 바탕으로 한 깊은 사고에서 나와야 한다고 했다. 그리고 인간의 무한한 능력과 유한한 시간을 절감하며 촌음을 아끼는 지혜가 필요하다고 한다. 인간은 어머니와 아버지의 사랑의 결실이다. 열 달을 어머니 배 속에서 자라나서 세상에 나오는데 어머니, 아버지의 보호가 없으면 태어나자마자 혼자 할 수 있는 일이 아무것도 없다. 즉, 자립이 불가능하다. 그러나 다른 동물들은 태어나자마자 홀로 일어서야만 어미젖을 먹고 단시일 내에 성장한다. 인간은 그렇게 태생이 나약하고 유한한 존재이며 혼자서는 아무것도 할 수 없다. 다행히 개구리는 죽었다가 깨어나도 올챙이 적 생각을 할 수 없다. 그러나 인간은 지적 능력이 키워지고 지성이 이성과 만나면 자신의 성장과 자기 자신이 누구인지를 성찰할 수 있는 능력이 생긴다고 한다. 그 시간이 이십 년에서 삼십 년이 걸린다고 한다. 인간은 꾸준히 그렇게 교육을 받고 성장해야만 비로소 자립할 수 있다고 한다. 그리고 출세를 하여 다른 인간들과 함께 살아가며 그들의 삶을 돕기도 하고 책임지고 보살펴야 하는 의무가 있다고 한다. 그 대상은 가족은 물론이고 모든 이웃 혹은 국민 전체가 될 수도 있다. 그리고 인간은 대개 육십 대 이후가 되면 자신은 늙어서 아무것도 할 수 없다고 생각한다. 그래서 우리 인간은 자신의 젊음을 노후 생활을 위하여 헌신하고 희생하며 산다. 배 씨 아저씨도 삶에서 체험한 이야기로 선이에게 인생의 나침반을 알려주고 있다. 선이는 그러한 어른의 말씀을 경청하며 다른 사람, 즉 아버지와 아저씨, 어머니에게서 삶의 방법과 인간의 도리를 간접 체험하며 자신이 가야 할 인생길의 모범으로 삼는다.

＊ 어느 노 교수님이 말하는 장수의 비결

요즘은 많은 분이 구십 세를 사는 것은 일반화되어 있다고 한다. 배 씨 아저씨는 얼마 전에 김형석 교수님이 백 세가 되셨는데 그분의 장수 비결을 알려주는 강연회에 참석하였다. 실제로 백 세가 된 노인 교수님이 정정한 모습으로 강단에 서서 백 세까지 살았지만, 당신 자신이 백 세까지 살았다는 것이 실감이 안 나고 신비하다는 마음과 함께 하느님께 한 날, 한 날을 주시니 주신 그 소중한 날을 기쁘고 행복한 일을 하며 지낸다고 하셨다고 했다. 그러면서 일본은 우리나라보다 오십 년 전에 노후에 어떻게 해야 건강하게 살 수 있을까 하는 생각을 하게 되었다고 했다. 그래서 일본은 나이가 구십을 넘어야 비로소 노인이라고 할 만큼 대단한 장수 국가라고 한다고 했다. 그 교수님의 말은 다음과 같다. 노후에 건강하려면 세 가지 필수 조건이 있는데 첫째 조건이 사회적 정년 이후에 할 수 있는 일을 하여야 한다. 무슨 일이든 해야만 한다. 미국에서 약 이십여 년간 교수 생활을 하다가 국내로 들어와 교수 생활을 하시던 어느 박사님이 한국에서 육십삼 세에 정년퇴직을 했는데 미국에서 연락이 오기를 그 교수님이 미국에 와서 노년을 보내면 평생 연금으로 살 수 있으니 미국으로 오라는 것이었다. 그래서 다른 친구 교수와 두 가족이 미국으로 이주해서 사는데 연금으로 먹고사는 데는 지장이 없는데 일을 하지 않고 집에만 있으니까 안 되겠다는 생각이 들었다고 한다. 그래서 큰 마트와 가스 주유소에서 회장실 청소하는 일을 일주일에 열여섯 시간을 해 보니 그렇게 즐겁고 행복할 수가 없다고 했단다. 앞으로 돈을 모아서 성지 순례도 하고 유럽 여행도 할 거라고 했다고 한다. 즉, 일하면 나이를 잊을 수 있다고 한다. 그래서 사람은 정년이 없다고 한다. 요즘 인생의 황금기는 육십에서 팔십 세라고 백 세이신 노 교수님이 설파했다. 둘째로 평생 공부를 하여야 한다고 한다. 그래서 인생은 육십 세부터 새로운 일을 해야 한다고 한다. 하루는 어떤 사람이 와서 큰절을 해서 깜짝 놀랐는데, 백 세가 되니 모든 노인이 자기 같다는 착각을 했다고 한다. 알고 보니 교수님의 제자였다. 구십 세라고 하는데 명함을 받아보니 미술 연구소 소장이라고 적혀 있더란다. 이야기를 들어보니 그 구순의 제자는 경영학을 공부하여 육십삼 세까지 현역으로 일하다가 은퇴를 하고 평생소원이었던 미술 공부를 시작하여 지금은 정년 없이 꾸준히 공부하며 연구소를 세워 미술 제자들을 양성하고 있다고 한다. 이처럼 나이가 들수록 공부를 꾸준하게 많이 하는 것이 좋다고 한다. 건강을 유지하는 방법은 나이를 잊고 사는 것이라고 한다. 그리고 걷는 것을 꾸준히 하면 좋다고 한다. 여자가 남자보다 장수하는 것은 여자가 인내심을 가지고 열심히 공부하기 때문이라고 한다. 셋째로는 늙을수록 돈 생각보다 가치 있는 일을 해야 한다고 한다. 한 번은 한 제자가 찾아와 교육자들이 육백여 명이 모이는데 교수님이 와서 가르침을 달라고 하는데 마침 삼성그룹 연수원에 교육이 예약되어 있어서 못하게 되었다고 했다. 노 교수님은 삼성에 가면 돈도 많이 받고 교통 편의도 받아 일신이 편안한데 교육자 교육을 하러 가려면 대중교통을 이용하여 대구까지 다녀와야 했다고 한다. 그래도 돈보다는 가치 있는 일을 하자고 결정하고 삼성에 양해를 구하고 대구를 다녀왔는데 돈도 적게 받고 고생도 했지만, 무척 기뻤다고 했다. 그리고 돈보다 가치 있는 일을 택하다 보면 보너스로 얻는 것이 훨씬 더 많다고 했다며 배 씨 아저씨는 돈을 추구하기보다 가치 있는 일을 하라고 했다. 노 교수님의 소중한 생각을 배 씨 아저씨를 통하여 들으니 선이는 긴 시간 동안 아저씨의 말씀을 경청한 것이 새롭게 시작하는 대학 생활에 도움이 될 것 같아서 좋았다. 선이는 아버지와 배 씨 아저씨가 후회하는 일은 가급적 그 전철을 자기는 밟지 않고 주어진 나날을 값있게 보내기로 다짐하였다. "인생은 짧고 예술은 길다."라는 말처럼 짧은 인생에서 예술적 삶을 살아서 이웃에게 도움이 되고 아버지, 어머니, 친구들을 배려하며 모든 분께 도움이 되는 일을 하기로 선이는 마음에 한 번 더 새겼다.

⁎ 입학식에서 만난 아버지와 친구들

대학교 입학식 날이다. 사람보다 주차장에 고급 차들이 더 많았다. 이 학교는 금수저들이 돈으로 입학권을 사서 들어온 느낌을 받았다고 석이가 말했다. 석이는 시골 학교에 다니면서도 독서를 많이 하고 신문도 매일 꼼꼼히 읽어 세상 돌아가는 사정과 상식이 풍부했다. 학원에 다니고 과외를 하고 돈을 처발라야 이런 대학에 들어올 수 있는데 선이는 용하게도 공부를 하여 입학했다며 너스레를 떤다. 아버지는 빙그레 미소를 지었다. 존경하는 총장님의 축사가 있었다. "사랑하는 학생 여러분, 우리 학교의 전 직원이 여러 젊은이의 비전을 성장시켜 이 나라의 일꾼이 되기를 바랍니다. 우리나라의 미래는 여러분의 머리와 손과 발에 달려 있습니다. 아름답고 아늑한 캠퍼스에서 자유를 누리며 사랑도 나누고 서로 즐기시길 바랍니다. 여러분의 건투를 빕니다." 입학식은 간단하게 끝났다. 아버지는 근처의 좋은 레스토랑에 가서 점심 식사를 하자고 했다. 여러 친구가 축하 꽃다발을 주었다. 입학 시즌과 졸업 시즌에는 꽃가게들의 돈벌이가 괜찮다고 한다. 이북에서 내려온 아버지 친구가 운영하는 '넝쿨 식물'이라는 뜻의 아이비 레스토랑으로 밥을 먹으러 갔다. 사장은 미리 나와서 아버지와 선이 일행을 기다리고 있었다. 예쁘고 단아한 여인이었다. 개량 한복을 차려입었는데 풍기는 인격이 범상치 않았다. "어서 오시라요. 기들렸시요. 들어가자요." 이북 특유의 억양이었지만, 부드럽고 꾀꼬리가 우는 듯한 목소리로 아버지와 선이 일행을 지하 레스토랑 홀로 안내한다. 아버지는 비프스테이크 다섯 개와 돈가스 정식 한 개를 시키고 와인 한 병을 시켰다. 학이는 소주 사 홉들이 한 병을 사 왔다. 서울 시장 거리에서 잔뼈가 굵은 학이는 술을 마시는데 얼굴색도 안 변하고 두주불사(斗酒不辭)인 데도 실수를 하지 않는다. 언제나 행동과 말이 일치하고 남자다운 기질에다 권투를 하여 그가 일하는 시장통에서 정의의 싸움꾼으로 정평이 나 있다고 한다. 여사장의 배려로 아버지와 선이와 친구들은 이색적이고 은은하게 음악이 흐르는 좋은 분위기에서 점심 식사를 했다. 그날은 근처 여러 학교의 입학식이 있는 날이다. 레스토랑은 손님으로 꽉 차 있었다. 그 집은 손님이 많았지만 조용했다. 이상하다고 생각했다. 그 집 여사장은 소란을 피우거나 말소리가 큰 사람들은 그 집에 다시는 발을 못 붙이도록 개업 당시부터 십 년 넘게 해 왔다고 한다. 술도 양주와 와인만 팔고 마실 수 있는데 아버지 백으로 여사장의 묵인하에 소주를 마시는 것은 그 레스토랑이 생긴 후 유일하게 학이 뿐이라고 했다. 석이는 덩치가 커서 좁다란 레스토랑 사이의 길을 다니기가 불편해 보였다. 땅값이 비싸다 보니 여유가 없이 테이블을 하나라도 더 놓으려는 생각이었을 것이다. 입구에 안내문에는 "고성방가 사절. 입구로 들어오시는 순간 목소리 톤을 사 분의 일로 줄여 주세요. 그리고 이곳의 분위기와 음식 맛을 세 시간 동안 즐기세요. 가능하면 침묵을 지키며 눈빛으로 대화를 해 보세요."라는 글들이 적혀 있었다. 주인 여사장이 알려주는 무언의 교육이자 작은 창조적 세계가 바로 아이비라는 레스토랑 이름에 녹아 있었다. 아이비는 넝쿨로 한 집을 덮을 만큼 무섭게 엉키고 설키며 자라도 분쟁도 일어나지 않고 아우성도 없다. 주어진 여건에서 서로 뭉치고 화합해서 비바람을 이겨내고 태풍마저도 그들의 협력을 범접할 수 없다고 한다. 다만 끊임없이 성장할 뿐이라고 한다. 건물을 감싸서 뜨거운 햇빛을 차단하여 건물을 보호해 준다고 한다. 그렇게 남북으로 갈라진 나라의 현실을 비극적으로 바라보면서 그 레스토랑만이라도 남북이 서로 만나서 평화를 유지해 보자는 의미로 아이비란 이름을 지은 것이라고 아버지는 조용히 일러 주었다. 테이블 간격을 좁게 만든 것도 이곳에 한 번 들어오면 느긋하고 진중하게 좋은 음악을 들으며 영혼을 쉬게 하라는 의미와 '좁은 길'이 얼마나 좋은 것인지를 상징하는 것이라고 한다. 또한, 넓고 자유로운 밖의 세상이 얼마나 좋은지를 알려 주는 것이란다. 아버지의 일장 강연이 선이, 석이, 복이, 학이, 순이는 한두 시간 동안 지루하지 않게 영혼을 쉬게 했다. 식사를 마친 뒤 아버지는 여사장에게 가서 계산을 하려고 했더니 "놔두시라요. 오늘은 그저 내가 선이를 축하하려고 모신 것이니 그냥 가시라요. 와준 것만 해도 감지덕지(感之德之)라요." 하면서 선이 일행의 식사비를 안 받으며 오히려 선이에게 축하금까지 주었다. 선이와 또 한 사람의 어머니 같은 여인의 만남이었다. 선이 친구들은 선이를 경이로운 눈으로 쳐다보았다. 선이는 앞으로 모든 모임은 이곳에서 열기로 마음먹었다. 여사장은 "선이야. 언제고 오면 반길 것이니 자주 와야 한다."라고 선이에게 부탁을 했다. 선이도 정중하게 고개 숙여 감사드리고 자주 올 것을 약속했다. 친구들과 헤어지고 아버지와 선이는 서울 집으로 돌아왔다.

제5장

·
·
·

레스토랑 여사장

✳ 레스토랑 여사장

아버지는 동네 사람들이 모아준 입학 격려금 봉투를 돈을 주신 분들 명단과 함께 선이에게 전해 주었다. 그리고 거기에 아까 레스토랑 여주인이 준 돈을 보태니 꽤 큰 돈이었다. "선이야. 너는 돈복이 많은 것 같다. 돈은 분명 인간에게 필요한 것이다. 곳간에서 인심이 난다고 했다. 농사를 지어 창고에 거둔 곡식을 가득 채우고 나면 마음이 편해지고 초봄부터 늦가을까지의 모든 고생이 보람으로 성취감을 주어 겨우내 놀고먹어도 기쁘다."라고 한다. 그리고 동네에서나 타 동네에서 가난하고 어렵게 장변을 얻으러 오면 쌀 한 가마 내주며 내년 농사일이나 도와달라고 하면 된다고 했다. 내 창고에 쌀이 넉넉하니 그렇게 인심을 쓰는 것이라고 한다. 그래서 돈이 있으면 마음도 든든하고 힘없는 사람에게 도움도 줄 수 있지만, 돈복이 있는 사람이 깨끗하지 않은 검은돈에 손을 대는 순간 그 돈복 때문에 패가망신하고 인생을 망치는 경우가 허다하다고 한다. 뉴스를 보면 돈을 버는 데 수단과 방법을 가리지 않고 막살아가니 전국구로 망신을 당하고 감옥에 가고 끝내 자살을 하며 가문이 풍지박산(風旨薄散)이 나고 마는 경우를 아버지 주위에서 많이 보았다고 한다. 당장 아버지 땅을 빼앗아 간 사람은 폐병으로 일찍 요절했다고 했다. 속으로 수자가 걱정이 되었다. 그래서 "그 집은 어떻게 되었는데요?" 하고 물으니 그 아내는 다른 서방과 바람나서 나가고 아이들끼리 어렵게 사는데 큰딸이 면 우체국에 취직하여 동생들을 돌보며 산다고 했다. 큰딸이 학교 다니랴, 동생들 건사하랴 힘들어하여 동네 사람들이 도와주었다고 한다. 죽은 사람만 불쌍하지, 산 사람들은 다 살아가기 마련이라고 했다. 이윽고 저녁 시간이 되어서 저녁 준비를 하려고 하는데 배 씨 아저씨가 돼지갈비와 밑반찬을 한 짐 챙겨서 가져왔다. 선이는 반갑게 아저씨를 맞았고 아버지와도 조우했다. 배 씨 아저씨는 소주도 두 병이나 가지고 왔다. 아버지는 "자네도 이만 술 좀 줄이게." 했다. "자네 때문에 선이도 술꾼이 될까 봐 겁나네." 했다. 배 씨 아저씨는 "선이는 워낙 현명하고 똑똑해서 술이 좋은 것이면서도 해로운 것임을 잘 알 것이니 염려 놓으시게." 하였다. 그리고 "아파트 주민들이 십시일반으로 선이의 입학 축하금을 모아 주었네." 하고 아버지에게 봉투를 주었다. 아버지는 감사하다고 하며 봉투를 받았다. 아버지는 "오늘 축하금을 꽤 많이 받았는데 연탄 한 트럭 사서 비축했다가 어려운 주민들에게 나눠주면 좋겠네." 했다. 아저씨는 "그런 것은 국가에서 잘하고 있으니 걱정하지 말라."라고 했다. 아버지는 선이에게 눈짓을 했다. 선이는 "아저씨. 동네 어르신들이 모아준 돈이라도 다른 좋은 곳에 썼으면 좋겠습니다. 안 되면 아파트 공동 사업 자금으로 쓰세요." 하고 말했다. 그러자 아저씨는 "선이가 돈 쓸 줄 안다."라고 하면서 "알았다."라고 했다. 아버지는 흐뭇한 미소로 선이와 배씨 아저씨를 바라보았다. 아버지는 레스토랑 여사장과의 인연을 이야기하려다 선이가 저녁상을 차리려고 하는데 배 씨 아저씨가 나서서 저녁상을 차리겠다고 했다. 싸 온 보자기를 풀고 음식을 내놓았는데 찹쌀밥도 있었다. 3인분이라 하기에는 많은 양이다. 찹쌀밥은 용기에 따로 담아 전자레인지에 살짝 데우고 고기를 프라이팬에 담아 볶아서 그럴싸한 저녁상을 차리고 아버지랑 선이가 오랜만에 함께 배 씨 아저씨랑 저녁을 먹게 되었다. 배 씨 아저씨는 맥주잔을 손수 가져다 소주를 가득 부어 단숨에 들이킨다. 그리고 돼지고기 한 쌈을 싸서 드신다. 아버지는 찰밥을 조금만 드시고 고기도 서너 젓가락 드시고 수저를 놓으신다. 점심에 너무 많이 먹었다고 한다. 아버지는 오히려 옛날보다 많이 건강해 보이고 혈색도 좋아 보였다. 어머니가 아버지를 잘 보살펴 드리는 것 같았다. 약사라는 직업이 워낙 바쁜 직업이라 평일에는 짬을 내기가 불가능하다고 한다. 읍내에 약국이 세 군데나 더 생겨나도 어머니 약국이 제일 잘되는데 하루라도 문을 닫으면 단골들이 불편해할까 봐 평일에는 꼭 약국 문을 연다고 한다. 어머니의 그러한 애민 정신과 직업에 대한 투철한 소명의식과 성실성을 선이도 본받기로 했다. 선이는 어머니가 그리웠다. 아버지와 배 씨 아저씨는 식사 후 곧 깊은 잠에 빠졌다. 선이는 설거지를 하고 책상 앞에 앉아서 조용히 밀린 독서를 했다. 애덤 스미스의『국부론』을 읽었고 지금은『도덕 감정론』을 읽고 있다.

＊ 애덤 스미스의 양 모습

『국부론』에서는 경제 논리를 정치와 시장경제를 통해 부를 창조하는 과정을 냉철하게 설파하면서 한편으로는 경제 주체인 사람이 추구해야 할 도덕과 윤리를 설파했다. 우선 사람은 미덕을 갖추어야 하는데 첫째로 신중해야 한다. 여기서 신중하다는 것은 자기 학문은 물론이고 건강과 재산을 잘 관리하며 다른 사람의 사랑을 받을 만한 겸손하고 진중한 태도를 말한다. 지적 능력과 분노 조절 능력이 있어야 하고 비록 자신이 100% 자신 있어 하는 이론이라도 떠벌리거나 경솔하게 해서 다른 사람의 감정을 상하게 하면 안 된다고 했다. 이성과 원칙과 양심에 합당하게 처신하는 것이다. 두 번째로는 정의를 지켜야 하는데 정의란 자신의 이기적인 목적을 취하기 위하여 다른 사람에게 해를 끼치지 않는 것이라고 한다. 원래 사람은 태생적으로 남에게 관대하고 남을 포용하여 자신이 얼마나 정의로운 사람인지를 보이려고 하는데 이것이 가장 정의롭지 못한 자기기만이라고 한다. 자신을 똑바로 성찰하고 자기 자신에게 진실할 때 정의롭게 될 수 있다고 한다. 셋째 미덕은 선행이라고 한다. 선행은 불공정한 사회에서 사실적인 정의를 구현할 수 있는 일이라고 한다. 사람이 두 손을 가진 이유는 한 손은 받는 손이고 한 손은 주는 손이라고 한다. 우리가 행복하게 산다는 것이 꼭 돈이 많아야 한다는 것은 아니다. 돈이 없어도 미덕을 갖추고 산다면 행복해질 수 있다고 한다. 그러나 많은 사람이 부자를 사랑하고 부자의 일거수일투족(一擧手一投足)에 관심을 가지고 그들의 사랑을 받기를 원한다. 그래서 유명 인사나 군중에 열광한다고 한다. 그러나 사람이 가장 행복할 때는 자기 자신이 충분히 사랑받을 존재라는 것을 알고 실제로 사랑받는다는 사실을 알 때라고 한다. 물론 애덤 스미스의 주장이 진리라고 단언할 수는 없지만, 그가 『국부론』을 저술하기 전에 먼저 『도덕 감정론』을 저술했다는 것은 먹고사는 경제도 중요하지만, 사람이 행복해지려면 어떻게 살아야 하는지를 알아야 하기 때문이 아니었을까 한다. 그는 물질의 풍요가 사람을 행복하게 할 수 없다고 한다. 오히려 사람이 건강하고 빚이 없고 양심에 가책이 없이 산다면 더 이상 원할 것이 없지 않느냐고 반문한다. 그리고 경제학자는 사람은 워낙 위선적이고 자기 자신을 모른다는 사실에 저자 자신도 경악하고 있다. 그렇기 때문에 종교적 신앙이나 양심만을 가지고는 자신을 통제하기 힘들다고 한다. 그래서 자기 자신 안에 또 다른 관찰자를 세우라고 한다. 그리고 모든 결정이나 일을 도모할 때 그 관찰자와 상의를 해서 한다면 자기 자신을 속이지 않고 할 수 있다고 한다. 그러나 그럼에도 불구하고 인간은 그 관찰자마저 속이고 일을 저질러 놓고 변명하기에 급급하다고 한다. 미덕을 지키며 산다는 것은 불가능하지만, 그 미덕을 지키며 살 때 우리는 사랑을 주고받으며 행복하게 살 수 있다고 한다. 특히 경제학자 러셀 로버츠 박사는 애덤 스미스의 『도덕 감정론』을 기반으로 지은 자신의 『내 안에서 나를 만드는 것들』이라는 저서에서 톨스토이의 글을 소개한다. 이 세상을 가장 잘 사는 것은 그저 최고의 아빠, 최고의 엄마, 최고의 이웃으로 살아가는 것이라며 복잡한 세상에서 명심해야 할 것은 당신에게 가장 중요한 때는 지금 이 시간이며 당신에게 가장 중요한 일은 지금 하는 일이며 당신에게 가장 중요한 사람은 지금 만나고 있는 사람이라고 했다. 애덤 스미스는 그렇게 행복하게 산 것 같지는 않다고 한다. 그는 67세에 선종했다. 아내나 자녀가 없이 혼자 쓸쓸하게 세상을 떠났다. 그러나 그 자신은 행복하려고 많이 노력한 것 같았다. 그래서 홀로 학문 연구에 집중했는지도 모른다. 사람은 사랑받기 위하여 태어난 존재라고 한다. 그런 노래도 있지만, 본능적으로 사랑받으려는 성향 때문에 다른 사람의 일에 관심을 가지고 본능적으로 이웃에게 자비도 베풀고 사랑하는 모습도 보인다고 한다. 선이는 여러 생각을 했다. 부자가 되고 싶다. 그리고 마음껏 나누고 싶다. 그래서 많은 사람에게 도움도 주고 사랑도 받고 싶다. 그리고 사랑도 많이 서로 나누고 또 서로가 친구도 가지고 싶어 한다. 이 세상에 아버지가 원하는 파라다이스를 최소한이라도 이룰 수 있도록 노력할 것이다. 선이가 머무는 곳이라도 그곳에 정의와 공정이 있도록 늘 신중한 언행으로 신뢰를 쌓고 선행을 하면서 살기 위하여 선이는 돈을 벌기로 했다. 아버지가 가끔 돈은 일한 만큼 정직하고 성실하게 벌어야 한다고 말했다. 욕심을 내거나 사기나 거짓으로 생긴 돈은 모두 도로 돌려주어야 한다고 했다. 우리가 살아가는 이치에 따르면 양심적이지 못하면 커다란 고통과 슬픔이 뒤따르고 벌을 받는다고 했다. 아버지는 휴머니즘이다. 배 씨 아저씨와 아버지는 깊이 잠을 자고 있다. 선이는 그분들이 꿈꾸는 세상에서 살고 싶다. 선이는 이 생각, 저 생각을 하다가 〈비목〉이라는 노래를 매우 작은 소리로 흥얼거리며 불렀다. 어머니가 많이 보고 싶었다. 어릴 때부터 맡고 싶었던 어머니 향기를 살아계신 어머니에게서 흠뻑 맡을 수 있어서 좋았다. 어머니 가슴에 안기고 싶었던 그 모성애를 갈망했으리라. 그 짜릿하고 상큼했던 어머니와의 포옹을 매일 하고 싶어졌다. 그리고 아버지 옆으로 가서 잠을 청했다.

* 아버지의 지극한 사랑

새벽녘에 잠든 선이가 성당을 가기 위하여 일어나 보니 아버지와 아저씨는 안 계셨다. 선이에게 이불을 잘 덮어 주고 아버지는 아침상까지 차려 놓고 봉투를 상 위에 놓고 떠났다. 선이는 일어나 샤워를 하고 밥을 먹기 위하여 식탁 앞에 앉아 봉투를 열어 보니 꽤 많은 돈과 돈을 낸 명단, 어머니가 보낸 메시지가 들어 있었다. 아마도 어머니 메시지는 선이 본인에게만 주고 싶었나 보다. 선이는 예쁜 한지에 쓰인 어머니의 메시지를 마치 여자친구에게서 받는 연서를 펴듯이 조심스럽게 펴서 읽었다. 세모의 붓으로 써 내려간 글씨를 보니 어머니의 붓글씨 솜씨가 보통을 넘는 듯하다. "선이야, 보아라! 기쁘고 행복한 선이의 입학식에 가지 못하여 미안하다. 너는 하늘에서 나에게 내려준 큰 선물이고 보배라고 생각한다. 처음 너를 만났을 때, 아버지를 만날 때와는 비교도 안 되는 사랑을 느꼈단다. 선이는 내가 느끼던 이상형 애인이며 아들이란다. 나는 선이 때문에 아버지를 더 사랑할 수 있는 에너지를 얻었단다. 네 대학 입학을 내 모든 정성을 담아 축하한다. 그리고 자랑스러운 나의 아들로 나는 선이를 선물로 주신 하느님께 감사드린다. 건투를 빈다. 아, 참. 여자친구도 사귀어라. 엄마가 보고픈 아들에게." 이러한 메시지였다. 선이는 어머니를 더 사랑하고 존경하며 살기로 했다. 아버지는 이렇게 좋은 어머니의 메시지를 선이 혼자서 읽으라고, 또 선이의 잠이 깰세라 배 씨 아저씨와 조용히 일어나 일찍 나가신 것이다. 아버지께도 감사하는 맘으로 집에 잘 도착하시기를 기도했다. 그리고 옷을 갈아입고 철이가 기다리는 성당으로 갔다. 교리실로 교리 시작 15분 전까지 갔다. 아버지는 선이에게 자주 사람은 시간 약속을 잘 지켜야 한다고 했다. 시간 약속을 잘 지키는 사람은 신용과 성실성을 인정받는다고 했다. 그래서 아버지는 약속을 잘 하지 않지만, 한번 약속을 하면 항상 15분 전에 도착하는 것을 원칙으로 삼는다고 한다.

* 천주교 교리와 미사

선이도 아버지처럼 해 보기로 하고 실행해 왔다. 선이가 도착한 지 5분쯤 후에 정이 테레사 선생님이 반갑게 선이를 환영해 주었다. 선이도 다부지게 시간을 잘 지키는 테레사 선생님께 신앙적 사랑과 신뢰를 갖게 되었다. 그분은 언제나 상냥하고 하느님 은총 안에서 기쁘고 행복하게 살아가는 신자로 보였다. 사람들은 누구나 즐겁고 행복하게 보이지만, 막상 대화를 해 보면 그 사람의 현실과 사정은 보이는 것과 전혀 다른 고통과 슬픈 사연이 있기 마련이다. 아버지, 어머니도 겉으로는 의연하지만 그분들이 살아온 과정을 아는 선이는 결코 그분들의 삶이 그분들 얼굴에는 안 나타나지만 마음의 그림자가 되어 얼룩진 서러움들이 가슴 속 깊이 쌓여 있다는 것을 알고 있다. 오늘 교리는 삼위일체 하느님에 대한 공부를 했다. 선이에게는 아버지인데 어머니에게는 남편이 되고 선이가 장가를 가서 아들을 낳으면 선이 아버지가 그 아들에게는 할아버지가 된다. 세 사람이 부르는 명칭은 각각 다르지만, 결국 아버지는 한 분 그분 자신이다. 모세가 불 떨기 속에 나타난 하느님께 "당신은 누구십니까?"라고 여쭈어보니 "나는 있는 나다."라고 말씀했다. 그와 같이 하느님은 하느님 스스로 있는 한 분이지만, 그의 아들 예수님은 신성과 인성을 가지고 세상에 오셨다. 그래서 신자들은 예수님을 하느님의 아들 예수님이라 한다. 하느님의 또 다른 명칭이 예수님이다. 그리고 예수님이 십자가에서 죽고 사흘 만에 죽음을 이기고 부활하시어 여러 제자 앞에 나타나시어 당신은 곧 하느님 곁으로 승천할 거라며 하늘에 오르면 예수님 분신들을 보내줄 거라고 약속하셨는데 그분이 성령님이시다. 예수님이 하느님과 동격이듯 성령님도 결국 하느님과 예수님과 동격이 된다. 그래서 하느님은 오직 한 분이시지만 그분이 세 분의 위상을 가지고 세상을 통치하신다는 가르침이다. 그러므로 하느님, 예수님, 성령님이라는 세 위격을 갖지만, 결국 하느님 동일체라는 것이다. 즉, 아버지를 선이의 입장, 어머니의 입장, 손자의 입장에서 부르는 단어는 다르지만, 그 존재의 속성은 결국 한 분 선이 아버지로 귀결된다는 것과 같다고 이해하면 간단한 일이라고 한다. 교리 시간이 끝날 무렵에 철이가 선이를 찾아왔다. 함께 미사에 참석하기 위해서다.

* 철이의 일탈

미사가 끝난 후 철이는 학교 앞 아이비에 가서 식사하자고 했다. 오늘 배 씨 아저씨는 동네 주민들과 속리산을 다녀온다고 했다. 새마을 경진 대회에서 우리 동네가 입상하여 부상으로 일일 관광을 간다고 했다. 선이는 독서할 계획이 있었는데 철이의 즉흥적인 초대에 응하기로 했다. 철이는 명쾌, 상쾌하지만, 가끔 엉뚱한 제안을 자주 한다. 그럴 때면 선이는 당황하지만 그 엉뚱한 제안에 가끔 응하면 황당하기도 하고 재미있을 때도 있다. 한 번은 고등학교 3학년 가을에 갑자기 여고 학생들한테 번개 미팅 제안이 들어왔다며 나가자고 했다. 철이는 이미 갈아입을 사복과 가발까지 준비해 놓았다고 한다. 철이는 선이와 같은 사이즈의 옷을 입는다. 철이는 토요일 오후 네 시쯤 선이에게 다가와 "이젠 그만 글 파고 여자들 파러 가자."라고 했다. 철이의 장난기가 서서히 발동했다. 선이는 순진하게 "여자를 파는 것이 무슨 뜻이냐?" 하니 "글공부하는 것 같이 여자에 대한 공부, 아니, 연구를 하자는 것이다."라고 말하며 "오늘은 잔소리하지 말고 자기 하자는 대로 따르기만 하라."라고 한다. 철이는 천방지축(天方地軸)인 듯하면서도 상당히 치밀하고 계획적이다. 특히 학생의 규율에서 벗어나는 일에서는 늘 그렇다. 선이는 철이에게 끌려서 학교 후문을 나가서 문구점으로 갔다. 그 집은 철이의 먼 친척이 운영하는 가게였다. 그곳에서 사복으로 갈아입고 가발까지 쓰니 영락없는 제비로 보였다. 선이와 철이는 서로 바라보며 "와! 우리 완전 강남 제비다. 자, 슬슬 여학생 연구하러 가자." 해서 선이는 철이를 따라갔다.

어느 으슥한 분식집으로 들어갔다. 그런데 그곳에 일반 여인으로 변장한 얼굴에 짙은 화장을 하고 립스틱을 짙게 바른 꽃뱀 두 마리가 똬리를 틀고 앉아 있었다. "수아야. 강남 제비 출두다." 하니 "개성 기생 두 분 기다리신다." 했다. 수아와 철이와 또 다른 여자애는 서로 변장한 모습을 보면서 열심히 웃었다. 마침 분식집은 건달 두 놈과 기생 두 명이 있는 주막으로 변했다. 라면과 소주를 시킨다. 철이는 소주 한 병은 그냥 안주 없이 마셔도 표시가 안 난다. 선이는 죄인이라도 된 것처럼 조마조마했는데 철이는 어른처럼 라면을 안주 삼아 소주를 마신다. 그리고 시조도 읊조리면 수아 기생이 답조를 했다. 수아 옆에 앉아 있는 기생과 선이는 라면만 먹고 있었다. 서로 변장을 해서 제대로 된 모습은 아니지만, 철이의 들러리는 선이고 수아의 들러리는 다른 기생이었다. 철이와 신나게 놀던 수아는 이윽고 "서방님. 벌써 아쉬운 작별 시간이옵니다." 했다. 철이도 "어흠! 벌써 그런 시간이 되었다냐. 향단아." 하면서 "이제 너나 나나 또 지겨운 학생 신분으로 정녕 돌아가야 한단 말이냐? 우리 그냥 캐나다로 도망가서 애 낳고 한세상 살아볼꺼나." 했다. 수아는 "싫사옵니다. 서방님. 학문에 열중하시어 장원 급제하시고 난 후 이 자리에서 머리 올려 주시옵고 또 그리우면 만나 한바탕 놀아 보아요." 했다. 수아는 모 여고 수석에다 바이올린을 잘하고 다재다능한 여학생으로서 완전 금수저인데 이렇게 재미있게 산다고 한다. 철이도 재미있다고 하면서 다시 문구점으로 와서 제비티를 벗고 학생으로 되돌아왔다. "어때, 여자를 알겠느냐? 우리나 여자애들이나 모두 내숭을 떨지만, 청춘의 피가 끓어오르는 것 아니겠느냐?"라고 했다. 철이의 말도 이해가 되지만, 아직 선이는 그럴 여유가 없다. 철이야 살다가 잘못되어도 복구할 능력이 있으니 가끔 일탈도 할 수 있지만, 선이는 조심스럽게 살아야 했다. 선이는 철이에게 이번 한 번만 너를 이해하고 넘어가겠지만, 또 한 번 선이에게 오늘 같은 일탈을 함께 도모하자고 하면 신고하겠다고 엄포를 놓았다. 그 사건 이후 철이는 그런 일탈은 없었다. 가끔 한때의 바람으로 끝나는 경우가 많다. 철이는 다재다능한 풍류도 아는 멋진 친구다. 몰래 담배를 피우는데 기상천외한 방법을 동원하여 선이를 웃기고 놀라게 한다. 어디서 몰래 담배 한 대 피우고 향수를 뿌리고 은단을 먹고 와서 선이 코에 화하고 입으로 숨을 내뿜으며 냄새가 나지 않느냐고 하면 선이는 다 알면서 향수 냄새와 싸한 은단 냄새가 나고 오늘 아침으로 먹고 온 사과, 바나나, 우유 냄새가 아직도 난다고 하면 좋아 죽는다고 서로 웃는다. 그래서 친구는 함께 웃고 우는 것이 제일 좋은 우정이 된다.

* 난생처음으로 만나는 여자 친구

철이와 선이는 아이비 여사장님의 환영 속에서 아이비 지하 골방으로 내려갔다. 즐겁고 행복한 조우이다. 만나고 헤어진 지 달포가 지났는데 왜 이렇게 늦게 왔느냐고 하면서 반갑게 맞아 준다. 이러다가는 얼굴을 잊어버릴 거라며 오버하는 듯했지만 선이는 속으로 매우 좋았다. 철이가 가자고 한 으슥한 구석으로 갔는데 단정하게 앉아 있는 여학생이 있었다. 남색 투피스를 하얀 블라우스 위에 덧입었는데 조신하고 예뻤다. 우리가 들어가니 일어나서 "오빠, 약속 시간보다 빨리 왔네." 했다. 같은 대학 새내기 같은데 오빠라고 부르는 것이 의아했다. 철이가 저 학생에게 거짓말을 해서 그런가 하고 생각했는데 실은 그 여학생은 철이네 동네에 사는 금수저인데 유치원에서 만나서 어릴 때부터 오누이로 재미있게 자라온 학생이란다. 철이와 초등학교에 같이 가고 싶다고 부모님을 하도 졸라대서 일 년 일찍 조기 입학해서 지금까지 오빠라는 말을 입에 달고 다닌다고 한다. 철이는 하도 나에게 남자친구를 소개해 달라고 해서 선이가 안성맞춤인 것 같아서 오늘 소개하려고 왔다고 했다. 선이가 소개한 여학생의 이름은 옥이라고 했다. 선이는 "앞으로 서로 잘 지내요. 학교가 가까운 곳에 있으니 자주 만나요. 철이도 함께요."라고 했다. 철이가 말했다. "이런 짜샤! 내가 니들 틈새에 왜 끼냐? 내 청춘사업도 바쁘고 십 년 넘게 졸졸 따라다녀서 우리는 정말 친동생과 오빠처럼 지내 왔는데 선이가 지금부터 철이 대신 오빠가 되어 주어라. 부탁한다." 철이가 이렇게 말하니 옥이는 얼굴이 빨개지면서 "선이 오빠, 잘 부탁해요." 하고 아무렇지도 않다는 눈으로 선이를 바라보았다. 서울 애들은 서로의 관계가 화끈하고 분명한 것이 좋아 보였다. 그러고 나서 철이는 "나는 내 애인 만나러 간다." 하면서 녹차 한 잔을 들이켜고 나가 버렸다. 상큼한 향기가 옥이로부터 날아와 선이의 코를 자극한다. 블랙커피를 마시는 입술은 앵두처럼 잘 익어 예쁜 빨간색이다. 말소리는 옥구슬이 쟁반에 굴러가는 하이톤의 목소리면서도 조용하고 나긋하여 평화를 주었다. 옥이는 지금까지 남부럽지 않게 공부도

하고 좋은 집안에서 호강하며 살았다고 한다. 옥이 아버지는 금융 계통 고위직 공무원이라고 한다. 철이와 이웃으로 이십여 년간 살아와서 철이에게는 연애 감정을 가질 수 없어 남자친구를 소개해 달라고 했단다. 말도 잘하고 성격이 밝고 화끈했다. 이른 저녁 식사를 함께하자고 선이에게 말했다. 선이는 미소를 지으며 고개를 끄덕였다. 옥이는 선이의 순진무구한 모습이 낯선지 신기한 눈으로 선이의 이곳저곳을 뜯어보며 말을 건다. 선이는 말하는 대신에 옥이의 말을 조용히 들으며 미소로 고개로 응답하며 행복한 모습을 보일 뿐이었다. 처음 만났으니 특별히 할 말이 없었다. 다만 앞에 앉아 있는 여인이 선이에게는 낯설지 않다는 것이 신기했다. 선이는 가끔 동창 여성을 만나도 낯설고 부끄러워했다. 그래서 여자아이들이 데이트 신청을 해도 받아들이지 않았다. 그런데 옥이에게는 정이 가고 마음에 평화가 오며 즐거웠다. 선이는 돈가스 정식을 시키고 옥이는 오므라이스를 시켜서 저녁 식사를 하는데 어느덧 레스토랑에 들어온 지 세시간이 지나고 있었다. 세 시간이 지나면 자릿세가 추가된다. 아마 여사장이 선이에게 자릿세는 받지 않을 것이다. 식사하는 모습도 교양이 있어 보이고 조심하는 것 같았다. 그런 태도는 선이도 마찬가지이다. 아버지로부터 배운 식사 예절을 지키기 때문이다. 모든 음식을 대하고 먹을 때는 항상 그 음식이 식탁 위에 올라오기까지 수고한 사람들을 생각하며 감사하는 마음으로 음식 맛을 음미하며 상대방과 보조를 맞추며 먹으면 된다고 아버지는 자주 선이에게 말해 주었다. 옥이와의 감미로운 첫 만남은 선이 입장에서는 대만족이지만, 옥이 입장은 무엇인지 알 수가 없었다. 레스토랑을 나와 옥이를 배웅하

고 선이는 레스토랑으로 다시 들어왔다. 여사장님이 그렇게 하라고
선이에게 엄명을 내렸기 때문이다.

＊ 아버지와 레스토랑 여사장님

선이는 왜 그런지 모르게 레스토랑 여사장님을 어머니라고 부르고
싶었다. 그래서 여사장님께 미리 양해를 구하고 어머니라고 부르기
로 했는데 여사장님도 선이의 제안을 대뜸 받아들이며 사실은 내가
선이 어머니라고 할 수 있다고 말했다. 선이가 태어나는 데 레스토랑
어머니의 역할이 결정적이었다고 했다. 선이는 레스토랑 어머니를 서
울 어머니라고 부르겠다고 했다. 서울 어머니는 좋은 생각이라며 선
이를 더욱 친근하게 대하며 좋은 아들을 두게 되어 기쁘다고 했다.
선이는 나이가 들어 아버지 덕분에 여러 어머니가 생겨 기쁘고 행복
했다. 어릴 때부터 어머니라고 부르고 싶은 어머니가 없었으니 지금
이라도 많은 어머니가 생기는 것이 좋은 일이다. 어머니는 아버지와
동향으로 흥남 철수 작전 중 미국 군함을 타고 거제도에 와서 난민
생활을 하는데 아버지께서 거제 수용소에 반공 포로로 있다는 사실
을 알고 이것저것 아버지가 필요한 물품들을 넣어 주었다고 한다. 만
약 선이 친어머니가 월남하지 않았다면 아버지와 결혼하여 또 다른
선이를 낳았을 것이라고 한다. 선이의 친어머니인 한 선생이 거제도
에 내려와 수소문을 해서 만난 것이 바로 서울 어머니였다. 그때 어

머니의 모습은 피골이 상접해 사람이라고 생각하기 힘들었다고 한다. 친어머니가 아버지와 사랑의 약속을 지키려고 죽음을 각오하고 월남한 모습을 보고 서울 어머니는 그 숭고한 사랑을 먼발치에서 바라보기로 하고 어머니를 먼 친척 집으로 안내했고, 어머니는 거기서 기거하며 학교 교사로 일하게 되었다고 한다. 서울 어머니는 그렇게 자기의 사랑을 친구에게 양보하고 전쟁이 휴전으로 끝나자 혈혈단신으로 서울로 올라와 온갖 고생을 하며 돈을 열심히 벌었다고 한다. 건설 현장에서 막노동도 하고 미군 부대에 나가서 청소 일을 했는데 다행히 성실성과 영어를 구사할 수 있어서 정식 미군 부대 군무원으로 취직되어 이십여 년 정도 일하다가 퇴직하고 그동안 부동산을 사고팔아서 마련한 목돈으로 마침 월남한 조 사장이 건물을 짓는데 지하 전체를 통으로 명도하겠다는 각서를 받고 투자를 해서 지금에 이르렀다고 했다.

＊ 서울 어머니가 말하는 흥남 철수 작전

미군 부대 군무원으로 일할 때 한 미군 대위가 결혼하자고 해서 한 일 년 정도 사귀었는데 나중에 알고 보니 본토에 결혼한 여자가 있다는 사실을 알고 관계를 끊었다고 한다. 그래서 서울 어머니는 남자 복이 없었는데 이렇게 늦게 친구의 아들을 만나서 내 아들을 삼았으니 이제부터 남자 복이 있을 거라고 했다. 아버지와 친어머니가 잘 산다고 하는 소식을 전해 듣고 서울 어머니는 혼자 지금에 이르렀다고 한다. 2년 전에 아버지가 지금 사시는 곳에 아들을 키우며 혼자 사신다는 사실을 알았으나 연락도 못 하고 지내다가 얼마 전에 아버지 주치의 이 박사와 건물주 조 사장이 잘 아는 사이라 아버지를 잠깐 뵐 수가 있었고 그때야 서울 어머니 사정을 말했다고 한다. 아버지와 서울 어머니는 부둥켜안고 한참 동안 울었다고 한다. 진작 서로 만났으면 행복했을 거라고 하면서 지금이라도 만나서 서로가 가끔이라도 만날 수 있어 좋다고 했다. 서울 어머니도 선이 아버지를 존경하고 사랑한다고 했다. 아버지는 남자인 선이가 보아도 손색없는 좋은 분이다. 사람을 보는 눈은 누구나 대동소이하다. 아버지는 훌륭하시다. 서울 어머니가 말하는 아버지는 한번 결정한 일은 반드시 실행하고 중간에 변동이 없었다고 한다. 그리고 한번 약속하면 꼭 지키는 사람이었다고 한다. 어릴 때 같은 동네에 살았는데 사람들에게 영특하다는 말을 들었고 늘 정의롭고 정직하고 성실한 어린이라고 칭찬을 받으며 살았다고 한다. 그리고 동네 아이들이 대장으로 받들었다고 한다. 할아버지, 할머니도 근동에서 존경하고 사랑을 받으며 살았다고 한다. 지주로서 토지 소작농들에게 다른 사람들이 받는 반만 소작료를 받아서 나중에 다른 지주들이 소작 농부들에게 반동으로 몰려 맞아 죽거나 죽창에 찔려 죽었지만, 할아버지, 할머니는 용케 토지를 소작농들에게 나눠 주어서 살아나서 잘 사시다 천수를 누렸다고 한다. 선이는 할아버지를 많이 닮았다고 한다. 할아버지는 대대로 부잣집 아들이라 공부를 많이 하셨고 부자 티가 안 났다고 한다. 늘 겸손하고 부지런했으며 소작농 집을 돌면서 그들이 필요한 것과 원하는 것을 꼭 해결해 주고 더 못 해 준 것을 항상 안타까워했다고 한다. 그리고 사람이 공부를 하고 글자를 알아야 한다며 농한기에는 소작농들에게 한글을 가르쳐 할아버지의 소작농들은 모두 한글을 깨쳤다고 한다. 그리고 소작농들의 자녀들을 초등학교에 보내기도 하고 안 가거나 못 가는 사람들에게는 할아버지가 한글과 천자문을 가르치고 학습 능력이 뛰어난 사람들은 반드시 학교에 보냈다고 한다. 그러니 소련군과 김일성에게 칭찬을 받고 천수를 누리고 살았다고 한다. 아무리 나쁜 정권도 하늘로부터 타고난 정의와 공정을 자기 자리에서 실천하며 착하고 선하게 살아간다면 그들로부터 해코지를 당하지 않는다고 서울 어머니는 강조하며 한겨울 흥남철수 작전은 사람이 얼마나 위대한 사랑의 화신이며 삶에 대한 욕구가 얼마나 큰지를 알 수 있는 사건이라고 했다. 미국 군함들이 동원된 그 작전은 1950년 12월 15일부터 24일까지 열흘간 이루어졌단다. 미군과 한국군 십만 명, 양민 십만 명이 무사히 피난했다고 한다. 민간인 약 만사천 명이 탄 군수 물자 수송선 빅토리아호는 값비싼 포들과 포탄을 바다에 버리고 대신 피난민들을 모두 배에 태웠는데 당시 항해사로 키를 잡았던 미군 병사는 간신히 항해하여 거제도에 도착해서 이런 말을 했다고 한다. "이 배가 흥남에서 거제도까지 무사히 항해할 수 있었던 것은 항해 기술로는 불가능하지만, 양민들을 보호하시는 하느님이 배를 항해해 주셨다." 그 배에 타고 있던 대부분의 사람은 북한에서 신앙생활을 하던 기독교인들이라고 했다. 서울 어머니는 그때를 기억하며 눈물 흘렸다. 서울 어머니는 만삭이 되어 출산하는 어느 여인의 산파 역할을 했는데 지금은 어디에서 사는

지는 모르겠지만, 잘 살기를 지금까지 빌었다고 한다. 그렇게 위험하고 지옥 같은 상황에서도 새 생명이 태어나고 질서를 지키는 모습에 미군들도 "원더풀!"과 "땡큐!"를 연발했다고 한다. 그리고 도저히 믿기지 않는 것은 전쟁에서는 사람보다 전쟁 물자가 중요한데 그 함정의 함장은 한 명의 생명이라도 더 살리려고 열심히 노력했다는 것이다. 즉, 함정의 포까지 뜯어서 버리고 사람 외에 모든 잡다한 것은 바다에 버렸다고 한다. 그리고 그 당시 배를 타려고 했던 모든 사람을 더 태우지 못한 것을 안타깝게 여겼다고 한다. 애민 정신과 경천, 즉 하느님을 믿었던 사람들의 기도의 힘 덕택에 빅토리아호가 일만 사천 명의 피난민들을 싣고 흥남에서 거제도까지 무사히 올 수 있었다고 서울 어머니는 생생하게 증언한다. 서울 어머니도 당시 어느 장로님께 전도되어 거제도에서 신앙생활을 했는데 서울에 올라와서는 신앙을 잃고 험하게 살아왔다고 한다. 그래서 예수님은 부자가 천국에 들어가는 것은 낙타가 바늘귀를 통과하는 것보다 곤란한 일이라고 설파했는지도 모른다고 했다. 즉, 서울 어머니가 살아온 발자취를 돌아보면 돈을 벌기 위해서는 주일에 근무하면 특별 수당이 나오고 다른 아르바이트도 해야 했단다. 무일푼 혈혈단신으로 서울에 왔는데 살 방법이란 뭐라도 해서 돈을 버는 수밖에 없었다고 한다. 솔직히 어려울 때마다 서울 어머니는 일편단심 첫사랑이었던 선이 아버지를 생각하며 인내하며 이겨냈다고 한다. 하느님은 늘 하늘에만 계셔서 우리 인간이 살아가는 세상에는 없는 것 같았다고 한다. 그러나 요즘 와서는 외롭고 마음이 허할 때는 교회나 성당 마당의 의자에 앉아서 조용히 빅토리아호를 생각하며 기도도 하고 마음을 다스리기도 한다고 했다. 선이는 자기도 성당을 나간다고 하며 여기서 멀지 않은 곳에 성당이 있다고 설명하며 서울 어머니도 선이와 함께 교리 공부를 하고 세례를 받자고 제안했다. 아버지는 요셉이고 시골 약사 어머니는 마리아라고 말했더니 생각해 보겠다고 했다. 서울 어머니께 작별 인사를 드리고 선이는 밤늦게 아파트에 왔다.

* 선이 혼자만의 생각

선이는 집에 와서 잠시 오늘 하루를 상기해 보았다. 오늘은 여복이 터진 날이다. 서울 어머니를 필연으로 인연을 맺었고 성당에서 정이 테레사 교리 선생님을 만나고 오랜만에 정말 마음에 꼭 드는 옥이라는 연인을 만났다. 모두 좋은 인연으로 행복하게 살았으면 좋겠다. 선이는 옥이가 자신의 첫인상을 어떻게 생각했는지 궁금해졌다. 서울 어머니와 아버지와의 사이를 알게 되니 '아버지가 어찌해서 새 장가를 안 가다가 내가 집을 떠나게 되니 외로워서 약사 어머니와 만나게 되었나?' 하는 생각이 들었다. 아마 같은 동향이라 아버지의 과거를 아는 여인들에게는 아버지가 히어로였던 것 같다. 그래서 약사 어머니가 비교적 쉽게 아버지를 선택하신 것 같다. 마찬가지로 사선을 넘어와 미래가 불투명한 아버지를 찾아 나서고 선이를 낳아 주신 어머니도 아버지의 사람됨을 알고 큰 모험을 하신 것 같다. 아버지의 말년에 좋은 동무들이 많이 생긴다는 것은 선이에게도 다행이었다.

아버지가 선이를 키우는 데 집중하기 위하여 그 힘든 개간 일을 하면서 모든 청춘사업을 접은 것은 일단 아버지가 선이를 직접 양육하면서 살림 기반을 마련하자니 어쩔 수 없이 홀로서기로 외롭고 고된 길을 사셨던 것이 아닐까? 당시 '잘하면 면장이나 군대를 선택했으면 수월하게 살 수도 있었겠다.'라는 생각도 해 본다. 하지만 누구도 아버지의 그 깊은 뜻을 알 수 있겠는가? 아버지는 오늘도 당신 자신을 철저하게 관리하며 오직 선이가 잘되기를 하느님께 빌고 계실 것이다. 이제 선이는 학교 공부를 하면서 고시 공부를 하여야 하는데 선이는 어머니의 유전자를 더 많이 받은 것 같다. 학자나 공무원이 되기보다는 화가가 되고 싶었다. 그리고 어떤 때는 길거리의 가수가 되어서 노래를 부르며 평생을 살고 싶었다. 자유롭게 세상 속에서 민초들과 교감하면서 울고 웃으며 살고 싶었다. 그러나 선이를 키워주신 아버지가 원하는 사법고시는 하고 싶지 않아 차선책으로 선택한 것이 외교관이 되어야 하겠다는 생각을 하게 되었다. 그러니 그것도 썩 좋은 길이라고 생각하는 것은 아니다. 그림을 그리며 평생을 사랑하는 사람과 함께 아버지, 어머니를 모시고 꽃도 키우며 살고 싶은 마음뿐이다. 오늘은 선이가 오랜만에 잠을 자지 못하는 날이다.

＊ 대학교에서 만난 친구들

병이, 건이, 상이 등 선이가 대학교에서 만난 친구들은 대부분 금수저이다. 그러면서도 그런 티를 내지 않고 공부에 열중하고 연애도 하고 등산도 다니며 즐거운 캠퍼스 생활을 한다. 병이는 장차 공부를 계속하여 대학 강단에 서는 것이 꿈이라고 한다. MT에 가거나 단체 활동이 있을 때는 맥주를 마신다. 건이는 큰 사업을 하는 대기업 회장님 아들이다. 보기에는 분명히 비만인데 운동도 잘하고 행동도 날쌘돌이다. 앞으로 무역업 확장을 위하여 외교를 공부한다고 한다. 아무리 억울한 일이나 오해를 받아도 화내는 모습을 보지 못했다. 상이는 학교 재벌의 아들이다. 잘생기고 매너가 좋아서 여학생들을 몰고 다닌다. 그러나 대학교의 친구들은 술자리가 자주 있고 모임이 왜 그렇게 많은지 알 수가 없다. 대학교와 선이는 잘 맞는 것 같지 않았다. 주사파 아이들은 건수만 있으면 데모를 한다. 학교에 오는 것이 건수를 만들어 데모하기 위해서라는 느낌을 받을 정도이다. 선이도 저들과 같이 데모도 하고 연애도 하고 술도 마시며 자유롭게 살고 싶었다. 삐딱선도 타고 싶고 어떤 때는 술독에 빠져 보고 싶기도 했다. 그러나 그럴 때면 늘 아버지가 떠오르면서 자유의지가 이성과 아버지의 얼굴로 방종으로 흐르지 않았다. 한시도 아버지가 뇌리에서 떠나지 않았다. 하루는 공부를 끝내고 오후 늦게 철이를 만났다. 철이를 만나면 우울했던 마음이 업되었다. 대학생이면서도 고등학교 티를 못 벗었다. 장난치기를 좋아하고 갑자기 많은 학생 앞에서 노래하며 춤도 추곤 하여 학생들의 관심을 끌기도 하고 이상한 바람을 일으키어 학생들을 몰고 다닌다. 데모할 때는 데모대 앞에 서서 구호를 외친다. 철이와 선이는 아이비로 갔다. 서울 어머니는 조용히 아들을 기쁘게 맞이하여 독방과 같은 맨 구석에 앉게 하였다. 선이는 철이에게 "옥이가 너에게 한 말 없니?" 하고 물었다. 철이는 선이에게 "이 자식은 겨우 만나서 첫 얘기가 여자 얘기냐?" 하고 정색하며 선이를 무안하게 하였다. 선이도 응수했다. "임마. 넌 수시로 주지육림에 빠져서 사니 여자에게 관심이 없지만, 나는 순진한 숫총각이라 여자에 관심이 많다." 하니 철이는 특유의 몸짓을 하며 방귀를 크게 뀌면서 "이것이 바로 콧방귀라고 하는 것이다. 옥이가 너에게 주는 사인이다."라고 했다. 선이는 은근히 자존심도 상하고 화가 났으나 침묵을 했다. 이런 상황에서 잘못하면 철이의 농간에 넘어가기 십상이기 때문이다. 철이도 장난기가 사라지고 제 모습으로 돌아왔다. 철이는 재미있고 흥미로운 친구이다. 선이는 철이가 말을 할 때까지 기다렸다. "선이는 사고방식이 조선 시대의 봉건 사상과 유교 사상에 젖어서 옛 선비 같다고 하더라." 하고 말을 꺼냈다. "선이는 무언가 2%가 부족한 청년으로 보였다."라고 한다. 대개 첫 만남에서는 남학생이 여학생을 집까지 바래다주는 법인데 그냥 아이비 앞에서 "잘 가라."고 하면서 뒤도 돌아보지 않고 바로 아이비로 들어갔다고 하면서 선비 모습이 좋아 보였는데 썰렁한 기분은 들었다고 한다. 선이는 신중한 태도로 철이의 말을 들었다. 사람들이 누구나 같은 성향을 갖지 않아도 시대적 변화에 맞추는 것은 사회에서 생존하기 위한 기본이다. 선이는 그냥 끄덕이며 철이의 말을 들어 주었다. "아, 참. 수아는 어떻게 되었니?" 하니 철이는 씨익 웃으며 "내가 한번 품어 주었지. 대학 입학 기념으로."라고 말했다. 수아는 근처 대학에 입학했다고 한다. 철이는 이미 여러 여자를 품어 보았다고 한다. 하여간 철이는 머리도 좋고 집안도 빵빵하고 여인들도 섭렵하는 인물이었다. "너

옥이는 그냥 놔뒀냐?" 하니 "다른 여자를 보면 발동이 걸리는데, 옥이는 내 친 누이동생처럼 대하다 보니 도저히 그런 불상사는 일어나지 않노라." 했다. 철이의 진실한 고백을 선이는 그대로 받아주었다. 서울 어머니가 비후 스테이크 정식으로 내온 저녁 식사를 맛있게 했다. 그리고 철이와 헤어졌다.

* 서울 어머니와 정감 어린 대화

서울 어머니는 지난번 여학생에 대한 선이의 생각을 물어보았다. 선이는 처음 만나는 이성이라 그런지 그냥 선이 마음에 그녀가 평화를 주었다고 이야기했다. 서울 어머니가 느끼기에는 고집이 세고 바람기도 있고 여자의 육감으로는 안 좋은 느낌을 받았다고 했다. 중년으로서 산전수전 다 겪으신 서울 어머니는 남다른 사람 보는 눈이 있으리라 생각했다. 하지만 잠시 만났지만, 친구인 철이가 소개해 준 여자 친구를 서울 어머니가 안 좋게 보았다니 선이는 마음에 작은 상처를 입었다. 역시 어쩌면 아버지와 함께 살아온 선이가 어머니가 없이 자란 표가 나지 않나 생각하고 남부럽지 않게 사는 옥이가 도도하고 자기가 하고 싶은 일은 무조건 밀고 나가는 경향이 있을 거라고 생각한다. "그러나 요즘 여자들이 다 그렇지 않나요?" 서울 어머니께 반문하니 "그래도 여자 친구를 사귈 때는 인상도 좋고 마음도 곱고 생각도 건전한 사람을 만나는 것이 좋다."라고 했다. 선이도 그런 어머니 말에는 공감했다. 그래서 앞으로 좋은 여자 친구를 소개해달라고 어머니께 요청하니 무척 반기고 좋아했다. 어머니는 와인을 한 잔씩 하자며 과일 몇 조각과 와인 반병을 들고 왔다. 선이는 어머니께 정중하게 한 잔 따라 드렸다. 어머니도 선이에게 정성껏 한 잔 따라 주며 우리 모자 오붓하게 건배하자며 "미래의 멋진 청년 선이를 위하여!" 실 같은 목소리로 건배를 했다. 마치 연인과 같이 오손도손 이야기를 했다. 선이는 친어머니가 어떤 분인가를 물어보았다. "내 친구 한 선생은 늘 조용하고 진중하고 사랑이 많은 순정파 친구였다."라고 한다. "여장부로서 늘 친구들을 침묵으로 리드하면서 좋은 일은 친구들에게 공을 넘기고 누군가 책임져야 할 안 좋은 일은 한 선생이 도맡아서 책임을 졌다."라고 한다. 초등학교 시절부터 말 없는 천재 친구로 통했단다. 그리고 그림을 잘 그려서 나는 새를 그리면 정말 날아가는 새처럼 보였다고 한다. 바람에 흩어지는 낙엽을 그리면 도화지 위에 바람이 실제로 부는 것처럼 보였다고 한다. 이래저래 어머니 그림 솜씨가 소문이 나서 어머니가 그린 그림을 사려고 하는 사람들도 있었으나 어머니는 쉽게 그림을 팔지 않았다고 한다. 친구들이 그림 한 장만 그려 달라고 하면 마지못해 공짜로 그려 주었다고 한다. 서울 어머니 말을 듣고 나니 아버지가 가끔 끔찍이 아끼는 오동나무 상자가 있었는데 그 상자 속에 어머니 그림이 들어 있으리라 짐작했다. 어머니의 그림이 빨리 보고 싶었다. 선이는 혹시 "서울 어머니는 한 선생 작품 한 점 없나요." 하니 그 미국 군인이 내 방에 온 적이 있는데 한 선생이 그린 화조도를 보더니 백 달러를 준다고 해서 그 사람에게 이백 달러를 받고 팔았다고 했다. 선이는 그 순간 서울 어머니가 갑자기 미워지고 원망스러웠다. 아무리 돈에 눈이 멀어도 어떻게 친구의 유품을 팔 수 있느냐고 따지고 싶었지만, 그냥 참았다. 그런 눈치를 챘는지 어머니는 "아버지와 어머니를 잊기 위해서 그때는 모든 흔적을 지우고 싶었다."라고 한다. 그래야 자신의 삶을 일굴 수 있다고 생각했단다. 친구와 연인에 대한 좋은 이미지를 갖기로 했단다. 그러나 한 선생과 아버지만 생각하면 자신의 처지가 늘 애처로워지면서 힘들었다고 한다. 그래서 그림도 처분하게 되었는데 그 미군도 한 선생 작품이 경지에 이른 훌륭한 작품이라고 격찬했다고 한다. 그래서 작품을 알아보는 사람이 그 작품을 감상하며 작가를 늘 칭찬하고 작품에 대한 긍지를 가지고 살아가니 얼마나 행복할까 생각해서 그 미군에게 넘겼다고 해명했다. 선이는 눈물을 글썽이며 서울 어머니를 잠시라도 오해한 것을 사과하였다. 서울 어머니도 눈시울을 붉히며 선이를 안아 주었다. 선이는 서울 어머니 품 안에 안긴 것이 행복했다. 그리고 기회가 되면 그림 공부를 하고 싶다고 선이는 어머니께 속에 감춰둔 속내를 이야기하였다.

제6장

:
:
:

한 번 만난 인연과 이별

✳ 한 번 만난 인연과 이별

선이는 어머니 복은 많았다. 아버지 덕분이다. 삶에서 팔정도를 지켜오신 아버지, 정견(正見), 정사유(正思惟), 정어(正語), 정업(正業), 정명(正命), 정념(正念), 정정진(正精進), 정정(正定)은 아버지 삶에 녹아 있었다. 언제 어디서나 바를 정 자를 생각하였다고 말했다. 사람은 대개 모든 사물을 본래 본성대로 보게 되어 있으나 삼독(三毒)인 탐진치(貪瞋癡), 즉 욕심과 성냄과 어리석음으로 인해 본성을 보지 못한다고 한다. 바르게 본성을 보는 습관이 생기면 매우 좋을 거라고 한다. 정견이 이루어지면 정사유를 하게 된다고 한다. 본성을 깊이 들여다보고 하나의 바른 사상은 세상을 구도하는 데 큰 도움이 된다고 한다. 정어 역시 정사유에서 나온다고 한다. 깊이 있는 사상에서 바른말과 바른 글이 나올 수 있다고 한다. 자연히 먹고 사는 일도 분수에 맞고 기쁘고 즐겁게 일할 수 있는 직업을 가질 수 있다고 한다. 아버지는 아버지 시대의 소명인 먹고사는 문제를 이웃과 함께 해결하기 위하여 농사일을 하게 되었고 농토를 만드는 데 헌신해 정업을 이루었다고 했다. 바른 소명 의식을 가지고 언제나 바른 명을 따라서 살아야 자연과 더불어 살아갈 수 있다고 한다. 모든 생명을 귀하게 여기고 공생해야 한다고 한다. 그러면 자연적으로 바른 생각과 좋은 성격으로 세상과 사람들과 조화를 이루며 살아갈 수 있다고 한다. 그리고 늘 조금씩 바른 깨달음의 길을 걸어가며 전진해야 한다고 한다. 그리고 끝내는 부처님 자리인 그 바른 자리에 가부좌를 틀고 앉으면 세상의 모든 고통과 슬픔에서 벗어나고 세상을 살면서 행복과 기쁨을 누릴 수 있다고 한다. 그런

구도의 길을 걸어오신 아버지이기에 젊은 시절 수많은 삶의 질곡에서 헤어나 지금은 선이를 비롯한 수많은 사람이 아버지를 존경하고 따르는 것 같다. 그 덕분에 돌아가신 어머니도 다시 살아오신 것 같다. 아버지는 왜 선이를 혼자 키우셨을까? 죽도록 고생하시면서 왜 독신으로 사셨을까? 지금도 아리송하다. 아버지는 과연 무엇을 위하여 지금까지 인내하며 사셨을까? 사랑, 명예, 아니면 자신의 수신을 위하여 독신을 고집하셨을까? 아무튼 아버지의 진면목을 지금이라도 알아 가니 조심스러운 마음으로 아버지께 직접 들어보려고 한다.

＊ 천주교 교리 시간

요즘 시간 가는 것이 로켓포 속도보다 빠른 것 같다. 일주일이 하루 가는 듯하고 한 달도 어떤 땐 하루 지나듯 한다. 벌써 한 학기의 끝자락이고 성당 교리 시간도 얼마 남지 않았다. 정이 테레사 선생님은 이십여 명의 새 신자들이 한 명도 낙오하지 않고 모두 세례를 받을 수 있도록 하였다. 천주교 교리의 백미는 미사에 대한 공부와 신비로운 고해 성사에 대한 가르침이었다. 인상 깊었다. 미사는 신자가 꼭 참례해야 하는 의무가 된다. 최소한 주일 미사와 대축일 미사는 신자의 의무이다. 그리고 두 번의 판공성사가 있다. 부활 대축일과 성탄절에는 판공성사를 의무적으로 해야 한다. 미사란 개신교의 예배와 불교의 법회와 같은 성격이라고 보면 되지만, 다른 것은 천주교 미사는 바로 십자가에서 온 누리의 죄를 대신 받으시고 인류를 구원하신 예수님께서 직접 제물이 되셔서 하느님 자비를 요청하는 인간이 하느님께 제사를 드리는 것이다. 그럴 때 예수님의 십자가에서 피어난 평화와 축복이 제사장을 통하여 신자들에게 은총으로 가득 내린다. 용서와 화해가 인간의 죄 사함과 함께 영원한 영의 삶이 유지하고 세상의 육신의 삶도 기쁘고 행복해질 수가 있다고 한다. 그래서 바울로 사도는 "늘 감사하라. 언제나 기뻐하라. 항상 기도하라."라고 했다. 신자들은 미사성제에서 미사를 드리며 항상 받는 은총이 된다. 여기서 제사장은 미사를 집전하는 신부님, 주교님, 추기경님, 교황님을 지칭한다. 이렇게 지상에서 미사성제를 드릴 때는 하늘에서도 천사들이 오가며 수많은 기적의 은총을 내려 준다고 한다. 고해성사는 자신이 참회하고 혼자 하느님과 교통하는 것이 불가능하기 때문에 중재가 꼭 필요하다고 한다. 바로 그 중재자가 신부님, 주교님, 추기경님, 교황님이라고 한다. 성직자에게 신자나 혹은 또 다른 성직자와 수도자들이 자신의 잘못이나 십계명을 어긴 죄를 고백하면 보속으로 할 일을 말해주고 사죄경을 하느님께 바치며 고해자의 죄를 실제로 지상에서 사하면 하느님께서 사제가 사한 죄를 실제로 사해 주시어 신자들을 하느님 은총 안에서 살게 하여 그분의 보호와 사랑과 자비 안에서 산다고 한다. 천주교 신자가 된다는 것은 지상과 하늘의 축복을 받는 일이며 우리들의 삶에 실제로 관여하여 선하고 착한 방향으로 이끌림을 받아 우리들의 삶에서 도덕과 윤리를 따라 살게 하고 인성에서 오는 필연적 죄악을 점점 없애어 종국에는 하느님의 신성에 도달하여 영원한 행복으로 인도된다고 한다. 즉, 영원한 생명을 지상과 천국에서 동시에 누리게 된다고 한다. 지상 교회에서 세례성사를 받고 주교님이나 주교님이 지정한 대리자 신부님께 견진성사를 받으면 신자 중에서도 참 신자가 되어서 칠은의 특별 은총을 받아 새 신자가 세례를 받을 때 대부가 될 수 있다고 한다.

* 칠은(七恩)에 대한 공부

신자가 세례성사를 받고 견진성사를 받으면 일곱 가지 특별한 은총을 받아 성령님의 인도하심으로 성숙한 신자로서 세상을 복되게 살면서 천국의 이치와 하느님과의 교감을 가지며 살아갈 수 있다고 한다. 칠은은 슬기, 통달, 의견, 지식, 효경, 굳셈, 두려워함이라고 한다. 슬기는 사람의 노력으로도 얻을 수 있고 우리의 지성의 범주에 들어 있지만, 성령의 은총을 받아 생긴 슬기는 하느님의 사랑을 세상의 사랑보다 우위에 두고 하느님께 감사, 찬미, 찬양, 흠숭을 드리는 특별한 지혜라고 한다. 슬기롭게 사는 신자는 늘 얼굴에 생기가 돌고 기쁨이 넘치며 도덕적이고 윤리적 품성도 뛰어나 하느님의 영광이 세상에 드러나게 한다고 한다. 통달은 천주교의 진리, 즉 예수님께서 하느님의 아드님으로서 강생하시어 하느님 나라를 설파하시며 열두 제자를 비롯한 수많은 사람에게 복음을 전했다. 그리고 십자가에서 처참하게 돌아가시고 돌무덤에 장사지내졌다. 그러나 예수님은 사흘 만에 죽음을 이기시고 부활하셔서 많은 제자 앞에 나타나시고 함께 식사를 하셨다. 그리고 사십일 만에 승천하시고 수많은 예수님의 성령님을 지상에 파견하여 열심 신자들과 세상의 복음 사업을 완성하기 위하여 지금도 실제로 세상을 다스리고 선으로 이끌고 있다. 이것이 천주교의 진리이다. 이러한 진리를 깨달아 전하는 것이 통달이라고 한다. 의견은 선과 악을 구별하는 능력을 갖추는 것인데 선이란 사람이 살아가면서 도덕적이고 윤리적으로 합당한 언행을 실천하는 것을 말한다. 그러나 신앙에서 선이란 십계명을 잘 지키고 신자로서 품격을 갖추는 것이다. 그 언행이 하느님 뜻에 합당하여서 세상과 통한다면 더할 나위 없이 좋은 일이다. 반대로 악이란 하느님을 부정하고 자신의 힘만을 믿는 오만방자한 일이다. 즉 거짓과 위선과 후안무치한 언행을 하는 것이 악이다. 물론 비도덕적이고 비윤리적인 것이 현실이다. 신자는 의로운 것을 바라보면서 그 의로운 선을 지상에서 성취할 의무와 책임이 있다. 지식은 세상에서는 자신의 삶의 영위나 목적을 위해서 꼭 필요하다. 그래서 사람들은 공부를 통해서 지식을 얻어 인간의 지혜로 활용한다. 그러나 성령을 통하여 얻는 지혜는 같은 공부를 해도 차원이 다르다. 믿을 것과 믿지 말 것을 구별하는 능력을 말한다. 신자가 하느님과 예수님과 성령님을 믿음으로 믿고 신앙적인 삶을 살아가는데 많은 유혹과 사이비 거짓에 넘어가 패가망신(敗家亡身)을 당하는 경우가 많다. 우리는 올바른 하느님의 지식을 성령님으로부터 받아서 헛되고 잘못된 신앙에 빠져 불행에 빠지지 않도록 지식의 은총을 받아 믿음을 잘 지켜나갈 수 있어야 한다고 한다. 한 신자가 사이비 종교에 빠지면, 즉 믿음이 잘못되면 주위의 많은 신자에게 걱정을 끼치고 분심을 주어 악영향을 미친다고 한다. 우리는 믿을 것을 진실하고 확실하게 믿을 수 있도록 삼위일체 하느님

은총의 울타리에 머물러야 한다고 한다. 이상은 인간의 지성과 관련한 은총이라고 한다. 다음은 굳셈이라는 은총인데 우리가 순교를 당하는 마음으로 우리의 신앙을 굳게 지켜나가는 용기의 은총이고 또한 우리가 받은 은총을 지켜나가는 것이다. 굳은 믿음, 굳은 정의, 굳은 공정, 굳은 열망이 굳셈의 은총이다. 우리 신자는 믿음의 갑옷과 진리의 투구를 쓰고 불신의 세력으로부터 우리를 굳세게 잘 방어하여 신앙의 승리의 삶을 살아가야 한다고 한다. 다음은 효경인데 하느님께 대한 극진한 효도와 부모님께 대한 효도 또한 이웃 형제님, 자매님들을 믿음 안에서 서로 아끼며 살아가는 은총이라고 한다. 효자가 어떻게 하든지 부모님을 잘 봉양하고 부모님 뜻을 잘 살펴 그를 따라서 사는 것처럼 신자는 성령의 인도하심에 따라 하느님을 경외하고 찬미, 찬양하고 그분의 뜻을 따라 살아야 한다는 것이 효경의 은총이라고 한다. 마지막이 두려움의 은총이다. 어린아이들이 부모님의 회초리가 무서워서 잘못을 안 하려고 힘쓰는 것처럼 신자는 하느님을 두려워하며 신앙에서 이탈하지 않으려고 노력한다고 한다. 또한, 모든 세상일에서도 십계명을 지키고 선행을 하도록 해 주는 은총이 바로 하느님을 두려워하는 은총이라고 한다.

* 정이 테레사 교리 선생님

정이 테레사 교리 선생님은 성당에서 보이지 않는 곳에서 좋은 일을 많이 한다. 성당 구석구석을 다니면서 먼지도 닦아내고 몸을 아끼지 않고 일한다. 늘 쾌활하고 만면에 미소가 가득해 웃음 천사로 통한다. 그래서 그분은 평생 고생하지 않고 행복하게 사는 것처럼 보이지만, 내막을 알아보면 선생님도 인생의 풍파에 엄청나게 고생했다고 한다. 한여름 어느 날, 오랜만에 여유가 생겨 대학생 아들과 공무원 남편과 새로 산 카니발을 타고 남해 거제도로 휴가를 갔는데 남편이 운전을 하다가 갑자기 낭떠러지로 굴러떨어져 남편과 아들은 선종하고 혼자서 구사일생으로 살아나 병원에 입원하여 1년 만에 의식을 회복하고 재활 병원에서 2년간 재활 치료를 받고 멀쩡하게 성당에서 살다시피 봉사를 하며 산다고 한다. 처음에 깨어나서 몇 개월간 기억이 사라져 과거를 잃어버리고 살게 되었단다. 아들도, 남편도 기억이 안 났다고 한다. 그래서 이나마 살고 있는 것 같다고 한다. 나중에 기억 상실이 하느님 은총으로 회복되고 큰 사고의 기억이 어렴풋하게 살아났는데 이미 그때는 눈물까지 말라버려 멍청하게 살았다고 한다. 하느님은 그렇게 선생님을 죽음에서 살려내고 서서히 회복시켜서 큰 충격도 벗어나게 해서 하느님의 도구로 쓰시어 잠시도 다른 생각은 못 하도록 한다고 했단다. 그렇게 부활하니 선생님의 소명을 알았다고 했다. 선생님은 가난한 노동자의 딸로 태어났지만, 부모님 신앙이 좋아서 가난 속에서도 늘 행복했다고 한다. 하지만 아버지가 일하시다 사고로 돌아가셨다고 한다. 그래도 어머니와 선생님께서 먹고사는 데 지장이 없도록 보상금을 남기고 가셨다고 한다. 어머니는 언제나 기도에 열중하시고 성당에서 살다시피 하시다가 얼마 전에 선종하셨다고 한다. 선생님은 인간적으로는 천애 고아가 되었지만, 신앙적으로는 하느님 아버지와 성모 마리아 어머니와 늘 외롭지 않게 살고 있다고 한다. 아들이나 남편을 기도 중에 만나고 부모님도 기도 중에 뵈니 선생님은 지상 교회에서 살지만, 천국을 실감하며 주어진 소명을 감당하며 소중한 나날을 즐겁고 기쁘게 성령님과 함께 살아간다고 한다. 선이는 선생님을 더 존경하게 되고 마치 성모님처럼 거룩하게 보였다.

✻ 신앙생활과 금전 거래

교리 선생님은 부자는 부자끼리, 가난한 사람은 못사는 사람끼리 서로 뭉쳐서 사는 경향이 있는데 성당에서도 그런 일이 있다면 안 좋은 일이라고 한다. 특히 성당에서 신앙생활을 하면서 제일 힘든 일은 사람들이 서로 믿지 못하고 비판하고 뒷담화를 하는 것이라고 한다. 가끔 성당에서 금전 거래를 해서 평지풍파(平地風波)를 일으키는 경우가 있다고 한다. 금전 거래를 했으면 그걸로 끝내야 하는데 돈을 못 갚거나 서로 갈등이 생기면 몹시 곤란한 상황이 벌어진다고 한다. 당연히 돈을 빌린 사람은 빌려준 사람에게 감사하는 마음으로 약속한 기일에 정확하게 갚아야 하지만, 갚지 못하면 돈이 원수라 심각한 상황이 벌어진다. 빌린 사람도, 꾸어준 사람도 서로가 서로를 원망하고 변명하며 비난을 한다고 한다. 교리 선생님도 어렵게 근근이 살아가는 와중에 어느 자매님의 꼬임에 넘어가 몇천만 원을 떼였는데 그 자매님은 성당을 다니지 못하고 다른 사이비 종교에 빠져 큰 물의를 빚고 있다고 한다. 성당을 착실히 다니는 신자들은 돈도 손해를 보고 또 그 사람 때문에 주님 안에서 살아가는 어린 양들이 잘못된 길로 빠져 영혼을 파괴당한다고 한다. 그래서 가능하면 금전 거래를 안 하는 것이 좋지만, 만약 부득이하게 금전 거래를 한다면 조심해야 하고 빌리는 사람이나 빌려주는 사람이나 신중해야 한다고 한다. 그리고 빌려 간 사람은 약속을 잘 지켜 갚고 빌려주는 사람은 받지 못해도 살아갈 수 있는 여건을 만들어야 한다고 한다. 그리고 서로 너그럽게 이해하며 돈을 받을 때까지 여유 있게 기다려 주는 아량을 베풀어야 하고 돈이 있는 사람들이 십시일반 서로 갚아 주면 행복할 것이라고 생각한다고 선생님은 강조한다. 성당도 세상 속에 있는데 어떻게 하느님의 거룩한 나라만이 있겠는가? 잘못된 일도 많이 있다고 한다. 심지어 대형 요양 시설이나 수용 시설에서는 세상보다 더 많은 인권 문제나 금전 거래상의 부정도 있을 수 있다고 한다. 금전 거래나 기부행위나 모두 행복하게 이루어지길 기도해야 한다고 한다. 금전 거래는 가능하면 안 하는 것이 상책이지만, 가난한 사람들에게 공적인 보호는 필요하다고 한다. 하여간 교리 선생님은 선이에게 신앙생활에 필요한 정보와 지식을 쌓도록 6개월 동안 잘 가르쳐 주어 선이가 신앙생활을 잘할 수 있도록 도와주었다. 선이도 아버지에게 어린 시절에 배운 유교의 도와 불교 그리고 테레사 선생님이 가르쳐 준 천주교 교리가 선이 스스로 성경이나 불교 경전을 통해 진리를 탐구한 것들이 하나의 신앙 정립에 도움을 주는 것 같아서 뿌듯하고 행복했다. 이제부터 선이는 천주교 교리에 충실하며 즐겁고 행복한 천주교 신자로 성실하게 살아서 아버지와 어머니와 함께 성가정을 이룰 수 있도록 신앙생활을 성실하게 하며 공부도 잘해 보려고 한다. 사람이 언제나 어디서나 구도의 길을 걷는다는 것은 삶을 풍요롭게 하는 일이라고 어느 노스님께서 글에서 법문으로 토로한 것을 읽은 적이 있다. 그것이 불교에서 말하는 간화선(看話禪)이라는 것이다. 즉, 실생활을 하면서 공부를 하여 도를 닦는다는 뜻이다. 성당에서는 매일 미사에 참석하며 실생활을 잘 영위할 때 뜻하는 일이 이루어진다고 한다.

✽ 천주교의 온전한 삶

바로 천주교 교리와 성경을 읽으며 매일 미사를 참석하며 성무일도를 바치고 묵주 기도를 꾸준히 하면서 산다면 세상에 그보다 좋은 일은 없을 것이란다. 그렇게 살기 위해서는 사제나 수도자로 살아가야 좋을 것이라고 한다. 아직은 선이가 거기까지 생각하지는 않고 있지만, 하느님의 섭리는 알 수가 없는 일이다. 바오로가 다마스쿠스로 가는데 다메섹에서 그리스도인들을 체포하러 가던 중 갑자기 장님이 되어 쓰러졌는데 그가 그토록 저주하던 예수님의 목소리를 듣는다. "사울아! 사울아! 왜 너는 나를 핍박하느냐?" 그 소리가 천둥처럼 들렸다고 한다. 그리고 부활하신 예수님의 음성을 여러 번 들었는데 이방인들에게 복음을 전하라고 했다고 한다. 그리하여 초대 교회 시대에 위대한 예수님 제자로 살면서 주로 여러 아시아 지역을 돌면서 복음을 전파하고 많은 서간을 남겨 예수님의 열두 사도와 버금가는 열세 번째 최고의 사도로 이름을 날렸다. 그는 로마 시민이었고 가말리아에게 율법과 유대교 교육도 받았으며 수사학도 공부한 것으로 추정된다고 한다. 스테파노 순교의 현장에서 그의 순교에 관여하고 지켜보았던 사울이었으나 참회로 예수님 제자로 재탄생하여 바오로라고 개명하였다고 한다. 하느님의 섭리는 오묘하다. 예수님은 그의 제자들을 뽑을 때 특별히 학력이나 경력을 감안하지 않았다. 의사도, 세관장도, 무식한 어부도 그의 제자로 삼았다. 바오로는 부활하셔서 특별한 방법으로 제자로 뽑아서 삼았다. 그런 바오로는 평생 온갖 고난과 핍박을 받으며 이방인을 선교하는 사도가 되었다. 그처럼 지금도 하느님은 신비한 방법으로 이 세상일에 관여하고 계신다. 보이지도, 느끼지도 못하지만, 성령으로 충만한 사람들이나 하찮은 사람들을 통하여 그분의 살아 계심을 보여 준다. 선이는 바오로 사도의 회심에 대한 성경을 읽으며 수도자나 성직자의 길을 가는 것도 고려해 보기로 혼자 생각하였다. 테레사 선생님과 교리 공부를 마치고 세례받을 준비를 하면서 성경을 다른 시각에서 읽으면서 하느님의 큰 은총에 감사드렸다. 마치 산을 헤매다가 북극성을 만나 한 줄기 희망을 찾은 듯한 기분이 들었다. 이번 주일 미사에서 선이는 세례를 받게 되었다. 어머니들이나 아버지에게는 비밀로 했다. 철이는 매우 기뻐하며 철이 부모님도 선이의 세례식에 참여한다고 했다. 선이는 철이 바오로를 대부로 모시기로 했다. 그래서 더 좋아한다. 좋아 죽겠다고 한다. 아마도 선이가 철이의 신앙을 인정해 주니 더 기뻐하는 것 같다. 철이는 어쩌면 천주교 신자로서 교리나 성경 지식에서는 하수일지 모르나 그가 천주교 신자로서 그에게 주어진 자유

의지를 최대로 누리며 하느님 울타리 안에서 사는 모습이 신비하다. 철이와 함께 신앙생활을 하는 것이 즐거웠다.

＊ 세례받는 날

짧다면 짧고 길다면 긴 6개월 동안의 교리 교육은 선이에게는 하느님께서 베풀어 주신 큰 은총이었다. 그리고 드디어 떨리고 설레고 기다리던 신부님께서 예수님의 대리자로 세례성사를 거행하는 날이 되었다. 선이에게는 오늘이 바로 사울이 바오로로 바뀌는 회심 사건의 날이다. 선이는 베드로라는 세례명을 테레사 선생님이 정해 주셔서 그대로 따르기로 했다. 선이가 사랑하는 친구 철이 바오로와 영명 축일이 같다는 이유로도 베드로라는 영명이 매우 좋았다. 친구 따라 강남간다는 이야기가 있듯이 친구가 좋으면 모든 일을 그에게 맞추려는 선이의 특별한 성격도 한몫을 했다. 드디어 신부님께서 물로 세례를 베풀고 그리스도의 십자가를 그리며 이마에 도유도 했다. 모든 절차는 교리 선생님의 주도면밀한 연습으로 별 차질 없이 진행되었고 미사를 드리고 첫영성체를 하게 되었다. 예비 신자로서 드리는 미사와 세례를 받은 후의 미사는 그야말로 천양지차(天壤之差)였다. 무엇보다도 미사 중에 성체를 모시는 예식에 참례할 수 있는 일이 제일 소중했고 영성체후 받은 느낌은 감미롭고 신비했으며 그 어디에서도 느껴 보지 못한 행복감과 기쁨과 평화가 선이의 몸과 마음의 머리끝에서 발끝까지 피처럼 퍼지고 흐르는 것 같았다. 그리고 온몸과 마음이 신선해지고 홀가분해져 날을 수 있을 것 같았다. 늘 묵직하게 선이를 짓눌렀던 원죄의 돌덩어리가 선이의 몸 밖으로 빠져나가는 느낌을 받았다. 당장 그날로 선이가 확 바뀌는 느낌을 받았다. 이런 감격스러운 일은 선이가 태어나서 처음 느끼는 기분이었다. 한참 동안 깊은 감명에 빠져 있는데 뒤에 있던 철이가 선이에게 축하한다며 꽃다발을 주었다. 철이 부모님도 매우 기뻐하시며 축하해 주었다. 이름도 모르는 신자들이 박수를 쳐 주고 축하해 주었다. 참으로 기쁘고 행복했다. 이러한 축복이 앞으로 선이의 미래를 풍요롭게 할 것이다. 늘 선이 베드로와 함께하시는 성령님은 선이가 하느님 뜻에 따라 열심히 살도록 안내하고 도와줄 것이다. 물론 축복만을 주시지는 않을 것이다. 시련도 주시겠지만, 이는 선이 베드로가 감당하고 신앙이 더 굳세어지는 데 도움을 주는 시련일 것이다. 선이 베드로는 오늘 받은 특별한 은총을 영원히 고이 간직하며 아버지의 말씀에 충실한 아들이 되도록 지금까지처럼 힘쓸 것이다. 이제 영적으로 부를 수 있는 아버지가 선이에게 생기고 절친한 친구인 예수님 성령님도 생기고 묵주 기도를 하며 언제나 뵐 수 있는 성모님도 계시다. 육적인 훌륭한 아버지, 어머니들도 계시며 영적인 멋진 성부 하느님 아버지 성자, 십자가에서 돌아가셨다가 부활하신 예수님 그리고 예수님께서 승천하시며 약속한 수많은 예수님의 분신이신 성령님 그리고 당신 자녀들을 품 안에 안아서 위험에서 보호해 주시는 성모님이 생겼다. 이제 선이 베드로는 든든한 뒷배가 많이 생겼다. 천군 천사가 지켜 주시고 세상만사가 두려울 것이 없다. 진리가 너를 자유롭게 할 것이라고 하신 예수님 말씀이 선이 베드로에게 항상 머물

것이기 때문이다.

✳ 마리아와 요셉을 찾은 베드로

선이 베드로는 교리 시간과 학교 공부로 바쁘게 살아서 엄두도 못 내던 시골 나들이를 다녀오기로 했다. 선이는 가끔 잠을 자다가 악몽을 꾸는 때가 있었는데 성당을 나가 교리를 받고 세례를 받고 난 후로는 그런 일이 사라졌다. 그 또한 선이가 체험한 하느님의 실존이라고 생각했다. 인간이 잠들어 있을 때는 오로지 신만이 그 영역을 감시하고 지켜 줄 수밖에 없는 영역이다. 어릴 때는 육신의 아버지의 품에서 잠들어야 편하고 행복했다. 자라면서 차차 아버지 품에서 떨어져 자면서 늘 불안하고 나쁜 꿈을 꾸게 되었는데 이제는 전능하신 하느님 아버지의 보호 아래 잠이 드니 아무 걱정도, 불안도 없이 잠이 드니 행복할 뿐이었다. 대충 집 안을 치우고 정리한 후 선이는 달랑 책 한 권을 들고 가벼운 마음으로 고시원이자 기숙사이며 하숙집인 아파트를 나와 배 씨 아저씨에게 열쇠를 맡기고 고향에 다녀오겠다고 했다. 아저씨는 마침 여수 돌산에서 친구가 갓김치와 김, 멸치를 보내왔는데 싸 줄 터이니 시골집으로 가져가라고 해서 가방도 안 가지고 내려가니 보관했다가 다음에 제가 먹을 것으로 조금만 달라고 했다. 배 씨 아저씨는 더 이상 권하지 않고 시골에 잘 다녀오라고 했다. 선이는 "아저씨 다녀오겠습니다." 하고 바로 용산 시외버스 정류장으로 갔다. 버스를 타고 시골로 내려가는데 평일인데도 버스 안이 붐볐다. 덜커덩거리며 달리던 차가 어디쯤 가다 서니 자리가 나서 앉았는데 꼬부랑 할배가 타신다. 선이는 앉자마자 바로 일어나 자리를 양보하였다. 할배는 환한 얼굴로 "젊은이, 고맙네." 하면서 기쁜 표정으로 앉았다. 그러나 할배의 얼굴에는 코도 없고 눈썹도 없고 손은 오그라들어 있는데 얼굴은 밝고 기쁨이 가득했다. 말도 상냥했다. 갑자기 그가 예수님으로 보였다. 서너 정류장을 지났는데 "젊은이, 나는 다음에 내리니 여기에 앉게나." 했다. 선이는 그 할배가 내리는 정류장 이름을 보니 '성 라자로 마을 입구'라고 적혀 있었다. 선이는 읍내에 하차하여 어머니 약국에 들렀다. 어머니는 마침 손님과 이야기 중인 것 같아 잠시 기다리다 약국으로 들어가기로 했다. 이윽고 어머니가 일을 마치고 접견실로 들어가셨다. 선이는 어머니께 장난기가 발동하여 약국 문을 열고 "마리아 자매님." 하고 부르니 "누구세요." 하면서 어머니가 문을 열고 나왔다. 선이는 "약 좀 주세요." 했다. 어머니도 시치미를 뚝 떼며 "무슨 약 드릴까요?" 해서 선이는 "사랑의 상사병에 잘 듣는 약을 주세요." 하니 어머니는 그제야 선이를 반갑게 맞아 안아주시며 "이것이 약이다." 하면서 선이를 접견실로 안내해 주었다. 안에는 아버지가 계셨다. 아버지는 낮고 굵은 소리로 "아이고, 신파극을 하는 줄 알았다."라며 반갑게 선이를 맞아주었다. 아버지는 어머니가 보고 싶어서 나오셨다고 한다. 그래서 아까 한센병 환자를 만났는데 신체적으로는 몹시 일그러져 있는데 얼굴은 환하고 빛이 났다고 하니 어머니는 성 라자로 마을은 한센병 환자들이 모여 사는 곳인데 지상 천국이라고 하며 어머니 마리아도 그곳의 후원 회원이라고 한다. 매일 아침 일곱 시면 미사를 드린다고 한다. 그 공동체는 늘 함께 모여 나라를 위한 기도, 지역 사회를 위한 기도, 후원회를 위한 기도를 바친다고 한다. 그곳은 평신자 수도원이라고 보면 틀림없다고 하였다. 그래서 마리아와 요셉께 선이가 베드로라는 영명으로 세례를 받았다고 하니 요셉 아버지는 별 반응이 없는데 마리아 어머니는 손뼉을 치며 축하한다며 또 한 번 선이 베드로를 안아주며 어깨를 토닥여 주었다. 그렇게 선이 베드로 가족은 모두 세례를 받아 정식 성가정이 되었다. 선이 베드로는 두 분께 큰절 일 배를 하고 석이네 집으로 갔다.

* 석이의 근사한 우사와 집

석이는 우사를 완성해서 한우 송아지 오십여 두를 구입했고 넓은 밭에는 소 사료로 쓸 옥수수가 무성하게 자라고 있었다. 석이는 의젓한 농장의 사장이 되었다. 농군 후계자들은 군대도 면제가 되어 안심하고 낙농을 할 수 있다며 좋아했다. 작은 집도 조립식으로 지어 당장 장가를 들어 알콩달콩 살아도 될 것 같았다. 석이 고모는 가끔 밑반찬을 만들어 냉장고에 넣어 주고 간다고 한다. 석이네 농장과 성당은 5리쯤 떨어져 있었다. 선이는 석이에게 성당에 나갈 것을 권유하며 선이는 세례를 받았다고 했다. 그런데 석이는 유아 세례를 받았다고 한다. 그러나 초등학교 때 첫영성체 교리를 못 받아 영성체를 못

한다고 했다. 석이도 언젠가 성당에 나가 교리를 받고 영성체를 할 거라고 했다. 어쩐지 학교생활을 하면서 늘 헌신적인 그의 모습에서 남다른 면을 많이 느꼈다. 석이는 강자에게는 한없이 강하고 약자에겐 그를 불쌍히 여기고 그 약자를 도우려고 애썼다. 선이가 초등학교부터 중학교를 졸업할 때까지 무사히 지낸 것은 석이가 든든한 하느님 되어 선이를 보호해 주고 서로 우정을 나누라고 파견해준 수호천사 역할을 해 주었기 때문이다. 석이 세례명은 사도 중에서도 최고 맏형으로 정의롭고 의협심이 강한 안드레아라고 한다. 하느님의 실재를 석이를 통하여 체험하게 된다. 선이는 모르고 있었지만, 선이는 하느님께 선택되어 이미 하느님이 보낸 수호천사들이 선이가 옳고 귀한 길을 가도록 도와준 것이다. 여기에 이르니 선이는 혹시 자신에게 성소가 있는 것이 아닌가 생각하게 되었다. 기쁘고 좋은 일이다. 하지만 기도를 해야 하고 부모님과 상의해야 할 일생일대의 중차대한 일이다. 하느님께 선택되어 보호를 받으며 산다는 것은 참으로 행복하고 한없이 든든한 일이다. 석이에게 시간을 잘 조절하면 일하면서 신앙생활을 할 수 있다고 권유했다. 성당도 가까우니 성당에 나가 신부님과 신앙생활에 대하여 상의할 것을 강력하게 추천하였다. 석이도 선이의 카리스마에 놀란 눈치다. 엊그제 세례를 받은 사람치고 성령의 역사하심을 석이가 느낄 정도로 선이 베드로의 태도는 강력하였다. 선이는 당장 이번 주에 가자고 했다. 선이는 석이의 신앙을 복원시키는 것이 하느님께서 선이에게 맡기신 첫 사명이라는 것을 깨달았다. 선이에게 임하신 성령님께서 선이를 통하여 그분이 하실 일을 하시는 것이다. 즉, 선이는 단순한 도구의 역할이기 때문에 성령님께서 선이를 그렇게 하도록 시키는 것이다. 이 또한 석이 때문에 체험하는 성령님의 역할로 일어난 일이라고 선이는 생각했다. 이번 주 주일에 나와 함께 성당에 가자고 하니 석이는 이런저런 스케줄을 보더니 선이가 토요일에 자기 일을 도와주면 주일에 성당에 갈 수 있다고 했다. 선이는 그렇게 하겠다고 했다. 오늘 저녁에는 선이와 읍내에 나가서 선이의 부모님을 만나서 서로 인사도 하고 저녁 식사를 하고 오자고 했더니 석이도 좋다고 했다. 석이는 트랙터를 고칠 것이 있으니 트랙터 자가용을 타고 읍내를 다녀오자고 했다. 대충 일을 마치고 샤워를 하고 얼굴에 로션을 바르고 선이와 석이는 읍내로 나와 약국을 갔다. 어머니는 우리를 환영하였다. 아버지는 읍내 집으로 가셨단다. 아버지는 요즘 선이에게 밥상을 차려주는 대신 어머니 밥상을 차려놓고 기다리신다고 한다. 가정에서 가만히 있기보다 자신의 역할을 서로 분담한다는 것은 가정의 평화와 행복의 조건이다. 아버지는 자주 이러한 말을 해서 선이가 설거지를 도맡아 하고 아침상도 차리게 되었다. 아버지는 이십여 년간 홀로 산 노하우를 살려 어머니께 봉사하며 즐겁게 사시는 모습이 좋아 보였다. 석이와 선이는 어머니께 "중국집에 가서 우동 한 그릇을 먹고 석이네 집에서 일 좀 하겠습니다. 주일에 성당서 뵈어요." 하니 어머니는 용돈을 주시며 "친구와 맛있는 저녁 식사도 하고 잘 놀다 들어가라."고 했다. 어머니는 주일 성수가 우선이기 때문에 금요일과 토요일에 연장 근무를 한다고 했다. 석이도 어머니 이야기를 함께 들었다. 선이와 석이는 어머니께 인사를 하고 근동에서는 유명한 중국요리 전문점인 부전관으로 갔다. 그 집 음식 맛은 입소문이 나서 시간대를 잘못 맞춰서 가면 한참 동안 기다려야 한다. 수요일 오후에는 돈을 받지 않고 네 시간 동안 노인이나 걸인들에게 짜장면을 무료로 해서 먹을 수 있게 해 준다. 즉, 걸인이나 노인들이 한 끼를 때울 수 있도록 해 준다. 읍내 동산 아래에 걸인 패들이 움막을 짓고 산다. 그렇게 살아도 누구도 그들을 방해하지 않고 공생한다. 왕초는 특이한 사람인데 점심 이후에나 밥이나 돈을 구걸하는데 당번을 정하여 일하기 때문에 보기에도 흉하지 않고 주는 사람도 지루하지 않아 좋다고 한다. 부전관에서 짜장면을 얻어먹는 날도 깨끗한 옷을 갈아입고 번갈아 가며 와서 먹는단다. 그리고 그 거지 왕초는 사람들에게 해코지를 안 하는 것은 물론이고 늘 "감사합니다."라는 말을 달고 다닌다고 한다. 비록 거지 왕초라 얻어먹는 처지지만, 거지 공동체를 잘 운영하고 얻어먹을 힘조차 없는 사람은 그들이 거두어 먹인다고 한다. 그들의 치료는 루가 의원에서 무료로 해 주는데 돈을 모으면 치료비의 얼마라도 루가 의원에 갖다 갚아 준다고 한다. 석이와 선이는 저녁 식사로 부전관 우동을 시켜서 먹고 거지 공동체 왕초를 만나러 갔다. 비록 남루한 옷을 걸쳤지만, 그의 움막은 제대로 갖춰져 있었고 위생적으로 환경이 깨끗하였다. 그곳에서 기거하는 사람은 총 열두 명인데 세 명씩 교대로 구걸을 나가고 구걸해 온 것은 공평하게 나눈다고 한다. 왕초는 한국 전쟁 때 가족을 잃고 본인도 심한 공황장애를 앓다가 정신병자 수용소에서 생활하다 도망쳐서 숨어들어 온 것이 여기라고 한다. 처음에는 다섯 명이 생활했는데 살다 보니 부랑아 시설에서 노동력을 착취당하다 도망쳐 나온 사람들이 의기투합하여 이렇게 공동체를 이루고 산다고 했다. 석이는 가끔 일자리를 줄 수 있다고 하니 미리 연락을 주시면 스케줄을 잡아서 일하겠다고 했다. 왕초의 꿈은 공동체의 모든 사람이 입고 사는 문제와 먹고 사는 문제가 해결되고 얻어먹는 생활을 청산하고 빌어먹는 것을 벌어먹는 수준으로 되는 것이라고 했다. 왕초다운 삶의 목표가 뚜렷했다. 그래서 저녁이면 다 함께 모여서 회의를 하면서 행복한 삶을 추구하기로 다짐한단다. 첫째로 각자의 몸은 각자가 잘 처신하여 관리하고 청결을 유지한다. 둘째로 매일 한 줄의 글이라도 읽고 묵상한다. 셋째로 늘 도와주는 분들에게 감사하고 안 주거나 못 주는 사람들에게도 감사한다. 넷째로는 혹여 해코지를 당해도 우리에게 큰 해가 안 되면 방어는 하되 공격은 하지 않는다. 다섯째로 지역사회, 우리 영역에서 욕먹는 짓은 절대로 안 한다. 할 수 있으면 노동을 하여 주위 사람들에게 도움을 줄 수 있으면 도와주어야 한다. 여섯째, 공동체 상호 간에 서로 의리를 지키며 공평하게 사는 것을 원칙으로 한다. 하여간 왕초는 지도자다운 면모를 갖추었다. 사람이 겸손하고 착하고 사랑이 가득한 사람으로 보였다. 이곳 땅은 읍내 부자 우 씨가 백 평을 빌려주었는데 왕초와 패거리들이 그분의 일을 도와주다 보니 우 씨 부자가 이백 평을 왕초와 몇 사람의 공동명의로 해 주고 죽었다고 한다. 오 일 장례 내내 궂은일을 왕초와 공동체 일원들이 해 주었다고 한다. 왕초는 한두 마디만 한다. "잘살아 보자. 떳떳하게 살자." 이것이 전부라고 한다. 그들은 비록 비천한 삶을 살지만, 부자들보다 편하게 산다고 한다. "거지 라자로가 비록 평생 빌어먹었지만 죽어서는 라자로는 천국에, 부자는 지옥에 갔잖아요." 했다. 선이가 "천국에 가려면 성당을 가서야죠." 했더니 왕초는 빙그레 웃으며 "나도 세례는 받았지요." 전쟁이 끝나고 성당에 가면 먹을 것을 주어서 성당에 갔는데 하도 고마워서 수녀님께 "제가 무엇을 하면 이 고마움을 갚을 수 있을까요?" 하니 "세례를 받으면 도와주는 것이 많아요."라고 해서 세례를 받았다고 했다. 왕초는 자기 세례명이 요한이라고 했다. 그리고 자기도 북한에 살 때는 부자여서 평양 고보 출신이라고 한다. 당시에는 평양 고보만 나오면 원하는 어떤 관직도 가질 수 있었으나 왕초는 그런 데 관심이 없었고 놀고먹는 데만 신경을 썼다고 한다. 당시 세상 돌아가는 것이 심상치 않고 조금만 정상이다 싶으면 군대로 끌려갔기에 본인은 술을 마시며 주정뱅이로 사니 누구도 시비를 걸지 않았다고 한다. 오히려 경관들조차 미친놈 취급을 하고 자기를 무서워했다고 한다. 북한이 돌아가는 모습이 미래가 불투명하여 흥남 철수 때 간신히 본인 혼자서 피난을 했다고 한다. 참혹한 전쟁 상황을 보니 이제 미친 척하는 것이 아니라 정말 미쳐 버려서 거제도에 도착하자마자 부산의 어떤 정신병자 수용소로 갔는데 바로 뛰쳐나와 거지가 되어 빌어먹으며 이곳까지 왔는데 부자 우 씨가 움막을 짓고 살 수 있도록 도와주었다고 한다. 남한에 내려와 처음 받는 사람대접이었단다. 왕초는 미군이 주었다는 커피를 주전자에 넣고 끓여 선이와 석이에게 주었다. 다른 사람들은 제각각 자기 움막에서 꿈쩍도 안 한다. 왕초도 이번 주에는 성당을 나가겠다고 한다. 선이 베드로는 계속된 신비한 일들이 일어나니 참으로 마음속으로 함께하는 성령님을 계속 체험하고 있다. 선이는 깊은 묵상을 하게 된다. 비록 걸인으로 살아가지만, 하느님은 그의 삶에 깊이 관여하여 굶어 죽지 않도록 도와주고 이끌어 준다고 생각했다. 세상이 서로 도와가며 살도록 왕초에게 부자 우 씨 노인을 붙여 주시어 살아가게 하고 여러 사람이 공동체를 이루도록 하여서 기쁘고 행복한 길을 찾도록 하였다. 석이와 선이는 트랙터 수리소에 가서 트랙터를 다시 타고 석이네 집으로 왔다.

＊ 성당에서 모인 쉬는 신자들

주일이 되었다. 미사 한 시간 전에 석이와 선이는 성당으로 가서 석이의 이름을 대고 유아 세례 관련 사실을 파악하는 동안 일단 현재 시작된 지 일주일밖에 안 된 교리 반에 들어가 매주 아홉 시부터 교리 공부를 하라고 했다. 석이는 그렇게 하기로 했다. 좀 있다가 왕초가 약속을 지켜 깔끔한 차림으로 성당에 나왔다. 바로 수녀님께 데리고 가니 바로 고해 성사를 하고 미사를 하라면서 천천히 교적을 찾아서 이곳 성당에 등록하라고 했다. 왕초는 싱글벙글하면서 고해소로 갔다. 미사 시간이 되어 좌우로 살피니 아버지와 어머니도 다정하게 미사 시간에 맞춰서 성당 안으로 들어왔다. 선이 베드로는 안심하고 하느님께 감사 기도를 드리며 왕초 요한과 석이 안드레아와 앉아서 거룩한 미사를 했다. 기쁘고 행복했다. 다만 석이가 영성체를 하지 못하는 것이 아쉽고 슬펐다. 이 세상을 살아가다 보면 많은 일이 벌어진다. 이 순간은 하느님과 교감하는 시간이다. 이상하게 성당에서 미사성제에 참례할 때는 세상살이에서 받는 스트레스를 모두 하느님께서 거두어 가시는 것 같다. 특히 테레사 선생님께서 자신의 처지가 심각할 때 성당만 오면 충만한 은총 속에서 축복을 받으며 큰 위로를 받았다고 했다. 영성체를 하면 예수님께서 몸 안으로 들어와 나쁜 기운을 모두 내보내고 좋은 것만 남는다고 했다. 그래서 매일 미사를 해야만 일과가 끝난다고 했다. 이렇게 서울 본당에서 첫영성체 후 두 번째 미사를 드리며 쉬는 교우를 두 사람이나 성당으로 발걸음을 하게 하였으니 얼마나 기쁜가? 미사 드리는 내내 순간순간 은총이 넘쳤다. 특히 영성체 후 잠시 묵상을 하는데 선이의 살과 피가 예수님 십자가의 살과 피로 바뀌는 느낌을 받았다. 슬프고 아프지만, 왕초 요한도 즐겁고 기쁜 삶이 되기를 기도했다. 미사가 끝난 후에는 서로 반갑게 "찬미 예수님." 하면서 인사를 나누었고 어머니와 아버지도 만나 반갑게 인사를 나누었다. 왕초 요한과 석이 안드레아도 마리아 자매님과 요셉 형제님께 성당에서 처음 만나서 서로 덕담을 주고받았다. 그리고 약사 어머니는 왕초와 공동체 식구들에게는 원가로 약을 주겠다고 하며 나머지 식구들도 성당에 나와 교리 공부를 하라고 했다. 어머니는 말을 늘 깔끔하게 매듭을 짓는다. 어머니의 장점 중 하나이고 선이도 배워야 할 좋은 것이다.

＊ 고운 분들과 작별 인사

선이는 성당에서 고운 사람들과 작별을 하고 또다시 서울로 올라가야 했다. 왕초 요한은 앞으로 동생으로 삼을 테니 읍내에 내려오면 움막으로 들러 달라고 했다. 어머니는 어느새 묵주 반지 한 개와 묵주를 세 개를 사서 신부님 축성을 받아 가지고 오셔서 석이와 선이와 요한에게 나누어 주고 기도하라고 했다. 반지를 세 개 사려고 했는데 돈이 안 되어 못 샀다고 한다. 요한과 안드레아는 감사하다고 어머니께 인사를 하였다. 선이에게는 묵주 반지를 끼워 주면서 공부할 때 힘이 들면 묵주 반지를 보며 용기를 내라고 했다. 성모님께 도움을 구하고 항상 어머니가 선이를 위해서 기도하고 있다는 사실도 기억하라고 했다. 아버지는 일련의 상황을 미소를 지으며 그윽한 눈으로 바라볼 뿐이다. 짧은 시간 동안 서로의 축복 인사를 끝내고 선이는 오늘따라 많은 분의 배웅을 받으며 서울행 버스에 올랐다. 즐겁고 기쁜 귀향 일정을 마치고 치열한 경쟁만이 있는 서울로 와서 배 씨 아저씨께 아파트 열쇠를 받아서 집으로 들어갔다. 아늑한 느낌이 들며 어머니가 특별한 선물이라며 좋은 가방에 담아서 어깨에 메어 주신 가방을 열어보니 예쁜 성모상과 고상과 함께 편지가 들어 있고 성수도 들어 있었다. 간단한 쪽지도 들어 있었다. "선이 베드로야. 내가 바빠서 네 세례식에 못 간 것은 미안한데 선이도 아버지, 어머니께 편지로 알리지 않은 것은 잘못이다. 가능하면 선이에게 있을 대소사는 꼭 아버지와 나에게 알려 주었으면 한다. 가족이란 그런 대소사를 통하여 더 행복해지는 거란다. 그리고 그런 핑계로 네 삶의 언저리에 나와 아버지의 사랑과 배려가 스며서 너에게도 위로가 되고 우리도 위로가 되며 하느님도 기뻐하신단다. 이글을 보는 대로 집 안에 성수를 뿌리고 고상을 현관문에서 들어오면서 가장 잘 보이는 곳에 달아주고 성모님 상은 네 책장 중앙에 안치하여 묵주 기도를 드릴 때 보면서 해라. 사랑한다. 아들아. 건강이 최고이니 천천히 공부하기를 바란다. 서두르지 말고 꼼꼼하고 침착하게 기도하면서 말이다." 어머니는 이렇게 선이를 챙긴다. 선이는 어머니 계신 곳을 향하여 일 배를 올렸다. 오늘 일어난 일들을 바라보면 신비하고 신기하다. 우동 한 그릇을 먹다가 왕초 요한 패거리가 나와 그를 만나 성당에 나오게 하고 석이와 잠시 대화하다가 그가 유아 세례를 받은 사실을 알고 함께 성당에 가고 또 이렇게 집에 와서 성수를 뿌리고 고상을 걸고 성모님과 함께한 일이 모두 신기했다. 모두 친구가 되어준 예수님 덕분에 이루어진 일들이다. 오늘은 즐겁고 행복한 마음으로 고이 잠들 일만 남았다. "하느님, 감사합니다. 오늘은 주일이었습니다. 주님이 이끌어 주시어 예수님 희생의 몸과 피로 선이 베드로 몸과 피를 정화시켜 주님의 거룩함을 덧입었습니다. 오늘 이 모습 이대로 잠들고 내일도 이 모습 이대로 살아가게 하소서. 우리 주 그리스도를 통하여 기도합니다. 아멘."

∗ 요셉처럼 가끔 꾸는 꿈

사람들은 꿈을 황당한 이야기로 간주하는 경우도 있고 꿈을 해몽하여 자신의 삶과 연관 지으려는 시도를 한다. 즉, 미래에 일어날 행운이나 불행을 점치는 수단으로 이용한다. 길몽이면 복권을 산다. 혹은 주식이나 부동산을 산다. 흉몽이면 조심하면서 살아간다. 그래서 꿈은 꿈 풀이 도사들이 먹고사는 방법이 되기도 한다. 일련의 이러한 행위를 나쁘다거나 미신으로 치부하는 것은 곤란하다. 성경에 나오는 야곱의 열한 번째 아들인 요셉은 꿈꾸는 소년이었고 그는 꿈 해몽으로 일약 이집트의 이인자인 총리대신이 되었다. 그의 해석대로 파라오의 꿈이 현실이 되었고 그 꿈의 현실을 사전에 잘 대처하여 이집트를 구했을 뿐만 아니라 자기 민족을 기근에서 구하는 위업을 달성한다. 꿈은 무엇인가? 프로이트는 『꿈의 해석』이란 책에서 꿈을 과학적인 사고로 접근해서 인간의 성장 과정에서 꿈은 무한한 무의식 속에 잠재되어 있는 불만이나 억압된 의식이 꿈으로 나타나는 것이라고 했다. 의식 세계에서 도덕이나 윤리의 억압을 받는 성적 쾌락을 무의식 상태인 꿈에서 마음껏 발산한다는 것이다. 사람의 무의식의 성장은 이드로 시작하여 에고와 슈퍼에고로 발전해 가는데 그 과정에서 히스테리를 일으킬 수 있다. 무의식에 쌓여 있는 잡다한 것들이 한꺼번에 터져 나올 때 큰 문제가 생겨난다고 한다. 그것이 신경계에 문제를 일으켜 현실의 삶을 힘들게 하는 경우가 많다고 한다. 현대 만병의 근원인 스트레스도 프로이트의 정신 분석학 이론의 토대 안에서 문제를 해결할 수 있다고 한다. 선이도 가끔 신기한 꿈을 꾸었다. 어릴 때는 주로 어머니 젖을 먹는 꿈을 많이 꾼 것 같다. 어머니가 안 게셔서 그런가 했는데 지금 와서 생각하면 이드 과정을 거치지 않은 또 한 명의 선이 안의 작은 선이가 일으켰던 일이었다. 작은 선이가 선이의 안에 자리 잡고 있었기에 아무리 선이에게 잘해주는 아버지가 계셔도 어머니에 대한 그리움과 한이 선이의 무의식 세계에 쌓였을 것이다. 그래서인지 여자의 꿈을 자주 꾸었다. 예쁜 여자아이들만 보면 그들과 실제로 어울려 놀지는 못하고 꿈에서 그들과 뒹굴며 노는 꿈을 많이 꾸었다. 그리고 전쟁하는 꿈도 많이 꾸었는데 복이에게 시달림을 받으며 학교에 가기 싫었던 시기에 주로 그런 꿈을 꾸면서 누군가에게 쫓겨 다니는 꿈을 꾸었다. 선이는 요즘에는 가끔 천상의 꿈을 꾸곤 했다. 천사처럼 예쁜 여인과 구름을 타고 하늘나라로 올라가 예수님을 알현도 하고, 성인 성녀들도 만나기도 했다. 아마도 세례를 받고 싶은 열망과 성령님께서 그 열망을 북돋아 주기 위하여 의식 세계에서 교리를 공부하며 미사 중에 듣는 강론 말씀이 무의식중에 가라앉아 있다가 신기한 꿈으로 나타나는 것 같았다. 이런 꿈은 건강하고 좋은 꿈으로 그런 꿈을 꾸고 나면 종일 기쁘고 즐겁다. 그런 꿈을 길몽이라고 한다. 그리고 어떤 때는 여자 친구를 만나서 연애하는 꿈을 꾸는데 어머니를 만나고 그 어머니의 사랑을 받으며 어릴 때 거쳐야 할 이드 단계를 이제야 거치는 것 같다. 선이는 사람이 태어나 어머니, 아버지의 좋은 양육을 받아야 정상적으로 성인이 되어 일상생활을 무난히 살아갈 것이라는 생각을 해 본다. 어릴 때 젖을 빠는 동네 친구를 보면서 몹시 부러워하면서도 부끄러워서 도망간 것도 선이가 한 번도 경험하지 못한 현실의 이드가 눈앞에 펼쳐졌기 때문이라고 생각했다. 꿈이 현실이건, 아니건 간에 사람은 의식에 무의식이 끊임없이 관여하고 무의식에서 의식 세상이 언제나 관여하여 무의식 중, 즉 잠을 자면서 끊임없이 꿈을 꾸지만 금방 잊어버린다고 한다. 부지불식간에 우리들의 일상에 무의식 속에 그동안 쌓인 많은 상처가 나타나 우리의 삶의 질이 떨어지는데, 그것을 고치기 위해서는 정신과 전문의에게 치료를 받아야 한다고 한다. 선이는 대학생이 되었지만, 아직도 어린 선이가 그 안에 있음을 느끼고 그와 화해하려는 시간을 갖곤 한다.

제7장

:
:
:

외무고시 준비와 합격

✻ 외무고시 준비

    외무부에서 실시하는 외무고시는 영어는 필수로 잘해야 하고 제2 외국어도 능통해야 한다고 한다. 선이는 경제학, 국제 정치학, 국제법을 공부해야 했다. 선이는 어학에서는 천재적인 재능을 가졌다. 영어를 초등학교 때 미군이었던 버스 운전기사에게 배웠는데 그때 그 미군이 선이의 영어 실력에 감탄했다. 그야말로 배운 지 6개월 만에 미군들과 의사소통을 하였다. 어떤 군인은 자기가 미국으로 들어갈 때 함께 들어가 미국에서 공부를 하라고 했다. 아버지께 그 말을 했다가 야단만 맞았다. 아버지는 미군들을 멀리하였다. 자세한 이야기는 안 했지만, 그 사람들이 주는 식량은 마을 사람들이 먹고사는 것이 힘들고 하니 감사한 마음으로 받아먹었어도 선이가 미국에 일찍 가서 공부하는 것은 원하지 않았다. 제2외국어는 독일어와 프랑스어를 고등학교 때 배웠는데 교사들에게 잘한다는 칭찬을 들었다. 프랑스어를 가르쳤던 교사는 프랑스인이었는데 한국 호텔 카운터와 결혼을 했다. 철이는 그 교사를 엄청나게 미워했다. 저 자식 때문에 배달의 백의민족의 기상이 꺾였다고 했다. 당시에는 외국인과 한국인이 결혼하는 것은 수치로 여겼기 때문에 철이가 그토록 프랑스인 교사를 미워한 것 같다. 아무튼 선이는 프랑스인 교사와 잘 지냈고 그 교사와 웬만한 대화는 나눌 수 있었으며 그가 한국인 아내와 함께 사는 아파트에도 초대를 받아서 갔다. 마침 아기를 낳아 돌이 되어 돌잔치를 한다고 한다. 아내가 참 예뻤다. 그리고 그 아기는 인형같이 예뻤다. 부부는 한국에서 살아가면서 어려움도 많지만, 한국과 프랑스를 오가며 행복하게 산다고 했다. 그 교사는 천주교 신자인데 달레 신부님이 지으신 『한국 천주 교회사』를 읽고 감명을 받았다고 한다. 그분 친구가 한국에서 신부인데 안동교구 드봉 주교님 밑에서 특수 사목을 하고 계신다고 했다. 이름은 한국 이름으로 허모 신부님이라고 한다. 그래서 외국어 과목은 자신이 있다. 요즘은 경제학을 공부하는데 유럽에서 경제 관료나 총리를 하려면 애덤 스미스의 『국부론』을 머릿속에 넣고 다닐 정도가 되어야 한다고 한다. 선이도 200년 동안 세계 경제 흐름을 주도했던 경제학 고전인 『국부론』을 공부하고 있다. 국제 정치학과 국제법도 공부하는데 자유 무역과 보호 무역에 대한 공부를 한다. 특별한 이변이 없는 한 선이 베드로는 외무고시 공부를 1~2년 정도 하면 합격할 것이라는 확신을 가졌다. 기출 문제들을 풀어 보면 약 85%는 모범 답안과 일치했다.

* 한국인보다 한국을 더 사랑하는 프랑스 신부님

선이는 프랑스 교사가 말하는 신부님을 수소문해서 그분이 사역하시는 일과 그분에 대하여 알아보기로 했다. 신부님은 조선 시대 때 큰 박해로 순교한 프랑스 외방 선교회 소속 신부님이셨다. 신부님은 프랑스 노르망디에서 태어나 『한국 교회사』를 읽고 한국에 대해 이해하게 되고 신부가 된 후 외방 선교회에 입회하여 한국 선교사로서 파견되어 경북 영주에서 사목을 하다가 굶는 사람들에게 식사를 제공하는 일을 하는데 남루한 옷을 걸친 어린이들이 끼어 있는 것을 보고 그들을 모아서 돌보는 일을 하게 되었다고 한다. 신부님은 그 후 불우 청소년을 돌보는 일을 하시던 중 수원교구 군포의 이층집에서 다섯 명의 부모가 버린 아이들을 데리고 요한의 집을 열었다고 한다. 신부님은 형님도 사제가 되어 로마 교황청에서 일하고 있고 동생도 프랑스에서 사목한다고 한다. 신부님은 "사랑이란 기다려 주는 것이다."라고 한다. 요한의 집에서 나가서 사회생활을 잘하고 있는 사람이 사백여 명이나 된다고 한다. 한국을 한국 사람보다 더 사랑하는 신부님은 항상 사제로서 자신의 삶을 예수님과 같은 마음으로 주변을 사랑하고 사랑을 알지 못하고 성장하는 청소년들을 잘 키우며 그들이 사랑을 알 때까지 꾸준히 지켜 주고 기다려준다고 한다. 반면에 우리나라 사람들은 기다려 주지 못한다고 한다. 무슨 일이든지 즉시 결과가 나오길 바라며 기다릴 줄을 모른다고 한다. 아이들은 그들이 성장해서 독립하기까지 사랑을 주면서 긴 시간 동안 기다려 주어야 한다고 한다. 신부님이 사제가 되기로 한 계기는 인도에서 성 마더 테레사 수녀님을 만나서 그분께서 길거리에서 죽어 가는 사람들을 집으로 모셔다가 그들의 임종이라도 편안하게 해 주려 했던 모습을 보고, 많은 굶주리는 사람들에게 먹을 것을 주고 병든 자를 치료해 주는 모습을 보고 사제의 길을 선택하여 한국에서 굶주리고 소외받는 청소년들을 보살피는 일을 하기로 하고 그 일을 열심히 하고 있다고 한다. 성 마더 테레사 수녀님의 영성과 카리스마 덕분에 신부님이 어렵고 모난 말썽꾸러기들을 요한의 집으로 받아들여 평화의 안식을 갖도록 그들을 지극히 사랑하면서 때로는 야단도 치고 함께 울기도 하면서 키우는 것이다. 청소년들이 하느님의 자비와 사랑을 받아들이고 깨달을 때까지 기다려 주는 관대함과 보살핌이 부모로부터 핍박받고 버려지거나 방치된 청소년들에게 꼭 필요하다고 한다. 요한의 집에서도 일반 가정과 똑같이 고통도 있고 기쁨도 있다고 한다. 외방선교회 소속 신부님들이 순교로 우리나라의 신앙을 지켰듯이 이렇게 또 다른 후배 신부님들이 백색 순교를 하면서 헌신적으로 일하는 것을 알게 되니 신부님을 꼭 만나고 싶었다. 선이는 한국인으로서 이웃을 위해서 무엇을 할 것인가 스스로 자문해 보았다. 일단 대학을 졸업하고 외무고시에 합격한 후 우리나라와 국민을 위하여 멸사봉공할 각오가 서 있다. 그러나 혹시 하느님께서 다른 길을 가라면 그 길도 마다하지 않고 그 길을 따르기로 했다.

＊ 선이의 입대 시 각오

선이는 외무고시에 합격하고 입영통지서를 받았다. 대학교 3학년 2학기 중이었다. 선이는 당연히 합격할 것을 알고 있었기에 그렇게 기쁘거나 행복하지도 않았다. 다만 앞으로 더 많이 공부하고 더 많이 겸손하고 더 많이 선하게 착한 일을 하라는 하느님의 인도하심의 과정을 통과하고 대학교를 졸업하는 성취로 삼기로 했다. 물론 신문을 보고 축하한다는 카드를 친구들에게서 받았지만, 오히려 그 친구들과 주변 분들에게 미안했다. 합격도 중요하지만, 앞으로 어떤 일을 어떻게 할 것인가가 선이에게는 더 큰 문제이다. 대부분 고시에 합격하면 선민의식을 가지고 불합격한 친구들을 깔보고 안 좋은 눈으로 본다. 선이는 아버지로부터 "모든 일이 잘될 때 더 조심하고 겸손하게 하여야 한다."라는 말을 자주 들었다. 그리고 선이는 자유로운 직업을 갖기를 원했지만, 외무부도 공직이니 빡빡한 일정에 규율과 규칙 안에서 산다는 것이 선이의 적성에 맞을지 스스로 고민을 많이 하고 있다. 차라리 수도자나 사제의 길을 가는 것이 좋지 않을까 생각했지만, 그 또한 쉬운 일이 아니라고 생각한다. 아무튼 영장이 나왔으니 군대는 다녀올 예정이다. 아마도 약 3년간의 군대 생활은 또 다른 인생의 경험이 될 거라는 생각에 선이는 오히려 마음이 차분해졌다. 휴학하고 입영까지는 시간이 많이 남아 나름대로 독서를 하면서 시골에 내려가 아버지, 어머니, 친구들과 시간을 보내기로 하였다. 홀가분한 마음으로 시골 생활을 단 몇 개월이라도 할 수 있다는 생각에 마음이 좋았다. 군 생활은 기합도 많고 사고도 잦다는데 의무 복무를 마치고 무사히 제대하기를 기도했다. 늘 보호하시고 도와주는 하느님께서 선이가 국방의 의무를 잘 마치도록 천사를 보내어 섭리하실 거라고 믿는다. 오히려 여러 가지 시련과 고난 속에서 최선을 다하는 삶을 살아가는 과정에서 하느님을 만나고 교감한다면 학교생활보다 즐거울 거라는 생각을 해 본다. 그리고 3년간 군 생활을 충실히 하면서 선이의 미래도 재설계할 작정이다. 그리고 군 생활을 하면서 시간이 되는 대로 책을 읽을 작정이다. 책을 읽으며 선이의 인격과 품격 그리고 강인한 체력을 만들어 갈 예정이다. 서울 집은 군에 입대해 있는 동안 학이가 대신 살기로 했다. 학이는 여러 가지 일을 힘들게 하면서 돈을 모은다고 모았지만, 서울에서 전세방 얻을 돈을 모으기란 하늘의 별 따기보다 힘든 상황이란다. 그런데 예쁘장한 처녀와 만나서 형편없는 집에 싸게 월세를 내면서 신접살림을 차리게 되었다. 학이는 여자 복이 있는 것 같아 부러웠다. 아무리 가난하고 비루하게 산다고 해도 남녀가 만나서 서로 의지하며 살아가는 것은 기쁘고 행복한 일이다. 학이 아내는 평산 신 씨인데 여자가 대범하고 술도 잘 마시며 학이가 새벽에는 우유를 배달하고 낮에는 동대문 포목점에서 지게 지는 일을 하고 밤에는 양장점에서 재단사 일을 하며 건실하게 가정을 이루며 살아갔다. 그런 가운데 숙소 근처 식당에서 아침 식사와 저녁 식사를 했다. 점심 식사는 거른 적도 많고 가끔 가락국수나 라면으로 먹었다고 한다. 그녀는 아침저녁으로 밥 먹는 집의 딸이라고 한다. 학이보다는 두 살 연상이라고 하는데 하루는 학이가 저녁을 먹을 때 소주 네 병을 마시고도 끄떡없이 집으로 가더라는 것이다. 신 씨는 학이가 어디로 가나 보았더니 우유 대리점으로 가더란다. 그리고 학이만 보면 자꾸 정이 들고 약간 말라 보이지만 다부진 체격에 근육이 잘 발달한 모습과 술을 아무리 마셔도 술 마신 표시도 안 나고 매일 쉬지 않고 365일 성실하고 근면하게 일하는 모습을 보면서 학이에게 연정을 가졌다고 한다. 한겨울 눈이 펑펑 내리는 날 저녁에 여느 때처럼 밤 아홉 시쯤 학이가 식당으로 식사를 하러 왔는데 신 씨는 서방님 맞듯이 학이를 맞아들여 두 사람이 함께 저녁 식사를 하면서 함께 소주를 마시게 되었단다. 그리고 그날따라 신 씨 어머니는 가게에서 일찍 퇴근하고 가겟방은 신 씨의 차지가 되었단다. 두 사람은 주거니 받거니 소주를 열 병을 마시고 신 씨는 학이에게 함께 살자고 고백했다고 한다. 학이도 그동안 신 씨 때문에 어디로 이사도 못 가고 우유 대리점에서 자면서 5년을 한곳에 머물렀다고 했단다. 신 씨는 술주정뱅이 아버지가 술병으로 일찍 죽었는데 어머니와 둘이서 산골 시골에서 살기가 힘들어 어머니와 서울로 올라와서 식당을 하게 되었는데 최근에 어머니가 늦바람이 나서 신씨 혼자서 외로웠다고 했다. 학이도 그동안 신 씨를 사모해 왔다고 하며 밤이면 밤마다 그리워하며 잠 이루기가 힘들어 술을 많이 마시게 되었다고 했다. 그리고 학이는 신 씨에게 이끌려 식당 방으로 들어가 바로 일을 치르고 함께 동거에 들어갔다고 한다. 그래서 선이가 군 생활을 하는 동안 3년간 선이네 아파트에서 살라고 하였다. 두 사람은 선이네 아파트를 보고서 무척 흡족해하며 좋아했다. 통장 아저씨에게 학이가 선이 친구라고 소개를 했다. 그리고 잎으로 잘 보살펴 달라고 했다. 선이의 책과 세간살이는 작은 방과 베란다에 잘 박스에 넣어서 쌓아 놓았다. 두 사람은 들어와 살기만 하면 되었지만, 신 씨의 생각은 달랐다. 신혼살림을 제대로 하고 싶은 모양이다. 거실과 안방을 신혼살림으로 꾸미고 싶어 했다. 그래서 선이가 쓰던 장롱을 새것으로 바꾸고 싶은 것 같아 선이는 마음대로 하고 다만 선이가 제대하면 원상 복구해 줄 것을 부탁했다. 선이는 이번에 시골에 가면 내년 5월에 군에 입대할 때까지 그곳에서 지내며 가톨릭 복지 센터 등에서 봉사를 하면서 사회의 소외 계층을 체험하기로 했다. 학이 부부가 선이의 짐은 알아서 잘 정리하여 보관해 준다고 해서 주일 미사를 서울 본당에서 드리고 오후에 시골로 가기로 했다. 수녀님께 사정을 말씀드리고 테레사 은사님께도 인사를 드리고 이번에 공인회계사에 불합격한 철이도 위로하기로 했다. 선이가 합격한 사실은 신문을 보지 않는 사람은 아무도 모른다. 물론 철이네 부모도 모르고 성당에서도 아는 사람이 없을 것이다. 그 당시에는 누군가에게 연락을 하려면 유선 전화로 해야 했는데 아버지는 공부에 지장이 있고 아파트에 전화 있는 집이 거의 없어서 전화기를 놓아 주지 않았다. 그리고 선이는 아버지를 닮아서 좀처럼 속 이야기를 안 하는 편이고 남이 들으면 힘들어할 이야기는 아예 하지를 않는다. 바오로 사도는 "자신이 자랑할 것은 자신이 얼마나 나약한지를 말하는 것뿐이다."라고 말하였다. 즉, "자신은 그렇게 약하고 아무것도 할 수 없는 존재지만, 성령님이 함께하여 죽을 고비가 많았지만 매를 맞아 실신했어도 살아났고 타고 가던 배가 난파되어 바다에 빠져 죽을 수밖에 없는데도 다시 살아났다. 오늘 내가 이렇게 멀쩡한 것은 하느님, 예수님, 성령님이 늘 함께하시기 때문이다."라고 했다. 우리들의 삶이 아무리 고달프다고 해도 바오로 사도만큼 고생하지는 않았을 것이며 우리가 사는 현실에서 그 무엇도 우리를 괴롭게 하지 않았을 것이다. 그렇다. 선이에게는 좋은 일이지만 철이에게는 상처가 될 수 있고 그 외에도 선이와 함께 시험을 보았던 사람 중에서 불합격한 사람들은 대부분 선이에게 질투심을 가지고 그를 괴롭게 할 확률이 높다. "아무리 친한 친구도 한쪽이 좋은 일이 생기면 다른 쪽은 죽을 만큼 괴롭다."라고 러셀로버츠라는 경제학자가 말했다. 그래서 사람들은 잘되어도 조용히 살아가는 것이 좋은 이웃이라고 한다. 동서고금의 모든 성자는 자랑하지 말 것을 강조했다. 힘을 자랑하는 사람은 그 힘으로 망하고 돈을 자랑하는 사람은 그 돈으로 망하며 지식을 아는 것을 자랑하면 그것으로 망한다고 했다. 그래서 자랑은 금물이다.

* 귀향한 선이

선이는 성당에서 철이를 만났다. 지쳐 보이고 힘이 없어 보였다. 선이는 다가가서 "철이야, 미안하다. 힘내자."라고 말했다. 그리고 선이는 입영 통지서를 받고 내년 5월이면 군대에 입대하게 되어 오늘 미사 후 시골로 간다고 했다. 철이는 금수저라 군대 문제는 어떻게 해결한 모양이다. 철이는 태어난 곳이 미국이라 미국 시민권이 있어서 군대 면제 대상이라고 했다. "고시에 합격하면 몇 개월 훈련을 받고 장교로 근무할 수 있는데 왜 병으로 군대로 끌려가느냐?"고 했다. "그냥 사병으로 다녀오는 것이 좋을 것 같아 그렇게 하였다."라고 했다. 그랬더니 반색을 하며 철이의 우울한 얼굴이 밝아졌다. 고시에 합격하고도 표시를 안 내고 무덤덤하게 일반 사병으로 군대에 간다고 하니 군대에 안 가도 되는 철이보다 고시에 합격한 선이가 더 불쌍하다는 생각을 한 것 같았다. 둘은 평상심으로 돌아와서 함께 성당 미사를 봉헌하고 전후 사정 이야기를 한 후 선이는 시골로 내려왔다. 버스를 타고 먼지를 일으키며 달려서 동네 정류장에서 내렸다. 장장 네 시간이 걸렸다. 차도 차지만 길이 패고 눈까지 내려 길이 엉망진창이라 버스가 속도를 내지 못했다. 다행히 버스가 붐비지 않아 의자에는 앉았지만 하도 털털거려서 차에서 내리자 온몸이 쑤시고 아팠다. 그러니 시골 노인들은 걸을 수 있으면 되도록 걸어가려고 노력한다. 언덕 아래 집으로 내려가는데 바람이 심하게 불고 제때 제설이 안 되어 낮에 녹았던 길이 해가 지면서 얼어서 몹시 미끄러워 걷기가 힘이 들었다. 5분도 안 되는 거리를 거의 반 시간 정도 걸려서 선이는 집에 도착했다. 집 안은 깜깜하고 대문도 잠겨 있었다. 선이는 아버지와 약속한 비밀 장소에서 열쇠를 꺼내와 대문을 열고 선이 방으로 들어갔는데 온기가 돌았다. 아마도 오늘도 아버지가 읍내에 나가기 전에 군불을 지펴서 혹시 선이가 올 것을 대비한 것 같다. 아버지의 사랑을 느끼며 일복으로 갈아입은 선이는 밖으로 나와 안채에 불을 켜고 살펴보고 이상 없음을 확인하고 사랑채 선이 방에 장작불을 지폈다. 아버지가 미리 인근 산에서 간벌로 버려진 참나무와 소나무들을 주워다 패놓은 장작들을 선이 방 군불을 지피도록 벽 쪽에 쌓아놓았다. 선이는 가마솥에 물을 가득 붓고 장작을 지폈다. 그리고 방으로 들어가니 방이 따뜻해졌다. 동네 옆집 김 씨 아저씨가 대문을 열고 들어오며 봉화 연기가 피어오르는 것을 보고 선이가 온 것을 알았다고 하며 불에 구워 먹으라고 날고구마를 꽤 많이 갖다주었다. 군불에 구워 먹는 고구마는 시골의 별미 중 별미이다. 고구마만 놓고 그냥 나가는 것을 보니 선이의 합격 소식을 동네 사람들이 모르는 것 같아서 선이는 안심이 되었다. 인사를 받는 것도 번거롭고 시골에서 농사를 지으며 사는 친구들에게 시샘을 받는 것도 싫었다. 선이는 예전에 읽었던 책을 한 권을 빼서 읽었다. 빅토르 위고가 쓴『데미안』이었다. 선이의 데미안인 석이가 보고 싶었다. 내일 한번 만나 볼 예정이다. 서울 생활에 찌들어서 2년 정도 못 만난 것 같았다. 석이도 많은 성장이 있을 것 같다. 이제는 송아지보다 어미 소들이 많을 것이고 누구와 동거를 한다고 했는데 잘 사는지, 군대 문제는 어떻게 해결했는지, 데미안 석이가 오늘따라 많이 보고 싶었다. 선이는 여러 가지 독서 방법을 터득했다. 독서에 대한 강의가 있으면 쫓아다니며 들었다. 정독하며 천천히 생각하며 읽는 독서, 대충 읽으면서 책의 주요 내용을 기억하는 빠른 독서법 등이 있었다. 그래도 가장 선호하는 독서법은 같은 책을 최소한 세 번을 읽는 것이다. 같은 책을 세 번 읽고 나면 그 책을 다시 볼 필요가 있을 때 빠르면 삼십 분, 늦어도 한 시간이면 그 책을 완독할 수 있고 주요 내용은 모두 머릿속에 들어온다. 그런데 대부분 독서하는 사람들은 한 번 읽는 것으로 만족하거나 심지어는 한 번밖에 안 읽은 책을 버리는 경우도 있다. 그것은 고쳐야 할 습관이다. 선이 친구 중에 일 년에 책 삼십 권을 읽는 친구가 있다. 그 친구의 독서법은 다독일 것이다. 선이는 읽은 책을 재독, 삼독할 때의 기쁨이 매우 크다고 느꼈다. 그야말로 책 읽는 맛을 알게 된 것이다. 서울 집에 있는 책들을 선이를 잘 알고 있는 학이가 잘 정리하여 보관해 주기를 바라며 하루에 일어난 일을 기억하고 반성하며 화로에 장작 재들을 모아서 고구마를 구워 먹으려다 냉장고에 있는 떡을 전자레인지에 돌려 한 조각 먹었다. 그리고 잠자리에 들었다. 전기담요를 켜고 침대 위에 누우니 세상 편했다. 시골 공기는 서울 공기와 확실히 다르다. 가슴이 탁 트이는 시원함이 함께한다. 그리고 십오여 년간 아버지와 희로애락(喜怒哀樂)을 함께한 이 집은 마치 어머니 뱃속처럼 평화롭고 고요해서 좋았다.

* 데미안 석이를 만난 선이

이튿날 선이는 언제나 만나면 기쁘고 즐겁고 다정한 석이네 집으로 한달음에 달려갔다. 마침 그날은 우사를 청소하는 날이라 요한 왕초와 그 부하 서너 명이 함께 와서 아침 일찍부터 작업 중이었다. 석이가 먼저 하던 일을 멈추고 달려와 선이에게 악수를 청하며 환영해 주었다. 어제 성당에서 선이 부모님을 만나서 반갑게 인사하고 헤어졌는데 선이 아버지가 점점 젊어지고 있다고 했다. 아들과 살 때는 많이 늙어 보였는데 좋은 어머니 만나서 신간 편하게 사시니 그렇지 싶었다. 그러나 가는 세월이야 막을 수 없지 않느냐고 선이는 쓸쓸히 말했다. 선이도 천만다행으로 선이의 외시 합격 소식을 못 들은 것 같았다. 왕초 요한은 남의 집에 일하러 왔기 때문에 달려 나오지는 못했다. 그러나 손을 흔들어 선이를 환영해 주었다. 선이도 손을 흔들며 답해 주었다. 큰 소들이 우사에 가득하고 우사도 네 개로 늘어났다. 석이는 우수 모범 낙농인으로 뽑혀 한우를 백오십 두까지 키울 수 있고 군대도 면제되었는데 5년 안에 부도가 나거나 낙농인을 그만두면 군대에 간다고 하면서 현재는 자기 꿈대로 일이 잘되어 간다고 했다. 요한 왕초의 꿈도 이루어졌다. 빌어먹는 대신 벌어먹는다고 했다. 모두 잘되고 있어서 선이는 기뻤다. 석이한테는 선이의 고시 합격을 이야기해도 될 성싶었다. 요한 왕초는 더 기뻐해 줄 것 같았다. 참 먹는 시간이 되어서 석이 고모가 차에다 음식을 가득 싣고 왔다. 선이를 보더니 반가워 어쩔 줄을 모른다. 모두 따뜻한 석이의 조립식 집으로 들어가 자리를 잡았다. 큰상을 두 개나 펴고 참 음식을 차렸다. 소불고기와 잡채가 나왔다. 아침으로 먹는 참이다. 선이는 석이가 키워 출하한 소고기를 맛보는 순간이다. 소고기는 입안에서 녹는 느낌이 들 정도로 부드럽고 맛이 담백하고 입맛이 좋았다. 석이 고모의 음식은 늘 맛이 좋았다. 음식은 만드는 사람의 정성과 손맛이 더해져 맛있고 몸과 마음에 좋은 건강한 음식이 된다. 식사가 끝날 무렵에 선이는 "여러분에게 제 입으로 최초로 공개하는데, 고모님의 맛있는 음식과 친구 석이의 성공을 축하하고 왕초의 꿈이 이루어진 것을 축하드리며 서울서 공부하며 고시를 준비한 선이도 외무고시에 합격했습니다."라고 발표하며 "여기 앉아 있는 분들의 평소 소원들이 하느님의 도움과 사랑으로 성취되었으니 서로 축하합시다." 하니 모두 "와아!" 하면서 박수를 치면서 즐거워하고 기뻐해 주었다. 석이 고모는 눈물까지 흘리며 고마워했다. 모두 진심에서 우러난 축하를 서로 주고받았다. 왕초는 나중에 움막에 와서 축하 파티를 하자고 했다. 석이는 오늘 저녁에 고모네 집에서 잔치를 하자고 제안했다. 고모님은 며칠 후에 해야 떡도 만들고 수정과, 식혜도 만들 수 있고 나박김치도 담근다고 했다. 제대로 축하 상을 만들 요량이다. 석이는 고마워하면서 이런 소식은 당분간 우리만 알자고 하면서 "보물은 숨길수록 가치가 빛나듯 좋은 일도 자기 혼자 간직해야지 오래 간다."라고 말해 주었다. 참을 먹은 후 간단히 서로의 성공을 축하하고 우사 청소하는 일을 했다. 우선 소 배설물과 왕겨가 뒤섞인 것을 거둬 내고 물을 뿌려 이동식 온풍기를 틀어 말리고 왕겨와 짚을 깔아 주면 되었다. 일주일에 한 번씩 청소를 하는데 네 동을 번갈아 가며 한다고 한다. 왕초와 휘하 일꾼들이 그 일을 도맡아서 한다고 한다. 왕초는 수입이 좋아져 요즘은 돈 모으는 재미로 산다고 한다. 병이 있는 사람과 노인은 빼고 나머지가 일해서 먹는 것만 쓰고 집 지을 돈을 모으고 있다고 왕초의 포부를 말한다. 땅 이백 평에 근사한 삼층집을 지어서 재단을 설립하고 요양 시설을 건립할 것이라고 한다. 미래에 꼭 필요한 시설이고 돈도 벌 수 있을 거라고 용기를 주었다. 지금은 패거리가 16명으로 늘어났는데 음성 꽃동네 부랑아 시설에서 농사를 짓다가 자신이 좋아하는 수사님이 갑자기 사고로 돌아가셔서 악몽을 꾸고 정이 떨어져 무작정 나와서 왕초 영역에 와서 구걸하다가 왕초 패에 합류했다고 한다. 그 사람 말을 들어보면 재미있는 면이 많았다고 한다. 그 사람은 김마태오라고 했다. 오늘 일을 같이 나왔는데 일도 잘하고 사람도 좋은데 술만 마시면 주사가 심하고 주위 사람들을 괴롭혀서 금주령을 내렸다고 한다. 부지런히 일하여 네 시쯤 오늘 일할 분량을 마쳤다. 왕초 패들과 저녁 식사를 하면서 반주를 했다. 그리고 잠시 후 석이의 자가용을 타고 어머니가 계신 약국을 들렀다. 아버지가 집에 가 보니 선이가 온 것 같은데 안 보인다며 걱정을 하셨단다. 어머니도 큰 걱정은 안 했지만, 오늘 선이가 나타나기를 학수고대했다고 한다. 아버지는 오늘 시골집에 갔다가 병원으로 가서 주치의를 만났는데 건강에는 이상 없다고 했단다. 선이가 어머니께 외무고시에 합격했다고 하니 감짝 놀라면서 그런 일을 하는데 소리소문없이 했느냐며 나라가 축하할 일이라고 하였다. 선이는 "고시에는 합격했지만, 공무원이 되는 것이 썩 내키지 않는다."라고 했다. 수도자나 사제가 되었으면 좋겠다고 하니 어머니는 "그 또한 좋은 생각이라며 선이의 생각이 건전하다."라고 격려를 했다. "선이도 이제 성인이니 잘 생각하고 신중하게 미래를 선택하라."라고 했다. 어머니에게 성당 등에 소문을 내지 말아달라고 했다. 그러면서도 어머니는 "내 아들 자랑하고 싶은데 어쩌지…" 하신다. 하기야 어머니라면 그런 보람을 가질 권리가 있다. 어머니는 언제나 책값, 등록금을 미리 보내 주시고 내주셨다. 선이가 고시에 합격한 것은 하느님과 마리아 어머니의 덕분이다. 그래서 무사히 한 번에 고시에 합격할 수 있었다. 선이의 입대 소식을 아시는 어머니는 어디 여행이라도 다녀오라고 했다. 외국 여행을 추천했지만, 나중에 외교관이 되면 해외 여행할 기회가 자주 있을 것 같아 국내 여행을 하려고 한다니 어머니 차를 이용해서 다녀오라고 한다. 선이는 자가용보다 대중교통을 이용하거나 도보로 여행하겠다고 했다.

＊ 왕초와 꽃동네에서 온 김 씨 아저씨

선이는 왕초를 만나러 움막으로 갔다. 날씨가 추운 겨울이지만 움막 안은 따뜻했다. 땅을 파고 땅속 깊숙이 들어앉은 움막은 평온하고 따뜻하여 사람이 살기에는 안성맞춤이다. 사람이 흙으로 만들어졌다는 사실을 실제로 증명할 수 있는 경험이다. 특히 왕초네 움막은 양지바른 산허리라 특별한 냉난방을 안 해도 여름에는 시원하고 겨울에는 따뜻하다. 왕초는 매우 기쁜 마음으로 선이를 반겨 주었다. 마침 아침에 눈발이 날리고 날이 궂어서 하러 가려던 일이 취소되어 모두 움막에서 쉬고 있다고 한다. 아무리 삭신으로 몸이 아프고 힘이 들어도 움막에서 솜이불을 덮고 푹 자고 일어나면 온몸이 깨끗이 나아 가볍게 다시 일하러 나간다고 한다. 여기 흙들은 빨간 황토라 더 좋은 것 같다고 왕초 요한은 힘주어 강조한다. 그리고 열여섯 명 중에서 일곱 명이 세례를 받았다고 한다. 여기서의 삶의 규율은 개인 생활의 철저한 보장, 즉 하느님께서 인간에게 베푸신 자비와 사랑의 표시인 자유의지를 최대한 존중하는 것이기 때문에 종교에 대한 문제는 각자의 개인사로 보장하기로 했다고 한다. 왕초 요한은 성령님의 도움으로 현명하고 지혜롭게 공동체를 통치하는 것이 좋아 보였다. 작은 공동체부터 자유 민주주의의 원칙이 적용되는 모습에서 선이는 아무리 소규모이고 보잘것없는 공동체라도 통치 지도자의 능력과 지혜가 그 공동체에 미치는 영향이 크다는 사실을 알게 되었다. 나아가 지역 사회 공동체도 자유, 평등, 정의의 원칙들이 적용되었으면 좋겠다고 생각했다. 왕초 요한은 음성 꽃동네를 아느냐고 했다. 선이가 "꽃동네라니요? 그 동네에는 많고 다양한 꽃이 흐드러지게 피어 있어서 그런 이름이 붙어져 있나요?" 하니 왕초 요한은 껄껄 한바탕 웃더니 "그런 건 아니고요. 사람에 대한 사랑의 꽃이 활짝 피어 있는 동네라서 꽃동네입니다."라고 말하였다. 왕초 요한이 부산에 있는 정신 요양원에서 강제 노역에 시달리다 나와서 길거리 걸인으로 살다가 1977년도 10월경에 충청북도 무극을 지나는데 움막에 걸인들이 있는 것을 보고 자기도 거기에서 살아 보려고 했는데 그곳의 왕초는 최귀동 씨였다. 이분은 이미 무극천 다리 밑에서 얻어먹을 힘조차도 없는 사람들을 대여섯 명 데려다가 동네에 나가 걸식을 하면서 밥과 반찬을 얻어다 환자들을 먹여 살리고 있었는데 마침 그 동네 성당 신부님이 그들을 딱하게 여겨 현재 이곳에 움막을 짓고 산다고 해서 요한 왕초도 그들을 도우며 그곳에서 함께 기거하며 최귀동 씨를 도와 열심히 구걸해서 그들을 거두어 먹여 살렸다. 그런데 그곳은 일인 독재를 하고 동네 성당 신부가 하도 잔소리가 많아서 야밤에 도주했다고 한다. 아무리 좋은 뜻으로 공동체를 만들고 살아도 일인 독재는 부패를 낳고 나중에는 특수 계층이 생겨 더 많은 부작용이 생긴다고 왕초 요한은 열변을 토한다. 그 동네 성당 신부님은 당신에게 맡겨진 소명이 그들을 돌보는 일이라고 생각하며 거대한 꿈을 가지고 그들의 삶을 전국에 알리며 모금을 시작하여 많은 사람이 움막을 방문하게 해서 그곳에 모여 사는 사람들을 마치 상품화시켜 돈을 모으는 데 혈안이 되어 있는 사람으로 보였다고 한다. 흥미진진한 이야기를 듣는데 시장기가 들어 부전관 우동이 생각났다. 오늘은 선이가 움막집 식구들에게 짜장면과 우동을 시켜 줄 테니 부전관 중국집에 서너 분이 가서 사 가지고 와달라고 했더니 왕초 요한은 특히 좋아했다. "소주도 몇 병 사 오시고요." 하면서 만 원을 왕초에게 주었다. 당시 우동은 250원, 짜장면은 280원, 탕수육은 소 자가 700원이었다. 그 돈이면 소주와 우동, 짜장면, 탕수육을 사 올 수 있다. 선이는 처음으로 큰돈을 써 보게 되었다. 그 돈을 겨울을 나기 힘든 걸인들에게 쓰게 되어 기뻤다. 왕초는 석이네 집에서 가져온 쇠고기도 꽃동네에서 온 김 씨에게 먹기 좋게 썰어서 구워 놓으라고 시켰다. 거의 한 시간이 걸려서 부전관에 갔던 분들이 철가방에 음식을 가득 담아 왔다. 왕초의 방 옆의 공동체 회의실에 신문지를 깔고 죽 둘러앉아서 짜장면과 우동을 시킨 사람들에게 죽 나눠주고 소고기 구운 것과 탕수육도 중간중간에 놓아 주었다. 오랜만에 대하는 성찬에 모두의 안면에 미소가 가득했다. 왕초는 모든 준비가 끝나자 식구들에게 선이를 소개했다. 석이 베드로는 자기소개를 하고 식사 전 기도를 했다. "성부와 성자와 성령의 이름으로 아멘. 주님, 은혜로이 주신 음식과 저희에게 강복하소서. 아멘. 성부와 성자와 성령 이름으로 아멘. 여러분, 맛있게 드시고 건강하고 행복하게 삽시다." 하니 왕초와 식구들은 환호하며 박수를 쳐 주었다. 그리고 맛있게 식사를 했다. 선이도 많은 사람과 함께 식사하니 맛도 좋고 즐거웠다. 그래서 사람은 혼자서 살수 없고 공동체를 이루어 사는 것이 좋다고 했다. 마을 공동체도 사람으로서 사는 데 고독을 없애고 즐겁게 어울려 살려는 욕구라고 한다. 농경 사회에서 마을 공동체는 지역 사회나 국가를 이루는 최소의 단위로써 농사일의 생산량을 늘리는 중요한 요소이다. 그래서 서로 품앗이를 하고 대부분의 작업이 공동으로 이루어진다. 사람이 혼자할 수 있는 일은 극히 제한되어 있는데 그 모든 일도 사람과 사람의 교류가 있어야 우수한 창작품이 나올 수 있다고 한다. 개인의 개인적인 창작품이 사회 공동체와 동떨어진 것이라면 큰 의미를 가질 수가 없다고 한다. 왕초와 인사를 하고 저녁 늦게 시골집으로 들어가니 아버지 혼자 거실에서 라디오를 들으며 선잠을 자고 있었다. 선이가 오기를 학수고대한 것 같다. 거실문을 열고 들어가니 "선이냐." 했다. "네, 아버지. 저 왔습니다." 하니 아버지는 소파에서 자세를 바로 하고 선이를 소파에 앉으라고 했다. 선이는 아버지께 일 배를 올리고 자리에 앉았다. 아버지는 군대 갈 준비는 다 하고 내려왔느냐고 물었다.

선이는 아버지께서 허락해 주신 대로 학이에게 아파트를 3년간 쓰도록 해 주고 서울 생활을 모두 접고 당분간 시골에서 독서와 여행을 하면서 아버지와 보내려고 한다고 했다.

✳ 아버지의 당부

아버지는 그간 얼굴이 참 많이 변하였다. 선이는 감히 아버지께 한 말씀 올렸다. "아버지가 건강하고 젊어 보이신다."라고 말했다. 아버지는 "사람이 홀아비로 살다가 너희 어머니를 만나서 합궁하여 사니 마음도 좋고 행복했다."라고 했다. "그러다 보니 정신적으로도 안정이 되고 삶의 의미도 새로워지고 잃었던 청춘이 되돌아온 것 같다. 선이를 키우며 농토를 일굴 때는 오히려 서로 따로 사는 것이 옳다고 생각했다. 혹시 새어머니가 들어와 선이에게 상처를 주거나 구박할 가능성이 있어 많은 유혹도 있었지만, 모든 유혹을 물리치고 아버지 일과 너를 키우는 데 열중했다."라고 하신다. "선이가 다행히 큰 사고 없이 잘 자라주어 고맙지만, 선이가 혹시 어머니 사랑을 못 받아 세상을 살아가면서 무의식중에 숨어 있는 네 자아에 모성애 부족으로 이성과 원활한 소통이 없으면 어떻게 하나 걱정을 지금도 하고 있다."라고 했다. "아버지는 늦게라도 너의 좋은 어머니를 만나 호강을 한다. 하늘과 땅이 우주에 존재하듯이 온누리에는 음과 양이 함께 공존한다. 하늘은 양이고 땅은 음이며 식물이나 생물도 암수가 있고 암컷은 음이고 수컷은 양이다. 물론 사람도 마찬가지이다. 어머니는 음이고 아버지는 양이다. 물론 이따금 변종이 있어 음양이 구분되지 않은 식물과 생물도 있고 사람 중에도 그런 경우가 있지만, 일반적으로는 음양이 뚜렷하게 구분되어 있고 그 음양이 조화를 이루고 화합을 하면 새 생명이 탄생하고 인류와 우주 만물이 조화를 이루고 성장할 수 있다. 반면에 그 조화가 깨지면 하늘과 땅에 이변이 일어난다. 대표적인 것이 천둥 번개와 벼락이며 지진과 해일, 태풍이고 가뭄과 폭우 등이다. 사람도 남녀가 잘못 만나 음양의 조화를 이루지 못하면 결국 가정이 깨지고 가족이 흩어져 큰 혼란을 겪고 고생을 하게 된다."라고 한다. "선이는 타고난 재주가 뛰어나니 더욱더 조심하고 신중하며 바르게 살아야 한다."라고 했다. "일거수일투족을 조심하고 무슨 일이 있어도 정의와 공평을 견지하며 바르고 아름답게 살아가야 할 것이다. 절대 사람으로서 갈 길이 아니면 발을 멈출 것이며 취하지 않을 것은 취하지 않으며 바른길만을 가야 한다. 공것, 요행은 바라지도, 취하지도 말아라. 그리고 공직을 수행할 때는 법과 원칙을 고수해야 한다. 그렇지 못할 경우는 큰 화를 입고 만다. 사람은 권력으로 찍어 누를 수 있지만, 하늘의 심판은 피할 도리가 없다. 그래서 사람이 곧 하늘이요, 하늘이 곧 사람이라고 한다. 특히 재주를 많이 가지고 태어난 사람은 더 많은 헌신과 봉사하기를 하늘은 원한다. 그를 통하여 하늘의 뜻을 세상에 펴고 부족한 사람들에게 그의 특별한 재주를 나누기를 하늘이 원하기 때문이다. 선이는 공직 생활을 하거나 다른 무슨 일을 도모하거나 일방적인 입장을 표명하는 것은 늘 삼가고 파당을 짓지 않도록 노력해야 한다. 늘 중도의 길을 걸으며 법과 원칙에 어긋나는 일은 단호하게 거부하고 정의와 공평에 어긋나는 힘에는 분연히 일어나야 한다. 어떤 경우도 부화뇌동(附和雷同)하지 말 것이며 독야청청(獨也靑靑)하게 바른길만 가야 한다. 그것이 네가 가야 할 길이다. 특히 남자는 여자를 잘 만나야 일가를 이루고 행복할 수 있다. 여자를 만날 때는 선이가 좋아하는 꽃처럼 보아라. 꽃은 조심스럽게 다루어야 향기도 오래가고 그 모습도 오래 보존할 수 있다. 함부로 대하거나 그 꽃을 꺾어 버리면 쉽게 향기도 사라지고 꽃도 바로 시들고 말아 버린다. 삼라만상에 똑같은 법칙이 적용된다. 선이는 여자 친구를 잘 만나야 한다. 부자이거나 권력자의 딸들은 피하는 것이 좋다. 선이에게 어머니처럼 헌신적인 사랑을 해 줄 사람이 필요하다. 그런 처자만이 모성애가 부족한 너를 보호하고 참사랑을 줄 것이다. 사람의 겉모습만 보고 쉽게 그 사람을 판단하지 마라. 겉모습이 남루해도 속이 깊고 바른 사람이 있다. 바로 왕초 요한 같은 사람이다. 비록 성당에서 일주일에 한 번 보지만, 공동체의 장으로서 훌륭한 덕을 갖춘 사람이다. 아버지에게도 이런저런 자문을 구하곤 하는데 다른 사람에게 자신의 공동체에 대한 자문을 구하는 것은 그 사람은 그 공동체 지도자로서 법과 원칙에 따라 그 공동체를 잘 이끌고 있다고 보아도 무방하단다. 누구나 모두 그렇게 하지는 못한다. 복지 시설을 한다고 세상에서 후원금을 받고 온갖 짓을 다 하며 살면서 수용 중인 사람들의 노동력을 착취하는 시설들이 사회에 회자되어 어렵게 사는 사람들이 더 어렵게 살게 되는 경우가 더 많다. 그런데 왕초 요한은 식구들을 진심으로 사랑하면서 그들을 빌어먹는 수준에서 벌어먹는 수준으로 끌어올렸으니 그 능력과 지혜는 나라님과 맞먹는 것이다. 작은 일에 충실한 사람이 큰일도 도모할 수 있지 않을까? 아버지는 그렇게 믿는다. 공직을 수행할 때는 작은 실수가 큰 손해나 실패의 원인이 될 수 있다. 돌다리도 두드리는 심정으로 살아가야 인생의 항해를 안전하게 할 수 있다. 아버지가 두서없이 이야기했지만, 선이가 참고하길 바란다." 선이는 아버지의 말을 가슴에 아로새겼다. "저는 저녁을 안 먹어도 되는데 아버지는 드셔야죠?" 하니 "저녁은 너희 어머니와 먹고 들어왔다." 했다. "그럼 저는 이만 제방으로 가겠습니다." 하니 "그런데 선이는 그 좋은 소식은 아버지가 알아야지, 어머니가 먼저 알게 되다니…" 하면서 아쉬워하셨다. "아이고, 아버지도 부부 일심동체시니 누가 먼저 알든 두 분 중에 한 분이 먼저 알면 되죠." 하니 껄껄 웃으며 "축하한다." 하였다. "네. 감사합니다. 부끄럽습니다. 고시는 사법고시가 꽃인데 외시는 고시도 아니죠." 아버지는 "그건 선이 네 말이 맞다." 하였다. 그 데모 속에서 최루탄 가스를 맞아가며 그래도 용케 공부해서 합격했으니 잘되었다. 아버지는 선이가 어릴 때처럼 당신 옆에 있어 주길 원하는 것 같았다. 그런데 선이는 빨리 선이 방으로 가서 혼자 있고 싶었다. 아버지로부터 떨어지고 싶은 것은 무슨 일인가? 이런 선이에게 아버지는 배신감을 느꼈을 것이다. 그러나 아버지는 말을 한다. "선이야. 그만 네 방으로 가서 쉬어라." 하였다. "네. 아버지. 안녕히 주무십시오." 선이는 아버지의 외로움을 느끼며 선이 방으로 돌아와서 책상머리 걸상에 앉았다. 아버지가 미리 지펴놓은 군불 덕분에 아버지의 품 안처럼 온화하고 잠자기 좋을 만큼 따뜻하고 아늑했다. 아버지가 안채에 계시니 마음이 평화로웠다.

✳ 아버지의 뜻

선이는 설이 지나고 따뜻해지면 혼자 국내 여행을 떠나고 싶었다. 무엇보다도 문화재로 지정된 가톨릭 성지를 방문하고 싶었다. 아버지와 함께하고 싶은데 아버지는 동네와 읍내, 어쩔 수 없는 경우에도 서울 집과 병원만 다녀오신다. 서울 집에 와서도 한두 번 외에는 당일치기로 다닌다. 선이도 이번 여행은 혼자 떠나고 싶었다. 혼자 떠나서 낯선 곳에도 적응하고 명산대천을 보면서 마음도 수양하고 일상과 전혀 다른 세상을 경험하며 살고 싶었다. 그래서 여행을 하고 싶은 것이다. 위상이 높아질수록 더 겸손하게 자연과 더불어 살며 느끼며 자연에 동화되고 싶었다. 이튿날 아버지는 쇠고기뭇국을 끓이고 현미밥과 어머니가 만들어준 고들빼기김치와 조개젓 무침으로 아침 식사를 준비해서 선이와 식사를 했다. 아버지는 식사하면서 동네 딸 부잣집 셋째 딸 이야기를 꺼냈다. 어느 지방 사범대 국어국문과에 올해 들어갔는데 장학금을 탔다고 동네방네 자랑하고 다닌다고 했다. 아버지는 왜 그런지 딸 부잣집 셋째 딸에 늘 관심이 많았다. 어릴 때도 가끔 한 씨네 셋째 딸 이야기를 하면서 선이의 친구로는 최고라고 했다. 최근에는 못 본 지 꽤 오래되었지만 어릴 때 보아도 그 이미지가 청순하고 우아하며 아름답게 보였다. 그런데 실상 선이는 그 아이에게는 전혀 관심이 없고 동네 새색시들에게 관심이 많았다. 선이의 이드가 아이들보다는 어른들, 즉 어머니에 대한 사랑을 간절하게 원했기에 그렇게 된 것 같다. 성당에서도 어머니 또래의 아주머니들에게 관심이 많았다. 처녀들이나 같은 반 여학생들에게도 관심이 없었다. 그야말로 늘씬하고 멋진 신여성들이 즐비한 데도 그녀들이 선이의 눈에는 들어오지 않았다. 아버지는 그런 선이의 속내를 다 아시고 계셨는지 자꾸 한 씨네 셋째 딸 이야기를 많이 하신다. 그러면서 아버지끼리는 이미 사돈을 맺었다고 했다. 선이는 한 씨 아저씨에게 외시에 합격한 사실을 말하지 말라고 당부했지만, 장학금을 탔다고 자랑하는 예비 사돈에게 외시 합격 사실을 감추기는 힘들 것이라고 생각했다. 사람이 늙으면 자식들이 잘되기를 간절히 바라며 작은 공도 크게 부풀려 말하기 일쑤다. 아버지는 그동안 선이가 겪어 온 바로는 선이가 학교에서 공부를 잘하는 사실조차도 밝히기 싫어하시고 특히 허명을 원하지 않기 때문에 아마도 외시 합격 사실도 동네 사람들에게 먼저 밝히지는 않을 것이라고 믿는다. 왕초나 어머니, 석이에게도 입단속을 했으니 성당에서도 모르리라 믿는다. 자기의 보물을 감추는 것이 처세에 가장 좋다. 보물을 밝히는 순간 모든 것은 허무해지고 그것이 달아날까, 혹은 빼앗길까 안절부절못하게 된다. 그래서 소중한 것일수록 감추고 꼭꼭 숨긴다. 그러면 안심하고 평화를 가질 수가 있다. "아버지 생각으로는 네가 한 씨네 셋째 딸과 사귀어 보았으면 좋겠다. 군대 가기 전에 한번 만나 봐라. 요즘 방학이라 집에 있다고 하더라. 내가 집으로 오라고 할 테니 한번 보는 것이 어떠냐?" 했다. 선이는 "아버지의 뜻이 그러하지만, 저는 아직 이성 친구를 갖고 싶지 않아요." 했다. "친구가 아니라 동생으로 삼으면 되지 않겠니?" 했다. 정이는 선이를 무척 보고 싶어 했다. 아버지만 보면 선이 오빠 언제 오느냐며 잘 있느냐고 묻곤 했다. 얼굴도 예쁘고 마음씨도 비단결이라고 했다. 아버지는 정이의 칭찬을 입이 마르도록 했다. "그럼 아버지 수양딸로 삼으세요." 선이는 조용히 말하였다. 아버지는 "선이야. 네가 이제 머리가 커졌다고 아버지 말을 무시하는 것 같다. 불쾌하구나." 했다. 선이는 "아버지. 그게 아니고 제가 아직은 여자를 만날 처지가 못 되고 여러 가지 생각이 많습니다."라고 답했다. 선이는 아버지께 자기는 우리 반 처녀나 성당 처녀에는 별 관심이 없고 어머니 같은 아주머니들에게만 관심이 쏠리고 그분들을 보아야 사랑의 감정이 생겨요. 잘못하면 처자의 인생을 망칠 수 있다고 말하고 싶었지만 감히 그런 말을 할 수가 없었다. 아버지는 선이에게 많이 서운하신 것 같았다. 그러나 아버지는 "내 뜻을 선이에게 말한 것뿐이니 선이가 조용히 생각하기 바란다. 재산은 부모가 자식에게 물려주지만, 좋은 배필은 하늘이 내려 준다고 했다. 하느님은 네 배필을 이미 정해 주었을 것이다."라고 했다. 그러나 그러면서도 아버지는 하느님이 이미 배필로 정한 한 씨 아저씨의 셋째 딸과 결혼하기를 선이에게 포기하지 않고 강조했다. 사람이 한번 마음을 먹으면 초지일관 끝까지 가 볼 때까지 가보는 것이 어떨까 생각해 본다. 지금 선이 아버지처럼 그동안의 모든 일은 선이의 자유의지를 존중했는데, 왜 결혼 문제에서는 선이 말보다 아버지의 생각을 주장하는지 알 수가 없다. 이제는 아버지 뜻이 곧 하느님 뜻이라고 할지도 모른다. 선이는 더 이상 아버지 말에 대답하지 않고 대신 침묵을 지켰다. 아버지에게 죄송했다. "선이는 아버지하고만 살아서 이드 시기를 거치지 않아 어린 처녀들보다 어머니 같은 분들에게만 사랑을 느껴요."라고 말하지 못했다.

제8장

:
:
:

선이를 만난 한 씨네 셋째 딸

✳ 선이를 만난 한 씨네 셋째 딸

　아버지는 당신이 마음먹으면 꼭 하시는 습관이 있다. 선이가 추워서 제방에 틀어박혀서 이 생각, 저 생각을 하며 한가한 시간을 보내는데 점심시간이 지났는데도 아버지가 동네 엄 씨 사랑방으로 가서 들어오시지 않는다. 평소에는 선이가 집에 있는 줄 알면 어디에 갔다가 끼니때가 되면 바로 들어오는데 오늘은 매우 늦다. 어머니께 가셨나 생각하며 선이는 점심 식사를 하려고 거실 주방으로 가는데 꾀꼬리 같은 목소리로 "오빠 계세요?" 하면서 말만 한 처녀가 대문을 열고 불쑥 들어온다. 깜짝 놀란 선이가 "누구세요?" 하니 "저 정이에요."라는 대답이 돌아왔다. 엄마가 동짓날이라고 팥죽을 쑤었다며 오빠에 갖다주라고 해서 싸 왔다고 하며 선이보다 먼저 주방으로 들어가 식탁에 음식을 차린다. 선이는 얼떨결에 정이가 차려 놓은 음식으로 점심 식사를 하기 위하여 식탁에 마주 앉았다. 선이 앞에서 상을 차리는 정이는 여느 대감집 며느릿감으로 손색이 없었다. 조심스러운 발걸음, 섬세하고 정성 어린 손놀림이 선이 눈에 쏙 들어왔다. 하얗고 빛나는 살결, 반달 모양의 눈썹, 예쁘고 오똑한 콧날, 균형 잡힌 동그란 얼굴, 우아하고 아름다운 자태가 선이의 마음에 새겨지며 멋있다는 생각을 했다. 아버지의 치밀한 기획하에 이뤄진 동짓날의 정이와 선이의 만남은 선이에게는 옥이를 만날 때와는 다른 느낌과 감정이 들게 했다. 기쁘기도 하고 아리송한 감정이었다. 선이의 이드의 감정이 정이에게서 솟아나는 기분이었다. 이러한 감정도 있구나 하는 생각을 하면서 선이도 놀랐다. 정이는 듣기에 예쁜 말로 조용히 말한다. "오빠와 난생처음으로 마주 앉아서 식사를 하니 꿈인가, 생시인가 어리둥절하네요. 오빠가 온다는 소문에 설레는 마음으로 기다리며 먼발치에서라도 뵈려고 했는데 보지도 못하고 어느새 꿈같이 왔다가 가버리고 해서 혼자 애간장만 태운지가 여러 번이고, 오빠를 포기하고 잊어버리는 것이 좋겠다는 결심도 수없이 했지만, 오빠를 잊기가 쉽지 않았어요." 정이가 하는 말을 들으며 선이도 같은 마음이었다는 생각이 무의식중에 떠오른다. 아버지가 수시로 정이는 네 색시로 안성맞춤이라고 각인을 시켜서 그런 것 같다. 선이는 맑고 밝은 정이의 눈을 마주 보고 침묵으로 일관하며 그의 말에 응대하였다. 정이는 계속 말을 이어갔다. "오빠, 서울 생활은 어땠어, 혹시 사귀는 여친 있어요?" 정이는 침묵으로 일관하는 선이가 답답해 보였는지 이런저런 질문 공세를 폈다. 그러나 침착한 평상심을 잃지 않고 다정하고 고운 톤으로 말을 했다. 선이는 그런 정이를 배려하는 차원에서 이야기하기로 했다. 선이는 "서울 생활에 큰 재미는 없었지만, 주어진 하루를 최선을 다해서 살면서 친구도 사귀었지. 여자 친구는 옥이라는 친구를 소개받았지만 서로 교제가 이어지지 않았다."라고 했다. 정이는 차분하고 진지하게 선이가 하는 이야기를 들었다. 하는 모습들이 모두 마음에 들었다. 선이의 이드의 대상이 바뀌는 순간이었다. 선이는 정이를 갖고 싶다는 에고가 발동했다. 아버지가 왜 아버지의 뜻을 관철하고자 했는지 알게 되었다. 어쩌면 정이를 하늘이 선이를 위해서 예비해 놓은 짝으로 보았는지 모른다. 아무튼 선이는 정이와 진지한 이야기를 나누고 싶었다. 둘이서 팥죽을 먹고 정이가 설거지를 하고 부엌 정리를 전업주부처럼 해 놓았다. 선이는 신기한 눈으로 바라보고 있었다. 그런 모습을 바라보니 천국의 어머니가 돌아오신 느낌을 받았다. 정이와 특별한 만남은 선이에게 신비한 체험을 하게 해 주었다. 이제 정이를 보니 남자로서 몸과 마음이 동했다. 아버지 덕분에 선이의 고질병이 스스로 자연스럽게 나은 것이다. 정이는 "오빠. 내가 차 한 잔 끓여서 가지고 나갈게. 먼저 거실 소파에 가 계세요." 했다. 선이는 "정이 네가 일하는 모습이 신기하고 좋아서 정이와 함께 있는 것이 낫다. 좀 있다가 함께 나가면 안 될까?" 하고 말하니 정이는 수줍어하며 "오빠가 보고 있는 것은 좋은데, 가슴이 두근거려서 일을 할 수가 없어서 그래요." 하면서 얼굴이 동백꽃처럼 빨갛게 되었다. 선이는 얼른 정이에게 다가가서 그의 등을 감싸 안아 주었다. 정이는 부끄러워하면서도 반항하지 않고 선이가 하는 대로 다 받아 주었다. 선이는 온몸이 뜨거워짐을 느끼며 행복감이 넘쳤다. 선이는 멈춰야 한다는 절제력을 발휘하여 정이의 귓불에 살짝 키스를 해 주고 주방에서 도망쳐 거실로 나와서 심호흡을 하면서 마음을 가라앉혔다. 잠시 후에 정이는 커피 두 잔을 소반에 담아 들고 거실로 나왔다. 그리고 탁자 위에 찻잔을 공손하고 조심스럽게 고운 손으로 선이 앞에 놓아 주며 "오빠, 마셔요." 했다. 선이는 쟁반에 있던 커피잔을 정이 앞에 놓아 주며 고맙다고 하면서 "정이도 잘 마셔." 했더니 "선이 오빠 매너가 짱이다." 하면서 좋아했다. 선이는 "아버지가 매일 정이 칭찬만 해서 정말 그런가, 의심을 하곤 했는데 오늘 만나보니 정이가 예쁘고 곱게 잘 커 줘서 고맙다."라고 했다. 정이는 "보고 싶었던 오빠와 오늘 오랜 시간 함께 보내며 팥죽도 먹고 오빠 대신 설거지도 하고 차를 마시니 기쁘고 행복하다."라고 했다. 선이와 정이는 얼굴을 마주 보며 서로 좋아서 어찌할 줄을 몰랐다. 이윽고 아버지가 큰기침을 하며 들어오셨다. 정이가 자리에서 일어나 "아버님, 이제 오셔요." 하니 아버지는 싱글벙글하면서 "오냐. 우리 며느리 왔구나." 했다. 선이는 어안이 벙벙했지만 모른 체하였다. 아버지가 자리에 앉자 정이는 큰절을 아버지에게 올렸다. 아버지가 "오냐, 오냐. 잘 왔다. 오늘부터 우리 집에서 함께 살자." 하시며 농담을 하여 서먹한 상황을 부드럽게 돌려놓았다. 자신의 작전이 완벽하게 성공한 것을 직감한 아버지는 여전히 만면에 미소를 짓고 선이와 정이의 얼굴을 번갈아 보면서 "천생연분(天生緣分)이로다. 한 쌍의 학이로다. 참으로 잘 어울린다." 하며 연신 두 사람의 조화로운 모습에 경탄했다. 정이와 선이는 얼굴이 홍옥 사과처럼 빨개졌다. "아가야. 이 시아비에게도 차 한 잔 다오. 녹차로 해 주면 좋겠다." 했다. 정이는 "네." 하면서 사뿐히 일어나 뒷걸음으로 소파 뒤로 가서 바로 주방으로 갔다. 예의범절도 제대로 배운 것 같았다. 정이가 주방으로 간 사이에 아버지는 "선이야, 어떠냐? 만나 보니 좋지." 했다. 선이는 고개를 끄덕이며 "네." 하고 대답했다. 잠시 후에 정이가 아버지께서 아끼는 찻잔에 찻잎을 채워 넣고 물을 끓여 사기 주전자에 담아서 소반에 다기를 챙겨 나왔다. 찻잔을 뜨거운 물에 데워서 아버지 앞에 공손히 놓아 드리고 차를 우려서 아버지가 차를 드시도록 차 시중을 들었다. 아버지는 흡족한 얼굴로 "오늘 차 향기가 아주 좋구나. 내년 새 해에는 좋은 일이 선이와 정이에게 많겠구나." 했다. 선이는 "제가 군대에 가야 하는데요." 하니 "사나이로 태어나 군대를 입대하는 것은 최고로 좋은 일이지. 국가에 봉사하는 신성한 국방의 의무는 남자에게는 가장 좋은 일이지." 했다. 선이는 동의하기 힘들었지만, 암묵적으로 동의하였다. 정이에게는 "사범 대학에 다니니 인격 소양을 갖추는데 더 힘써야 한다."라고 했다. 그리고 "훈장이라는 위치는 늘 도덕적이고 윤리적이어야 한다."라고 했다. 사람은 중학교나 고등학교에서 인생을 살아갈 인성이 갖추어져야 하고 그것이 안 되면 한 사람을 망칠 수도 있는데 그 책임이 교사에게 있다는 것이다. 아버지는 정이와 선이 모두 공직자의 길을 갈 사람들이니 책임과 의무를 다하는 인격적인 공무원이 되기를 원하며 두 사람에게 권고하였다. 이윽고 "내가 너무 일찍 왔나 보다. 내가 다시 나갈 터이니 그동안 못다 나눈 이야기를 나누어라." 하면서 차를 맛있게 마시고 엄 씨 아저씨네로 간다고 했다. "아버님, 안녕히 다녀오세요." 하고서 정이는 조용히 자리에 앉았다. 선이도 소파에 다시 앉았다. 순식간에 일어난 일련의 사태에 선이는 놀랐지만, 정이는 태연했다. 마치 돌풍이 한바탕 몰아치고 간 기분이었다. 선이는 자초지종을 정이에게 듣고 싶었다. 그러나 그런 이야기를 들어 무엇 하는가 하는 생각에 미치니 그냥 자연스럽게 즐거운 연담을 나누기로 했다. "정이는 캠퍼스 생활을 어떻게 지내니?" 선이가 물었다. "전공 공부는 적당히 하면서 아동 심리학이나 상담 사례집으로 상담 능력을 키우는 데 필요한 공부에 집중한다."라고 했다. 교사란 자신의 인격과 품격을 제자들에게 언행에 모범을 보이며 학문을 전수하는 중차대(重且大)한 일이라고 한다. 그래서 정이는 세심하게 한 가지씩 법과 원칙에 따르려고 노력하고 있다고 한다. 하루하루 자신을 되돌아보면서 성찰하고 정직하게 살았는지, 성실하게 살았는지, 정의롭게 살았는지, 근면하게 살았는지, 도덕적·윤리적으로 하자는 없었는지, 예의범절에 어긋나지 않았는지 등을 체크하는 체크리스트를 만들어 하나씩 꼭 체크한다고 했다. 선이는 '훈장 되기가 고행의 연속이네. 그냥 적당히 살고 되는대로 살면서 뭔가를 도모하며 살아가는 것이 좋지 않을까?' 생각했다. 그러나 정이의 그러한 삶의 방법이 훈장으로서 살아가려면 꼭 필요한 과정일 거라고 생각했다. 정이는 "그래도 그 안에서도 청춘이 즐길 수 있는 일도 소홀하지 않아요. 내가 삶을 즐길 줄 알고 기쁘게 살아야 제자들에게도 그 에너지를 전수할 수 있다."는 것이다. "그러면 주로 그런 일은 어떤 일이 있어? 오빠도 배우고 싶은 것인데?" 솔직히 남자들은 즐길 만한 일이 별로 없지만. 여자들은 모여서 차를 마시며 이야기를 자주 하고 기숙사와 가까이 있는 트레킹 코스를 삼삼오오 모여서 걷기도 하고 여러 가지 할 일을 하는 것이 주로 즐길 수 있는 일이라고 한다. 그리고 책을 읽는 것과 가벼운 산책을 하며 사색도 한다고 했다. 남자들과 어울리는 일도 있지만, 대부분 사범 대학 학생들은 남녀유별을 잘 지켜 서로에게 예의를 지키며 생활한다고 한다. 선이는 속으로 생각했다. 선이는 정이와의 오늘 만남이 남녀의 진지한 만남의 일호라고 하지만 말로는 하지 않았다. 정이는 부모님, 할머니, 할아버지가 다 함께 살다 보니 유복한 유년 시절을 보내고 교회에도 할머니 권사님을 따라다녀서 그런지 대화하는 것도 유쾌하고 즐겁게 하려는 모습이 자연스럽게 표출되어 듣는 선이가 부담이 되거나 지루하지 않았다. 또 한 번 하느님과 아버지께서 연결해 준 정이가 고맙고 하느님과 아버지께 감사를 드렸다. "오빠, 시간을 너무 많이 쓰게 해서 미안해요." 하면서 정이는 집으로 가겠다고 했다. 선이는 "그렇게 해. 네 덕분에 유쾌한 시간을 보냈다. 고맙다."라고 말하며 서로 웃으며 헤어졌다.

✳ 아버지와 속 이야기

아버지가 저녁 식사를 준비하러 돌아오신 것 같았다. 선이는 방 안에서 음악을 들으며 한가한 시간을 보내고 있었다. 설거지도 정이가 정갈하게 한 후에 집으로 가서 주방이 잘 정돈되었으니 아버지도 저녁 식사 준비가 수월하겠다고 생각했다. 그런데 큰기침을 하며 아버지는 선이 방 아궁이에 군불을 먼저 지핀다. 아버지는 아직도 선이가 늘 최우선이다. 선이가 "아버지, 오셨어요. 군불은 제가 지필게요." 하니 "아니다. 저녁은 천천히 먹자. 오늘 한 서방네서 성탄절에 나눠줄 떡하고 계란을 삶아서 동네에 돌린다고 하더라. 정이가 가지고 오면 저녁으로 함께 먹자." 하였다. "아버지. 정이에게 그동안 무슨 공작을 하셨기에 아예 제 앞에서 아버지 며느리 행세를 하게 하신 거예요." 하니 아버지는 빙그레 웃으며 "선이는 아버지가 나서지 않으면 평생 혼자 살 것 같아서 그동안 정이에게 많은 공을 들였다."고 한다. "생일도 챙겨주고 네가 서울에서 안 올 때는 집으로 오라고 해서 맛있는 것도 나눠 먹고 차도 함께 나눠 마셨지. 아버지는 그렇게 정이를 너만큼 보살펴 주었단다. 사범 대학을 보낸 것도 아버지 공이 크다."라고 한다. "정이와 같이 선하고 착한 사람들이 교사가 되어서 후학을 양성해야지 하는 생각을 했다. 아버지도 잠시 교사를 했지만, 교사라는 직업은 하늘에서 내린 천직이라고 할 수 있다. 그래서 하늘과 세계 우주의 원리를 알고 사람으로서 참 자격이 있는 사람들이 교사가 되어야 한다. 정이가 가지고 태어난 좋은 품성과 유복한 환경은 좋은 교사가 될 수 있는 역량이다. 교회 권사님과 교회를 다니며 성장했으니 하늘을 알고 사람을 아는 좋은 교사가 되지 않겠느냐?"고 아버지는 선이에게 반문했다. 그리고 정이에게서 선이 친어머니 자태를 발견하여 더 놀랐다고 한다. 선이의 친어머니가 아버지와 동향이라 그분이 어릴 때 성장하는 모습과 정이 모습이 흡사했다고 한다. 선이의 친가 할아버지, 할머니가 독실한 기독교 집안이었고 아버지 장인 장모는 천주교 신자였다고 한다. 물론 정이 할머니는 권사님이고 어머니는 집사님이지만, 정이의 신앙도 독실하다고 했다. 아버지가 그렇게 보았다면 틀림없다. 아버지는 사람에 대한 이야기를 할 때면 확실한 사실만을 이야기한다. 모든 주관적인 관점은 배제한다. 친어머니에 대한 이야기도 이제는 자유롭게 하는 아버지의 변화가 신기했다. 그만큼 아버지도 선이가 어른이 된 것을 인정하고 아버지가 속으로 꼭꼭 숨겨 놓은 이야기보따리를 풀어 놓는다는 느낌을 받았다. 아버지가 선이를 키우면서 얼마나 노심초사했는지 선이는 이제 알게 되면서 아버지께 미안하고 감사했다. 그리고 아버지를 변화시켜 주고 신앙으로 이끌어준 약사 어머니께 감사했다. "성탄 전야는 어떻게 보내실 거예요." 하니 아버지와 어머니는 성탄 전야 미사와 성탄절 미사를 하실 거라고 약사 어머니와 약속했다고 했다. 서울 어머니는 교리 공부를 잘하러 다니시는지 궁금했다. 선이는

"아버지. 저는 아직 제가 어느 길을 갈지 정하지 못했어요. 좋은 어머니와 아버지를 멀리 떠나서 사는 것이 싫어요."라고 했다. 외교관이 되면 해외 근무가 주 근무가 될 확률이 높은데 그 길을 꼭 가야 하는 길인지 아직도 고민 중임을 아버지께 고백하지 못했다. 다시 사법고시를 준비해서 고시에 합격하고 싶은 생각도 해 보았지만, 그렇게 힘들게 하고 싶지 않았다. 아버지와 잠시 침묵 시간을 가지고 있는데 꾀꼬리 목소리가 들려왔다. "오빠, 나 또 왔어요." 하는 정이의 목소리이다. 점심때 들던 때보다 반가웠다. 아버지가 먼저 "정이야. 추운데 어서 들어오너라." 하니 상쾌한 목소리로 "예, 아버님." 하면서 뭔가 한 보따리를 들고 들어왔다. 주방으로 들어간 정이는 식탁에 여러 가지 싸온 음식을 차렸다. 오늘은 정이가 아버지 며느리가 된 것 같다. 선이가 뒤따라 들어가려고 하니 아버지가 "선이야. 너는 자리에 앉아 있어라." 했다. "집 안에서는 남녀가 유별해야 한다. 주방에 아낙네가 들어가 있으면 남정네는 밖에서 기다리는 것이 도리이다." 했다. 그동안 아버지나 선이가 얼마나 힘들게 살았는지 선이에게 암시하는 이야기로 들린다. 잠시 후 "아버님, 오빠. 주방으로 오세요." 하며 정이가 정겹게 부른다. 아버지는 "어흠!" 하며 주방으로 먼저 들어가 식탁 의자 상석에 앉으시며 "아가야. 너도 여기 앉아라." 하면서 정이를 당신 옆에 먼저 앉히고 선이에게도 자리에 앉으라고 했다. 선이에게 퍼스트레이디의 도리를 무언으로 가르치고 굳이 당신 옆에 정이를 앉히고 선이를 맞은편에 앉게 한 것은 선이와 정이는 아직은 오누이처럼 지내며 남녀의 선을 잘 지켜서 순결을 유지하라는 무언의 가르침이었다. '아버지. 선이도 그 정도의 도리는 아버지께 잘 배워서 알고 있어요.' 속으로 아버지께 항변했다. 정이는 좋아서 어쩔 줄 모르는 것 같다. 온 천지를 얻은 기분인 것 같아 보였다. 예쁜 얼굴에 웃음꽃을 피우니 더 아름다워 보였다. 선이는 정이의 매력에 푹 빠졌다. 찰밥과 식혜, 시루 호박떡, 동치미가 차려져 있고 계란도 몇 개 놓여 있었다. 아버지는 "자, 맛있게 함께 먹어 보자." 하며 식사 전 기도를 했다. "주님. 은혜로이 내려주신 음식과 저희에게 강복하소서. 성부와 성자와 성령으로 아멘!" 하고 시루떡 한 조각을 먼저 드시고 식혜 한 수저를 드시며 맛있다고 했다. 선이와 동이는 찰밥을 먹으며 맛있다고 했다. 정이와 먹는 저녁 식사는 일품이었다. 선이는 '남녀가 사랑한다는 것이 이런 거구나.' 하는 생각을 했다.

＊ 성탄 전야 미사와 식구들

성탄 미사를 위하여 아버지는 일찍 어머니께 가셨다. 선이는 종일 집에서 독서도 하고 음악을 들으며 정이가 가져다준 찰밥과 떡으로 끼니를 때우며 시간을 보내다가 선이도 석이와 성탄 전야 미사에 참석하려고 대문을 잠그고 마당 끝으로 나와 큰길로 나오는데 "오빠!" 하고 정이가 불렀다. 소리 나는 쪽을 바라보니 정이도 성탄 전야를 오빠와 보내라고 어머니가 오빠와 교회로 오라고 해서 왔다고 했다. 선이는 정이가 반가웠다. 선이는 친구 석이와 성당에서 여러 식구를 만나야 한다고 말했다. 정이는 그럼 나도 그 식구에게 끼워 달라고 했다. 선이는 보배이자 보물인 정이를 모두에게 공개하고 싶지 않았다. "정이는 그냥 혼자 교회로 가면 안 될까? 내년에 함께 성당을 가자." 했더니 서운한 눈치다. 밤이라 괜찮지만, 동네 사람들에게도 감추고 싶었다. 정이는 "나 성당 가 보고 싶은데 어쩌지." 한다. 그래서 선이가 "사실 정이는 오빠의 보물이거든. 그래서 꼭꼭 숨기고 싶은 마음에서 그런 건데." 했더니 "오빠는 이기주의인가 봐. 오빠 입장만 생각하는 것 같아. 정이 입장도 생각해 주면 안 돼? 난 집에다 다 말하고 나왔는데 어떻게 하지." 했다. 선이는 아무 말 안 하고 석이네 집으로 가는데 정이도 따라 왔다. 한참 걸어와 동네를 벗어나 산길로 들어서자 정이는 무섭다며 선이에게 와서 팔짱을 꼈다. 선이는 말 없이 그런 정이를 받아 주었다. 마침 동짓달 보름달이 밝게 선이와 정이를 비춰 주었다. 석이도 잘 알고 있는 정이니 성당서도 눈치를 못 채겠지 생각하고 있는 그대로의 선이와 정이의 모습을 하느님께서 보호해 주시리라 믿었다. 어느덧 석이네 집에 도착했다. "석이야!" 하고 부르니 석이가 "선이 왔니." 하면서 문을 열고 나왔다. "정이도 함께 왔구나. 정이는 교회 안 가고 성당 가려고 왔니?" 했다. 정이는 미소로 답했다. "석이야. 네 차로 함께 타고 가야지?" 하니 석이는 "그렇게 하자."라고 했다. 차를 타고 성당에 도착했는데 벌써 많은 신자가 나왔다. 어머니와 아버지를 찾았다. 어머니가 먼저 선이를 찾아서 "베드로야." 하고 불렀다. 어머니가 계신 곳으로 가니 아버지, 왕초 요한과 그 식구들이 함께 와 있었다. 서로 반갑게 인사를 했는데 정이는 선이 아버지와 어머니께 인사를 했다. "안녕하세요. 성탄을 축하합니다. 어머니, 아버님." 하니 부창부수 두 분 모두 함박웃음을 만면에 머금으며 행복하게 "오냐." 하면서 정이의 인사를 받고 두 분을 대표하여 어머니 마리아가 "정이야. 성탄을 축하하며 부활하신 예수님 은총 안에서 늘 건강하고 행복하기를 두 손 모아서 기도하마. 성당에 우리와 함께 다니면 좋겠다." 하고 말하였다. 정이는 "네, 그렇게 하도록 하겠습니다. 어머니." 하고 대답했다. 왕초와 식구들은 무슨 봉창 두드리는 소리를 하는가 하는 생각을 하는 것 같았다. 선이는 "요한 아저씨와 식구들 여러분. 성탄을 축하하며 여러분께 예수님의 은총이 가득하기를 빕니다." 하니 왕초가 대뜸 "선이, 나 몰래 장가들었는가?" 했다. "아닙니다. 우리 동네 동생인데 성당에 같이 왔습니다. 우리 동네에서는 서로 청년들이나 아이들이 어르신을 만나면 편안하게 어머니, 아버지라고 불러요. 제가 장가를 들면 왕초 아저씨와 식구들에게 먼저 알리죠." 하니 왕초와 식구들은 그제야 "우리도 성탄을 축하하네." 하면서 왕초와 식구들이 이구동성으로 말했다. 정이와 석이도 "성탄을 축하해요." 하니 그들도 "성탄을 축하한다."라고 화답했다. 아버지는 침묵으로 선이, 정이, 석이를 반가운 미소로 맞았다. "정이야 잘 왔다." 우리 식구는 한자리에 죽 모여서 성당 안의 한 의자에 앉아 미사를 드리고 온 교우들이 서로 성탄을 축하하고 백설기를 성탄 선물로 받고 서로 각자의 처소로 갔다. 석이는 선이와 정이를 태우고 동네로 와서 정이를 정이네 집에 내려주고 선이와 함께 선이네 집으로 왔다. 그리고 거실에 들어와 불을 켜고 성당에서 준 백설기와 냉장고에 어머니가 만들어놓은 수정과를 꺼내 먹으며 허기를 달랬다. "선이야. 어떻게 된 거니? 궁금해 죽겠다. 정이 말이야." 선이는 "나도 뭐가 뭔지 알 수는 없었지만, 엊그저께 동짓날에 어떤 사건이 있어서 그런데 그동안 다른 여자 친구들에게서 느끼지 못했던 감정을 정이를 만나면서 느끼게 되었어. 석이야."라고 말했다. 석이는 "그 느낌이라는 것이 무엇인데?" 하고 물었다. "정이가 친구, 동생이라는 느낌보다 더 강한 내 여자로 생각되었다고나 할까 하는 느낌말이야." 그러니 석이는 파안대소하며 "선이야. 잘 되었다. 내가 보기에도 정이와 선이는 정말 잘 어울리는 것 같으니 잘 발전시켜 보아라." 했다.

제9장

·
·
·

석이와 선이의 고민

∗ 석이와 선이의 고민

"육우 사업은 잘되는 것 같아 보이는데 청춘사업은 어찌 되어 가는데?" 하고 선이가 물으니 석이는 "선을 몇 번 보았는데 농촌에 사는 것을 원하지 않아. 앞으로 농촌 경제와 문화는 차차 좋아지겠지만, 점점 장가들기는 힘들어질 것 같아. 나도 차라리 학이 같이 도회지로 가서 여자 하나 차고 내려올 건데 그랬어." 했다. 선이는 석이에게 미안했다. 석이는 이미 경제적으로는 자립하고 군대도 면제되었으니 장가를 들어도 아무 상관이 없다. 결혼은 여건이 되면 일찍 하는 것이 좋다고 한다. 부부가 서로 조혼해서 아이들을 낳고 잘 키워서 일찍 독립을 시키면 노후에 다시 신혼으로 돌아가 행복하고 기쁘게 살아갈 수 있다고 한다. 앞으로 점점 장수 인구가 늘어나는데, 늘어난 수명이 삶의 질로 연결되기 위해선 가능하면 빨리 자녀들을 잘 키워서 독립시키고 부부가 제2의 인생 계획을 세우고 즐겁고 기쁘게 일하며 살아야 한다고 한다. 그리고 일찍 자녀를 낳아야 부모님의 좋은 유전 인자들이 자녀에게 전달되어 자녀들이 건강하고 건전하게 잘 성장할 수 있고 어머니의 건강도 좋게 유지된다고 한다. 우리나라 사람 중에도 다산을 하신 분들이 건강하게 장수한 예가 많다고 한다. 조선 오백 년사에서 왕의 본처 소생이 왕이 되면 문제가 없고 무난하게 왕직을 잘 수행했지만, 본처 소생이라도 늦은 나이에 난 왕들은 좋은 왕이 못되었고 당파 싸움에다 온갖 악행 속에서 태어난 왕들은 왕으로서 자격이 없었다. 연산군과 광해군이 그 예고 선조, 인조가 대표적인 예다. 조선조 말로 가서 보면 철종이나 고종도 무능한 군주라 군주라고 하기가 어려운 상태였다. 물론 두 분 왕은 세도가들의 희생양이 되기도 한 왕이다. 사회적 분위기가 단산을 하고 주부들이 일하여 돈을 버는 것이 당연시되는 세상이니 조혼도 안 하고 만혼이 대세이다. 이러한 추세가 인류의 종말을 가져올지도 모른다. 프랑스에서는 인구가 점점 줄어든다고 한다. 우리나라도 서서히 그런 추세가 된다고 한다. 능력이 없으면 장가도 못 가고 더구나 간신히 아이를 낳는다고 해도 키울 여건이 안 되어 결혼하고도 아이를 안 낳는 경우가 점점 심화될 거라고 한다. 석이가 빨리 장가를 갔으면 좋겠다. 선이는 결혼하는 것을 신중하게 고민할 거라고 했다. 아버지가 평생 홀로 혼자 살아왔듯이, 선이도 혼자 살고 싶다고 했다. 혼자 살아야 많은 사람을 위하여 공부도 할 수 있고 봉사도 할 수도 있다고 했다. "석이는 이미 장가갈 준비가 다 되었으니 가능하면 빨리 결혼하기를 바란다."라고 선이가 말했다. 석이도 서두르지 않고 좋은 배우자를 찾아보겠다고 했다. 선이는 아버지 어머니께 석이의 좋은 짝을 찾아봐 달라고 부탁할 생각이다. 어쩌면 가까운 곳에 석이의 짝이 존재할지도 모른다는 생각이 든다.

✳ 성탄절에 다시 만난 식구들

밤새 석이와 선이는 이야기하다가 밤을 새우고 성탄절 아침이 되었다. 인류의 구원주로 오신 아기 예수님의 탄생은 온 인류에게 가장 큰 사건으로 인류의 과거와 현재와 미래에 엄청나게 성대한 영향을 미친 사건이다. 예수님께서 태어나시고 그분으로 인하여 인류가 과학 문명을 꿈꾸게 되었고 성경 말씀대로 세상은 발전하고 성장해 가고 있다. 지금까지 인류가 모든 재앙에서 그 재앙을 이기고 다시 새로운 성장의 동력을 얻은 것은 예수님의 탄생으로부터 시작된 일련의 사건 속에서 증명되고 있다. 성 마더 테레사는 현재를 살고 있는 모든 사람에게 망자의 어머니, 가난한 사람들의 보호자 어머니로 알려져 있다. 맨몸으로 인도에 가서 길거리에서 죽어가는 인도 하층민의 비참한 모습을 보고 그들을 위한 임종의 집을 짓는 것으로 시작하여 예수님의 사랑을 실천하며 구원이 보이지 않는 곳에서 예수님께서 인류를 구원하셨다는 증명을 해 보인 분이 바로 인도 콜카타의 성 마더 테레사 수녀님이시다. 인도 대통령보다 더 큰 일을 하셨다. 보잘것없고 볼품없는 수녀님으로 우리나라에 왔지만 수많은 인파가 수녀님을 보기 위하여 모여들었다. 이미 그분은 살아 계실 때 온 세계 모든 사람에게 추앙을 받았고 죽어서 최단 시간 내에 살아서 함께했던 요한 바오로 2세 교황으로부터 성인품을 받았다. 수녀님께서 독신으로 인도에 들어가 동물처럼 죽어서 길거리에서 썩어가는 시체를 거두어 장례를 치러 주고 죽음이라도 사람답게 죽도록 하려고 임종의 집을 지어 죽기 직전의 사람들이 모이게 했다. 수녀님은 임종하는 이들마다 대세를 주었고, 그들은 죽어가면서 수녀님께 감사드리며 예수님을 부르고 미소를 지으며 선종했다고 한다. 연달아 죽어가는 사람들을 진료하기 위하여 병원을 지었고 떠돌아다니는 비행 청소년의 수용 및 교육을 위한 시설도 만들었다. 그 모든 일련의 과정에는 예수님의 기적이 함께했다고 수녀님은 고백한다. 늘 묵주 기도를 하면서 예수님께 수녀님의 고민을 말씀드리면 즉시 해답을 주셨다고 한다. 힌두교 불교의 나라에 가톨릭 성교회가 들어가서 예수님의 기적을 보인 것은 그분의 탄생인 성탄절로부터 일어난 기적이며 예수님께서 인류 구세주로 오심을 수녀님을 통하여 전 인도 국민과 전 세계에 20세기에 보여준 증거이자 증명이다. 단순한 성탄절 행사가 아니라 그 의미를 되새기며 우리 신자들 주변에서 죽어가는 단 한 사람이라도 구원할 수 있는 성탄절이 되었으면 좋겠다. 사심 없이 오직 예수님 탄생에 나타난 전지전능하신 하느님을 헤아리며 살아간다면 인류는 좀 더 나은 사람이 되어 사람다운 하느님 피조물로 살아가는 데 좋지 않을까 생각해 본다. 선이도 성 마더 테레사 수녀님께 감동받아서 신부님이 되기로 결심한 프랑스 신부님 허 필립보 사제를 위하여 성탄절 미사 내내 기도하려고 한다. 정이가 고운 한복을 입고 손에는 큰 가방을 하나 들고 왔다. 할머니가 성탄 선물로 선이에게 지어 주신 솜바지 저고리와 두루마기라고 하며 선이에게 입고 함께 성당에 가자고 했다. 석이가 "내 것은 없니?" 하니까 정이는 "미안해요. 둘이 있는 것을 알았으면 두 벌 가져오는 건데, 선이 오빠만 있는 줄 알고…." 하며 말끝을 흐렸다. 석이는 "아니다. 한 벌이라도 해 왔으니 다행이다. 선이와 나는 친구이니 친구 것은 여자 친구만 빼고 다 내 것이거든." 하고 순한 질투를 했다. 성당에 갈 준비를 이미 마친 선이는 양복을 벗고 한복으로 갈아입었다. 바지저고리도 안성맞춤이고 조끼와 마고자, 두루마기가 모두 품이 맞아 멋져 보였다. 전후 사정은 다음 문제고 일단 석이 차를 타고 성당으로 갔다.

오늘은 아버지와 어머니도 한복을 입고 나왔고 왕초도 한복을 입고 나왔다. 마치 결혼식장에 나온 것 같았다. 성탄절 축제 분위기가 성당 담장 밖으로 넘쳐 흘렀다. 학구적이고 지성적인 신부님은 미사 중에 오늘 처음 성당에 오신 분들에게 손을 들어 보라고 했는데 열 명이상이 손을 들었다. 이분들은 미사 후에 신부님의 선물을 받아 가라고 했다. 신부님 친척이 한과 공장을 하는데 때만 되면 새 신자들에게 선물로 주라고 성당으로 몇 박스씩 보낸다고 한다. 미사가 끝나고 성당 식당에서 식사로 떡국과 과일이 나온다고 했다. 선이네 모든 식구도 성당 식당에서 점심 식사를 함께하기로 했다. 그런데 신부님께서 신문에서 보았다며 요셉과 마리아 부부의 아들 선이 베드로가 외무고시에 최종 합격했다고 하니 모두 축하를 해 주라고 공지를 했다. 제일 놀란 것은 정이였다. "저 신부님 말씀이 정말이야?" 어쩜 그럴 수 있느냐는 표정이다. 신부님은 "선이 베드로 씨, 일어서세요." 했다. "그리고 요셉 마리아 씨도 일어나라."라고 하면서 "이스라엘 베들레헴에서 오늘 예수님이 성스럽게 태어나 인류의 구세주가 되었듯 오늘 우리 성당에서 외무고시 합격자가 태어났으니 예수님께서 태어난 성탄을 빛내 주신 성가정에 박수를 보냅시다. 서로 성탄을 축하합니다." 하며 박수를 치자고 하셨다. 박수 소리가 한참 동안 들렸다. 선이는 뭔가 보물을 빼앗긴 기분이었다. 아버지와 어머니는 연실 싱글벙글하시며 좋아했다. 선이와의 약속을 지키려고 말하지 않던 자랑거리를 신부님께서 공표해 주셨으니 희열을 느끼실 것이고 이제 마음 놓고 자식 자랑을 할 수 있으니 속이 후련했을 것이다. 선이와 정이는 신부님께 인사를 드리러 갔는데 온화하고 다정하신 신부님은 젊은 남녀가 한복을 입고 다정하게 나타나니 몹시 부러운 눈치였다. "아이고, 어서 오세요. 두 분이 좋아 보이네요. 부럽기도 하고요. 합격 축하합니다. 예수님 선물입니다." 하면서 한과 세트에 축 성탄이라고 쓴 선물을 하나씩 주었다. "처음 인사드리는 것이니 큰절로 올리겠습니다. 하느님 아버지께 올리는 것이니 받아 주십시오." 하니 유아실로 둘을 안내하여 정이와 선이는 신부님께 정성껏 일 배를 올리고 덕담을 듣고 "식사를 하러 갑시다." 하여 신부님을 따라가서 함께 떡국을 한 그릇씩 받아먹었다. 많은 신자가 선이에게 찾아와서 축하 인사를 건넸다. 선이도 떡국을 먹으며 "감사합니다."를 연발했다. 아버지, 어머니도 다시 공식적으로 축하한다고 했다. 그리고 석이 차를 타고 동네로 와서 선이가 먼저 내리고 정이는 석이가 집까지 데려다주고 선이네 집으로 왔다. 선이는 갑자기 서울로 도망가고 싶었다. 선이는 정이를 좋아하지만, 아직 마음을 정하지 못했다. 서울 어머니도 보고 싶고 철이도 만나고 싶었으며 학이는 이사를 잘하고 잘 사는지 모든 게 궁금해졌다. 이래서 사람이 인연을 맺고 산다는 것이 쉬운 일이 아닌 것이다. 모든 선각자가 인연의 소중함을 설파하면서 인연을 잘 맺어야 하고 잘못 맺으면 차라리 안 맺느니만 못하다고 했다. 특히 남녀의 부부 인연은 잘 맺어 봐야 본전이고 잘못 인연을 맺으면 평생 원수보다도 못하게 산다고 한다. 석이는 소들이 걱정된다며 집으로 갔다. 왕초 공동체에서 번갈아 가며 초소에서 당번을 서며 돌보아 주어서 별걱정이 없지만, 그래도 암소 열 마리가 출산일이 가까워져 오니 걱정이 태산이라고 한다. 자연 분만이 제일 좋은데 가끔 초산일 경우에는 수의사를 부를 만큼 위급한 경우도 있다고 한다. 석이의 낙농업이 잘되어 가서 행복했다. 석이가 좋은 짝을 만나서 다정하게 살았으면 좋겠다.

＊ 서울로 도망친 선이

선이는 이튿날 아버지께 서울에 다녀오겠다는 쪽지를 남기고 아침 첫차를 타고 서울로 올라가게 되었다. 한편 정이는 집에 가서 조부모님과 부모님, 언니들과 동생들에게 선이 오빠의 외무고시 합격 소식을 성당 신부님께 들었다고 했다. 할머니 권사님은 동네의 스피커 역할을 하시는 분이다. 반면에 부모님들은 늘 신중하고 과묵하다. 할머니는 온 동네에 소식을 전했고 마을 경사가 났다고 하며 이장은 돼지라도 잡아서 잔치를 하겠다고 난리가 났다. 그러나 선이는 이미 마을을 떠난 후였다. 정이는 할머니 권사님께서 교회에서 받아온 케이크를 들고 선이네 집으로 신나게 갔는데 문이 잠겨 있어서 들고 갔던 케이크를 들고 다시 집으로 힘없이 정이네 집으로 들어갔다. 신중한 정이네 어머니는 선이가 집에 없는지 물었다. "선이 오빠네 집 문이 자물통으로 잠겨 있었어." 했다. 정이는 "오빠가 또 서울 갔나 봐. 보고 싶은데…." 하면서 제 방으로 들어갔다. 동네 친구 용이와 항이도 선이를 축하하려 선이네 집에 갔는데 주인 없는 마당에 동네 분들이 모여서 웅성대고 있었다. 잠시 후에 선이 아버지가 와서 자물쇠를 열고 집에 들어가니 "잠시 서울에 다녀오겠습니다." 하는 쪽지를 보고 동네 사람들과 항이와 용이에게 "선이가 서울에 볼일이 있어서 올라가서 언제 올지 모르겠네." 하고 아버지는 엄 씨네로 마을 소식을 들으려고 놀러 갔다. 마을은 선이 소식으로 들썩였다. 어르신들은 "선이가 어릴 때부터 싹이 있더니, 고시에 합격했지.", "선이가 우리 동네를 빛냈네. 우리 동네 집값, 땅값이 오르겠는데?" 했다고 한다. 선이는 서울에 올라와서 서울 어머니가 계신 아이비로 갔다. 여전히 클래식 음악이 흐르고 사람들이 북적였다. 연말이라 특히 송년 행사 손님들이 많았다. 선이가 문을 연 지 얼마 안 되어서 들어갔는데도 그랬다. 어머니는 선이를 반갑게 안아서 맞이하며 기뻐해 주었다. 선이의 눈에서는 눈물이 흘렀다. 어머니도 마찬가지셨다. "선이야. 오늘은 연말 예약 손님이 많으니 우리 집에 가서 쉬고 있으면 엄마가 일이 끝나는 대로 집으로 갈게." 했다. 선이는 서울 어머니 아파트로 갔다. 어머니가 주신 열쇠로 문을 열고 들어가니 가게를 하면서 살림하기가 힘들었을 텐데도 집 안은 깨끗하게 정리 정돈이 되어 있고, 소파도 거실과 잘 어울리게 정리 정돈이 되어 있었으며 텔레비전도 큼직한 것이 놓여 있었다. 당시는 컬러텔레비전이 처음 출시되고 방송을 시작한 지도 얼마 안 되어 웬만한 집에는 새 버전의 컬러텔레비전도 없었고 전화기도 없는 집이 많았는데 어머니 집에는 전화기도 있었다. 집 안 분위기가 다른 집과는 사뭇 달랐다. 어머니의 깔끔한 성격과 품격이 그대로 배어 있었다. 서울 어머니도 이번 성탄 전에 세례를 받은 것 같았다. 고상도 걸려 있고 경대 옆에 성모님도 모셔져 있었으며 멋진 성화도 걸려 있었다. 아마 세례 선물로 받은 것들인 것 같았다.

* 서울 어머니와의 대화

선이는 '서울 어머니도 이래저래 많이 딱하신 분인데, 세례를 받고 과거의 모든 죄를 사함을 받았으니 얼마나 즐겁고 기쁠까?' 하는 생각을 했다. 많은 남자가 어머니를 거쳐 가며 남긴 상처와 먹고 살기 위해서 지은 모든 죄악은 물러가고 새로운 희망과 사랑이 가득한 존귀한 하느님의 딸로서 잘 살아가기를 원했다. 갑자기 전화벨이 울려서 받으니 아버지의 목소리였다. 선이는 자신이 여기에 있는 것을 아버지가 아시면 안 되는데 하는 생각으로 전화를 끊었다. 전화벨이 몇 번 더 울리더니 전화벨 소리가 멈추었다. 이런저런 생각이 선이를 혼란스럽게 했다. 잘못된 상상은 모두 사람을 피폐하게 할 수 있다. 가능하면 인간관계나 남녀 관계에서는 실수하지 말고 상대방을 추론하거나 오해를 하면 안 된다. 사실에 근거하여 모든 일을 수행하고 말해야 서로에게 도움이 되고 행복하다. 상상은 상상에 그칠 뿐이다. 오해하거나 잘못 생각하려면 모든 관계를 조용히 끊는 것이 상책이다. 어머니 책장을 보니 『안네의 일기』와 『레미제라블』이 꽂혀 있었다. 그리고 두꺼운 성경과 『논어』와 『중용』과 영문 서적들이 꽂혀 있었다. 어머니는 자정이 다 되어서 파김치가 되어서 들어오셨다. 선이는 소파에서 졸고 있었다. "선이야! 저 방이 손님방이니 들어가 자거라." 했다. 선이는 어머니가 가리킨 쪽 방으로 들어갔다. 고급 침대도 놓여 있고 앉아서 책을 읽을 수 있는 탁자도 놓여 있었다. 아늑하고 편안한 방 분위기가 좋아 침대에 누워서 잠이 들었다. 전화벨 소리가 요란해 잠을 살짝 깼다. 어머니가 아버지와 통화를 하는데 참으로 다정하게 전화를 주고받는다. 서울 어머니는 아버지가 그립다고 하고 아버지도 마찬가지인 모양이다. 어머니가 갑자기 이미자 선생님의 〈잊을 수 없는 당신〉을 전화기에 대고 구성지게 부른다. "생각하면 그 얼마나 꿈같은 옛일인가. 그 세월 잃어버린 서러운 마음 사랑하기 때문에 그리워하면서도 입술을 깨물며 당신 곁에 가지 못하오. 옛 추억에 하루해가 오늘도 저물건만 그 세월 잃어버린 사무친 마음 장미꽃은 시들어도 사랑은 별과 같이 영원히 비춰도 당신 곁에 가지 못하오." 하면서 우는 것 같았다. 아마 아버지가 어머니한테 선이가 그곳에 갔느냐고 하신 것 같은데, 어머니는 모른다고 했다. 선이가 오면 아버지에게 전화를 하라고 한다고 했다. 잠시 후 노크 소리가 나 선이는 자는 척을 했다. 어머니가 들어와 "엄마와 이야기 좀 하자." 했다. 선이는 막 일어난 것처럼 "예. 몇 시예요?" 하니 "아침 일곱 시."라고 했다. 아버지가 "선이가 쪽지만 남기고 서울에 갔는데 어디로 갔는지 알 수가 없다."라고 어머니에게 전화했다고 했다. 어머니는 어느새 일어나 몸단장을 마치셨다. 중년의 농염하고 성숙한 매력이 넘치는 분이다. 예쁘고 우아했다. "어머니. 너무 예쁘시네요."라고 선이가 말했다. 어머니는 "아이고! 내 새끼 고맙구나. 내가 요즘 선이 때문에 신이 난다."라고 했다. "사람들에게 아들 자랑을 하니, 하루는 건물주 조 사장이 혹시 자기 자식이 아니냐"라고 농담을 해서 화를 내며 혼을 내주었다고 했다. 감히 내 아들 잘난 얼굴을 조 사장 영감 따위에게 비교하다니 기분이 상한다고 했다. "어머니도 그렇다고 하면서 그 건물 전체를 달라고 하시지요." 하고 선이가 말하니 어머니는 "아무리 좋은 건물을 준다고 해도 선이와는 바꿀 수 없다."라고 했다. "죽은 내 친구의 아들이자 살아 있는 내 아들이니 너보다 귀한 것은 너희 아버지 빼고 이 세상에는 없다. 너희 아버지가 귀하고 소중한 것은 내 아들을 대학 들어갈 때까지 지키고 키워 주었다는 사실이다. 그러기에 앞으로 선이 아버지를 내 지아비로 존경하고 사랑하며 살 것이다."라고 했다. 선이는 "어머니. 그러지 마시고 선이 아버지 한 분 더 만들어 달라."라고 했다. 어머니는 "그건 안 될 말이야. 내 이젠 다신 남정네는 안 보기로 했다야. 쌍." 하고 이북 사투리로 말했다. "선이 하나만 내 아들 되었으면 난 천하를 얻은기야. 쌍." 어머니의 유머 섞인 말에 선이도 크크 거리며 웃었다. "어머니께 고민 좀 털어놔도 될까요?" 하니 어머니는 "무엇이든지 말하라."라고 했다. "어머니 세례명은 무엇으로 지었어요?" 하니 "여자 중에 하느님의 선택을 받아 예수님을 낳으신 마리아 어머니를 내 영명으로 정했다. 마리아 어머니는 요즘 생각만 해도 가슴이 설레며 떨린다."라고 하였다. 하루에도 몇 번씩 〈아베 마리아〉를 부른다고 한다. 선이 베드로는 막달레나 마리아와 많이 닮은 삶을 사신 어머니가 마리아로 새로 태어난 것이 퍽 다행이라고 생각했다. 막달레나 마리아는 다섯 남편을 모시고 살았던 성매매 여성이였지만 예수님께 죄 사함을 받고 성녀로 추앙받는 분이 되었다. 간음하다가 잡혀온 여인에게 "죄가 없는 사람이 있으면 이 여인에게 돌을 던지라." 하니 모두 슬금슬금 도망을 갔다. 서울 어머니도 그렇게 예수님께 모든 죄 사함을 받았으니 앞으로 신앙 안에서 행복하고 기쁘게 살았으면 좋겠다. "어머니! 선이 동네에 정이라고 어머니를 닮아서 예쁘고 정감 어린 지방 사범대 2학년으로 올라가는 여학생이 있는데, 그녀가 지난 동짓날에 선이네 집을 다녀갔는데 난생처음으로 여자로 보이며 내 온몸이 달아 올라와 죽는 줄 알았어요. 지난번에 옥이를 만나거나 그렇게 학교에서 멋진 학생들을 많이 만나는 데도 무덤덤하고 아무 느낌이 없었는데 정이를 만나니 어머니를 처음 만났을 때 설레던 마음과 똑같은 느낌이 왔어요. 그런데 저는 요즘 자꾸만 평생 혼자 살고 싶은 마음이 들어요. 신부님이나 수도자가 되고 싶어요. 그림만 마음껏 그리며 살았으면 좋겠어요. 『국부론』을 쓴 애덤 스미스나 도스토옙스키 같이 자기 일을 마음껏 하다가 죽은 후 수도원이나 성직자 묘역에 묻히고 싶은 생각인데 아버지는 벌써 예비 며느리를 키우고 계셔서 저에게 반강제적으로 결혼을 시키려 해서 집에 있지 못하고 서울로 도망쳤어요." 했더니 어머니는 선이를 꼭 안으며 "알았다. 일단 여기서 며칠 쉬면서 상의를 하자."라고 했다. 그리고 "아침 식사를 하고 잘 쉬어라."라고 했다. 선이가 "어머니, 전화 좀 몇 통화 쓸게요." 하니 "그렇게 해라. 선이야. 여기가 네 집이니 걱정하지 말고 하고 싶은 일을 하면서 푹 쉬어라. 그리고 아버지에게 걱정하지 마시라고 전화를 드려라." 하면서 "선이가 아버지를 서운하게 하거나 심려를 끼쳐 드리면 나도, 너의 약사 어머니도, 하늘에 계신 너의 친어머니도 모두 너에게 실망하게 된다. 선이 아버지는 모든 사람이 존경하는 재야에 숨어서 좋은 일을 하는 겸손한 어른이란다."라고 했다. 아버지는 서울 어머니께 아버지의 속마음을 털어놓으신 것 같았다.

* 선이의 반성

선이는 지금까지 나름대로 아버지의 마음을 헤아려 왔는데, 최근
에는 아버지의 언행이 예전처럼 모두 마음에 들지 않으니 서서히 자
신 안에 교만이란 악이 자리 잡는 것 같아서 괴롭고 슬펐다. '교만은
만악의 근원이며 패망의 선봉이라고 했는데…' 하는 생각에 미치니
빨리 아버지께 전화를 드리고 싶었다. 아버지는 선이 걱정에 잠을
못 이루실 거라는 생각을 하였다. 어쩌면 아버지께서는 선이에게 배
신감을 느낄지도 모른다. 전화를 시골집으로 올렸다. 좀 긴장되고
다급한 아버지의 목소리가 들렸다. "여보세요. 선이냐?" 하는 것이
다. 그만큼 아버지는 선이의 전화를 기다리고 있었던 것이다. "네, 아
버지. 접니다. 갑자기 집을 나와 죄송합니다." 하니 "아니다. 내 아들
선이는 잘 있는 것이지?" 연이어 "아버지가 가만히 생각하니 아버지
마음으로 모든 걸 너무 서두른 것 같아서 미안하다. 정이 일 말이
다."라고 하였다. 그 순간 선이는 눈물이 나와 말을 잇지 못하고 울먹
였다. 선이와 정이에게 한복을 입힌 것도 정이 할머니가 제의한 작전
에 아버지가 암묵적으로 응한 것이라며 아버지는 거듭 사과를 하였
다. 선이는 "아버지가 먼저 말씀해 주시니 감사합니다. 사실 동짓날
부터 연속된 일련의 사건에 선이는 무척 당황했고 선이가 외시에 합
격한 사실은 동네에는 알리지 않으려고 했지만, 어이없게 알리게 되
어 제 마음에 큰 부담이 되어 서울로 올라왔습니다. 아버지, 용서해
주십시오." 했다. 아버지는 "선이를 빨리 보고 싶으니 마음이 정리되
는 대로 내려오너라. 이곳에서 일어나는 일들은 내가 수습할 테니

말이다. 어제는 군수가 화환과 금일봉을 보냈다. 오늘은 면장이 직접 온다고 해서 선이가 없다고 하니 아버지만 뵈어도 된다며 다녀간 다고 했다. 국회의원 보좌관도 온다고 한다. 이럴 때면 차라리 선이 가 없는 편이 좋다. 동네잔치도 조촐하게 네가 가가호호 인사를 다니면서 마실 거나 준비하기로 아버지가 간소화시킬 것이니 서울에서 잠시 있다가 오거라. 친구네 집이 불편하면 서울 어머니 집에 가거라. 아버지가 부탁해 놓았다. 그럼 전화를 끊는다. 밖에서 누가 찾는 소리가 난다." 하시며 전화를 끊으셨다. 아버지는 모든 일과가 선이에게 맞추어져 있다. 다 커서 대학을 다니고 고시까지 합격하도록 노심 초사 자식 걱정으로 사시는데 선이는 작은 불편도 인내하지 못하고 집을 뛰쳐나왔으니 그것은 아버지에 대한 도전이고 교만함의 발로이 다. 앞으로 더욱 조심하고 철저하게 반성할 일이다. 그러나 아버지 말대로 선이 일로 번잡한 일이 벌어질 때는 주인공이 없는 것이 아버 지가 처신하기 편할 수 있다. 서울 어머니 집에 이미 와 있다는 말을 하지 못한 것은 어머니와 모의하여 아버지를 속인 사기에 해당하는 불의하고 정직하지 못한 일이기 때문이다. 아버지는 늘 정의와 정직 을 강조하였다. 이번 사건은 선이가 최초로 아버지의 뜻을 어기고 벌 인 사건인데 처음 잘못된 생각으로 집을 나온 것이 발단이 되어 연 쇄적으로 여러 죄악을 저지르게 되었다. 사소한 일이라고 변명할 수 도 있지만 이러한 사소한 일상이 쌓이면 자신도 모르게 거짓, 사기, 교만, 탐욕, 게으름에 빠져들고 본인도 모르게 자신이 죄악의 덩어리 가 되고 만다. 그리고 내로남불의 후안무치가 되고 만다. 그렇게 우 리는 조석으로 우리 자신을 몸을 샤워하듯이 마음도 닦아내야 한다. 아버지의 가르침을 상기하고 몸과 마음을 안정시키고 하루를 조심하며 살아야 한다. 그렇지 않으면 우리는 마귀의 밥이 되어 매일 진창에 빠져 죽어갈 수밖에 없다. 선이는 철이네로 전화를 했다. 철이의 예쁜 여동생이 전화를 받는다. "여보세요." 하니 "선이 오빠구나. 오빠 축하해요. 아빠가 신문에서 보았대요. 오빠네 학교에 대한 기사였는데 그곳에 이번에 외무고시에 합격한 사람이 오빠와 두 명뿐이라고 나왔어요. 아빠가 집에 와서 철이 오빠에게 따지며 너는 이 사실을 알고 있었느냐고 물어 '네.' 하고 대답하자마자 아빠가 철이 오빠에게 '이 못난 놈아. 그런 일이 있으면 명색이 친구란 놈이 아빠나 엄마에게 귀띔을 해야지.' 하며 화를 내며 우리 오빠를 야단치셨어요." 했다. 선이는 당황하면서 "그건 내가 오빠에게 당분간 누구에게나 함구하자고 약속한 건데 참 일이 이상하게 꼬였구나." 하고 말했다. 철이 여동생은 이윽고 "철이 오빠가 들어왔어요. 선이 오빠. 또다시 축하해요. 한턱내세요." 하면서 철이를 바꾸어 준다. 철이는 "선이 너 임마. 내 동생과 나 몰래 전화 연애질했냐? 이 자식 보기보다 음흉한데." 하며 낄낄댔다. 하여간 서울 놈들의 최대 이슈는 여친 문제와 연애 그리고 데모이다. 철이도 참하게 공부했으면 무슨 시험이라도 합격할 수 있는데 금수저들의 특유의 습관을 드러내며 공부에는 별 관심이 없다. 철이는 그래도 큰 표시는 안 내는 편이지만, 그도 빠칭꼬도 가고 술 마시고 여친들과 놀러 다니며 흥청망청하는 금수저들과 노느라고 정신이 없다. "철이야. 너 오늘이나 내일 중에 시간 낼 수 있니?" 하니 "글쎄. 요즘 친구 놈들하고 여대생 헌팅에 바빠서 샌님하고 만날 수 있을지 모르겠지만, 선이는 나의 유일한 선비 친구이니 만나 줘야지. 오늘 저녁 여섯 시에 아이비에서 만나자." 했다. 그리곤 "나 바쁘다." 하고 전화를 끊었다. 철이는 언제나 유쾌 통쾌 상쾌한 친구이다. 선이에게도 철이가 유일한 금수저 친구이다. 우정이란 것도 뭐라도 통하는 것이 있어야지, 통하지 않으면 아무것도 이뤄지지 않는다. 의리와 명분이 없는 우정은 다만 일시적인 술친구일 뿐이다. 술에 취하여 있으면 친구고 술에서 깨면 친구가 아니다. 어쩌면 망나니처럼 보이는 철이는 선이보다 좋은 점이 많다. 늘 데모에 앞장서서 자유 민주주의를 외치며 정의와 공정을 요구했다. 그리고 자유분방하게 사는 것 같으면서도 인간적으로 챙길 것은 다 챙긴다. 언젠가는 데모하는 후배가 경찰에 끌려가는 것을 보고 이 아이를 놓아 주고 주범인 나를 잡아가라고 했다. 그래서 정말 그 후배를 놓아주고 철이가 끌려갔는데 조서를 받으면서 후배 녀석이 매도 많이 맞고 경찰에 끌려오면 더 심한 저항을 하여 경찰서가 시끄러울 것 같아 제가 대신 잡혀 왔다고 하면서 차분하게 조목조목 따지며 정부의 잘못을 따지니 조사관이 더 이상 조사를 하지 못하고 부친이 누구냐고 해서 철이 아버지 존함을 대니 조사관이 훈방 조치 의견을 내어 이틀 만에 나왔다. 나와서 그 후배를 만나 보니 그 후배가 이번에 끌려갔으면 비록 양심수지만 삼진 아웃당하여 학교에서 퇴학 조치를 받을 뻔했다고 했다. 철이는 그렇게 자신과 함께하는 후배나 친구를 도와주고 도움을 받은 학생들은 철이의 철저한 동지가 되어 주었다. 그리고 아버지 백을 믿고 돈과 권력에 약한 그들(데모대를 검거하여 조사하는 사람들)을 이용한 것이라고 했다. 철이는 금수저의 특권을 힘없는 흙수저들과 나누는 데 주저하지 않았다. 정말 좋고 멋진 친구다.

✳ 철이와 세상을 논하다

철이는 만나자마자 조선 중기 선비 임제에 대한 이야기를 했다. 시한 수를 읊어 주었다. "한 선비가 황진이 묘소 옆길을 가다가 멈춰서 읊은 시가 무언지 기억하니 김동길 박사 강연에서 들은 내용 말이다." 했다. 선이는 바로 읊었다. "초장 청초 우거진 골에 자는가, 누웠는가? 중장은 철이가 해 보시게." 하며 초장은 자신이 운을 떼고 중장은 철이에게 하라고 했다. "홍안은 간 곳 없고 백골만 묻혔는가. 종장 잔 잡아 권할 이 없으니 그를 슬퍼하노라." 종장은 철이와 선이가 합송했다. "사나이 삶 속에 시가 있다는 것은 멋지고 좋은 일이다. 옛 선비들이 시문에 능한 것은 공부할 시간이 많았고 뜻글자 한문 공부를 해서 그렇지 않은가 생각해 본다." 선이가 말했더니 철이는 "시간이 많아서 공부도 했겠지만, 인간의 본능에 충실하고 자유로워서 좀 더 풍류가 넘치고 그에 걸맞은 명기도 많았지 않았을까? 그리고 기녀들 중에서도 시문에 뛰어난 천재들도 나타나고 말이야."라고 했다. 철이는 또 "옛날 그 시절 풍류 문화, 기생과 산천을 주유하며 즐길 수 있는 그런 여유, 황진이와 어느 선비가 여행을 하다 노자가 떨어지니 황진이가 길가에 나가 구걸도 하고 부유한 양반을 유혹해서 매춘도 해서 노자를 마련했다고 하니 그때 여성들에게 잘못한 남성들 때문에 요즘에는 여성 상위 시대가 되어서 남성들이 여성에게 보복을 당하고 사는 거지."라고 했다. 그래도 철이는 그 시대보다 지금이 좋다고 했다. 임제 선생은 짧은 생애를 살았지만, 시문에 능하고 글씨도 잘 썼으며 한 시대를 풍미하고 벼슬자리도 올랐으나 단명했다고 한다. 당신이 죽는다고 곡하는 친족들에게 "울지 말아라. 이 작은 나라에 태어나서 임금도 못 해 보고 죽는데 무엇 하러 우느냐?"고 해서 그 이후 임제 선생 후손들은 누가 죽어도 곡을 하지 않았다고 한다. 선이의 이야기를 들으며 철이는 "우리도 세상을 경영할 나이가 넘었는데 이렇게 졸장부로 살아가니, 한이 가슴에 서리도다." 라고 했다. 선이는 "철이야. 너는 민주 투사로 졸개들을 모아서 독재 정권 타도를 외치는데, 그게 세상 경영을 하는 거 아닌가?" 했다. 그러면서 "철이는 용맹스럽고 배짱도 세잖아. 너는 앞으로 대통령도 할 수 있는 정의파다." 하니 "정치라는 것은 완전히 자신을 버리고 희생해야 하는 거지. 많이 배운 사람이 못 배운 사람을 돌보고 안아 주는 것 말이야. 즉, 하느님 아버지처럼 권력자가 국민에게 자유와 알 권리를 보장하고 먹고사는 문제를 해결해야만 가능한 일이지. 그런데 대부분의 정치인은 국민을 속이고 방송과 언론을 장악하고 국민을 팔아서 사리사욕에 혈안이 되어 있지. 그래서 데모를 하는 것이지."라고 답했다. "그럼 데모하는 철이 패거리가 정치를 하면 과연 이 나라가 철이가 말하는 파라다이스가 올까? 철이 너희들이 그토록 미워하고 저주했던 독재자 고 박정희 대통령이 서거했는데 지금 변한 것이 뭐가 있는데?"라며 선이는 반문했다. "이승만 정권이 물러나면 곧 나라가 좋아질 거라고 했지만, 더 큰 혼란 속에서 군사 혁명이 일어나 더 크고 지능적인 독재 정권이 들어섰지. 하지만 그 독재는 의미가 있었어. 18년간 100년이 가야 가능한 경제 부흥을 일으켰고 교육 혁명도 일으켜 한국 과학 기술원을 만들고 국방 과학 연구소도 만들어 우리나라를 일약 경제·과학·의료 대국으로 만들었어. 또한, 당시 새마을운동은 최근에 노벨 평화상 대상으로 회자되었지. 이외에도 경부고속도로, 포항제철, 해운 선박 산업 등 도저히 믿기지 않은 일들이 일어났지. 그것을 한강의 기적이라고 하지."라고 철이가 대답했다. 철이는 정치 지도자가 된 것 같았다. 모든 것을 꿰차고 있었다. 진보 좌파들이 단합을 해서 다음에는 정권을 잡아야 하는데 또 군부가 심상치 않게 돌아가니 걱정이 태산이라고 한다. "철이 너는 그런 정보를 어떻게 아니?" "우리에게 정보도 주고 데모하는 데 돈을 대주는 북한과 연결된 사람들이 있지. 그들 정보로는 군사 쿠데타가 곧 일어날 것이라고 했어. 보안 사령관 하던 사람이 있는데 군인 사조직인 하나회를 이끌고 있는 인물이고 박 대통령이 아들로 삼았던 사람이라던데." 그러나 선이는 그런 데는 관심이 없었다. "누가 정권을 잡든 국민이 편안하고 행복했으면 좋겠다." 그리고 왕초 가족들도 정치를 잘하는 정치가 덕분에 지금보다 좋은 환경에서 살기를 빌어 본다. 철이는 "군바리들이 또 군화로 기존 정권을 짓밟고 일어나면 절대로 안 되는데, 큰일이야."라고 했다. 요순 임금 시대 같은 태평성대가 현대에서는 불가능할까 생각해 본다. 정권 권력자들이 하늘과 백성을 두려워하며 바른 생각을 가지고 그 권력을 국민이 편안하게 살 수 있는 일에 썼으면 좋겠다는 생각을 해 보았다. "철이 네가 먼 훗날 정치를 하게 되면 네가 지금 말한 정의와 공정이 살아

숨 쉬고 온 국민이 행복하게 살 수 있도록 해다오. 정직하고 진실하게, 그렇게 말이다. 역사로 보아도 그렇고 현실에서도 보아도 그렇고 서로 혈투를 벌이고 모든 정의와 공정을 무시하며 내 편, 네 편이 갈라서서 싸우는 모습은 너무 처절하다. 철이는 멋지고 좋은 정치인이 되어라. 그러기 위해서는 반대파의 의견도 존중하고 관용과 사랑, 상생과 공동 번영을 꾀하고 유지하여 평화와 축복이 가득한 즐거운 우리나라가 되도록 최선을 다하는 정치인이 되어라." 선이는 그렇게 철이에게 당부하였다. "글쎄. 꿈은 그렇게 꾸지만, 세상이 어떻게 변할지 현실과 미래가 걱정될 뿐이다. 난 요즘 김일성 주석 주체사상 공부에 푹 빠져 있어. 공산 사회주의 말이야. 공동 생산, 공동 분배 말이야. 우리 민족끼리 뭉쳐서 미제를 타도하고 한반도 남북이 협력하며 살자는 이야기인데 공부하면 할수록 깊이 빠져들지. 너도 한번 공부해 볼래?" 선이에게 철이가 말했다. "나는 요즘 애덤 스미스의 『국부론』에 빠져 있어. 자본주의 대부로서 애덤 스미스가 세계의 경제에 끼친 영향은 이백여 년간 지속되고 있지. 자유 시장 경제의 주체사상일 수도 있지. 모든 경제 흐름을 국가가 통제하지 않고 보이지 않는 손에 맡기면 만사가 오케이야. 하지만 정부의 역할도 중요하지. 경제 주체로서 정부가 관여하는 것이 아니라 생산과 유통에서 생기는 이윤에 공평하게 과세를 해서 그 세금으로 국가 재정을 운영하며 복리후생 사업으로 경제 주체에서 소외되거나 배제된 국민을 보호하는 사회 안전망을 잘 운영하면 만사 오케이가 되는 것이지. 생각만 해도 즐겁지 않니?" 철이는 "선이 너도 가만히 앉아서 세상을 경영하고 있구나." 했다. "철이야. 사실 나는 세상일보다 하늘의 일에 더 관심이 많다. 지금 몹시 고민 중인데 가톨릭 신학 대학에 가고 싶어. 그래서 신부가 되거나 수도자로서 일생 동안 성화를 그리며 세상이 좋아지기를 기도하는 삶을 살고 싶어." 선이는 철이에게는 청천벽력 같은 이야기를 했다. 그런데 철이 바오로는 예상외로 침착하게 말했다. "친구 중 누군가가 신부가 되는 것은 멋진 일이지. 내가 지은 모든 죄를 사해 달라고 하느님께 매달릴 테니까." 철이는 "현재 내 삶은 죄를 많이 짓는 것이다."라며 쓴 미소를 지었다. 자신이 죄를 지으며 산다고 하는 철이는 참으로 천주교 신자로서 자격이 있는 사람이라고 생각했다. 이야기하는 동안 철이가 좋아하는 돈가스 정식이 저녁으로 나와 맛있게 먹었다. 어머니는 "너희가 말하는 소리를 들으니 당장 정치인이 되어도 손색이 없을 것이다."라며 두 청년을 칭찬해 주었다. 어머니도 이 시대의 기녀일지도 모른다는 생각을 선이는 해 보았다. 철이는 학교에 볼일이 있다며 기숙사로 간다고 했다. 군대를 안 가고 고시에 합격하지 못한 학생들은 학교에 남아 공부도 하고 데모로 학점을 못 딴 학생들은 계절 학기에 보충 수업으로 학점을 딴다. 금수저들의 이야기다. 철이는 데모대 대부로 가난한 후배들에게 거액의 등록금도 해결해 준다. 술은 마시지만, 늘 검소하게 생활하고 노름은 절대로 하지 않는다. 그러나 다른 사람을 도와주는 데는 어떻게 해서라도 돈을 구해 온다. 미다스의 손이다. 비록 미래가 어떻게 될지는 하느님만이 아시고 섭리하지만, 철이가 잘되기를 선이는 기도한다. 어머니는 오늘은 조금 일찍 귀가한다며 선이에게 기다리라고 했다.

＊ 어머니가 선이에게 부탁하는 말

어머니는 가게 마감을 하고 나머지는 지배인에게 맡기고 선이와 연인 같이 팔짱을 끼고 아파트로 돌아왔다. 어머니는 간단하게 와인이나 한잔하면서 이야기를 하자고 한다. 주방 식탁으로 잠시 후에 오라고 하며 카디건하고 집 안에서 편안히 입을 수 있는 추리닝을 선이에게 주며 네 방에 가서 씻고 옷을 갈아입고 나오라고 했다. 어머니도 안방으로 들어가셨다. 선이는 간단히 샤워하고 옷을 갈아입었다. 매우 편했다. 어머니가 "선이야!" 하고 선이를 불렀다. 선이는 "네." 하고 주방 식탁으로 갔다. 근사한 상이 차려져 있었다. 분위기가 너무 좋았다. 어머니는 근사한 흰 원피스에 검은 조끼를 입으셨는데 방금 하늘에서 내려온 천사 같았다. 우아하고 예쁘고 아름다웠다. 자리에 마주 앉아 투명하고 예쁜 문양이 그려져 있는 와인잔에 포도주를 따라서 어머니와 서로의 행복을 위하여 건배했다. 어머니의 세례 받으심을 축하하며 송구영신의 이 순간에 지는 해는 미련 없이 보내고 새로운 해를 후회 없이 맞으며 우리 가족의 행복을 빌며 하느님께 감사드리자는 건배사를 어머니가 했다. 그리고 "이런 시점에 어머니가 외롭지 않게 내 아들 선이가 내 옆에 있어 주어 고맙다."라고 했다. 선이도 "어머니가 초청해 주시고 이렇게 함께해 주셔서 고맙다."라고 했다. 어머니는 술을 음미한 후 잔을 내려놓고 선이가 털어놓은 고민에 대하여 답변하기 시작했다. "선이도 알다시피 엄마는 다섯 번이나 결혼 생활을 실패했다. 엄마가 지난 일들을 회고해 보니 헤어질 때는 모두가 원수 같았는데 만날 때는 모두 감미로웠다. 그런데 여자는 첫

사랑을 잊지 못한다." 어머니는 아버지와의 사랑이 가장 설레고 아름다웠다고 한다. 키스 한 번 못하고 몸도 섞지 않았지만, 마음속으로 서로 사랑하고 만날 날을 손꼽아 기다리는 행복은 지금도 어디서도 느끼지 못했던 것이다. 다행히 만나는 사람마다 자식이 없어 더 큰 죄는 짓지 않았지만, 그 사람들 모두가 어쩌면 엄마를 잘못 만나 결국에는 주정뱅이로 변하여 엄마를 구타하고 괴롭게 했는지도 모른다. 그들 모두가 외친 말은 "너는 몸은 분명 나와 함께 있는데 네 마음과 영혼은 다른 곳에 있다."라고 고백을 했다고 한다. "그들의 말이 모두 맞았다. 엄마의 마음은 늘 너희 아버지와 함께 있었다. 그런 엄마 자신을 자책하며 남녀의 운우지정(雲雨之情)을 한 번도 느껴보지 못했다."라고 한다. "그러니 남자들이 엄마를 떠날 수밖에 없다."라고 했다. "사람과 동물과 다른 것은 동물은 종족 번식을 위하여 암수가 교미를 하지만, 사람은 하느님으로부터 창조되었을 때부터 종족 번식도 중요하지만 서로 외롭지 않게 지낼 것을 바라고 섹스의 즐거움을 받았다. 그래서 아담의 갈비뼈로 하와를 창조하여 살게 하면서 둘이 짝을 지어 부부로 사는 모습을 기쁘고 흡족해하셨다. 부부가 아무리 가난하고 살길이 막막해도 속궁합이 잘 맞으면 인간적인 모든 고통이 사라지고 재기할 수 있는 용기와 에너지가 생긴다."라고 어머니는 말한다. "조화롭고 건전한 남녀의 섹스는 만사형통(萬事亨通)의 길이며 건강의 보고가 될 수 있다. 그래서 남녀가 만나서 결혼하는 일은 좋은 일이다."라고 했다. "하느님과 세상의 법에 따라 결혼한 부부의 섹스만을 건전한 섹스로 인정한다."라고 했다. "사도 바오로도 강조했지만, 욕정을 참을 수 없으면 결혼을 하되 결혼을 하면 남녀 모두 가정을 꾸리고 자식들을 낳아서 그들을 돌보아야 하기 때문에 하느님 일에 소홀할 수 있으니 되도록 혼자 살면서 하느님 일에 집중해야 한다."라고 했다. 마리아 어머니는 언제 성경을 읽고 그렇게 줄줄 이야기할 수 있는지 선이는 놀라고 있었다. 어머니는 비록 세상살이에서 많은 고난이 있었지만, 그 큰 고통을 당하면서 탈출구로 성경을 읽고 위로를 받은 것 같다. 어머니는 계속 이야기했다. "톨스토이의 유명한 어록 중에서도 '결혼은 해도 후회하고 안 해도 후회하지만, 차라리 결혼을 하고 후회하는 것이 낫다.'고 했는데 엄마는 그것은 틀렸다고 본다. 하느님을 위해서 봉헌하고 봉사하기 위해서는 독신으로 사는 것이 좋다고 생각한다. 그리고 여자를 많이 경험하고 결혼하는 것이 좋다고 하지만 엄마는 반대다. 결혼은 동정 처녀와 동정 총각이 만나 서로 알아가며 살아가는 것이 제일 좋고 첫사랑을 성공하는 것이 제일 좋다고 엄마는 생각한다. 나이를 먹어 가며 느끼는 감정은 첫사랑만큼 소중한 것이 없다는 것이다. 그러니 선이도 심사숙고(深思熟考)하여 결혼을 하려거든 아버지의 노력도 있고 사돈이 서로 사정을 아니 정이를 배필로 삼아라. 선이가 선하고 착한 목자 예수님의 후계자 사도의 길을 가려면 하루빨리 세상을 정리하고 다시 신학을 공부하도록 해라." 어머니는 선이에게 이렇게 말해 주었다. 선이는 어머니께 명 답변을 해 주어서 감사하다고 했다. 어머니는 선이의 손을 꼭 잡고 기도했다. "전능하신 하느님. 당신 아들 예수님을 구세주로 허락해 주시어 저와 같이 부족한 여인을 당신 아들을 따르는 신자로 삼아 주셔서 감사합니다. 간절히 기도합니다. 당신 아들이자 내 아들이기도 한 선이 베드로를 당신께 드리오니 잘 보살펴

주십시오. 이 자녀가 세상적으로는 큰 성공을 거두었으나 영적으로는 아직 어린아이 수준이니 부탁드립니다. 사랑과 자비로 이끌어 주시어 당신과 아드님 예수님과 성모님이 보시기에 아름다운 길을 가도록 도와주세요. 오늘 잘 때도 저희를 지켜 주시길 원합니다. 우리 주 예수 그리스도를 통하여 기도합니다. 성부와 성자와 성령의 이름으로 아멘."

* 선이의 귀향

선이가 집을 도망치듯 떠나 서울에 온 날도 나흘이 지나 내일모레면 신정이다. 아침에 일어나 보니 어머니는 아침 기도를 마치고 아침 식사 준비를 하고 있었다. "어머니, 안녕히 주무셨어요." 하니 "오냐, 잘 잤다. 내 아들 선이야. 너도 잘 잤지." 하셨다. "네. 어머니의 기도 덕분에 잘 잤습니다. 어머니. 오늘 선이는 시골로 아버지께 돌아가려 해요. 오늘은 갑자기 아버지가 뵙고 싶네요." 했다. "내일 가지. 올해도 이틀이면 끝나는구나. 세월이 참 빠르다. 선이를 만나고 난 후에는 세월이 미사일 속도보다 빠르게 가는구나. 선이야. 오늘 하루 엄마랑 더 있다가 내일 내려가거라. 아버지 선물도 사야 하니 그렇게 하여라." 하였다. 선이는 오늘 하루를 복되게 지내기로 하고 어머니와 하루 더 지낸 후 내일 귀향하기로 하고 오늘은 절두산 성지에 가기로 했다. 천주교 절두산 성지는 2호선 합정역에서 도보로 약 7분

정도면 갈 수 있는 거리에 있다. 수많은 순례자가 매일 오전 10시, 오후 3시에 모여서 구국 기도를 하면서 미사를 드린다. 그곳은 병인박해 당시 선참후고의 법으로 많은 무명의 신자가 참수형으로 순교한 곳이다. 그래서 머리가 잘려 나갔다고 하여 절두산이라 명명되었다고 한다. 절두산 성지에는 봄부터 가을까지 수많은 산야초가 거의 일 년 내내 피어 가해자들에게 박해를 당하여 억울하게 죽은 순교자의 넋을 달래 준다고 한다. 정원에는 낙락장송들이 순교자들 믿음과 절개를 상징하듯 사시사철 푸름을 자랑하며 한국 최초의 사제 성 김대건 안드레아 신부님의 동상을 에워싸고 서 있다. 한국인 최초 김남수 주교님 유품이 전시되어 있는데 한국 최초의 승용차인 포니가 처음 생산된 그대로 전시되어 있다. 한국 자동차 산업을 주도하며 세계적인 자동차 수출 산업의 토대가 된 최초의 차를 보면서 주교님의 검소함과 나라 사랑의 좋은 뜻을 보면서 천주교회가 그런 주교님의 근면, 성실, 절약 정신을 본받아 검소하고 애국하는 교회가 되기를 빌었다. 성지는 아직 개발 단계라 어수선했지만, 10년이나 20년 후에는 한국 성지의 메카가 되고 전 세계 가톨릭 신자들의 성지 순례 코스로 지정되어 순례자와 관광객들이 밀려올 것이란 예측을 해 본다. 지금 선이는 가벼운 마음으로 이곳에 와서 유유히 흐르는 한강을 바라보고 있다. 그 당시 처참한 현장과 참수당한 신자들이 흘린 피가 한강 물을 빨간 핏빛으로 물들였다고 한다. 평일임에도 전국 각지에서 수많은 신자가 순례를 와서 함께 미사를 하는데 헤아릴 수 없는 많은 분이 이미 순례를 다녀갔다고 한다. 무명의 순교자들. 그들의 피가 현재 우리나라 천주교회의 밑거름이다. 우리는 그 사실을 명심하고 이 나라 천주교 순교자들의 순교 정신을 본받아야 한다고 생각했다. 과연 그들의 순교 정신은 무엇이었을까? 그것은 예수님의 삶을 그대로 믿고 따라서 살았다는 것이다. 그들은 영적으로는 하늘의 은총으로 부자였지만, 죄를 짓지 않기 위하여 가난하게 살며 하늘나라를 꿈꾸고 살면서 서로 함께 죽을 만큼 기쁘고 행복하게 살았을 것이다. 그들은 자신을 위하여 천국을 열망하며 기꺼이 칼을 받아 순교했을 것이다. 차라리 그 순교가 그들의 최고 목표였을 것이다. "용감무쌍한 순교자들이여. 선이에게도 당신들의 결기와 용기를 주시어 지상의 모든 부귀영화를 초월하여 당신들을 존경하고 사랑하게 도와주십시오. 선이 베드로가 순교 정신으로 무장하게 하소서. 예수님. 선이 베드로도 당신의 삶을 살 수 있도록 돌보아주소서." 우리나라 선조들은 놀라운 지혜를 가졌다. 선교사도 없이 중국으로부터 유입된 『천주실의』라는 책들을 통하여 선비들이 모여서 공부를 하고 자생적으로 교회를 태동시켰다. 대단한 일이다. 세계 천주교 역사상 유일무이한 사건이다. 그러나 그 위대한 역사를 빛내지 못하고 있다. 천진암 성지에 가면 흔적만 남아 있는 주어사라는 절터가 있는데 당시 불교는 천주교를 인정하고 많은 천주교 신자들을 절에 숨어서 연명하게 해 주었을 것이라는 생각을 해 본다. 한국을 대표할 수 있는 대성전을 짓는다고는 하지만 터만 닦아 놓았을 뿐이고 진척이 없다. 대성전을 짓기 전에 불교계와 화해를 통하여 서로 공생하는 길을 택하면 어떨까 하는 생각을 해 본다. 아무리 정당한 절차를 밟았다고 해도 상대방에게 유감을 유발한다면 그 일은 정당하지 못하다. 사전에 모든 유감을 풀고 세계 최초로 불교 사찰과 천주교 대

성당이 한 울타리 안에 존재하게 된다면 또 한 번 우리나라가 삼천기에 일어난 하느님의 기적을 체험할 수 있는 계기가 될 것이다. 이렇게 우리는 훌륭한 조상들 덕분에 천주교 신앙의 자부심과 행복과 기쁨을 누릴 수가 있다. 청송에 내린 눈이 쌓여 성 김대건 안드레아 신부님께서 우리에게 신앙을 독려하는 듯했다. 그러나 공사가 한창 진행 중이라 어수선하다. 선이는 다시 어머니 아파트로 와서 아버지께 전화를 드렸다. 아버지가 받았다. "선이야. 잘 지내고 있지? 아버지도 잘 있다. 내일은 집으로 올 거지? 선이가 보고 싶어서 아버지 눈이 다 짓물렀다. 어서 빨리 내려오시게. 내 아들 선이야. 아버지와 헌 해를 보내고 새해를 맞이하자." 했다. 선이는 내일 귀향할 것을 말하며 그동안 미안하고 아버지에 대한 감사가 더 커졌다고 말하였다. 아버지는 선이의 귀가를 재촉하였다. 아마도 선이가 영원히 안 돌아갈 줄 알고 노심초사하시는 것 같았다. 아버지 말로는 정이는 선이가 집을 나간 후 정이 때문에 속이 상해서 선이 오빠가 집을 나갔다고 하며 그날부터 식음을 전폐하고 매일 눈물로 지샌다며 오늘은 아버지가 찾아가 위로해 주실 거라고 했다. 선이는 정이와는 일단 선을 긋기로 마음먹었다. 동네 오누이 관계로 설정하고 아버지의 수양딸이 되어 달라고 사정하려고 마음을 굳혔다.

✳ 어머니의 신앙과 세계관

오밤중에 재회한 모자는 또 한없이 다정하고 친밀하게 둘이서 조촐한 망년회를 하면서 헌 해를 보내기로 하고 제법 멋진 상을 차렸다. 눈코 뜰 새 없이 바쁘신 분이 저녁상을 차리는 모습을 보니 손수 만드신 음식들이다. 자기 자신을 철저하게 관리하면서 촌음도 헛되이 쓰지 않는다. 젊은 날의 모질고 지독한 삶의 고통들이 오늘의 새로운 정신이 되어 삶의 방식을 도출하신 것 같다. 어머니의 지금 모습은 한여름에 연밭에 피어난 청아한 예쁜 연꽃처럼 보인다. 그윽한 인생의 향기가 가득하다. 가을 늦게 홀로 피어 그 아름다움이 더한 빨간 장미꽃 같기도 하다. 다른 장미는 모진 찬바람에 다 져버렸는데도 양지바른 곳에 한 송이 장미가 첫눈을 보고서 놀라 스스로 조용히 그 모습 그대로 얼어 장미꽃 미라가 되기 직전의 마지막 빛과 향기를 다하는 그런 빨갛고 싱그러운 장미꽃 같기도 하다. 그런 어머니가 가지고 있는 생각과 일상은 어떤 관계가 있을까? 선이는 포도주 한 잔이면 더 이상 술을 마시지 못한다. 그래서 대학 생활 중에도 친구들과 많이 못 어울렸다. 서로 교류도 드물었다. 대학생이라면 누구나 술을 마시고 어울리고 반정부 데모를 하는 것이 그 당시 대학생의 일상이었다. 남한의 대통령은 독재자이고 제거되어야 할 악이며 북한의 최고 권력자는 인민을 잘 먹여 살리는 최고 존엄으로 떠받드는 학생까지도 생겨났다. 그런 혼란한 틈을 타서 12·12 군사 반란이 일어나 신 군부가 정권을 잡는 계기가 되었다. 군사 독재 정부를 제거하려다가 더 지독한 군부 독재 정권을 탄생시키고 말았다. 어머니는 일련의 이런 사태를 말하며 "이런 혼란기일수록 조심해서 살아야 한다."라고 한다. "거대한 역사의 물줄기는 하늘만이 그 모든 것을 잠재울 수 있다."라고 한다. "다만 우리 소시민들은 자기가 있는 위치에서 자기 일을 열심히 하면서 주변 사람들을 돕고 사랑을 나누며 살면서 내 주변부터 개혁을 주도해 나가면 새로운 세상이 열릴 것이다."라고 했다. 작은 일들의 소중함을 이야기한다. 어머니는 한국전쟁이라는 처참한 동족상쟁(同族相爭)의 현실을 경험하며 공산주의자들의 잔악성을 체험했고 자유민주주의를 내세워 국민을 속이고 자기 이익만을 챙기는 독재자도 체험했다. "극명하게 드러나는 남북한의 체제의 모순이 우리나라의 불행이지만, 그 모순이 편 가르기 정권 잡기에 이용되고 있기 때문에 더 심각한 문제가 생겨나 국가 발전과 민주주의 발전에 큰 방해가 된다."라고 했다. "차라리 미군을 따라서 미국으로 갈 걸 그랬다."라고 했다. "미국은 자유 민주주의가 정착됐고 자유 시장 경제 무역 정책으로 일자리도 많고 개인 사생활이 철저하게 보호되어 살기 좋다고 하는데…." 했다. "그러나 그곳에도 빈민층이 많고 의료비가 비싸서 노후에 살기는 힘들다고 하더라. 엄마는 노후가 행복한 나라가 좋은 나라라고 생각한다. 이 세상에는 이상적인 파라다이스는 존재하지 않는다. 그 파라다이스는 바로 이 자리가 되어야 한다. 엄마와 선이가 앉아 있는 이 자리, 평화롭고 자유롭고 서로 사랑하는 마음으로 대화를 나누는 이 자리가 바로 이상적인 우리의 나라가 되는 것이다. 엄마에게도, 선이에게도 고통과 슬픔, 번민과 고난이 분명히 상존하지만 지금 이 순간 이 자리는 예수님께서 함께하시는 평화의 공간이 되는 것이다. 하느님은 두렵고 무서운 존재지만, 예수님은 우리와 같은 인성을 가지고 최고의 고통과 모욕, 수치, 능욕까지 당하고 처참한 죽음을 당했지만, 죽음을 이기고 승리하여 부활하셨기 때문에 인간의 구세주가 되셨고 그분 덕분에 우리의 삶의 현장의 오류와 죄성을 용서받을 수 있다고 한다."라고 말했다. 온갖 고생과 난관을 극복한 노년에 접어든 어머니가 중년의 여인으로 보이며 존경하게 되었다. 어머니의 말씀은 성령이 임하여 살아 움직이는 듯하다. 어머니는 "개인 한 명은 우주의 원리가 살아서 작용하는 하나의 우주 자체라고 말한다. 즉, 사람이 하나의 지구처럼 움직이며 사는 것이라고 한다. 우주와 공기가 있듯이 사람은 공기의 일부로서 그 공기를 들이마시며 살고 지구의 땅에 기와 혈이 있듯이 우리 몸에도 기가 흐르고 피가 흐른다고 한다. 지구에 강물과 바닷물이 있듯이 우리 몸의 칠 할이 물로 되어 있고 땀과 오줌은 바닷물과 같단다. 지구에 오대양 육대주가 있듯이 우리 몸에는 오장 육부가 있다고 한다. 그런 이치를 잘 알고 우주와 지구와 더불어서 자연스럽게 살아가면 사람으로서 행복하고 즐겁게 장수할 수 있다."라고 한다. 이 대목에서는 어머니가 도를 닦는 도인 같았다. 어머니는 모든 일을 진행할 때도 좋은 일이라면 즉시 시작한다고 한다. 미루거나 게으름을 피우지 않는다고 했다. 젊을 때부터 그래야 하는데 인간은 어리석은 존재라 나이를 먹고 수많은 시행착오를 거쳐야 깨닫고 사람의 도리를 알아 간다고 한다. "선이는 일찌감치 모든 것을 통달하여 남은 인생 과정을 거쳐야 좀 더 빨리 행복해질 수 있다."라고 했다. 선이는 "오늘 어머니께 많은 것을 배웠다."라고 했다. 그리고 감사드리니 어머니도 "선이에게 인생관을 논하게 되어 행복했다."라고 했다. "선이와 함께 대화하는 이 순간은 마치 이 자리가 천상낙원 같았다."라고 했다. 어머니나 선이나 두 모자가 동시에 즐겁고 행복했다면 우리는 이 한밤을 천상낙원에서 산 것이다. 우리의 삶에서 이렇게 하루하루를 낙원으로 살아간다면 얼마나 기쁘고 보람 있는 일이겠는가. 특히 나날이 그런 낙원을 점점 넓혀 간다면 온 세상이 낙원이 될 날도 가까워질 수 있다고 어머니는 강조한다. "선이야. 이제 가서 자자, 잠을 잘 자야 한다. 두 다리를 쭉 뻗고 잘 수만 있어도 큰 행복이다. 주님 은총 안에서 한밤을 안락하게 자는 것은 큰 축복이다. 네 방으로 가서 먼저 자거라. 엄마는 할 일이 있다." 했다. 어머니는 일과를 정리하고 기도한 후 주무실 모양이다. 선이는 방에 들어가 바로 잠들었다.

✳ 선이의 귀가

선이는 어머니께 미리 세배를 올렸다. 이렇게 어머니 댁에서 직접 세배를 드리는 것은 어머니를 만난 후로 처음이다. 어머니는 감격하였다. 어머니는 난생처음으로 세배를 받아 보신다고 한다. 그동안 삶에서 제대로 된 가정을 꾸리지 못했으니 세배를 누구에게 받아 보았겠는가? 늦게라도 축복을 받아 요식업 사업도 잘되고 이만한 아파트에서 배 아프지 않고 얻은 아들에게 세배를 받으니 감격할 수밖에 없다고 한다. 부디 내년에도 자주 만나 모자의 정을 자주 나누고 서로 건강하게 잘 살자고 덕담을 해 주었다. 그동안 수십 번을 죽으려고 했으나 죽지 않고 살아온 것이 천만다행이라며 죽을 각오를 변심하여 그 각오로 열심히 살았더니 좋은 때도 있다며 그 고난의 강을 건너고 산을 넘어 살아온 보람이 크다며 그렇게 살도록 한 하느님께 감사드린다고 했다 "이제 가보라우. 아바이가 널 눈 빠지도록 기둘린다, 야." 하였다. "그동안 잘 배우고 갑니다. 안녕히 계십시오." 어머니가 준 선물과 용돈을 챙겨서 여미고 어머니의 배웅을 받으며 아파트를 나와 용산 시외버스 터미널로 왔다. 그리고 귀향 버스를 탔다. 그런데 선이의 마음이 예전의 귀향처럼 가볍지 않았다. 왜 그럴까? 정이와의 문제로 현실을 탈피하고 싶어진 것이다. 삶이란 이렇게 고뇌가 되고 아픈 것인지 처음 느낀다. 그것도 보편적인 사람들이라면 부잣집 셋째 딸에다 예쁘고 성격도 좋고 예의도 바르며 동네에서 서로 잘 아는 집안이라 좋은 혼처로 여겼을 테지만, 선이가 상대하기엔 두렵고 힘이 들었다. 어머니와 대화로 많이 풀었지만, 아직도 가슴이 답답한 것은 선이가 약한 사람이라 그런 것인가 하는 생각이 들었다. 이 고민, 저 고민으로 생각이 많아지자 피곤해서 그런지 잠이 잠깐 들었다. 갑자기 쿵 하는 소리와 함께 버스 안이 아비규환이 되었다. 버스 기사가 졸음운전을 하여서 버스가 논두렁에 처박혔다. 선이는 순간 정신을 차려보니 선이 위로 사람들이 포개져서 숨이 막혔다. 있는 힘을 다하여 떠밀고 서 보니 버스가 완전히 옆으로 누워 버렸다.

"여러분! 일단 정신 차리고 진정하세요. 그리고 할 수 있는 분들은 일단 버스 유리를 깨어 버리세요!" 선이는 소리쳤다. 다행히 운전기사 쪽의 문이 열렸다. 선이는 정신없이 운전기사에게 밖으로 나가라고 소리쳤다. 기사는 문을 열고 나갔다. 선이도 밖으로 나가 기사가 준 망치로 기사와 함께 유리를 깨고 사람들을 한 명씩 밖으로 대피시켰다. 마침 미군 트럭이 지나가다가 사건 현장에 차를 세우고 미군도 몇 명이 인명 구조에 동참했다. 그리고 미군들의 연락을 받았는지 구급차도 오고 소방차도 와서 대기하며 인명 구조를 했다. 그러나 모두 삼십여 명 중에서 맨 밑에 깔린 몇 분이 사망했다. 그중에는 어린 중학생도 있었다. 선이도 꼼짝없이 질식사할 뻔했는데 마침 운전석 뒷좌석에 앉았던 터라 큰 부상은 당하지 않고 운전기사와 사람들을 구조하는 데 한몫을 하게 되었다. 당시에는 버스가 낡고 승선인원을 늘려서 사고가 나면 큰 인명 피해로 이어졌다. 선이도 앰뷸런스에 실려 병원으로 가서 입원하였다. 내일이면 한 해의 마지막 날인데, 병원에 입원하면 큰일이라는 생각이 들었다. 사진도 찍고 머리 뇌파 검사도 받고 여러 가지 검사를 하고 병실에 누워 있다가 아버지께 전화했다. 아버지는 천만다행이라며 다른 데 신경은 일절 쓰지 말고 치료를 잘 받으라고 했다. 아버지는 큰일이 일어나면 오히려 침착하고 때로는 비정하기까지 하다. 아버지는 선이가 교통사고로 병원에 입원했다는 사실을 아버지만 알고 절대로 누구에게도 말을 안 하실 것이다. 마치 아무 일 없었다는 듯 침착하게 일상을 침묵으로 사실 것이다. 전쟁 중에 겪은 일보다 세상사에서 겪는 일이 더한 것은 없다고 생각하고 사시는 것 같다. 누군들 아픈 일을 겪고 살고 싶을까? 늘 기쁘고 행복한 삶을 꿈꾸지만, 인간에게 자유의지를 주신 신께서는 그 자유의지를 절제하도록 가시를 주신다. 폭풍우, 비바람, 거센 태풍을 주셔서 하느님의 존재감을 느끼게 하여 인간에게 성찰의 기회를 주신다. 피조물의 나약함을 깨닫도록 해 주신다. 그러나 워낙 오만방자한 인간은 계속 죄의 길, 쾌락의 길, 탐욕의 길 등 어리석은 길을 걷다가 죽음의 종착역에서 회한의 눈물을 흘린다고 한다. 이번 버스 사고로 큰 충격을 받은 선이는 다시 한번 하느님을 바라보게 되었고 사람이 언제 어떻게 죽을지 모른다는 사실을 알았다. 아버지가 어쩌다 한 번씩 사람은 죽는 연습을 잘해야 한다고 말씀한 것이 뇌리를 스쳤다. 자꾸 버스 사고로 죽은 분들 생각이 나서 그분들 영혼의 편안한 안식을 위하여 기도했다. 그랬더니 선이의 마음에 평화가 왔다. 얼마간의 시일이 지나니 의사의 소견으로 퇴원했다가 일주일 후에 다시 오라고 했다. 어머니가 싸 주신 아버지의 선물은 사고로 유실되었지만, 다행히 용돈을 두둑하게 주셔서 병원 근처 옷가게에서 옷을 사서 갈아입고 사고로 엉망이 된 옷은 세탁소에 맡겨두고 일주일 후에 올 테니 깨끗이 세탁해 달라고 했다. 그리고 집으로 왔다. 문을 열고 들어가니 아버지가 맨발로 나와 선이를 껴안으며 "정말 괜찮은 거지?" 했다. 아버지는 선이의 여기저기를 더듬으며 이상 여부를 확인하고 거실로 선이를 데려다 앉혀 놓고 감사 기도를 드렸다.

* 동네 사람들의 축하 잔치

아버지와 조용히 한 해의 마지막 날을 보냈다. 아버지는 선이가 집으로 돌아온 것은 아버지 외에는 아무도 모른다고 했다. 내일은 새해 첫날인데 세배는 설날에 다니고 모레에는 동네 사람들이 외무고시 합격 축하 잔치를 한다고 해서 아버지가 돈을 조금 내놓았고 그날 참석해서 서로 덕담을 나누라고 했다. 그리고 교통사고는 열흘이나 한 달 후에 후유증이 있을 수 있으니 날짜 맞추어서 병원에 꼭 가라고 했다. 그리고 선이의 심신이 몹시 놀랐을 거라며 병원 처방 약에도 신경안정제와 근육 이완 진통제가 처방되었을 것이나 아버지가 어머니에게 한방 보약을 한 재 지어서 끓여 올 테니 그리 알라고 했다. 어머니에게도 사고 이야기는 안 했다고 했다. 일하는 데 지장을 주고 당장 병원을 간다고 야단법석을 떠는 것이 싫었고 놀라서 병이라도 얻을 것 같아서 그랬다며 선이가 아버지 입장을 잘 이해해 주길 바란다고 했다. 선이는 아버지 말에 수긍하면서도 한편으로는 아버지가 자존심이 너무 강하고 다른 사람에게 아버지 문제로 걱정 끼치기 싫어하는 것은 이해한다고 쳐도 함께 살아가는 어머니께도 말을 안 한다는 것은 부부간의 예의가 아니라고 생각했다. 하지만 그런 말을 아버지에게 말하기는 싫었다. 아버지는 결혼 생활이 짧았고 오랜 시간 혼자 사셔서 부부간의 도리는 모른다고 생각했지만, 이해심 많은 어머니기에 별 탈 없이 잘 지내는 것 같아 어머니께 감사했다. 아버지는 비록 선이 때문에, 그리고 아버지의 사업을 일구느라 아내를 맞을 생각을 접으셔서 그렇지 여복은 많은 것 같다. 서울 어머니도 아버지가 어디서 아들과 사는 것을 안 후에는 아버지 외의 누구와도 남자와는 접촉을 안 했다고 한다. 남녀의 관계는 알 수가 없다. 이웃 동네에 김 씨 아저씨 부부가 살았는데 등하고 시간에 그 아주머니를 자주 만났는데 그 아주머니 얼굴에는 술주정하는 아저씨에게 얻어맞아서 늘 멍 자국이 있었다. 그런데 어느 날 동네 아낙네들이 그 아주머니와 함께 남편들 흉을 보며 스트레스를 푸는 소리를 우연히 선이가 듣게 되었다. 놀랍게도 그 아주머니는 "순돌 아빠는 가끔 술주정을 해서 그렇지, 마음씨가 착하고 자기에게 잘해 준다."라고 했다. 어린 선이는 그 말을 듣고 마음에 오랫동안 담게 되었다. 그때는 이해가 안 되었지만, 자라면서 그 말의 의미를 차츰 음미하며 남녀, 특히 부부간에는 남이 알지 못하는 비밀이 숨겨 있다고 생각했다. 아버지와 어머니들의 관계에도 선이가 모르는 뭔가가 서로 통하고 있다고 생각했다. 그리고 정이도 마찬가지일 것이다. 지금 정이는 선이로 인하여 사랑의 몸살을 앓고 있지만, 시간이 지나면 차차 냉정을 되찾을 것이라고 믿었다. 물론 어쩌면 이 사실들도 선이의 선입견일 수도 있다. 그때 갑자기 "아버님, 계세요." 하며 정이의 목소리가 들렸다. 아버지가 "오냐. 여기 있다." 하면서 거실로 안내해 들어가는 것 같았다. 선이는 사랑채에서 자는 척하는데 가슴이 두근거리고 정이가 몹시 보고 싶었다. 하지만 선이는 먼저 방을 나가 정이에게 가기 싫었다. 잠시 후에 정이가 문을 열고 나가면서 "아버님, 또 오겠습니다. 안녕히 계십시오." 했다. 아버지는 "오냐. 조심해서 가거라." 했다. 저녁 식사 시간이 다 되었다. 아버지가 밖으로 나가는 소리가 들렸다. 선이는 저녁 시간에 엄 씨 아저씨 댁으로 놀러 가시나 생각했다. 선이는 시장했지만, 아버지가 돌아오실 때까지 기다리기로 했다. 한 시간쯤 후 아버지는 선이 방의 군불에 장작을 넣으면서 "선이야. 저녁 먹자." 했다. 그날은 날씨가 몹시 추웠다. 아버지도 "날씨가 매섭구나." 하시며 주방 식탁으로 갔다. 정이가 저녁상을 차려 놓고 갔다. "인절미를 했다며 가져왔구나. 동치미와 배추김치도 가져왔고, 네가 왔다는 얘기는 안 하고 오늘 밤늦게 올지도 모른다고 했다. 네가 푹 쉬는 것이 좋을 것 같아서 거짓말을 했더니 오금이 저려 동네를 빙 돌고 왔다. 그래서 거짓말에는 해도 좋은 거짓말은 없다. 절대로 하지 말아야 한다. 인절미는 바로 먹는 것보다 조금 굳혀서 먹는 것이 쫄깃하고 맛이 있다. 자, 먹어 보자." 했다. 아버지는 지난 번에 정이가 가져온 식혜를 가지고 오셔서 식탁 가운데 놓았다. 식혜가 익어서 새콤달콤한 맛이 났는데 처음 먹을 때보다 더 좋았다. 인절미도 맛이 좋았다. 아버지와 별미로 저녁 식사를 했다. 아버지는 굳이 정이 이야기는 안 했다. 선이도 속으로만 생각하고 침묵을 지켰다.

* 아버지의 불편한 심정

저녁 식사 후 아버지와 선이는 거실 소파로 옮겨 서로 마주 보고 앉았다. "선이야. 사람은 늘 만약의 사태에 철저하게 대비해야 한다. 네가 집에 내려올 때 그런 큰 교통사고가 일어날 줄 어떻게 알 수 있었겠냐? 그처럼 인생의 항해에는 많은 암초가 있어서 사람을 좌절시키거나 절망에 빠뜨린단다. 그래서 불교에서는 인생을 고해로 비유했다. 태어나서 탐진치(貪瞋癡)로 헤매다 관으로 들어간다는 것이다. 그리고 부자지간에도 지켜야 할 도리가 있다. 들고 남을 정확하게 해야 한다. 선이가 아버지가 부재중에 쪽지만 남기고 서울로 갔을 때 아버지는 선이에 대하여 실망했다. 선이가 고시에 합격하고 군대에 갈 나이가 되니 이제 아버지를 무시한다고 생각하며 눈물까지 흘렸다. 부자유친(父子有親)이라는 말이 있듯이 부모와 자식이 서로 예의 속에서 친밀함을 유지하려면 서로 믿음을 주고받으며 자식은 부모를 섬기고 보살펴야 하며 부모는 자식을 늘 아껴주고 편안하게 살도록 물심양면으로 배려해야 한다. 그래야 집안이 편안하고 번성한단다. 아버지는 선이가 가능하면 불편함이 있으면 집에서 아버지와 대화로 풀어야 하고 늘 서로 기쁘게 해 주도록 할 때 서로의 애정도 돈독해지고 신뢰가 쌓여 아버지는 건강하게 장수하게 되고 아들은 늘 하던 일이 잘되고 출사하여 공직에서도 국민들을 잘 보살필 수 있단다."라고 했다. 선이는 아버지 말을 듣기만 하고 눈으로 대답하였다. 아버지는 선이에게 무슨 말을 듣고 싶어 하는 것 같았다. 그러나 선이는 아버지에게 걱정을 끼치는 이야기를 한 해가 가는 마지막 날에 하고 싶지 않았다. 다만 아버지가 하는 말들을 잘 기억하여 다시 한번 선이 자신을 성찰하면서 한 해를 마무리하기로 마음으로 정했다.

제10장

．
．
．

선이의 자기반성과 성찰

∗ 선이의 자기반성과 성찰

숨 가쁜 한 해를 보내면서 선이는 많은 책을 읽고 싶었지만, 시험에 합격하기 위하여 주로 외시에 관계된 서적들을 정독했다. 그래서 합격하는 성과를 올렸다. 행시와 사시에도 도전하고자 하는 생각도 했지만, 곧 접었다. 공무원을 한다는 것이 싫었다. 화가가 되는 것이 평생의 꿈이었고 기회가 된다면 그 길을 걷고 싶어졌다. 그리고 시인도 되고 싶다. 물론 소설도 쓰고 싶다. 외시 합격으로 아버지의 꿈은 아들로서 이뤄드렸다. 그러나 막상 선이 자신은 그렇게 큰 성취감과 만족감을 느끼지 못했다. 사람은 자기 일에 기쁘고 즐거움을 느끼며 살아야 한다. 새해에는 고교 시절이나 중학교 시절의 책들을 다시 한번 정독하기로 했다. 그리고 무엇보다도 군 복무에 충실하며 시간상으로 여유를 가질 수 있으면 독서와 습작을 하기로 했다. 그동안 선이는 많은 친구를 사귀지 못했다. 아버지와 단둘이 살면서 아버지 뜻에 어긋나는 행위를 하지 못하여 동네 아이들과도 어울리지 못했다. 그런 습관은 서울 생활에서도 마찬가지이다. 대부분의 친구는 선이에게 머물러서 친구가 되어 준 것이지 먼저 다가가서 서로 사귄 적은 거의 없다. 이제는 먼저 다가가서 친구를 사귀어 볼 참이다. 군대에서 좋은 친구 한두 사람을 사귀어 보고 싶다. 친구는 분명 좋은 것이다. 아버지가 오랜 시간 홀로 사실 수 있었던 에너지는 주변에 사람이 모이고 서로 도우려고 애쓰신 덕분이라고 생각한다. 그동안 아버지는 누구든지 원하면 아버지가 받아주고 가능한 범위에서 서로 사랑을 주고받았다. 떠난다고 하면 붙잡지 않고 잘 가라고 했다.

아주 친한 친구는 아버지 주치의인 이 박사님, 서울 배 씨 아저씨, 동네의 한 씨, 손 씨 아저씨 등이다. 손 씨 아저씨에게는 처음 우리 동네에 들어와 살도록 하고 집터를 주시고 동네 분들과 집을 지어 주었고 부처 먹을 땅을 주었다. 아버지 덕분에 친형제 같은 동생들이 지금도 선이를 깍듯하게 형제로 대한다. 그래서 선이는 고집이 세고 이기주의적인 면이 강하다. 새해에는 조금만 유연해지고 이타적인 생각을 해 보기로 한다. 바르고 아름다운 생각을 많이 하고 날이 풀리는 대로 도보 여행을 할 예정이다. 가능하면 여비를 최대로 아끼며 세상살이 여행을 하며 가난하고 어려운 사람들의 처지를 체험해 보려고 한다. 그리고 복지 시설 등에 가서 봉사도 여행 중에 해 보려고 한다. 지난해를 무사히 보낸 것에 감사하고 새해를 허락하심에 감사했다.

* 마을 사람들의 외시 합격 축하식

손 씨 아저씨 댁에 동네 사람들이 모두 모여서 선이 외시 합격 축하식을 가졌다. 선이는 "여러 어르신과 아주머니, 아저씨들의 기도와 동생들, 친구들, 형님들 덕분에 제가 서울에서 공부를 하고 작은 성취를 하였습니다. 여러분이 제 성취에 동참해 주시고 축하연까지 베풀어 주시니 감사드립니다. 저도 더욱 정진하여 여러분께 보은하도록 하겠습니다. 우리 동네에 하느님 축복이 있기를 기원합니다. 감사합니다." 했더니 동네 여러 사람이 환호하며 좋아했다. 함께 음식을 나누고 술을 한 잔씩 하는데 아버지와 선이는 정중하게 사양했다. 대신 식혜를 정이 할머니가 한 주전자 가지고 와서 한 잔씩 따라 주며 건배하게 도와주었다. 항이, 용이, 석이가 선이 대신 술을 마셔 주었다. 선이는 그런 친구들이 고마웠다. 정이도 멀찌감치 서서 선이에게 엄지 척을 보이며 함께 좋아했다. 선이에게 가까이 오고 싶어도 동네 처녀, 총각들과 어린아이들까지 모였으니 용기가 나지 않는 모양이다. 동네에 갑자기 외국 승용차 한 대가 들어왔다. 초등학교를 졸업하고 차장 일을 하다가 출세한 동네 누나였다. 선이는 그 누나 덕분에 서울에서 시골 올 때 많은 덕을 보았다. 그런데 그 누나는 차장을 그만두고 유창한 영어를 구사하는 관계로 미군 기지 근처에 있는 바에 바걸로 취직했다가 바걸을 관리하고 미군 손님을 관리하는 바 지배인이 되었는데, 사장 아들이 누나에게 반하여 청혼하여 사장 아들과 결혼을 하고 그 바를 경영하는 사장이 된 입지적인 누나이다. 가끔 동네에 오면 동네를 위하여 두둑한 돈도 후원하고 엄 씨 아저씨 부부를 위하여 잔치도 열어 준다고 한다. 오늘도 선이의 소식을 듣고 잔치에 참여하려고 왔단다. 누나는 예전의 차장티는 온데간데없고 폼나는 복부인 사장으로 변했다. 차도 벤츠였다. 누나가 선이에게 다가와 악수를 청하며 축하한다며 봉투를 주었다. "누나의 성공을 축하해요. 누나는 우리 동네 영웅입니다." 하니 수줍음을 타며 "아니야. 선이가 진정 영웅이다." 했다. 그리고 "우리 언제 따로 읍내에서 한번 만나자." 했다. 그리고 누나는 여러 어른에게 인사를 드리고 일이 바쁘다며 차를 타고 어디론가로 떠났다. 동네 풍물놀이패들이 풍악을 울리고 남녀노소가 어울려서 춤을 추며 즐거운 시간을 가졌다. 축하 잔치가 파장할 무렵에 선이는 아까 받은 돈 봉투를 아버지께 드리며 동네 청년 회비로 기부해 달라고 했다. 그런데 아버지는 아무 말을 안 하고 돈을 당신 주머니에 넣었다. 선이도 조용히 있었고 동네 이장의 폐회사로 잔치는 끝나고 각자 흩어져 집으로 갔다. 아버지와 선이도 집으로 돌아왔다. 아버지는 이미 아버지가 잔치하는 데 큰돈을 냈다고 말했다. 그러니 안심하고 이 돈은 내가 좋은 데 쓰겠다고 하셨다. 선이는 그렇게 하시라고 했다. 얼마나 되느냐고 하니 아버지가 돈을 꺼내 세었는데 백만 원이었다. 큰돈이다. 못사는 집 아이들에게 장학금으로 줄 것이라고 했다. 우리나라가 잘 되려면 모든 사람이 교육을 받아야 한다는 것이 평소의 아버지 생각이시다. 그리고 기회가 되면 학교를 안 보내려는 아이들의 부모를 만나 설득하여 아이를 학교에 보내도록 했다. 인생을 살면서 한 일 중에서도 가장 잘한 일이라고 한다. 교육을 받는 것은 사람만이 할 수 있는 일이라고 한다. 아버지는 누구를 만나든 늘 힘들어도 아이들에게 대학 공부를 시키라고 했다. 그래도 사람들이 워낙 살기 힘이 드니 아이들 공부를 못 시키는 것이 아버지의 한이 되었다고 한다. 그래서 아버지는 그동안 모아 놓은 재산을 정리하여 사학 재단을 설립하는 것이 평생의 꿈이다. 그래서 정이를 사범 대학에 보냈는지도 모른다. 앞으로 아버지가 일군 땅이 큰돈이 될 거라고 했다. 중국과 문호가 개방되면 우리 동네에 큰 항구가 들어설 것이라고 예언했다.

* 약국 어머니의 시련

어느 날, 어머니가 대장암 판정을 받았다. 성당에서 모든 신자가 기도로 마리아 어머니의 쾌유를 비는 기도를 간절히 했다. 그러나 어머니는 대장암 판정을 받고도 약국을 쉬지도 않았고 아버지에게도 말하지 않았다. 그러다 어느 날 갑자기 쓰러져 서울 대형 병원으로 옮겨서 수술을 받았다. 약국은 어머니 후배 약사가 미리 나와서 어머니와 함께 일하였기에 공백 없이 잘 운영되었다. 선이도 늦게 알고 어머니 병실로 병문안을 갔다. 어머니는 선이를 보자마자 미안하다고 하셨다. 선이는 핼쑥해진 어머니를 보면서 흐느껴 울었다. 마침 어머니는 2인실에 입원 중인데 침상 한 개가 비었다고 했다. 선이는 처음으로 어머니와 둘이서 자게 되었다. 주치의 이야기로는 수술도 잘 되었고 전이된 곳도 없어 곧 회복될 것이라고 했다고 한다. 어머니가 편히 쉬시도록 옆에서 묵주 기도를 해드렸다. 소변 팩의 소변도 빼 드렸다. 어머니도 묵주를 꼭 잡고 예수 마리아를 부르고 계셨다. 그리고 약 기운에 잠이 드셨다. 선이는 어머니 얼굴을 바라보았다. 고와 보이던 얼굴에는 잔주름이 가득하고 많이 늙어 보였다. 다른 사람들 건강을 돌보는 데 열중하다가 정작 자신의 몸은 돌보지 못하여 큰 수술을 받게 되니 어머니가 측은해 보였다. 약국 일에만 매달려 홀로 살면서 인생의 낙을 즐길 사이도 없이 청춘을 보냈으리라. 나이가 드니 병이 들고 병마와 사투를 벌여야 하는 형국이다. 이렇게 어머니는 이북에서 혈혈단신으로 피난을 내려와 약사가 되어 오늘에 이르기까지 자기 삶에 충실했다. 어머니는 약국에서 일하는 것과 성당에 나가서 기도하는 것을 최우선으로 삼았다. 새벽에 잠이 깬 어머니는 조용히 기도를 바쳤다. 선이도 묵주 기도를 교송하며 바쳤다. 그리고 병자를 위한 기도와 가족과 친척을 위한 기도를 어머니와 선이가 함께 바치고 어머니는 선이를 위하여 자녀를 위한 기도를 바치고 선이는 어머니와 아버지를 위하여 부모님을 위한 기도를 바쳐 드렸다. 그리고 어머니는 "엄마는 지금 이 순간 엄마에게 암이라는 병을 주신 하느님께 감사드리며 선이가 엄마를 간병하기 위하여 함께해 주어 고맙다."라고 하였다. 하느님이 비교적 작은 암 덩어리를 주셔서 의사가 수술하게 해 주시고 안전하게 건강을 회복케 해 주심에 감사드린다고 했다. 그리고 "귀한 아들과 함께하게 해 주시어 고통 중의 고통인 지독한 고독과 외로움을 없게 해 주어 고맙다."라고 하셨다. 신앙의 힘으로 지금까지 살아온 습관을 그대로 선이에게 보이며 선이에게 신앙의 모범을 보이고 있다. "하느님은 견딜 만한 시련을 사람에게 주시어 사람이 신망애(信望愛), 신앙의 덕을 쌓아 천국인이 되도록 이끌어 주신다."라고 어머니는 말씀하신다. 그리고 "어린 나이에 한국 전쟁을 경험하고 당신 옆에서 죽어가는 동생들과 부모님을 보면서 많은 충격을 받았다. 그런 와중에 미쳐버린 사람들도 목격했다."라고 한다. 어머니는 "어느 미군 장교의 도움으로 공부를 하게 되었는데 다행히 그 후원인이 한국인으로 귀화하여 미군 부대 미국 공무원이 되어 그의 집에 머물며 대학까지 무사히 마쳤다."라고 했다. "그런데 그 양아버지가 중병에 걸려 치료차 미국으로 가시고 그 이후로 연락이 두절되어 미군 아파트에서 몇 년 동안 살면서 약국의 약사로 취직하여 돈을 악착같이 모아서 처음에는 잠실에 작은 아파트를 엄마 돈으로 사서 입주했다."라고 한다. "그때는 천하를 얻는 기분이었지. 살 때 가격의 두 배로 팔아서 또 평수를 늘려서 3년마다 한 번씩 팔며 돈을 모았지. 그때는 돈 버는 재미에 힘든지도 모르고 일을 했지. 그리고 어느 날 서울 생활이 싫어졌고 약국이 없어 불편을 겪는 작은 시골 읍내를 물색하여 오늘날의 약국을 열게 되었지. 그 기쁨이 아파트 처음 살 때와 맞먹을 정도로 컸어. 물론 여자가 혼자서 사는 것은 힘들었지. 외간 남자들의 시선을 받는 것도 싫었어. 혼자 산다는 것을 알면 돈푼깨나 있다는 남자들의 헌팅 대상에 들어가 여러 가지 방법으로 사람을 괴롭게 하지. 그럴 때마다 성당으로 달려가 기도를 하곤 했지. 그래도 같이 근무하는 약사나 약국을 직접 운영하는 대표들의 유혹과 약국이 있는 건물주들의 마수가 엄마를 늘 유혹했어. 예수님께서 가르치신 주기도문에는 유혹에 빠지지 않게 해 달라는 말이 나오는데 이 세상에는 수많은 유혹이 우리 사람들을 유혹하지. 제일 무서운 것이 허세와 허영이지. 그 유혹에 빠지면 쉽게 돈을 벌 궁리를 하다가 사기나 도둑질을 하게 되지. 엄마와 함께 일하던 여 약사는 월급 때마다 돈이 모자라 여기저기서 돈을 꿨어. 그런데 그 여자는 아파트를 비싼 월세로 얻어 살고 자동차도 몰고 다니고 명품 옷을 입고 구두를 신고 명품 가방을 들고 다녀서 무척 유복한 줄 알고 부러워하기도 하고 질투도 했지. 그런데 한 3년 정도 지났는데 수억 원의 빚을 지고 갚지 못해서 감옥을 가는 것을 보았지. 그때부터 엄마는 허영과 허세를 극도로 싫어하고 늘 진실과 겸손으로 하느님께서 허락하시는 범위 안에서 만족하며 살았지. 그 이상으로 사는 것은 사치라고 생각했어. 지금은 남부럽지 않게 살고 있지만, 그간에 나도 모르게 나만의 평안과 안정을 누리며 이웃을 챙기는 일에 소홀했지. 그러니 하느님께서 엄마 육신에 가시를 주어 엄마를 쉬게 하면서 참회의 시간을 주신 것 같아. 선이야. 엄마는 퇴원하고 몸을 추스르는 대로 약국 일에서 은퇴하고 아버지와 시골에서 채마를 가꾸며 여생은 의미 있는 봉사를 하는 데 쓰려고 한다. 선이도 엄마 일을 도와주길 바란다."라고 했다. 선이는 어머니께 "이제부터는 어머니가 이룬 부를 충분히 누리시며 하루하루 즐겁게 사세요. 그래야 병마와 싸워서 이기죠. 성당에서도 미사 시간마다 어머니의 쾌유를 위하여 기도한대요. 신자들이 병문안을 온다고 하는데 아버지가 일체 함구하는 모양입니다." 했다. 어머니는 아버지께 그리하라고 하셨단다. "선이야. 네가 옆에 있으니 병이 다 나은 것 같다." 하고 똑같은 말을 몇 번씩 반복하셨다. "사람은 누구에게나 자신에게 절대적인 영향을 주는 사람이 있다고 해. 우리 둘 사이가 그런 것 같다. 선이야. 엄마는 네가 어느 길을 선택하든지 그 길을 지지한다. 그러나 결혼을 했으면 좋겠다. 사제의 길은 매우 힘겨운 고난의 길이란다. 물론 영적으로 편안할 수도 있고 세상살이의 고통은 덜한 면도 있지만, 그 길은 고도의 도덕성과 윤리성도 있어야 하고 늘 하느님과 소통해야 하며 많은 기도와 극기의 고통이 심하면서도 모든 것을 예수님과 성모님과 함께 걸어가는 길이고 순교할 각오를 해야 한다고 한다."라고 했다. "네. 어머니 뜻을 분명히 명심하며 기도로 제 인생의 길을 가려고 합니다. 기쁘고 행복한 길보다 가시밭길을 가 보려고 합니다. 그 길이 더 의미가 있고 신이 저에게 준 소명인 것 같습니다." 점심 식사 때쯤 아버지와 정이가 어머니면회를 왔다. 아버지는 "많이 좋아 보이네." 하셨고 어머니는 "당신 기도를 하느님께서 들어 주셔서 많이 나았다."라고 아버지를 응원하셨다. 두 분은 정말 못 말릴 정도로 서로서로 높여 주고 받들어 준다. 같이 계실 때 옆에 있으면 "감사합니다. 미안합니다. 존경합니다. 사랑합니다."라는 말을 수시로 하면서 서로 웃곤 하신다. 정이는 "어머니 어떠세요. 놀라서 저도 아버님 따라서 올라왔어요." "고맙다. 정이야. 그런데 너 혹시 병문안 핑계로 선이 오빠 만나러 온 것 맞지." 하시며 유머를 던지니 아버지는 웃으시고 정이는 얼굴이 빨개졌다. 그러면서 당당하게 받아친다. "그럴 수도 있어요. 어머니. 그렇다고 해도 서운하시지는 않으시죠? 요즘 선이 오빠가 저를 요 핑계, 저 핑계로 따돌리거든요. 그래서 오빠 만날 기회를 만들려고 힘을 쓴답니다." 하니 어머니는 "어찌 되었든 나는 선이 때문에 호강을 하는구나. 정이도 보고 요셉 씨도 보니 꿩 먹고 알도 먹는 형국이네." 하시며 행복한 대화를 나눈다. 아버지는 선이와 정이를 내쫓을 기회를 엿보다 어머니와 비밀로 할 이야기가 있으니 둘이 나가서 점심 식사를 하고 오라고 하니 정이가 "네." 하고 선이의 팔짱을 끼고 함께 나가자고 했다. 또다시 아버지의 작전이 시작된 것이다.

＊ 선이와 정이의 서울 나들이

선이와 정이는 병원을 나와 명동 거리를 가게 되었다. 명동에는 바쁘게 오가는 사람들이 많았다. 명동 성당에 들어가 보려고 했는데 데모꾼들이 모여서 천막을 치고 있어서 들어갈 수가 없었다. 선이와 정이는 명동에서 유명한 칼국수 집에서 늦은 점심 식사를 하려고 갔는데 계속 붐볐다. 번호표를 받고 삼십 분 정도를 기다려서 겨우 자리를 잡았다. 잠깐 사이에 칼국수 두 그릇과 배추겉절이 한 접시가 나왔다. 정이와 선이는 급하게 먹고 나와야 했다. 기다리는 사람들의 눈총이 무서웠다. 정이나 선이나 둘 다 명동 거리가 낯설었다. 식사 한 끼를 먹기 위하여 기다리는 것도 처음 경험하는 진풍경이었다. 사실 맛있다는 느낌은 받지 못했다. 음식이라는 것이 맛을 음미하며 편안하게 먹어야 하는데 급하게 먹었더니 무슨 맛인지 알지도 못하고 먹었다. 그러나 둘이 밥을 먹었다는 것에 의미를 두며 남산 타워 쪽으로 올라가기 위하여 케이블카 터미널로 팔짱을 끼고 올라갔다. 고색찬연(古色燦然)한 한국은행 건물도 보고 신세계 백화점도 특별했다. 그래도 선이는 서울 물을 조금 먹어 보았지만 정이는 초행이기에 모든 게 신기한 듯했다. "오빠. 배호 씨의 〈비 내리는 명동 거리〉 한번 불러 주라." 하고 조른다. 선이는 정이를 소공원 의자에 앉히고 바로 옆에 앉아서 노래를 불렀다. "비 내리는 명동 거리. 잊을 수 없는 그 사람. 사나이 두 뺨을 흠뻑 적시고 말없이 떠난 그 사람 나는 너를 사랑했다. 이 순간까지 나는 너를 믿었다. 잊지 못하고 사나이 가슴속엔 비만 내린다." 정이는 잘했다고 박수를 쳐 주며 2절도 불러 달라고 했다. "비 내리는 명동 거리. 사랑에 취해 울던 밤. 뜨거운 두 뺨을 흠뻑 적시고 울면서 떠난 사람. 너는 나를 떠났어도 이 순간까지 나는 너를 사랑해. 잊지 못하고 외로운 가슴속엔 비만 내린다." 2절을 부르니 정이는 "오빠 짱이다. 오빠는 어릴 때부터 노래를 잘 불러서 동네 신동이라고 했는데 정말 노래 실력이 대단하다." 하고 선이를 칭찬해 주었다. 선이도 정이의 그런 태도에 고마워했다. 아무튼 정이와 선이는 마음이 서로 통하는 것 같다. 다시 케이블카 터미널로 걷기 시작했다. 하얏트 호텔이 보이고 터미널에 도착하여 긴 줄을 서서 티케팅을 하고 또다시 긴 줄을 서서 드디어 케이블카를 타고 올라갔다. 가면서 보니 개나리와 진달래가 꽃봉오리가 맺히고 산에 나무들이 새잎을 토해내기 시작하였다. 경복궁과 청와대가 보였다. 정이는 소녀처럼 신기해하면서 좋아했다. 정이는 케이블카에서 내려 남산타워를 올라가며 파릇파릇 돋아난 야생초들이 새싹을 틔우는 모습을 신기하게 쳐다보며 "오빠, 우리 사진 한 장 찍자."라고 했다. "오빠는 사진 찍는 것 싫어해." 하니 정이는 빨리 타워로 가자고 하면서 무안해하지 않고 선이의 뜻을 따라 주었다. 그런 정이가 측은해 보였다. 정이와 선이는 고속 승강기를 타고 남산타워로 올라갔다. 남산타워에서 내려다보니 한강의 기적이 한눈에 들어왔다. 인왕산 아래에 자리 잡은 경복궁 바로 옆에 청와대, 그리고 그 옆에 선이네 집인 아파트가 보였다. 정이는 재미있게 서울 시내를 돌아보며 서울이 크긴 크다고 했다. 한강 교량들도 모두 보였다. 수많은 차가 꼬리를 물고 늘어서 있다. 또다시 독재 군부 대통령이 체육관에서 7년 단임 대통령으로 탄생한다니 큰일이다. 또 데모가 끊이지 않고 일어날 것 같다. 이렇게 평화로운 서울에 온갖 부정부패한 자들이 모여서 사는 것이 안타까웠다. 왜 인간이 권력을 잡으면 썩을까? 이유가 무엇일까 생각해 본다. 거짓과 권모술수로 잡은 권력으로 과연

정의롭게 국가를 이끌 수 있을까 걱정이 된다. 그래도 고 박정희 대통령의 경제 정책과 자력 국방 정책은 계속 유지되기를 바란다. 정이는 불만을 토로한다. "오빠를 만나면 늘 다른 생각만 하는 사람 같다."라고 한다. "정이가 옆에 있는데도 다른 생각에 잠겨 있는 것 같다."는 것이다. "정이 말이 맞지? 그렇지?" 하면서 선이를 다그쳤다. "잠시 오빠가 나라 걱정을 했다. 미안하다."라고 답했다. "오빠는 여자를 몰라도 너무 몰라. 여자는 남자에게 관심을 받고 싶고 언제나 자기에게만 집중해 주길 원해요. 정이니까 오빠를 죽으나 사나 쫓아다니지, 다른 여자들이라면 벌써 오빠를 놓아 버렸을 거라고." 말했다. 선이는 속으로 '제발 떠나주어라. 아버지, 어머니 때문에 정이를 만나지만, 나는 고역이다.'라고 생각했다. 그러나 언제 이런 말을 할까? 선이는 정이에게 미안하지만 그런 생각을 하게 되었다. 서둘러 어머니 병실에 돌아왔더니 아버지는 어머니 소변 주머니의 소변을 빼내고 계셨고 어머니는 아버지가 계셔서 그런지 깊이 잠들어 있었다. 아버지는 재빨리 선이와 정이를 데리고 병원 복도로 나와서 "오늘은 어머니와 아버지가 병원에 있을 테니 두 사람이 먼저 내려가라."라고 했다. 선이는 내키지 않았지만, 정이는 "네. 아버님." 하면서 무척 좋아했다. 아버지께 인사를 드리고 선이와 정이는 버스 터미널로 가서 둘이 버스를 타고 시골로 향하였다. 버스가 덜컹거릴 때마다 선이와 정이는 간격을 좁히며 서로 육체적인 교감을 나누었다. 정이는 아주 좋아했다. 선이도 싫지 않았다. 어느새 버스는 동네 정류장에 도착하였다. 초봄의 땅거미가 세상에 드리워졌다. 선이와 정이는 나란히 버스에서 내려서 선이네 집으로 들어갔다. 도착하자마자 정이는 거실로 갔고 선이는 사랑채 방으로 가서 옷을 갈아입고 나와서 군불을 지폈다. 정이는 주방으로 가서 둘만의 만찬을 위하여 저녁 식사 준비를 하는 것 같았다. 잠시 후에 집에 다녀오겠다며 나왔다. 선이는 그렇게 하라고 하고 군불 지피는 데 집중하였다.

＊ 선이와 정이가 함께 밤을 지새우다

선이는 군불을 지피고 방에 들어가 샤워를 하고 추리닝으로 갈아입었다. 서울 어머니가 사준 옷이다. 서울 어머니가 보고 싶어졌다. 오늘도 똑순이 마리아는 가게에서 열심히 돈을 벌고 있을 것이다. 정이는 한참 만에 뭔가를 잔뜩 싸 가지고 왔다. "엄마가 오빠가 좋아하는 식혜와 인절미와 찹쌀밥을 싸 주셨고 추어탕도 끓였다."라고 했다. 정이도 샤워도 하고 원피스를 입고 왔는데 한 송이 분홍색 장미꽃을 닮았다. 아름답고 고와 보였고 그녀의 향기가 사나이 가슴을 서서히 달구고 있었다. 아궁이 장작불이 활활 타오르듯 그렇게 말이다. 그러나 선이는 마음을 가다듬으며 자신의 욕정을 가라앉히려고 했다. 그리고 서서히 타오르던 가슴이 진정되었다. 하느님께서 자유의지를 자제할 수 있는 이성을 주신 것에 감사했다. 여자는 다행히 남자보다 더 이성적이고 덜 충동적이었다. 물론 사람마다 가지고 있는 특성은 다르지만, 대개 그렇다는 것이다. 정이는 식탁을 차려 놓고 "오빠, 어서 오세요. 함께 식사해요." 했다. 선이는 식사 전 기도를 바쳤다. 십자가를 그으며 "주님. 은혜로이 주신 이 음식과 저희와 병중에 계신 어머니와 간병하시는 아버지께, 이 음식을 준비한 정이에게 강복하소서. 우리 주 그리스도를 통하여 비나이다. 아멘." 선이는 정이에게 "음식을 장만했으니 정이가 먼저 먹어."라고 했다. 정이는 "오빠 매너가 끝내준다. 그러나 서방님이 먼저 드셔야죠." 했다. "어허, 서방님이라니. 아직은 오빠가 맞지. 아버지가 정이는 아버지 수양딸이라고 하던데. 그러니 정이와 선이는 오누이 간이니 오빠라고 하는 것이 좋지 않아." 했다. 그러자 정이가 "오버해서 미안해요, 오빠." 했다. 둘은 한 쌍의 잘 어울리는 오누이이다. 서로 얼굴을 마주보고 미소를 주고받으며 식사를 맛있게 했다. 대추, 호두, 밤과 서리태를 섞어서 한 찰밥은 일미 중 일미이다. 정이네 뒤뜰 밭 언덕에는 호두나무, 밤나무, 대추나무가 무성하게 자라서 추석 즈음에 많은 수확을 한다. 견과류를 넣고 한 찰밥은 정이네 표 음식이다. 가끔 식혜를 마시며 먹는 찰밥은 언제나 맛이 좋았다. 어쩌다 민물 참붕어를 정이 할아버지가 낚시로 잡아다 참붕어 조림을 하여 이웃과 나눠 먹을 때면 아버지와 선이도 별미를 먹는 날이다. 선이네 동네에서는 사소한 것이라도 이렇게 나누어 먹는다. 식사를 마치고 정이에게 떠밀려 주방에서 거실로 나와 소파에 앉았다. 온종일 서울 시내를 구경하고 고물 버스를 타고 집에 와서 늦은 저녁을 먹으니 하품이 나고 잠이 왔다. 선이는 소파에 앉아서 잠이 들었다. 설거지를 하고 나온 정이도 힘들기는 마찬가지였다. 거실에 와 보니 선이 오빠가 깊이 잠든 모습을 보고 덮을 것이 없나 살펴보니 담요가 있었다. 정이도 선이 옆에 앉아 잠이 들고 말았다. 두 사람은 소파에서 함께 잠을 자게 되었다. 오누이처럼 나란히 앉아 잠든 것이다. 선이는 한참 만에 이상한 느낌이 들어서 깨 보니 새벽 세 시였다. 옆에서 정이가 잠꼬대를 하며 자고 있었다. 선이는 덮고 있던 담요로 베개를 만들어 선이를 소파에 반듯하게 누이고 방으로 들어가 가볍고 따뜻한 이불을 정이에게 덮어 주고 선이는 안방으로 들어가 아버지 침대에서 다시 곯아떨어졌다. 이렇게 정이는 난생처음으로 오매불망하는 선이 오빠네 집에서 하룻밤을 오빠와 자게 되었다. 정이가 새벽 여섯 시쯤에 깨어 보니 혼자 소파에 누워서 가볍고 따뜻한 이불을 덮고 자고 있었다. 정이가 놀라서 일어나 보니 새벽 시간을 알리는 괘종시계가 밝고 맑은소리로 여섯 번 울렸다. 해가 길어졌다. 벌써 밖이 환해졌다. 일단 정이는 대충 이불을 개어놓고 집에서 가져온 식기들을 챙겨서 부지런히 집으로 갔는데 정이 어머니가 걱정스러운 얼굴로 정이의 상기된 얼굴을 보면서 "이것아. 어찌 된 일이야?" 하면서 정이를 데리고 주방으로 들어가 "별일 없었지?" 했다. 어머니의 말에 정이는 "제발 별일이 있었으면 좋겠네." 하면서 "오빠와 함께 소파에 앉아서 잠이 들었는데 정이를 편안하게 잠자게 해 놓고 선이 오빠가 없어졌어. 그래서 나도 놀라서 일어나 집으로 온 거야." 하면서 "나 좀 씻고 쉴게." 하니 정이 어머니는 흐뭇했다. 두 사람이 지킬 선을 지키며 예쁘게 연애하니 퍽 다행스럽게 생각하였다. 선이는 푹 자고 일어나니 시계 종이 아홉 번 울렸다. 날씨가 많이 따뜻해졌어도 일교차가 컸다. 일단 사랑채에 군불을 지폈다. 정이가 날이 새기 전에 집으로 가 주어 고마웠다. 오늘은 온종일 집에서 쉬기로 했다. 서울 어머니가 생각나 서울 어머니께 전화를 드렸더니 전화를 안 받으셨다. 선이는 책을 읽으며 하루를 즐겁게 보내기로 했다.

✳ 어머니의 퇴원

어머니는 주치의도 놀랄 정도를 빠른 회복을 보였다. 아마 많은 분의 기도와 어머니의 강한 의지가 그런 기적을 일으킨 것 같다. 어머니는 "사람은 모든 것을 하느님 뜻에 맞추어 살아야 한다."라고 이야기를 하였다. 즉, 사람의 생사는 창조주 하느님께 달려 있기에 그분의 뜻에 따라서 살아야 한다는 것이다. 그러니 죽음에 연연하지 말라는 것이다. 다만 하느님이 허락한 지상 장막인 우리 육신은 건강하게 보존하며 살아갈 의무와 책임이 있다고 강조했다. 그리고 그런 노력에도 불구하고 병에 걸린다면 하느님께서 우리에게 자비와 사랑을 베풀어 주셨다고 생각하고 새로운 각오로 자신을 성찰하고 참회하며 주어진 병과 동고동락하는 자세를 갖는다면 빨리 쾌유할 수 있다고 늘 약국에 오신 분들에게 들려주셨다. 우리네 인생이 건강하게 장수하려면 우리 사람이 가지고 있는 특성을 잘 알아야 한다. 우리는 지상 장막인 육체가 천성으로부터 부여된 혼이 있으며 하느님께서 당신의 아들인 예수님의 죽음을 통하여 구원된 사랑들에게 주신 성령으로 이루어져야 사람으로서 가치를 가지고 살아갈 수 있다고 한다. 우리 육신을 건강하게 유지하기 위해서는 음식을 가려서 조심해서 입으로 먹어야 한다. 그리고 가능하면 산소가 풍부한 좋은 공기를 코로 숨을 깊이 들여 마셔서 입으로 내보내야 한다. 아기가 태어나자마자 쉬는 숨이 바로 그런 것이다. 아기가 숨을 들이마시면 배가 볼록 나왔다가 내쉬면 들어가는 호흡을 복식 호흡이라고 하는데, 평상시에 그런 호흡을 시도하면 육체와 마음(혼)이 건강해져서 기와 혈이 잘 돌아간다고 한다. 하지만 대부분의 사람은 숨넘어갈 정도로 바쁘게 살면서 올바른 숨조차 쉴 여유가 없이 살아간다. 그러다 보니 병을 얻기 쉽다. 아무리 바빠도 숨을 제대로 쉬면서 살아야 한다. 육체도 함부로 소모하는 경우가 많다. 먹고사는 문제로 지치도록 해서 몸을 제대로 가누지도 못하게 한다. 그리고 심지어 삶의 현장에서 안전사고로 큰 부상을 당하는 경우도 많고 오염된 작업 환경으로 더 큰 병을 얻어 슬픔을 당하는 경우도 비일비재하다고 했다. 사람들의 욕심을 채우기 위하여 사람들은 자연을 파괴하고 산업화로 경제적인 문제는 어느 정도 해결되었지만, 오염 물질 배출로 생활환경은 엉망진창이 되었고 사람이 신의 영역까지 넘보며 오만방자해졌다. 언젠가 인간의 오만을 하느님께서는 심판할 것이라고 한다. 어머니는 이번 발병과 치료 과정에서 하느님의 섭리를 제대로 깨달았다고 한다. 주치의 선생님도 깜짝 놀랐다고 한다. 처음에 집도에 들어갈 때는 암세포가 크다고 생각했는데 실제로 수술해 보니 용정이 암세포와 섞여서 암세포가 초기 단계였다며 어머니 같은 암 환자는 처음 본다고 한다. 어머니께서 무사히 퇴원하셔서 어머니의 읍내 아파트로 돌아오셨다. 부어 있던 얼굴도 부기가 빠져 원래 어머니 모습으로 되돌아왔다. 다시 아버지도 원래 일상으로 돌아오셨다. 아버지는 당분간 어머니 수발을 직접 하겠다고 하신다. 어머니는 무척 좋아하셨다. 새해에는 약국 어머니를 통하여 가족의 소중함과 서로가 배려하는 일이 가족의 화해와 평화에 큰 영향을 끼친다는 사실을 알게 되었다. 어머니는 어느 정도 회복되시면 시골집으로 옮기실 예정인데 현재 집터 바로 옆에 기와집 한 채를 새로 건축할 예정이란다. 동네 지 씨 아저씨가 어부 겸 대목인데 그분께 공사를 맡길 예정이라고 한다. 선이와 어머니와 함께 입대하기 전에 하려고 했던 계획은 모두 무산되었지만, 선이는 약 2주간의 계획으로 도보 여행을 하며 가톨릭 복지 시설과 성지를 순례하기로 했다.

＊ 선이의 아름다운 도전

선이는 2주간의 도보 여행에 필요한 물품들을 배낭에 넣기 시작했다. 최소한의 물품만 챙기고 모든 것은 발이 멈추는 곳에서 해결하기로 했다. 선이가 이러한 결심을 하게 된 것은 아버지가 전쟁 중에 겪은 이야기를 듣고 요즘 사람들은 너무 편한 것만 찾는 것이 문제라고 했기 때문이다. 그래서 선이는 이번 일을 시도하는 것이다. 선이는 완전 무장을 하고 어머니 집으로 전화해서 자초지종을 말씀드리고 잘 다녀오겠다고 하니 잘 다녀오라고 했다. 일단 안성을 도착지로 걸었다. 한국 최초의 사제인 김대건 안드레아 신부님의 체취가 풍기는 은이 공소로 가기로 했다. 신부님은 1921년 충남 당진에서 태어나 아버지와 함께 박해를 피하여 용인 산속 은이에서 살다가 1937년

15세의 어린 나이에 추운 한겨울에 조선 땅을 떠나 육만 리를 도보로 중국을 거쳐 마카오까지 육 개월 동안 걸어서 최양업 토마스, 최방제 프란치스코 친구 두 명과 신학 공부를 하러 유학을 갔다. 가는 동안 수많은 위험과 고통을 당했지만, 그때마다 하느님께서 그들을 보호하시고 이끌어 주셨다. 마카오에 도착하여 7년간의 유학을 마치고 중국에서 부제 생활을 하면서 조선에 프랑스 외방 선교회 신부님들을 밀입국시키는 데 일익을 담당하셨다. 신부님은 1845년 1월 1일 중국 완당 신학교 교회에서 조선교구 교구장 페레올 주교에게 신품 성사를 받고 한국인 최초의 신부님이 되셨다. 이곳 은이 공소에서 마지막 미사를 집전하고 선교사들의 해로 통로를 개척하려고 순위도로 갔다가 관군에게 그해 5월에 발각되어 한양으로 압송당하여 온갖 고문과 회유를 받았으나 배교하지 않고 그해 9월 16일 병오박해의 순교자가 되었다. 짧은 사제 기간 동안 수많은 사목을 하셨다. 그리고 한국인 신부님으로서 세계적으로 유명한 신부님이 되었다. 오후에 그곳에 도착하여 성지를 돌아보았는데 한창 성지 조성 사업이 진행되고 있었다. 작고 아담한 성지 성당이 인상적이었다. 성모상에 경배를 드리고 주위를 살펴보았다. 계획대로 잘 개발되면 우리나라 명소가 되기에 합당한 입지였다. 옛날에는 이곳이 첩첩산중이라 호랑이가 살았다고 한다. 이곳에서 안성 미리내 성지까지는 도보로 네 시간 정도 걸린다고 해서 계속 걷기로 했다. 산골 오솔길로 이어져 매우 아름답고 산소가 풍부한 산길이었다. 앞으로 이 길을 잘 정비하여 천주교 도보 순례길로 만든다고 한다. 가다가 중간에 순례객들을 만나니 반가웠다. 혼자 걷는 것 보다 여러 사람이 걷는 것이 힘이 덜 든다. 서로 든든한 친구가 되어주는 것 같다. 외국인 부부도 만났다. 한국말을 곧잘 하는 사람들이었다. 프랑스인인데 친척이 한국에서 사목을 해서 이렇게 한국에 온 기회에 성지 순례를 한다고 했다. 이렇게 홀로 도보 여행에서 만나는 사람들은 바로 친구가 되어 준다. 이런 경험도 소중한 즐거움이 되었다. 미리내 성지로 산에서 내려오자 성 김대건 안드레아와 성 정하상 바오로를 비롯한 79위 순교자들이 1925년에 복자품에 오르셨는데 그분들을 기념하는 작은 경당이 있었다. 경당 옆에는 병오박해 때 순교한 성 김대건 안드레아와 죽으면 김대건 신부 옆에 묻히고 싶다던 페레올 주교님 두 분의 묘소가 나란히 있었다. 두 분에 대한 경의를 표하고 이 배를 올렸다. 경당은 굳게 잠겨 있었다. 옆에 관리인들과 공사 인부들 숙소가 있어 하룻밤 유숙을 청하니 그렇게 하라고 했다. 오다가 어느 교우가 준 사과와 김밥 한 줄로 저녁 식사를 할 수 있음에 감사하며 묵주 기도를 올리다 침낭 속에서 잠이 들었다. 일과를 돌아볼 겨를이 없었다. 온종일 걸었더니 몸이 녹초가 되었다. 그래서 정신없이 자다가 동틀 무렵에 잠을 깨서 짐을 꾸려서 또 걷기 시작했다. 시골길을 걸어서 산기슭을 도는데 군데군데 목장들이 있었다. 석이가 생각났다. 석이는 얼마 전에 만났는데 소들도 늘어가고 소도 원활하게 출하되어 축협에 빚도 많이 갚고 점점 농촌 살림에 재미를 보면서 살아간다고 했다. 선이는 시원한 바람을 맞으며 걷고 또 걸었다. 해가 중천이 될 무렵 백암을 지나게 되었는데 순댓국이 먹고 싶었다. 원조라고 모두 쓰여 있으니 어디가 진짜 원조인지 몰라 무조건 허름하고 오래된 건물을 찾아 일찍 문을 연 집으로 들어갔다. 노부부가 "어서 와요." 하면서 반겨주었다. 순댓국 끓이는 냄새가 구수하게 나고 돼지 곱창을 소금물로 빨아서 재료를 만들었다. 그 과정을 모두 구경 시켜 주었다. 첫 손님이라며 새로 갓 삶아낸 순대를 썰어서 갓 곤 돼지 뼈다귀와 머리를 삶아낸 국물로 순대국밥을 만들어 깍두기와 고들빼기김치와 새우젓과 함께 차려주어 시장한 배를 채웠다. 맛이 매우 구수하고 담백하고 입에 쩍쩍 붙었다. 맛있게 먹고 나서 돈을 내려고 하니 삼천 원만 받으며 다음에 또 오라고 했다. 가격은 오천 원으로 되어 있었는데 그 집에 축복이 있기를 빌며 나왔다. 그리고 안성 읍내를 지나서 죽산 성지로 가기 위하여 걸었다. 걷고 걸으며 우리 인생길을 생각해 보았다. '사람의 인생길에 무엇이 어떻게 다가올까. 이 도보 여행길에 다양한 지나침이 있는 것처럼 우리 인생에서도 기회도, 행운도 지나침이 많을 것 같다. 나와 관계있는 이웃이나 주변 친척이나 부모님, 자녀들까지 사소한 것을 지나침으로 인해 사랑이 미움으로, 행운이 불행으로, 기쁨이 슬픔으로 변하기도 한다.'라는 생각을 바람에 날렸다. 걷는 기쁨이 컸다. 신장로로 걸어갈 때는 지나가는 차들이 가끔 서서 태워 준다고 하기도 했다. 선이는 정중하게 거절했다. 그러나 어떤 때는 후회도 되었다. 발바닥이 너무 아팠다. 그러나 극기의 힘을 키우기 위하여 계속 걸었다. 오후에 죽산 성지에 도착했다. 성지 조성 사업이 진행 중이라 매우 불편했지만, 가건물로 지은 성당에서 기도를 했다. 조선 시대 병인 대박해 때 많은 무명 순교자들이 이곳에서 치명 순교했다고 한다. 순교자들의 많은 피가 흘러 안성천을 붉게 물들였다고 한다. 가족이 서로 죽어가는 모습을 보면서 더 비참한 죽음을 맞았다고 했다. 사람이 어떻게 사람에게 그렇게 처참하게 할 수가 있을까? 배교를 강요하며 부모 앞에서 자식을 죽일 수 있을까? 대원군에 의하여 저질러진 병인 대박해는 조선시대 때 벌어졌던 천주교 박해 중에서도 가장 무참하고 가혹한 박해로써 인간의 악한 모습을 그대로 보여 준 대규모 치명자가 발생하였다. 특히 전국적으로 일어난 박해로 약 일만에서 많게는 이만여 명의 무명 순교자들이 순교했으리라고 한다. 그 수많은 피의 박해자가 있어 오늘의 한국 천주교가 이렇게 부흥하게 되었지만, 그 순교자들의 후손으로서 신자들의 모습은 위대한 신앙의 모범을 보이지 못하는 모습이다. 그러기에 세계적인 교회로 발돋움하는 데 큰 어려움이 있다고 말을 한다. 신자로서 기쁘고 행복하게 살아가는 것은 마땅하지만, 교회에 가면 호남파, 영남파, 경기 서울파, 충청파가 현저하게 갈려서 힘들게 살아가는 신자들이 많다고 한다. 그리고 각 파들은 그들의 세를 과시하며 서로 신자들을 자기들 파로 만들려는 시도를 끊임없이 한다고 한다. 죽산 성지에서는 현재 신자들의 모습에서 신앙을 위하여 자신을 헌신하고 희생했던 치명 순교자들의 신앙의 결기가 있기를 간절히 바랐다. 피곤하여 성지에서 하루를 묵으려 했으나 마땅한 숙소가 없어 주차장 한구석에 일인용 텐트를 치고 침낭 안에서 자기로 하고 화장실에서 대강 몸을 씻고 비상식량으로 가져온 군용 비상식량이 들어 있는 캔을 땄다. 그리고 우유와 함께 간단하게 저녁 식사를 하고 묵주 기도를 하며 치명 순교지에서 그 순교자 영혼들과 교감을 하게 되어 기뻤다. 그날따라 하늘이 맑아서 별들이 쏟아져 내렸다. 저 별 속에 순교자의 별들도 있겠다고 생각했다. 아버지의 품이 얼마나 따뜻하고 안전한지 생각을 하게 되었다.

집을 떠난 지 이틀째인데 벌써 나의 사랑채가 그립고 지금은 학교 기숙사에서 공부를 하고 있는 정이도 보고 싶었다. 안 보면 보고 싶고, 보면 부담스러운 정이가 선이에 대한 집착을 버리고 순수한 오빠로 대해 주기를 기도했다. 선이는 선이의 발을 닦아 주며 자기 발에게 미안했다. 갑자기 발을 너무 혹사시키는 것 같았다. 선이는 작은 공간에서 침낭 안으로 쏙 들어가 잠을 청하여 깊은 잠에 빠졌다. 하늘의 별들이 순교자들의 속삭임을 들려주었다. 주어진 한 세상을 헛되이 보내지 말고 뜻깊은 일에 투신하고 헌신하여 순교 믿음을 전하라고 했다. 선이는 새벽녘에 기상하여 세수를 하고 짐을 꾸려서 등에 지고 또 걷고 걸었다. 장호원을 거쳐 무극으로 향하였다. 동양 최대의 복지 시설인 꽃동네로 가기 위해서다. 가는 곳마다 벚꽃과 복사꽃들이 흐드러지게 활짝 피어 있었다. 자연은 정말 아름다웠다. 산에는 진달래가 피어 있었고 나무들은 연두색 잎들을 틔워내고 있었다. 산천초목에 생기가 돌아나고 형형색색 제빛을 발하며 멋진 세상을 만들어 가고 있었다. 우리 인생도 이 자연처럼 봄, 여름, 가을, 겨울이 있다는 생각을 해 본다. 봄에는 각종 꽃이 봄바람을 맞으며 피어나듯 우리 인생의 봄은 꽃과 같이 아름답고 새순처럼 청순하다. 여름에는 과실을 맺어 자라게 하고 또 다른 농염한 꽃들이 피고 들판에는 오곡이 살을 찌운다. 가을이 되면 저녁노을에 단풍이 불타고 오곡백과가 여물어 추수한다. 한겨울에는 수확하여 비축한 양식들을 먹으며 편안하고 즐겁게 노래하면서 행복하게 살아간다. 겨울이야말로 사람이 영육을 푹 쉬며 여러 가지 사상을 정립할 수 있는 좋은 계기가 된다. 자연 속을 걷는다는 것은 선이의 사상, 즉 이념들을 정리하는 좋은 공부이기도 하다. 한번 지나가면 되돌아가기 싫고 오직 전진만이 있는 이 도보 여행은 흡사 인생길과도 같다. 되돌아간다는 것은 불가능하다. 계절은 가고 다시 오지만, 그렇게 반복되는 계절도 많이 살면 백 번을 보고 잘못 살면 그 변화를 백 번도 못 보고 죽는 경우가 허다하다. 그래서 인생은 순간순간 하루하루를 철저하게 살아야 한다. 이렇게 걸으면서 한 발, 한 발 조심스럽게 신중하게 발을 옮겨야 목적지에 바르게 도착하듯 인생길도 마찬가지이다. 조용히 침착하게 선이를 똑바로 알기 위하여 신중하게 성찰을 하여 바르고 신중하게 살아가야만 행복과 기쁨을 누리며 살아갈 수 있다.

✳ 꽃동네

꽃동네는 정문이 없다. 자유롭게 오고 나갈 수 있다. 선이는 오가는 사람들에게 봉사를 하려면 어떤 절차를 밟아야 하느냐고 물었다. 어떤 수녀님이 따라 오라고 해서 따라갔더니 노인 요양원으로 안내해 주었다. 수녀님은 선이에게 중환자실에서 봉사를 하라고 했다. 선이는 중환자실 바로 옆방에 숙소를 정하고 짐을 풀어놓았다. 그리고 옷을 갈아입고 저녁 배식 봉사를 했다. 중환자실에는 식물인간들이 몇 분 계신데 모두 오 씨였다. 교통사고로 의식 없이 목숨만 살아 있는 사람들이고 이십 대여서 구십 대, 심지어 백 세를 넘긴 분들도 계셨다. 저녁 배식을 끝내고 봉사자 식당에서 식사를 마치고 공동 샤워장에서 집을 떠나온 후로 처음으로 샤워를 할 수 있었다. 샤워를 하고 간편한 복장으로 갈아입고 침실에 눕자마자 잠이 들었다. 꿈에서라도 아버지가 보고 싶었다. 내일은 아버지와 어머니들께 안부 전화를 드리기로 다짐하며 그렇게 잠이 들었다. 새벽 다섯 시 반에 일어나 여섯 시에 미사를 드리고 일과를 시작한다. 선이는 광목 기저귀에 묻은 대변을 털어내는 애벌빨래를 하게 되었다. 하도 오래 많이 재사용을 해서 헤어진 것도 있고 변이 기저귀에 묻어 털어내기 힘들고 옷과 몸에 튀어 하루에도 몇 번씩 옷을 갈아입어야 했다. 남녀 오십여 분을 돌보아드리는 것은 쉽지 않은 일이었다. 그러나 선이는 매일 주어지는 과업을 충실하게 해냈다. 오늘은 환자들 목욕이 있는 날이다. 침대에 누워있는 환자들을 이동식 스테인리스 침대에 수건을 깔고 중환자의 옷을 벗긴 후 옮겨 실어서 샤워실로 가서 온몸에 물을 뿌려 드리고 비누를 온몸에 고루고루 칠하고 때 타월로 때를 씻어 낸다. 그리고 다시 애벌 샤워를 시키고 물기를 닦아낸 후 소변 줄을 채우고 다시 침대로 옮겨 환의를 입혀 드리면 한 분의 목욕이 끝난다. 3일간 계속 번갈아 가며 목욕을 한다. 중환자실의 모든 분은 혼자 두시면 모두 죽을 수밖에 없지만, 봉사자들에 의하여 연명을 하면서 기도하며 아름다운 죽음을 기다리고 있었다. 아브라함 아저씨는 한국 전쟁에서 피난하던 중 어린 나이에 양다리와 한쪽 팔을 잃고 영락없이 죽을 수밖에 없었지만, 어머니의 노력으로 끈질긴 생명을 유지하며 살아오다가 어머니가 치매 증상이 있어 함께 꽃동네에 들어와서 사는데 한 손으로 가능한 한 모든 일을 혼자 한다. 한 손이라도 성한 것이 다행이라고 하며 하느님께 감사하며 하루하루를 살아간다고 했다. 꽃동네에 들어오기 전에는 동네 망나니로 살면서 어머니 속을 엄청나게 썩였는데 꽃동네에서 세례를 받고 개과천선(改過遷善)하여 여생을 주님 안에서 모든 분노와 원망을 버리고 감사하며 산다고 했다. 밖에 계속 있었으면 진작 죽을 목숨이었는데 꽃동네 지상 천국에 들어와 이렇게 웃음을 되찾고 열심히 살아가고 있다고 했다. 그분의 어머니도 꽃동네에 들어오셔서 치매 증상이 개선되어 가끔 중환자실로 오셔서 아들과 밝은 대화를 하신다고 한다. 어머니는 구십이 다 되시어 지금은 꽃동네 병원에 치료를 받고 계신다고 한다. 교통사고로 버려진 사람들이 세 사람이 있었는데 그분들은 먹고 배설하는 일만 하지만 가끔 맛있는 간식을 주면 더 달라고 보채다가 없다고 하면 눈물을 줄줄 흘린다. 자세한 사정은 모르겠으나 십 대에 오토바이를 타고 배달을 하다가 교통사고를 당하여 길거리에 버려진 사람을 꽃동네의 구급대가 달려가 구조하여 와서 병원에서 응급치료를 받고 중환자실에서 십여 년을 살아왔단다. 그렇게 꽃동네에는 얻어먹을 힘조차 없는 분을 모셔다 그분들의 생명을 연명해 주며 그들의 삶의 질을 높여 가도록 도와준다. 복지의 대명사 '요람에서 무덤까지'의 복지를 실천하는 시설이다. 그리고 그분들의 삶 속에 있는 산교육을 하는 꽃동네 연수원이 있는데 그곳에서는 사람이 사랑을 실천하며 사는 것이 무엇인가를 가르치고 실습하는 곳이다. 한국의 유수 기업의 신입 사원 연수를 그곳에서 했다고 한다. 각급 학교의 효 사랑 교육과 실천 실습도 한다고 한다. 아기가 태어나자마자 어머니 품을 떠나서 꽃동네 천사의 집에서 양육하고 있다고 한다. 어느 날 새벽에 꽃동네 설립에 결정적인 역할을 한 최귀동 할아버지 묘소에서 갑자기 어린 아기 울음소리가 났다고 한다. 어느 수녀님이 가보니 요람에 갓 태어난 아기가 포대기에 싸여서 누워서 울고 있었단다. 편지 한 장과 약간의 돈이 있었는데 편지에는 "어린 나이에 원하지 않은 임신을 하여 아기를 낳았으나 키울 능력이 없어서 이곳에 놓고 갑니다. 용서를 빕니다."라고 적혀 있었다고 한다. 꽃동네 수녀님은 아기를 병원으로 데려가 건강 상태를 체크하고 천사의 집 신생아 방으로 데려가 자신이 낳은 아이처럼 돌보며 키우는 보모들에게 맡겨서 키운다고 했다. 해맑게 잘 크는 아이들도 있고 미숙아들은 잘 크다 육 개월에서 일 년 안에 죽는 경우도 있는데 죽은 모습이 살아서 자는 모습으로 보인다고 했다. 작은 관을 짜서 모든 장례 절차는 어른과 똑같이 한다고 한다. 봉사하는 중에 어느 목사님께서 꽃동네에 모신 한 팔십 대 할아버지가 욕창의 악화로 선종하게 되었다. 꽃동네의 묘지에 안장하려고 모든 준비를 마쳤는데 구태여 목사님께서 모셔가 화장을 하겠다고 해서 모셔가는 것을 보았다. 장기 봉사자들의 말에 의하면 저런 일이 종종 있는데 돈과 관련이 있기 때문이라고 한다. 할아버지가 남겨놓은 유산을 합법적으로 교회 재산으로 귀속하기 위해서는 사망 진단서, 화장 증명서와 유골 처리 상황이 담긴 사진 등이 필요하다고 한다. 선이는 그것도 사회가 돌아가는 한 제도라고 생각했다. 일주일만 봉사를 하려고 했는데 돌보는 할아버지들과 아저씨들과 정이 들어 일주일 더 봉사하기로 하고 나이트 근무를 하게 되었다. 꽃동네 노인 요양원은 반지하 1층에 남녀 중환자실이 있고 1층에는 주방과 봉사자 식당이 있으며 2층에는 남자 요양원, 3층에는 여자 요양원이 있었다. 남자 요양원에는 고

령임에도 불구하고 비교적 건강하신 분들이 살고 계신데 그중에는 팔십육 세이신데도 늘 주방에서 마늘 까는 일이나 양파 껍질을 벗기는 일을 하며 주방 청소 일을 하는 바오로 할아버지가 계셨다. 그분은 누구에게나 친절하고 감사하다는 말을 입에 달고 살아가신다. 선이는 할아버지가 육십 대 후반으로 보았는데 연세가 팔십육 세라고 해서 깜짝 놀랐다. "백이십 세를 살아야 하는데 팔십 대는 장년이지. 노인이 아니다."라고 한다. "이렇게 종일 봉사하면 엔도르핀이 생기고 기쁨이 샘솟는다."라고 한다. "밤에 잠도 깊이 들어 건강한 생활에 큰 도움이 되고 깊은 잠은 장수에 큰 도움이 된다."라고 했다. 선이는 바오로 어르신을 보면서 봉사가 장수의 비결임을 알았다. 바오로 할아버지도 "꽃동네에 들어올 때는 반송장으로 들어왔는데 꽃동네 병원에서 지병을 치료받고 노인 요양원에 살면서 건강이 점점 좋아져 이렇게 봉사를 한다."라고 한다. "꽃동네는 그래서 날마다 기적이 일어나는 곳이고 부활을 실제로 경험하는 곳이다."라고 한다. "죽을 사람도 이곳으로 오면 다시 살아나 생생하고 기쁘게 산다."라고 한다. 남자 요양원의 주방 담당 반장인 프란치스코 아저씨는 7년 전에 강남 성모 병원에서 설암 판정을 받고 이제 수명이 3개월밖에 남지 않았으니 꽃동네로 돌아가 편안하게 쉬라고 했는데 "매일 새벽 세 시에 성당으로 가서 기도를 열심히 하면서 이왕 죽을 거, 기를 쓰고 봉사를 하다가 죽는다고 기도와 봉사를 계속해온 세월이 3개월을 넘어 7년을 덤으로 산다."라고 하며 "짜파게티를 사 달라."라고 해서 선이는 가게에 가서 짜파게티 한 박스를 사다 드렸다. 프란치스코 할아버지가 하루의 기적을 계속 이어가기를 간절히 바랐다. 이윽고 중환자실에서 밤 근무를 처음으로 하게 되었다. 밤 9시부터 새벽 7시까지 환자들을 돌보는 나이트 근무이다. 밤을 새워 가면서 환자들의 소변 줄과 팩의 소변을 빼 주고 기저귀도 갈아 주며 이불도 덮어 주고 욕창 환자는 자세 교정을 위해 두 시간마다 자세를 반대로 바꾸어 주어야 한다. 나이트 근무를 하고 나니 선이도 이제는 봉사에 자신감을 가지게 되었다. 나이트를 하면 이튿날은 종일 자유로이 쉴 수 있다. 선이는 우선 잠을 자야 했다. 침대에 눕자마자 바로 잠을 잤다. 8시에 자서 11시까지 세 시간을 자고 나니 온몸의 피로가 가셨다. 선이는 꽃동네를 돌아보기로 했다. 겉으로 나타난 꽃동네 규모는 대단하였다. 걸어서 한 바퀴를 돌아보려면 몇 시간이 걸릴 듯하다. 그래도 천사의 집을 가보고 싶었다. 산 고개를 넘어가야 한다. 천국 문이라 부르는 곳을 지나서 한참 가니 언덕 아래에 엄청난 크기의 또 다른 세계가 펼쳐져 있었다. 저기가 천사의 집인가 하고 가보니 거기는 장애인 전문 요양원이었다. 모두 중증 장애인들이지만, 서로 손이 되어주고 발이 되어 주며 사이좋게, 기쁘고 행복하게 살아가고 있었다. 입을 이용하여 붓글씨를 쓰는 분도 계시고 시인들도 계셨다. 이곳에서 사는 분들은 밖에서는 온갖 불만과 원망으로 살아갔던 사람들이다. 그리고 자살을 시도하기도 하고 온갖 천대를 다 받고 살았으나 꽃동네에 들어와서 사람다운 대접을 받으며 각자의 달란트를 발견하고 계발하여 전문 강사들의 도움으로 각자의 재능을 키우고 성장시켜 오늘에 이르렀다고 한다. 그곳에는 유명한 등단 시인인 엘리사벳 자매님이 계셨다. 그분은 말하고 듣는 일을 빼고는 모든 사지를 쓸 수 없었다. 특수 제작된 침대에서 오직 누워서만 살아야 했다. 그러나 그녀를 만나는 순간 해맑은 영혼의 소유자임을 바로 알 수 있었다. 그녀는 "얼굴에는 늘 웃음이 가득하고 들을 수 있고 말할 수 있어서 하늘과 온 세상에 감사하고 행복하다."라고 한다. 그리고 자매님은 실제로 행복해 보였다. 어느 여학생이 자살하기로 마음먹고 꽃동네에 왔는데 자매님을 만나고 나서 회심하였다고 한다. 비록 몸은 성하지 않지만, 그의 정신은 건강하고 행복해 보였다. 그리고 그곳을 나와 그분들이 일러준 대로 또 한 고개를 구불구불 돌아가는데 한 창고가 보여 호기심에 한번 들어가 보니 헌책들이 가득 쌓여 있었다. 읽어 볼 만한 고전들이 있었는데 선이의 눈을 사로잡은 것은 『한국 천주교 교회사』 상하권이었다. 그 책을 챙겼다. 천사의 집에서는 신생아부터 유치원에 가기 전까지의 어린아이까지 볼 수 있었다. 저렇게 어린아이들을 낳고도 아기들을 포기하는데, 선이는 저런 시절에 아버지와 함께 살았으니 아버지의 은혜에 감사할 따름이다. 선이는 아가들의 건강을 빌며 다시 노인 요양원으로 돌아갔다. 가는 길은 주변의 새소리들이 아름다웠고 영산홍, 백산홍 등 많은 꽃이 피어 꽃동네 사람들을 위로하고 그들을 축복해 준다. 벚꽃과 목련도 만개하였다. 꽃동네는 사람 꽃과 자연의 꽃이 조화를 이루어 아름다운 황홀경을 지는 해의 노을로 연출하고 있었다. 아버지와 어머니께 전화를 드려서 "꽃동네에서 봉사 활동을 하면서 많은 것을 배우고 있다."라고 하니 아버지는 "이제 입대할 날도 얼마 안 남았는데 빨리 귀가해라."라고 하셨다. 그러나 선이는 이곳에 더 머물고 싶었다. 어머니는 거의 완전하게 회복되셔서 손수 당신 몸을 건사할 수 있다며 선이가 보고 싶다고 하셨다. 선이는 서울 어머니도 그리웠다. 서울 어머니와는 밤늦게 노인 요양원 입구에 있는 공중전화로 통화하기로 마음먹었다. 선이는 저녁 시간에 맞추어 요양원 식당에 도착하여 배추겉절이, 소고기볶음, 잡곡밥으로 식사를 간단히 하고 숙소로 가서『한국 천주교 교회사』를 읽었다. 헐값에 여러 사람에게 보급하려고 그랬는지는 모르지만, 너무 질이 낮은 종이로 책을 만들어 읽기가 불편했다. 그래도 천천히 정독하기로 결심했다. 오늘도 거의 네 시간을 인터뷰도 하고 걷기도 하고 아기들도 보고 했더니 봉사할 때보다 더 힘이 들었다. 그래도『한국 천주교 교회사』를 읽다가 잠이 들었다. 아침에 일찍 일어나 매일 미사를 참례하여 영성체를 모시는 일도 일과의 큰 즐거움이다. 이곳에서 생활하는 수녀님들, 수사님들, 학사님들이 부러웠다. 그러나 이런 환경에서 매일 노동으로 봉사하는 수녀님들, 수사님들은 특별한 하느님의 인도하심이 필요하다고 선이는 생각했다. 매일 예수님을 모시고 자신을 온전히 그분께 맡기며 헌신하고 봉헌하는 삶은 위대한 삶이다. 그러나 종종 수도자들도 많은 고통과 슬픔을 당하고 사람들로부터 상처를 받는다고 한다. 특히 동료 수도자들끼리의 갈등은 서로에게 큰 상처를 주어 스스로 수도원을 떠나기도 한다. 학사님으로 꽃동네 수도원에서 신학교에 입학하여 신학을 공부하다가 유감으로 귀속세하여 떠나는 경우도 있다고 한다. 어떤 분은 사제가 되어서 생활하다가 환속하는 경우도 있었다고 어느 노 수사님과 성소 상담을 하다가 이야기를 듣기도 했다. 선이는 어느 길을 가야 하는가? 정이와 어떤 관계가 되어야 하는가? 많은 진로 고민에 이런저런 생각을 했지만, 정확한 답을 얻기가 힘이 들었다. 선이는 이제 이틀 후면 한 주를 더 봉사할지, 아니면 집으로 갈지를 결정해야 했다. 이런저런 고민이 선이의 가슴을 답답하게 하였다. 그동안 죽 살아온 삶의 방향을 바꾸는 것도 하느님 뜻에 달려 있지만, 그 뜻을 알기가 정말 쉽지 않다는 생각을 해 본다. 아마 선이만의 고민이 아니라 모든 신자의 고민이기도 할 것이다. 그러니 극소수이겠지만, 신자 중 일부는 용하다는 점집을 가는 경우도 있다고 한다. 인생을 항해하면서 오죽 답답하면 신자가 계율을 어기며 점집을 갈까 하는 생각도 했다. 하느님께서 항상 적당한 기회에 당신을 보이시고 당신 뜻을 사람에게 전달하신다는 믿음을 가지고 사는 것은 소중한 일이다. 하여간 당장은 하느님께서는 한 주 더 꽃동네에 머물며 선이를 성찰하며 당신의 기적을 체험하라고 하는 것 같았다. 지금까지 선이는 중환자들을 돌보며, 하느님께서 은밀한 도움을 주시는 체험을 했다. 그곳에서 귀중한 생명을 하루라도 연명하며 봉사하는 사람들을 기쁘게 해 주는 것 자체가 기적이다. 선이도 봉사를 하면서 그분들로부터 기쁨을 얻고 생명에 관한 막연한 생각을 벗어나 생명의 실존을 경험하며 그 생명은 하느님이 사람에게 내려준 특별한 은총이자 그분이 직접 빚어서 만든 피조물이며 그 숨이 끊어지지 않도록 늘 노심초사하며 보호해 준다는 사실을 매일 기적으로 목도했다. 마치 아버지가 선이를 늘 걱정하며 돌보아 주시는 것처럼 또 다른 아버지 하느님은 하느님의 모든 피조물을 사람에게 맡기고 사람은 당신이 친히 숨을 쉬는 순간마다 간여하시며 사람을 보호하신다. 그러나 사람들은 그것을 모르고 제멋대로 살아감으로써 육체적인 세상의 부모님 속도 썩이고 하느님 아버지의 속을 엄청나게 괴롭히며 살아가고 있다고 한다. 선이는 앞으로 어떻게 인생을 사는 것이 피조물로서, 만물의 영장으로서 살아가는 것인가를 심각하게 성찰해 보기로 하고 한 주 더 꽃동네에 머물러 보기로 하고 시설장 수녀님께 허락을 받았다. 노인 요양원 성당은 꽃동네의 영안실이다. 거기에서도 매일 기적을 경험하게 된다. 성당에는 거의 매일 시신이 안치되어 있는데 냉장 보관을 안 해도 시신에서 전혀 냄새가 나지 않았다. 선이도 가끔 꼭두새벽에 성당에 가 보면 프란치스코 아저씨가 기도를 하고 있다. 선이도 그 옆에 앉아서 기도를 드렸다. 그리고 시신 앞에서 짧은 연도를 바쳤다. 혼자 성당 안으로 가면 예수님께서 동행하시고 기도도 자동으로 하게 해 주신다. 신기한 일을 자주 경험했다. 하느님 친히 선이 베드로에게 당신을 느끼게 해 주신다. 어쩌면 꽃동네 자체가 거대한 지상 천국이 아닌가 생각이 되었다. 누구나 꽃동네를 경험하면 그곳에서 하느님의 모습과 예수님의 모습을 볼 수 있다. 그리고 성령님을 체험할 수 있다. 선이는 중환자실 뿐만 아니라 노인 요양원 영안실에서 어느 수사님의 요청으로 입관하는 일도 해 보았다. 신자로 선종하신 분들 대부분은 산자와 별반 차이가 없었다. 다만 숨만 못 쉰다는 것이 다른 부분이다. 입관하기 전에 지의를 입히고 수의를 입히는 과정에서 백두 살에 선종하신 안나 할머니가 계셨는데 돌아가신 모습도 곱기도 하고 아름다웠다. 그런데 그분과 대화도 하고 늘 가까이하셨던 마태오 수녀님께서 "안나 어머니 저 왔어요." 하니 순간 할머니가 얼굴에 홍조를 띠며 미소를 띠는 것이다. 할머니가 찰나지만 부활하신 모습을 보며 또 다른 기적을 보았다. 이렇게 선이는 3주간의 꽃동네 봉사를 하면서 사람들의 생로병사의 과정을 실제로 보고 느꼈고 행복과 기쁨도 무엇인가를 알 수 있었다. 꽃동네 밖에서는 악마의 모습이었고 하느님 자녀로서는 할 수 없는 짓을 하면서 살았던 사람들이 꽃동네에 들어와서 세례를 받고 제대로 살다 보니 인성과 신성을 회복하고 자기 자신을 성찰하며 자신의 모든 처지를 예수님께 봉헌하고 현재의 삶에 만족하며 감사하는 마음으로 신앙적인 삶을 사니 행복과 기쁨을 누리며 살 수 있는 것 같다. 일체유심조(一切唯心造)라는 말이 있듯이 마음이 긍정적인 모드로 바뀌면 생각이 좋게 변하고 영혼이 맑고 밝아진다. 그러면 마음먹은 대로 좋은 일을 할 수 있다. 사회에서 천대받고 학대받으며 분노와 원망의 시한폭탄으로 살았던 사람들이 꽃동네에 들어오면 인간 자존감과 존중감이 살아나고 우러름을 받는 사람으로 보이는 기적이 있는 것이다. 그것이 하느님께서 우리 삶에서 제 역할을 하시는 모습이다. 하느님의 창조 본능을 찾아 그분의 품성을 닮아 가도록 은연중에 이끌고 도와주시는 것을 세상 사람들이 기적이라고 생각하는데, 그것이 꽃동네에서는 다반사로 일어나고 있다. 그 모습들을 보고만 있어도 마음에 평화가 오고 기쁨이 솟는다. 선이도 막연했던 하느님의 실존을 꽃동네에서 발견했다. 어쩌면 이곳은 작은 하늘나라로 천국과 연옥을 경험할 수 있었다. 천국은 천사의 집, 요한의 집에서 아기들과 중증 장애인 안에서 발견했고 연옥은 병원의 호스피스 병동에서 목격했다. 물론 중환자실에서도 연옥과 천국을 번갈아 가며 보았다. 오늘도 나이트 봉사 근무다. 밤새 하느님과 소통을 하며 즐겁게 보낼 수 있어서 좋았다. 어떻게 알았는지 선이가 꽃동네에서 봉사한다는 소식을 듣고 정이도 노인 요양원 중환자실 여성 병실로 봉사를 온다고 했다. 일주일 더 봉사한 것이 잘된 일이라고 생각했다. 정이도 꽃동네 봉사 활동으로 새로운 하느님을 체험해 보기를 원했다. 정이가 온다고 하니 마음이 설레고 야간 당직 근무의 고단함도 덜하고 기뻤다. 아브라함 아저씨가 잠이 잘 안 온다고 대화를 하자고 했다. 아저씨와 선이는 다른 환자들에게 방해가 되지 않도록 최선의 노력을 다하며 이야기를 하였다. 아저씨는 한국 전쟁을 기억하여 당시의 상황을 이야기해 주었다. 아저씨는 전쟁 당시 평양에서 삼십 리쯤 떨어진 읍내에서 어머니가 작은 가게를 해서 잘 먹고 살았다고 한다. 아버지는 독립군이어서 이따금 어머니를 몰래 만나고 바로 떠나셨는데 그런 가운데 아저씨가 태어났다고 한다. 나중에 월남해서 어머니가 하도 살기가 힘들어서 남한 정부에 아버지가 독립운동을 하는 사진 등을 들고 가 유공자 신청을 했으나 출신 성분이 공산주의자로 분류되어 등록이 불허되었다고 한다. 일본군에 맞서 싸웠으면 이념에 관계없이 독립 유공자가 되는 것이 당연하지만, 나라가 독립되고 남한과 북한이 위도 삼십팔도선을 기준으로 북한은 소련군이 남한은 미국군이 3년간 신탁통치를 하게 되었다고 했다. 그런 가운데 남북한은 심한 이념 갈등으로 갈라서서 북한은 김일성 주석이 정권을 잡았고 남한은 이승만 자유당이 정권을 잡았다. 북한은 비교적 정부와 민생이 쉽게 안정되었다. 소련이 김일성에게 전폭적인 지지를 보냈고 물심양면으로 도왔으며 일제 잔재 청산을 과감하게 하여 김일성 주석은 민심을 얻었다. 반면에 남한은 미국의 지지는 있었지만, 전폭적인 지원은 없었고 미군이 모두 철수해 버린 상황이라 민심이 친일파와 반일파로 나뉘고 반공주의와 공산주의가 갈라져 민심이 통일되지 못했다. 그래서 사회

가 혼란스러웠으며 정부도 우왕좌왕(右往左往)한 탓에 일제 잔재 청
산도 제대로 하지 못하고 여전히 친일파들이 득세하여 지금까지 여
러 가지 비극적인 상황이 벌어지고 좌익들이 득세하는 빌미를 주었
으며 김일성 주석의 주체사상이 각광을 받게 하였다. 그렇게 사상은
서로 혈투를 벌이게 된다. 결국, 그 혈투의 최종 정점이 한국 전쟁이
었다. 김일성 정권과 소련의 결탁으로 한국 전쟁이 발발했다. 한국
전쟁 발발은 미국도 일부 책임이 있다. 미국이 신탁통치가 끝나자마
자 바로 철수했다. 애치슨 라인에 따르면 미국이 전쟁이 나면 미군을
투입하여 자동으로 개입해야 하는데 일본까지만 포함하고 한국은
제외했다. 당시 어쩌면 미국은 한반도가 공산화되기를 원했는지도
모른다고 아저씨는 말했지만, 선이는 부인하였다. 아저씨가 직접 전
쟁을 겪으며 느낀 것은 공산주의자들은 말은 그럴싸하게 잘하는데
막상 실행하는 게 없고 특권층만 잘산다고 했다. 그런데 남한도 마
찬가지라고 했다. 남한 정부를 이끌던 자유당도 공산당과 마찬가지
로 정권을 유지하기 위하여 갖은 술수를 다 동원해 국민을 괴롭게
했다고 했다. 그래서 아저씨는 북한도, 남한도 정권을 잡은 사람들
에 의하여 나라가 좌지우지되고 반대파를 죽이고 짓밟는 데만 혈안
이 되어 있다고 한다. 지금도 북은 북대로, 남은 남대로 자행되는 인
민 학대는 여전하다고 한다. 이 의견에는 일부 선이도 동의를 했다.
소변 줄과 팩을 비워야 하고 욕창 환자들이 주무시는 자세도 변경해
드려야 해서 아브라함 아저씨의 이야기를 계속 들을 수가 없었다. 약
한 시간 정도 일을 끝내고 아저씨께 갔더니 깊은 잠에 빠져 있는 모
습을 보면서 아저씨가 이 큰 부상을 입고 북한에 살았다면 최소한의

인권을 누리며 살 수 있을까 하는 생각을 해 보았다. 아마 지금처럼 이렇게 깊은 잠을 주무실 수 있을까? 그리고 지금까지 생명을 유지할 수 있을까? 온갖 생각이 주마등처럼 지나며 철이 생각이 났다. 철이는 한국 전쟁은 미국이 일으켰다고 주장하였다. 다행히 선이는 아버지의 증언이 있었고 책을 읽어 한국 전쟁에 대한 지식이 어느 정도 있었기에 철이 주장에 말려들지 않았다. 우리 역사를 바로 인식하지 못하는 금수저들이 많고 그들 대부분은 대학가를 파고든 간첩들의 주체사상 교육을 받고 반미 반정부 데모를 주도해 왔다. 철이는 그래도 극좌익은 아니었으나 가끔 선이에게 공산 사회주의 정당성을 이야기하다가 서로 간에 의견 충돌이 있었다. 자유당 시대나 공화당 시대나 가난한 사람들이 대부분 극좌익 선동에 앞장섰는데 5공화국 시대부터는 금수저들이 데모에 가담하고 그들이 투쟁에 앞장서기도 했으며 특히 전교조나 공노조 등에도 서서히 좌익 세력에 부르주아들이 참여하기 시작하였다. 그리고 서서히 좌우 갈등이 심화되었다. 군사 독재와 군사 정부의 부패, 부조리에 신물이 난 것이다. 그러니 앞으로 좌익 세력이 국가를 운영할 날도 머지않았다는 생각을 하면서 이곳에서 생활하시는 분들이 더 행복해지기를 기원했다. 또 다른 새 하루를 힘들지만 그래도 자신들이 다른 처지의 사람들보다 낫다고 생각하는 분들이 고마웠다. 그 또한 작은 기적이라고 선이는 생각했다. 아침에 환자들의 상태를 인수인계하고 샤워 후 아침 식사도 거르고 침대에 누워 깊은 잠에 빠졌다. 선이는 천성적으로 침대에 누우면 바로 깊은 잠에 빠진다. 오늘은 주말이라 더 평안했다. 저녁에는 미사에 참례해야 했다. 매일 미사의 묘미는 한번 거기에 빠지면 계속 참례해야 하는 의무감이 생기되 즐겁고 행복하다는 데 있다. 잠결에 봉사자 선이를 부르는 방송이 있었다고 동료 봉사자가 잠든 선이를 깨웠다. 선이는 깜짝 놀라며 깨었다. 오늘 정이와 친구들이 이박 삼일 봉사를 온다고 아버지께서 연락하여 알고 있었기 때문이다. 사무실로 올라가 보니 세 명의 여대생이 봉사를 왔는데 선이를 찾았다며 학생들이 일단 숙소에 가서 봉사하기 편한 복장으로 갈아입고 다시 올 것이니 사무실에서 기다리라고 해서 얼른 샤워실에 가서 머리에 물을 발라서 단정하게 빗고 세면도 하고 로션을 바르고 간결하게 단장하고 사무실에 가서 기다렸다. 한참 만에 예쁜 정이와 그녀의 두 친구가 나타났다. 시설장 수녀님은 선이에게 세 여학생을 데리고 남여 요양 시설과 주방 세탁실, 남여 중환자실을 안내하고 여자 중환자실로 데려가 그곳 근무자에게 그녀들을 인계하라고 했다. 선이가 "정이야! 친구들과 여기까지 오느라고 고생했다." 하니 정이는 "오빠, 감사해요. 우리는 기쁜 마음으로 봉사를 왔어요." 두 여학생도 미소로 응답했다. 선이는 각 층을 돌며 대표 어르신들을 소개하고 시설 안내를 했다. 대형 세탁실에는 대형 세탁기 몇 대가 돌아가고 있었다. 쉼 없이 건조기에서 나오는 세탁물에 정이와 친구들은 놀라워했다. 그리고 옆에 있는 성당으로 데리고 갔는데 마침 두 분의 연령이 나란히 누워 계셨다. 학생들을 뒤에 앉히고 짧은 연도를 구성지게 바쳤다. 끝난 후 정중하게 절을 하고 나오니 선이가 오빠가 완전히 변했다고 했다. 오빠가 수도자처럼 고상하고 엄숙하고 거룩하게 보였다는 것이다. 그 또한 작은 기적이 아닌가 생각된다. 정이뿐만 아니라 두 친구도 그렇다고 했다. 그중 한 친구는 교우로서 마리아였다. 선이 베드로는 성모님과 특별한 인연이 있는 듯하다. 약국 어머니와 서울 어머니도 마리아이고 여기서 만난 많은 자매님들도 대부분 마리아였다. 그런데 정이 단짝 친구도 마리아라고 한다. 원래 마리아가 주말을 이용하여 꽃동네 봉사를 가자고 제안했고 정이와 한 친구가 같이 왔다고 한다. 선이는 정이가 제일 예뻐 보였다. 선이는 보고 싶었다는 듯이 바라보는 정이를 다정하게 대해 주었다. 그래서 오빠가 많이 변했다고 했는지도 모른다. 세 여학생을 여 중환자실의 마태오 수녀님께 인계하면서 정이는 우리 마을 동생이고 그 친구들이라고 하니 베드로 형제님이 잘한 것처럼 자매님들도 잘해 주시길 믿는다고 했다. 정이가 엄지 척을 보이며 선이를 응원하였다. 선이는 바로 그 옆의 숙소로 가서 다시 침대에 누워서 부족했던 잠을 더 청했다. 그러나 잠이 오지 않아 묵주 기도를 했다. 성모님은 베드로가 깊은 잠에 빠지게 하셨다. 이 또한 기적이었다. 선이 베드로는 꽃동네에서 사소한 기적을 계속 체험하였다. 한창 자고 있는데 저녁 식사 시간이라며 밥을 먹자고 마태오 형제가 선이를 깨웠다. 봉사자 식당으로 가니 정이와 친구들도 식판을 들고 순서를 기다리고 있었다. 마태오와 선이도 식판을 들고 차례를 기다렸다. 마침 선이와 같은 식탁에서 나란히 식사를 하는데 성령 체험을 하신 마르타 혹은 말다라고 불리는 가족 봉사자 자매님이 선이와 정이를 보면서 "환상의 콤비다. 환상의 콤비야." 했다. 정이는 얼굴이 상기되며 부끄러워했다. 친구 마리아 학생도 부추겼다. "내 눈에도 그런데." 하면서 두 친구가 까르르 웃었다. 선이와 정이는 "고맙다."라고 응수하며 식사를 했다.

* 선이와 정이의 데이트

식사가 끝난 후 선이와 정이는 둘만의 데이트를 할 수 있었다. 마태오 수녀님께 미리 부탁하여 얻은 기회다. 선이와 정이는 가로등이 밝혀져 있고 벚꽃이 멋지게 피어 있는 천국 문 가는 길로 산책을 하며 데이트를 했다. 이렇게 아는 사람들이 없는 호젓한 데이트는 처음이다. 언덕길을 따라 올라가다 외로운 가로등 밑을 지나 벚꽃이 꽃비를 내리는 어느 순간 선이와 정이는 키스를 하게 되었다. 선이는 순간 더 진행되면 안 된다는 생각에 정이를 꼭 안아 주며 볼에 키스하고 멈췄다. 입에는 안 가려고 노력했다. 정이는 "오빠, 입으로 하면 안 돼." 해서 선이는 말없이 정이를 애절하고 다정하게 안아 주기만 했다. 그것으로 서로의 사랑을 표현하고 달님과 벚꽃이 조화를 이룬 환상적인 달밤의 데이트는 평생 잊지 못할 추억으로 남을 것이다. 둘은 손을 꼭 잡고 천국 문까지 갔다가 노인 요양원으로 돌아와서 선이는 숙소로, 정이는 여 중환자실로 봉사를 하러 갔다. 오늘도 정이와 선이는 지킬 선을 지키며 서로 사랑의 정을 나누며 좋은 추억을 만든 것이 신기했다. 사람이 사람다운 품격을 갖추고 하느님 계율을 지키며 오늘 하루를 무사히 살았다는 만족감을 느낄 때 최고의 수면제가 되어 사람의 영육을 건강하게 한다. 앞으로도 선이는 정이와 만날 때마다 정이를 소중하게 보호하고 사랑해 주어 좋은 교사가 되는 데 도움이 되는 언덕이 되어 주기로 했다.

* 선이의 귀가

　선이는 정이와 그 친구들과 작별하고 이틀을 더 봉사한 후 꽃동네를 떠나기로 했다. 선이가 군대에 입대할 시간이 다가왔기 때문이다. 아버지와 어머니도 빨리 정리하고 돌아오라고 성화이다. 짐을 꾸리고 시설장과 그동안 정이 들었던 분들과 일일이 작별 인사를 드리고 꽃동네를 나와 무극으로 나왔다. 무극은 금 광산들이 많은 곳이다. 한때는 우리나라 금 주산지로 유명했다. 금은 평지에서 지하로 수십 킬로미터를 거미줄처럼 뚫고 들어가 금맥을 따라서 금광석을 캐내어 제련하여 순금을 생산한다고 한다. 그 과정에서 지하수를 오염시키거나 지하수 수맥을 끊어 아예 지하수를 고갈시키기도 한다고 한다. 사람은 자연을 파괴하고 오염시켜야 금이라는 결과물을 얻어 낼 수가 있다. 금은 대부분의 사람이 부의 상징으로 소중하게 여기는 보물이다. 그 보물 금은 아프리카에서는 모래밭에 많이 있어 사금이라고 하는 금이 생산되지만, 우리나라에서 대부분의 금은 광산을 개발하여 금을 생산한다고 한다. 많은 사람이 '신라' 하면 금관을 떠올리는데, 당시 경주를 관통하여 흐르는 냇가에서 사금을 많이 채취하여 금공예가 발전했다고 한다. 선이는 꽃동네에서 있었던 좋은 추억들을 하나씩 곱씹어 기억의 창고에 담았다. 시골집으로 돌아오니 어머니, 아버지가 집에 계셨다. 얼마 전에 상추, 쑥갓 모종을 심었고 곧 고추 모도 심고 논둑에 검은콩도 심을 거라고 한다. 아버지와 어머니가 함께 시골집에 계시니 선이는 행복하였다. 이제는 집이라는 느낌을 받으며 아버지와 어머니가 짝을 이뤄 다정하게 지내시니 좋으면서도 질투가 났다. 그러나 그 정도는 이성으로 제어할 수 있는 나이다. 가끔 선이가 나이에 걸맞지 않게 어머니께 응석을 부리면 어머니는 그 응석을 부드럽게 잘 받아 주시며 선이의 볼과 손등에 뽀뽀를 해 주셨다. 그럴 때면 카타르시스를 느끼며 어머니의 사랑과 배려에 감사드렸다. 그렇게 집에서 쉬면서 입대를 기다렸다. 아버지의 말로는 외무고시에 합격한 사람은 군에서 행정병으로 빠질 수 있다고 했다. 선이는 군 생활에서 최대한 공부도 하면서 운전면허를 따고 운전병이 되고 싶었다. 어릴 때부터 운전을 하고 싶었다. 현대 자동차에서 나온 포니 승용차를 직접 운전하여 경부 고속도로를 달려 보고 싶었다. 입대 일자에 맞추어 훈련소가 있는 논산으로 어머니, 아버지와 하루 전에 가서 여관에서 묵었다. 그날 저녁은 소고기구이 정식을 먹었다. 고기가 비싸서 그런지 오랜만에 한우 고기를 맛있게 먹었다. 석이가 가끔 소를 출하하면서 도축장에서 직접 받아온 한우 1등급 고기 맛에 익숙해진 선이는 웬만한 고기 맛에는 젓가락이 가지 않는다. 그런데 입대 전에 먹는 저녁 식사를 부모님과 함께 먹어서인지 맛있기도 하고 한편으론 세상과 전혀 다른 세계에서 살아갈 두려움에 겁도 났지만, 부모님 앞에서는 티를 내지 않고 씩씩해 보이려고 했다. 주변 이발소에서 머리를 빡빡이로 밀고 나니 제법 훈련병티가 났다. 주변에 피 끓는 젊은이들이 국방의무를 이행하기 위하여 모여든 풍경이 다양했다. 선이처럼 부모님과 함께 온 친구도 있고 친구들과 함께 온 친구도 있고 여자친구와 온 친구들도 있었다. 선이는 부모님께 작별 인사를 하고 훈련소로 들어갔다. 선이는 훈련을 잘 마치고 육군 수송 학교에서 운전 교육을 마치고 자동차 면허를 취득하고 모 사단의 운전기사로 배속되어 운전을 했다. 처음에는 군사 물자들을 수송하는 트럭 운전기사로 주어진 소임에 최선을 다하며 틈틈이 책도 읽고 아버지, 어머니께 편지도 쓰고 정이에게도 편지를 썼다. 어느 날 사단장님께서 선이를 찾는다고 해서 사단장실로 갔다. "충성!" 하고 기합이 팍 들어서 경례를 하니 사단장도 "충성!" 하며 온화하게 선이 이병을 푹신한 소파에 안내해서 앉으라고 한다. 그리고 선이의 이력을 말하며 오늘부터 공관병으로 일하며 사모님 차를 운전하라고 했다. 그렇게 선이는 졸지에 공관병이 되어 타 운전병들의 부러움을 샀다. 선이는 특혜를 받는다는 생각에 동료들에게 미안하다고 인사를 하고 사단장 관사로 짐을 싸서 어깨에 둘러메고 갔다. 공관병은 총 다섯 명인데 선이가 제일 졸병이었다. 신고식을 했다. "충성! 이병 선이는 오늘 날짜로 공관병으로 명받아 신고합니다. 충성!" 했다. 주방장 병장은 선이에게 "공관병의 임무와 책임이 막중하다."라고 하며 앞으로 선이가 해야 할 일들을 일일이 교육했다. 선이는 차라리 운전병을 계속하는 것이 좋다고 생각했다. 주방장은 수시로 불러 설거지를 시키고 음식 조리법도 가르쳐 주었다. 주방장은 고등학교를 졸업하고 학원에서 요리사 자격증을 취득했다고 한다. 성격도 무난하고 온유했다. 공관병들 모두는 나름 금수저들이다. 선이는 눈썰미가 좋았다. 그래서 할 일을 쉽게 배우고 환경에 적응이 빨랐다. 게다가 가끔 사모님 차를 운전하니 선임이라고 해도 졸병을 함부로 대하지 않고 예의를 지켜 주었다. 그중에 신학생 한 사람이 있었다. 사단 군종 업무를 보조하는데, 사단장님과 사모님의 요청으로 공관병 숙소에서 함께 생활한다고 한다. 김 일병이다. 온화하고 침착했다. 늘 묵주 기도를 했다. 김 일병은 선이 베드로에게 조용히 할 말만 할 뿐, 일체 명령조로 말을 하지 않고 제 할 일을 먼저 실행하며 선이 이병이 따라서 해 줄 것을 무언으로 말한다. 선이는 그와 서로 친밀감을 느끼고 형제애를 나누었다. 학사님은 신학교 3학년을 마치고 입대했다고 한다. 부모님이 모두 천주교 신자고 5남매 중 장남이라고 한다. 아버지는 중견 전자 기업을 하면서 자동차용 오디오 등을 만들어 국내 기업에 납품도 하고 수출도 한다고 했다. 고교 시절 성소를 따를 때 고민이 많았으나 부모님의 기도와 본당 신자들의 기도를 들으신 하느님께서 특별한 은총을 내려 주셔서 신학생이 되었으나 지금도 가끔 후회한다고 했다. 김 일병과 선이의 만남은 우연이 아니라는 생각을 서로가 했다. 선이는 이제야 김 일병이 고교 시절에 했던 고민을 하고 있기 때문이다. 두 사람은 시간이 허락되는 대로 열심히 하느님의 현존을 토론하였다. 그럴 때는 주방장도 빙그레 웃으면서 간식을 챙겨 주었다. 선이는 자신의 개인사는 이야기하지 않았다. 다만 지금 심정으로는 "제대 후 학교를 졸업하고 신학교에 재입학하여 신학을 공부하고 싶다."라고 하니 김 일병은 "그렇게 하지 마라."라고 한다. "정 신학을 공부하고 싶다면 대학원에 입학하여 학문적인 공부를 해라."라고 권했다. 선이는 이유를 물었다. "사제와 정신과 의사가 되려면 다양한 체험과 사람 사는 모습을 경험해야 하는데 신학생이 되면 폐쇄적인 공간에서 오직 하느님과 소통을 해야 하는 극기와 자신과의 치열한 싸움으로 외통수가 될 확률이 높고 자신의 아집으로 사제로서 소임을 할 때 많은 애로 사항이 있다."라고 했다. "자유의지를 상실한 채 강요와 사상 교육에 집중 받는 느낌에 신학에 대한 회의감을 가지고 살다가 어쩔 수 없이 사제가 되는 경우도 있고 사제가 되더라도 신자들에게 하느님 나라의 복음을 전하는 데 열정이 없다."라고 한다. "참으로 슬프고 아픈 현실이다."라고 김 일병은 말한다. 김 일병은 "이미 신학의 길을 가고 있지만, 가시밭길을 가고 있다."라고 한다. 선이는 예수님 십자가 사건을 떠올리며 그분이 괴롭고 아프고 고된 길을 가시며 인류의 구원주가 되셨듯이 김 일병도 그러한 길을 가고 있음을 느꼈다. 십자가로 가시는 예수님께서는 골고다 언덕길을 당신이 못 박힐 십자가를 지고 올라가시며 비참한 현실을 받아들이시며 하느님께 순종하며 오직 하느님의 인류 구원 역사에 동참하였다. 어린 양 예수님. 그분의 길을 따라서 똑같은 번민과 고민으로 함께하시는 예수님. 그 예수님과 같은 고통과 고민과 슬픔 속에서 그 길을 가고 있는 사람들이 김 일병 같은 신학생들이라는 생각을 했다. 군대 시간도 선이에게는 빨랐다. 규칙적이고 절제된 생활이지만 비교적 자유로운 생활도 주어졌다. 공관병 숙소에는 공중전화가 있어서 부모님과 통화를 할 수도 있고 정이가 방학 때면 12시 40분을 꼭 기다렸다. 그 시간이 3년간 방학이면 선이와 통화하기로 약속한 시각이었다. 김 일병은 어느덧 병장이 되었고 선이는 상병이 되었다. 둘 사이는 다정한 좋은 친구가 되었다. 서로 의견을 나누고 기도도 함께하였다. 군대에서 좋은 친구 김 병장을 만난 것이 최대의 수확이며 운전면허를 취득한 것도 좋은 일이었다. 정이는 대학을 졸업하고 선생님 임용고시에 합격하였다. 곧 중학교에 발령이 날 거라고 한다. 한 씨 아저씨 부부가 동네를 돌며 춤을 추었다고 했으며 아버지에게도 떡을 해 와서 감사를 표했다고 한다.

정이가 아버지의 코치를 받아 지방 사범 대학을 무사히 졸업하고 힘든 교사 임용고시에 당당하게 합격했으니 동네의 경사였다. 축하 잔치를 크게 했다고 한다. 한 씨 아저씨가 크게 한턱냈다고 했다. 김 병장이 제대를 했다. 어려운 고비도 많았지만, 제대를 하고 바로 신학교로 돌아간다고 했다. 그동안의 토론이 자신에게 많은 도움이 되었다고 했다. 선이도 지루하지 않은 군대 시간을 보내게 되었다고 고마워했다. 이제 선이의 제대 차례다. 최고참이 되었다. 이곳 공관병 숙소는 인격과 자율이 정착된 곳이었다. 후임병들에게 신고를 간단히 받고 그들이 군인의 신분을 망각하지 않는 한 자유 시간에는 무슨 일을 하든 자유롭고 편안한 환경이 되도록 했다. 사단장이 중장 쓰리 스타로 진급하고 새 사단장님이 투 스타로 진급해서 새로 오셨는데 공관병들은 유임이 되었다. 사단장님과 사모님은 모두 멋쟁이셨다. 사모님을 모시고 외출했다가 돌아오실 때마다 공관병들의 간식을 챙겨 주시고 두 분 모두 사병들에게 경어를 쓰는 것이 인상적이었다. 시대가 흐르며 군대 문화도 많이 변하고 있었다. 드디어 선이 제대가 일주일 남았다. 지난 3년을 되돌아보니 선이는 잠시 트럭 운전을 한 후 제대까지 공관 운전병으로 김 병장과 신학을 토론하며 서로 피를 나눈 형제처럼 지냈다. 또한, 상관들의 사랑도 많이 받았다. 선이는 제대 후 다음 해 초에 4학년에 복학하도록 되어 있어 자유시간이 주어졌다. 서울 어머니는 "제대하면 서울에 올라와 함께 지내자."라고 했다. 아버지와 의논해야 하지만, 학이 문제도 있고 해서 당분간 그렇게 해도 되는데 아버지는 반대하실 것 같다. 선이가 제대를 해도 거의 1년 가까이 학이에게 시간을 줄 수 있어서 다행이다.

선이는 사단장 내외께 전역 신고를 하고 대강 버릴 것들은 버리고 후배 장병들에게 줄 것들은 아낌없이 물려주고 예비군복을 갈아입고 부대를 나섰다. 홀가분하고 새털 같은 기분이 되었다. 대한민국 남자로 태어나면 국방의 의무를 반드시 이행하여야 인생 설계를 할 수 있다. 그러나 금수저들은 교묘하게 국방의 의무를 피하기 위하여 수단과 방법을 가리지 않고 살아가는 사람들도 있다. 하지만 대부분 보통의 국민은 군대 가는 것을 숙명으로 받아들인다. 선이는 시골집으로 먼저 갔다. 춘삼월 꽃샘추위가 아직은 추운 바람을 일으켰지만, 그래도 봄기운이 완연하여 산하가 새 생명으로 꿈틀거렸다. 집에 도착하여 부모님께 큰절로 일 배를 올렸다. 부모님은 몹시 기뻐해 주시며 선이의 제대를 축하해 주었다. 아버지는 동네 어르신들께 인사를 드리라고 했다. 선이는 동네 분들을 찾아 제대 인사를 드렸다. 정이 선생님은 도회지 중학교에 발령이 나서 출근했는데 임시로 원룸에서 자취하며 출근한다고 한 씨 아저씨가 인사를 받으며 근황을 알려 주었다. 동네 어르신들은 선이에게 이제 장가갈 일만 남았다며 "국수는 언제 먹으면 되느냐?"고 물으며 선이가 제대하고 귀향한 것을 환영해 주었다. 이렇게 고향은 따뜻하게 귀향한 사람을 맞이해 준다. 그래서 고향은 고향을 떠난 사람들이 그리워하고 늘 돌아가고 싶어 하는 곳이다. 그러나 어떤 사람들은 고향을 잊고 살아가는 사람들도 많다. 세상살이에서 낙오된 사람들이나 자신의 고된 삶의 무게에 짓눌려 최소한의 생활을 하는 사람들이다. 즉, 아파서 병원에 입원해 있거나 죄를 지어 수용 시설에 사는 사람들은 귀향을 하고 싶어도 못하고 눈물로 꿈에서라도 불러서 찾아도 본다는 노랫말을 중얼거리며 산다. 고향은 사람을 사람답게 성장도 시키고 사람을 두렵게 만들기도 하며 영원히 마음 한곳을 차지하고 살아가면서 가끔 눈물짓게도 한다. 북한에 고향을 둔 실향민들은 오죽하겠는가? 부모님, 서울 어머니, 왕초와 그 식구들 그리고 동네 식구들. 그들을 생각할 때마다 선이는 짠하다. 석이에게 갔더니 그곳에서 일하는 왕초들과 함께 모두 선이를 축하해 주었다. 선이는 석이에게 당분간 놀아야 하는데 소똥 치우는 일할 때 일꾼으로 써 달라고 했더니 모두 박수를 치며 그렇게 하자고 했다. 석이는 귀하디 귀한 친구가 자기 집 머슴을 한다고 농담을 하며 좋아했다. 석이는 장가들 여자도 없는데 멋진 이층집을 지어서 사무실도 만들고 손님방도 만들었다. 옛날 집은 왕초와 그 식구들이 차지하고 살고 있었다. 왕초가 석이 덕분에 자립하고 움막 생활을 청산하고 사람다운 생활을 하니 선이도 안도했다. 석이에게 일이 있으면 전화하라고 하고 집으로 돌아왔다. 아버지와 어머니는 밭에 석이가 만들어 가져다준 유기질 비료를 골고루 뿌리는 작업을 하고 있었다. 영락없는 농부 부부였다. 어머니는 얼굴 가리개로 얼굴을 가리고 모자를 쓰셨다. 선이도 도와드리려 했는데 오늘은 쉬고 나중에 하라고 했다. 선이는 그래도 두 분을 돕고 싶었고 노동을 하면서 땀을 흘리기로 했다. 그래서 두 분과 합류하여 밭 전체에 유기농 시비를 했다. 아버지는 "선이가 군대를 갔다 온다더니, 노동 적위대를 다녀왔나? 노동을 제법 잘하네."라고 말하며 농담을 하여 가족을 모두 웃게 하였다. 우리 삶 속에서 유머는 삭막한 세상을 살아가는 데 좋은 윤활유 역할을 한다. 미국의 유명한 정치가들은 반대파와 싸울 때마다 유머를 하여 반대를 위한 반대를 하는 사람들을 제압했다. 그중 토론의 달인 에이브러햄 링컨 대통령이 특히 유명하다. 살벌한 토론 현장에서 팽팽한 긴장이 감도는 순간에 다가서는 무미건조(無味乾燥)함은 서로 분노를 일으켜 문제 해결은 뒷전이고 오히려 서로 격한 싸움으로 이어지게 할 수 있다. 그런 때 조용히 점잖게 조크나 유머로 매끄럽게 문제를 해결하고 그 토론에서 반대파의 동의를 얻어 낸다. 아버지는 우리 가족이 모일 때 가끔 유머를 하신다. 군대를 다녀오면 대개 주변 사람들이 어른 취급을 해 준다. 어머니는 선이와 아버지를 위한 특별식을 만든다며 밭일을 그만두고 집 안으로 들어가셨다. 어머니는 시골에 오시면서 아담한 한옥 한 채를 지었다. 그러면서 헌 집을 리모델링해서 선이가 장가들면 별장으로 쓰도록 잘 꾸며 놓았고 사랑채는 손님방으로 꾸며서 혹시 동네를 찾아오는 분들에게 숙소로 제공할 거라고 했다. 어머니는 농촌 체험 사업이 앞으로 미래 먹거리가 될 거라며 마을 부녀회에서 좋은 사업으로 추진할 거라고 했다. 동네에 집마다 손님을 모실 수 있는 방을 잘 꾸며 가족 단위 혹인 1인 체험단을 동네 차원에서 추진하여 새마을 운동의 일환으로 추진하는 계획서를 만들어 면사무소에 제출했다고 한다. 정부 지원금을 받아서 큰 비닐하우스도 만들고 각 집에 숙소를 만들 재원을 조달할 거라고 한다. 앞으로 농촌은 도회지 못지않은 부농이 될 거라는 조짐이 보인다. 석이만 보아도 현재로서는 고용 직원만 열 명이 되니 나이에 비하여 농촌 정착에 성공한 사례이다. 물론 그의 고모의 지혜가 성실한 석이와 합작한 사례지만, 선이의 친구 석이가 최초로 억대 연봉을 받는 농부가 된 것은 마땅히 축하할 일이다. 약사 어머니가 구상하는 마을이 부자가 되는 꿈이 현실화되면 선이네 동네가 농촌 중에서도 소득이 제일 좋은 마을 공동체가 될 것이다. 아버지의 경험과 어머니의 탁월한 경영 마인드가 지혜로 이어지면 농촌 마을 공동체가 부흥 및 발전할 것이다. 선이는 아버지와 시비 작업을 마치고 아버지는 한옥으로, 선이는 구옥으로 가서 각자 샤워를 하고 한옥에서 근사한 저녁을 먹기로 했다. 선이가 샤워를 하고 츄리닝으로 갈아입고 한옥 주방으로 가니 어머니가 감자, 양배추, 가지나물을 넣고 토종닭 살만을 발라서 매콤한 닭볶음을 하고 시원한 쇠고기미역국을 끓이셨다. 나박김치와 달래장과 생김과 묵은 김장김치로 저녁상을 차려 놓으셨다. 어머니 음식 솜씨는 프로이시다. 그러니 두 분이 큰 수술을 받고도 건강하시다. 저녁기도와 식사 전 기도를 교송하고 저녁 식사를 하는데 선이의 장난기가 발동했다. "어머니, 아버지. 선이 동생은 언제 생겨요?" 했더니 두 분은 파안대소하시며 "선이가 좋은 애피타이저를 마련해 주었다."라고 응수하여 온 가족이 한바탕 웃은 후 저녁 식사를 하게 되었다. 아버지는 정이 이야기를 꺼내며 "선이야. 손주는 언제쯤 안겨 줄래." 하셔서 "두 분이 제 동생을 만들어 주시면 손주를 선물로 드리겠습니다." 했다. 선이는 "아직 공부도 더 해야 하고 공무원 연수도 받아야 해서 결혼 계획은 없다."라고 말씀드렸더니 아버지는 "그 문제는 밥 먹고 다시 상의하고 우리 식사하는 데 집중하자."라고 하셨다. 오랜만에 식구들이 모여 오붓하게 다정하고 화기애애한 분위기 속에서 맛있는 식사를 즐겼다. 닭요리는 닭 비린내가 안 나야 한다. 식감을 살리면서 양념을 적당히 해야 닭고기 특유의 맛을 살린 맛있는 요리가 된다. 군대에서 주방장이 가르쳐 주었다. 선이는 군대에서 배운 요리 솜씨를 언젠가 부모님께 뽐내 보려고 한다. 라면도 끓이는 방법에 따라서 각양각색의 라면으로 변신한다. 저녁을 먹고 세 시간쯤 지나면 배가 고파진다. 그럴 때 주방장이 김 일병과 선이에게 끓여준 라면 맛이 색다르다는 느낌이 아직도 생생하다. 그 군대 시절이 그리워지는 것은 무슨 일일까? 아버지는 또 선이에게 강의를 하실 모양이다. 식사 후 기도를 마치자 거실로 나가자고 한다. 어릴 때는 그런 아버지가 위대해 보이고 강의 시간을 기다렸는데 아버지께 미안하지만 이젠 잔소리로 들릴 때가 있으니 겸손하지 못한 자신이 싫었다. 아버지는 군대 가기 전부터 선이가 정이와 어떻게 해서든 엮이도록 해 주려고 했다. 선이는 그런 것이 싫어서 도망도 다녔다. 오늘은 무슨 말씀을 하실지 기대가 된다. "선이야. 사람은 결혼을 해야 비로소 사람으로서 완성이 되는 것이다. 아무리 훌륭한 덕을 갖추었다 해도 결혼을 하고 가정을 꾸려야 그 사람을 평가할 수 있다. 만약 결혼을 하지 않는다면 합당한 명분이 있어야 한다. 신부님이나 수도자들은 결혼을 안 하는 분명한 이유가 있는 분들이다. 그분들은 성경 말씀에 표기된 하느님 성무를 이행하는 데 열중하기 위하여 결혼을 하지 않고 독신으로 지내지만, 그분들의 삶도 절대 수월하지 않은 십자가의 길을 걷는 삶이다. 아버지도 선이와 함께 살 동안 일과 선이를 키우느라 힘들어 재혼을 미뤘지만, 선이를 서울로 유학을 보낸 후 홀아비 소리가 세상에서 제일 듣기 싫었다. 그래서 어머니와 만나서 새 세상을 살고 있다. 정이와 장래라도 약속을 해라. 정이는 누가 봐도 손색없는 선이 배필이다." 하셨다. 선이는 "아버지 말씀에 공감합니다. 하지만 저에게 시간이 많으니 더 생각할 시간을 주세요." 했다. 아버지께서 더 이상 다른 말씀이 없으셨다. 어머니가 차를 내오셨다. 닭고기를 먹었으니 커피 한 잔 마시는 것이 풍미를 더하고 소화에도 도움이 될 것 같아 블랙커피를 꿀로 연하게 타 오셨다고 한다. 꿀차라고 하는 것이 나을 것 같다. 엷은 커피 향과 달달한 꿀의 조합은 훌륭한 맛을 냈다. 어머니는 선이의 속마음을 아시는지 "결혼은 서두르지 말고 천천히 신중하게 하되, 상대를 선택할 때는 아버지의 의견을 존중하면 좋을 것 같구나." 하셨다. 아버지나 선이 누구에게도 치우치지 않고 쌍방 모두에게 정답을 제시하시는 어머니의 탁월한 조정 능력은 약국을 경영하시며 얻은 지혜라고 할 수 있다. 선이는 어머니의 그런 지혜를 마음속에 깊이 새겼다. 외국과 우리나라와의 모든 정책에는 상호 국가의 이득을 위한 빅딜이 이루어진다. 그럴 때 뛰어난 조정 기술은 외교관이 갖추어야 할 소양 중 하나이다. 특히 상반된 이견을 조율할 때는 서로 윈윈 하는 기술이 확실히 필요하다. 그것은 오랜 시간을 같은 업무에 집중하는 분들에게 쌓인 노하우이자 지혜이다. 선이는 쉬는 동안 다방면의 노하우를 볼 수 있는 외교 사례집을 공부할 예정이다. 또한, 세계 경제 전쟁에 대비하여 경제 전문가들의 논문을 살펴보며 공부하기로 했다. 세계사 및 서양사, 동양사에 대한 서적들도 읽으며 공부를 해 볼 예정이라고 부모님께 말씀드리니 두 분 다 선이의 말에 공감해 주었다. 일생 동안 공부하는 자세가 사람에게는 필요하다. 어머니께서 한 말씀을 하셨다. "농촌에 와서 제2의 인생을 사는 데도 농촌 생활에 필요한 책들을 많이 읽어야 했다."라고 한다. "채소 하나를 가꾸더라도 아버지와 토의하여 배우고 선택된 채소를 심어서 성공적으로 수확했다."라고 하신다. "시골 생활 5년 차가 되니, 농촌의 장래가 밝다는 결론을 내렸지." 하셨다. 그래서 "여생을 농촌의 발전을 위해서 봉사하며 천주교 공소도 마련해 보려고 한다."라고 하셨다. 공소가 들어서면 전교를 해서 공소를 중심으로 공동체를 이루고 마을에 새로운 구심체 역할을 하도록 할 것이라고 했다. 어머니의 구상은 좋은 계획이었다.

제11장

:
:
:

선이의 제대 후 일상과 해외 근무

* 선이의 제대 후 서울 나들이

선이는 부모님께 말씀을 드리고 서울 나들이에 나섰다. 본당에 가서 테레사 선생님도 만나고 철이 부모님께 제대 신고도 하고 철이도 만나서 재미있는 일도 꾸미고 싶었다. 대학가는 5공 정권이 끝날 무렵이라 체육관에서 뽑지 말고 직접 선거로 뽑자는 이슈로 데모가 한창이었고 결국 야당은 분열되어 여당 후보가 당선되었다. 뭉치면 살고 흩어지면 죽는다는 어느 대통령의 말이 생각났다. 5공 정권보다는 많은 자유가 주어졌지만, 6공 역시 군인 출신이 대통령이 되었으니 여러 가지로 혼란이 예고되었다. 그런 와중에 철이는 데모대 대장이 되어서 바빴다. 학교는 졸업하고 대학원에 다니며 데모 배후에서 조종을 하는 것 같았다. 학이네 집에 갔더니 이미 아이도 낳아 두 돌이나 지났다고 한다. 아내도 부업을 하며 열심히 살고 있고 학이는 우유 배달을 그만두고 작은 공장에 취직하여 공장장 노릇을 한다고 했다. 곧 안산에 공장이 완성되면 공장 옆으로 이사하려고 시골 산을 팔아서 서민 아파트를 샀다고 했다. 선이는 학이를 축하해 주었다. 학이 아내에게 아무것도 못 사 왔다고 하며 아기 우윳값이나 하라고 돈을 주었더니 사양하지 않고 받았다. 학이가 결혼하고 아기를 낳아서 사는 모습을 보니 선이도 갑자기 장가를 들고 싶었다. 학이 아내가 밖에 나가 동네 슈퍼에서 저녁 지을 준비를 해 와서 주방에서 저녁 식사 준비를 하였다. 선이는 학이에게 오늘 하룻밤을 이곳에서 묵어도 되느냐고 하니 걱정하지 말고 함께 자자고 했다. 학이는 그동안 우유 배달을 해 보니 앞으로 남고 뒤로 밑지는 장사가 되어 고민하다가 기술을 배우기 위하여 작은 금세공 공장에 취직하여 일했는데, 그 공장이 잘되어 안산 공단에서 공장 터를 분양받아 공장을 짓고 금세공과 금 공예품을 만들어 수출할 예정이라고 한다. 학이 아내가 어느새 저녁 식사를 식탁에 차리고 밥을 먹으라고 했다. 아기가 순하여 요람에 누워 쌕쌕거리며 단전호흡을 하며 잘 자고 있었다. 세 식구가 식탁 앞에 앉아서 밥을 맛있게 먹는데 학이는 여전히 소주를 찾는다. 아내는 말없이 소주를 냉장고에서 꺼내 준다. 아내는 신혼 초에는 술을 못 마시게 했는데 이제는 어쩔 수 없이 술을 마시도록 하고 대신 양을 줄이도록 했다고 한다. 그러나 그것도 실패하여 마시도록 허용을 했다고 한다. 학이는 여전히 소주를 맥주잔에 따라서 순식간에 두 병을 마셨다. 선이는 아직 술을 마시지 않았다. 학이는 시골에 땅이 많아서 살아가는 데 걱정이 없다. 학이 증조할아버지가 대지주여서 아들과 손자가 노름을 해서 재산을 많이 날렸는데도 남은 땅이 많았다. 그 땅값이 천정부지로 오르고 있다고 한다. 학이는 그래도 조상을 잘 만난 것이다. 그러나 학이는 술만 마시면 형과의 관계를 이야기하며 자기 출생의 비밀을 이야기하곤 했다. 안방은 아내와 아기가 함께 자고 선이와 학이는 작은 방에서 함께 자기로 하고 작은 방으로 갔다. 어릴 때는 형과 자주 싸웠는데 싸우면 학이가 형을 힘으로 이겼다고 한다. 형은 분이 나서 학이에게 "넌 내 친동생이 아니야. 넌 면장 아들이야." 했단다. 그러면 학이는 화가 나서 형을 때려서 코피를 나게 하곤 했다고 한다. 그리고 어머니한테 형과 학이는 종아리를 많이 맞았다고 한다. 나중에 철이 들어 어머니께 여쭈었더니 어머니가 고백하시더라고 했다. 사실 네 누나와 형을 낳고 시부모님을 모시고 사는데 아버지가 노름을 한다고 하여 너의 할아버지가 노발대발하시니 농약을 마시고 돌아가셨다. 할아버지도 젊은 시절에 노름을 해서 가산을 탕진했지만, 아들에게는 가혹할 만큼 심한 질책을 하였다고 한다. 노름 중독은 패가망신의 지름길이고 한번 중독되면 헤어나기가 힘들다고 한다. 다행히 학이는 아버지의 피를 물려받지 않아 노름은 안 하지만, 어머니를 닮아서 말술이 되었단다. 학이의 외할아버지는 술 중독으로 돌아가셨다고 한다. 무엇이든지 중독이 되면 그 집안은 끝이라고 한다. 외할아버지도 평생 술을 드시며 가사를 돌보지 않아 어머니는 호구를 줄이려고 시집을 와서 어머니가 시아버지에게 사정하여 1년에 쌀 몇 가마니를 보내 주어 외할머니와 외삼촌이 호구를 이었다고 한다. 선이는 학이의 말을 들으며 눈물을 흘렸다. 그런 환경에서 학이가 얼마나 힘들었을까 하는 생각을 하면서 학이가 측은했기 때문이다. "학이야. 늘 선이에게 네 비밀을 말해 주어 고맙다. 그러나 술은 좀 줄이는 것이 좋을 것 같다." 선이는 군 시절 주방장이 갈치회로 소주 한 잔을 하며 그의 소원이 선이가 술 마시는 모습을 보는 것이라고 해서 소주 한 잔을 마셨다가 졸도한 적이 있어서 술과는 인연이 없음을 알았다. 그전에도 술을 안 마셨지만, 그 이후에는 술을 더욱더 마실 수가 없었다. 이튿날 선이는 아침 일찍 학이네 집을 나와 늘 새벽이면 동네 한 바퀴를 도는 통장 아저씨를 만나 인사를 드렸다. 통장님은 학이가 통장님께 늘 예의를 잘 지키고 그 처도 근면 성실하다며 요즘 보기 드문 젊은 부부라고 호평했다. 선이는 안도하였다. 혹시 학이가 만취하여 통장님께 실수라도 하면 어쩌나 걱정한 적도 있기 때문이다. 그 걱정이 기우였다는 생각을 했다. 선이는 서울 어머니 댁으로 갔다. 초인종을 누르니 "누구요?" 하며 어머니가 물었다. 선이는 "접니다. 선이요." 하니 "아니, 아침에 내 사랑 선이가 오다니." 하면서 아파트 문을 열어 주었다. 현관에서 어머니는 선이를 꼭 껴안으며 반겨 주었다. "어서 오라. 그래, 군대에서 제대했으문 바로 내게 날름 달려와야지. 3년간 선이를 기다렸다야." 하시며 북한 사투리로 선이를 환영하였다. 선이는 어머니께 큰절을 올리며 제대 신고를 하였다. "어머니. 내일 주일 미사는 몇 시에 가실 거예요?" 하니 열 시 반 대미사에 참석하신다고 했다. 선이도 그 시간에 맞추어 가기로 했다. 어머니는 토요일에도 장사하기 위하여 오늘은 조금 일찍 나가신다고 했다. 그럴 줄 알고 선이도 바쁘게 움직인 것이다. 어머니는 "그동안의 회포는 저녁 시간에 풀자."고 하면서 선이에게 푹 쉬라고 했다. 그리고 출근했다. 선이가 지난번에 썼던 방으로 가보니 좋은 성화가 새로 걸려 있었고 최근까지 방을 꾸미고 손을 본 흔적이 있었다. 침대 커버도 새로 갈아져 있고 담요도 고급 담요로 바뀌어 있었다. 서울 어머니가 3년 내내 선이를 그리워했다는 증거이다. 서울 어머니는 선이를 친아들로 여기는 것 같았다. 어머니 모습은 3년 전과 그대로였다. 멋지고 좋은 선이의 자랑스러운 어머니이다. 선이는 어젯밤에 밤새 학이와 이야기하느라 잠을 제대로 자지 못해서 졸렸다. 텔레비전을 보다가 잠이 들었다. 꿈에서 정이를 만났다. 해맑은 모습으로 달려와 "오빠가 좋아!" 하면서 팔짱을 꼈다. 둘은 어느 실개천 둑을 따라서 걸었다. 갑자기 개천 저만치에서 용오름 현상이 일어나고 오색 무지개가 떴다. 선이와 정이는 그 환상적인 모습을 보았다.

정이는 "오빠. 하늘이 우리 둘의 만남을 축복하는 것 같다."라고 했다. 선이는 정이와 좋아하다 꿈을 깨었다. 시골에 정이가 주말이라 오빠 만날 기대를 하고 왔을 텐데 오빠가 없어 서운해서 선이의 꿈 속에 나타났다는 생각을 했다. 배가 고프고 출출했다. 선이는 주방으로 가 보았다. 우유와 토스트로 간단한 식사를 하려고 토스트를 만들고 계란 프라이를 해서 구운 식빵에 올리고 케첩을 쳐서 한입 먹으려고 하는데 초인종이 울렸다. 현관문을 여니, 음식 배달이 왔다. 근처 유명한 설렁탕집에서 왔다고 한다. 착하게 생긴 배달 청년은 직접 주방 식탁까지 가져다 음식을 차려 주었다. 어머니가 가끔 레스토랑 식구들과 설렁탕을 시켜 먹는다고 한다. 어머니의 세심한 배려에 감사드리며 토스트 대신 설렁탕을 맛있게 먹었다. 고기도 쫄깃하고 부드럽고 국물도 구수했다. 특히 밥은 갓 지은 듯 기름이 자르르 흐르며 보기에도 좋고 맛도 좋았다. 깍두기 맛도 일품이었다. 음식점으로 잘되는 가게는 적당히 해서 잘되는 것이 아니라 특별한 노력과 정성으로 음식을 깔끔하고 맛있게 적당한 가격에 팔아서 잘되는 것이다. 그렇게 사람이 먼저 성실하게 최선을 다할 때 하느님께서 섭리하시어 사업을 번창하게 한다. 서울 어머니도 산전수전, 공중전, 수중전의 온갖 고생을 다하시고 얻은 지혜로 정직하고 성실하게 식재료를 고급품으로 고르고 등급이 좋은 쇠고기로 비후 스테이크, 비후까스와 좋은 돼지고기로 돈가스를 만들어 손님들 입맛에 맞추니 장사가 잘된다. 한 번이라도 아이비의 음식 맛을 본 사람은 단골이 된다고 한다. 학생 때 왔던 손님이 직장인이 되어서도 주말에 아이비를 많이 찾는다고 한다. 어머니는 자기와 인연을 맺은 사람들은 모두 세심하게 관리하여 꼭 자기 사람으로 만든다고 했다. 작은 사업을 해도 인맥의 중요성은 대단하다고 한다. 늘 서울 어머니를 만나면 강조하시는 부분이다. 그뿐만 아니라 사소한 일이라도 사람과 척을 지지 말라고 한다. 척을 지며 살다 보면 언젠가 적으로 만날 때 큰 문제가 생긴다고 한다. 그 문제로 곤경에 빠질 수도 있고 사업이 망할 수도 있으며 큰 피해를 입을 수도 있다고 한다. 하지만 좋은 관계를 맺으면 하는 일이 잘 풀리고 예상외의 도움을 받아서 하는 일이 일취월장(日就月將)할 수도 있다고 한다. 이러한 모든 것이 인간관계로 연결되니 얼마나 큰일인가 하는 생각을 한다. 설렁탕을 맛나게 먹고 그릇을 깨끗이 설거지를 해서 아파트 지정 장소에 내놓았다. 음식을 시켜 먹고 나서 먹던 음식이 묻은 그릇을 지저분하게 해서 내보내는 것은 서울 어머니에게는 통하지 않는다. 몇 번이나 선이에게 말로 강조했다. "우리나라가 선진국이 되려면 경제적인 소득도 중요하지만, 시민의식도 선진국 수준으로 올라야 하는데 그것이 안 되면 더 이상 발전할 수가 없다."라고 한다. 철이와 통화를 해야 하는데, 오전에 철이 여동생과 통화를 했는데도 아직 전화가 오지 않는다. 그래도 기다려 보고 안 되면 내일 성당에서 만나면 되지 하고 통화를 하려고 굳이 애쓰지 않기로 했다. 그리고 거실에서 외교 사례집을 보려고 하는데 철이에게 전화가 왔다. "제대를 축하한다. 한 1년은 자유롭겠는데." 했다. 철이는 대학원 석사과정을 공부하는데 국제법에 관심이 많다고 했다. 석사 논문을 국제법과 관련된 부분으로 쓸 거라고 하면서 외교 비사나 사례들을 공부하고 있다고 했다. 선이는 "내일 성당에서 만나자."라고 하고 전화를 끊었다. 이튿날 선이와 어머니는 아침 일찍 식사를 하고 성당으로 갔다. 미사 후 철이 네 가족들을 만나 제대 신고를 했다. 철이의 부모님도 선이를 축하해 주었다. 철이 여동생도 "오빠, 축하해요." 하면서 반가워했다. 서울 어머니도 철이네 가족들과 서로 덕담을 주고받았다. 교리 선생님인 테레사 자매님이 저쪽에서 오셔서 선이를 꼭 안아 주면서 고마워하면서 "장하다. 우리 베드로. 3년간 선이가 보고 싶어서 눈이 짓물렀다."라고 했다. 어머니와 테레사 선생님은 그동안 성당에서 자주 만나서 서로 교유하신 것 같았다. 오늘도 기쁘고 반갑게 인사를 나누었다. 어머니는 "테레사 선생님이 기도해 주셔서 선이가 무사히 제대를 했다."라고 하셨다. 신부님은 바뀌어서 모르시는 분이다. 그래도 테레사 선생님이 신부님께 선이 베드로를 소개해 주었고 서로 의례적인 인사를 주고받았다. 수녀님들도 다 바뀌어서 건성으로 인사를 하였다. 어머니가 레스토랑으로 가려고 성당 문으로 나오는데 철이가 헐레벌떡 뛰어와 어머니께 인사를 했다. 그리고 줄레줄레 어머니와 선이를 따라와 주었다. 어머니의 레스토랑 아이비에 왔다. 손님들이 많은데도 조용하다. 사계가 잔잔한 선율을 일으키며 손님들의 귀를 감미롭게 해 주었다. 선이와 철이는 어머니가 예약한 테이블에 앉았다. 철이는 앉자마자 신세타령을 하였다. 꼰대와의 관계가 개판 5분 전이라고 한다. 그래서 집에도 잘 안 들어가고 성당도 쉬는 중이라고 했다. 공인회계사 고시는 계속 떨어지고 대학원도 가기 싫다고 하는데 계속 공부하라고 해서 집을 나와서 거지 생활을 하며 술로 한 1년을 살았는데 그래도 꼰대 품이 그리워 집으로 돌아와서 늘 꼰대와 팽팽한 긴장 속에서 살아간다고 했다. "철이야. 너는 다행스럽게 군대를 안 갔지만, 내가 군대에 가 보니 그곳에도 흙수저, 금수저의 논리가 적용되는 모습이 있었다. 부모의 백이 든든한 병사들은 비교적 자유롭고 편한 보직을 받아서 수월하게 군 복무를 하지만, 일반 장병들은 상당한 고생을 감내하며 의무 복무를 하는 것을 보며 자식들에게 부모님이 얼마나 중요한가를 보았어. 철이는 좋은 부모 덕택 군대도 안 가고 인생에서 3년을 벌었는데 그 시간을 더 소중하게 보낸 것 같아서 안심이 되네. 인생에서 방황을 해 본다는 것은 군 경험에 맞먹는 고신탁덕(苦辛琢德)의 기회가 되는 수도 있어. 사람의 한계를 느껴 보기도 하지. 술에 흠뻑 취하여 본다는 것은 허무한 선경을 체험해 보는 것이고 그로 인하여 인생의 허상도 깨달을 수 있지." 하고 선이가 일장 잔소리를 철이에게 했다. 철이는 "선이가 군대에 갔다 오더니 철이 들었네." 하면서 "차라리 나도 군대를 갔다 오는 건데."라고 하면서 선이의 성장에 박수를 쳐 주었다. "그런데 난 꼰대와는 건너지 못할 강을 건넌 것 같아. 꼰대도 나를 보면 속이 뒤집어진다고 하고 나도 꼰대를 보면 피가 솟구쳐서 견디기 힘들다."라고 했다. 철이와 아버지의 갈등이 최고조에 이른 것 같았다. 선이라도 철이를 위로해 주어야 할 것 같았다. "부자유친이라고 했는데 그 도가 무너지면 서로가 심한 상처와 함께 미움과 원망이 쌓여 병이 되는 수가 있다."고 했는데 철이가 그 지경에 있는 것 같다. 철이는 비싸고 독한 술을 반병이나 마셨다. 선이는 녹차를 술 대신 마셨다. 어머니는 철이가 술을 너무 많이 마신다고 걱정을 했다. 선이도 술을 마시고 철이와 맞장구를 치고 취하고 싶지만 참기로 했다. 그 대신 그를 지켜보며 그의 얘기를 들어 주기로 했다. 철이는 국수주의자다.

외국으로 유학 가는 것도 싫어하는데 부친께서는 외국에 유학하러 가기를 종용하는 것 같다. 그리고 아버지와 사업상 관계되는 집안과 사돈의 연을 맺으려고 철이의 자유연애 사상을 절제토록 하는 면도 있는 것 같았다. 철이는 3년 만에 만난 절친 선이에게 자기의 한을 모두 풀어낼 모양이다. 듣는 이야기마다 선이도 아버지가 그렇게 강요한다면 철이와 같은 입장이 될 것이라고 맞장구를 쳐주었다. "선이를 만나서 이렇게 나쁜 이야기만 해서 미안하다."라고 했다. 그러나 선이는 철이의 이야기를 들으며 선이 아버지가 얼마나 훌륭하고 선이를 이해하고 사랑하는지 알았다. 물론 철이 부친도 철이를 사랑하는 마음으로 철이가 잘되기를 바라며 철이가 좋은 길로 가기를 바라는 것 같다. 그러나 철이는 자유분방하게 살기를 바라는데 그것에 부친이 제동을 거니 답답하고 힘이 드는 것이다. 어머니는 그만 철이를 데리고 집으로 가라고 했다. 저녁 식사로 돈가스 정식을 내주셔서 맛있게 먹었다. 술에 취했지만, 철이는 취한 표시가 나지 않는다. 선이는 계산대에서 어머니께 정식으로 결제를 했다. 어머니가 다른 테이블에 간 사이에 계산원에게 어머니 몰래 계산을 하고 집으로 철이와 돌아왔다. 철이는 집 안의 분위기를 보면서 연실 엄지 척을 한다. 어머니의 인품이 그대로 보인다고 한다. 철이네 집은 들어가면 잡동사니가 많아 복잡하고 답답하다고 했다. 그런데 어머니 아파트는 간결하고 깨끗하고 정겹기까지 하다고 말해 준다. 철이를 선이 방으로 안내하니 더 놀란다. 특급 호텔 특실보다 분위기가 좋다고 했다. 선이는 지금까지 호텔을 가보지 못해서 호텔 특실 분위기가 어떤지는 알 수 없지만, 철이는 그런 데를 자주 가 본 사람이니 그의 말이 맞을 거라 생각한다. 그러더니 침대 위에 푹 쓰러져 자 버린다. 어머니가 친구가 올 때를 대비해서 갖추어 놓은 간이침대를 펴고 선이도 누웠다. 온종일 이런저런 일로 분주해서 피곤했다. 그러니 어머니는 장사이시다. 그렇게 힘들게 일을 하면서 가게를 하루도 거르지 않으시고 당신이 하실 일을 반드시 손수 하시니 그런 힘이 어디서 나온 것일까? 치열한 삶 속에서 얻은 지혜와 영감이 어머니를 그렇게 만드셨을 것이다. 레스토랑 식구들에게도 친자식처럼 대해 주시고 한 달 수입 중 일부를 그분들에게 월급 외의 수당으로 따로 지급해 주신다. 어머니는 그럴 때 삶의 보람을 느낀다고 한다. 그리고 아르바이트 학생 중에서 어려운 자신의 처지를 극복하려고 노력하는 성실한 학생에게는 특별히 신경을 써 준다고 한다. 그래서 아이비는 직원의 이직률이 적다고 한다. 어머니는 옷깃만 스쳐도 귀한 인연으로 생각하며 가능하면 그 인연을 이으려고 노력한다고 했다. 특이한 분이지만 건강하고 합리적인 어머니이다. 선이도 잠이 들었다. 선이는 요즘 잠만 들면 정이 꿈을 꾼다. 꿈에서 정이가 선이를 보고 달려와 선이에게 안겼다. 선이도 정이를 꼭 안아주며 "힘내라."라고 했다. 정이는 "오빠는 정이 마음을 몰라 줘요."라며 울었다. 선이도 정이를 사랑하지만, 마음이 가지 않는 이유를 몰라서 답답한 심정이다. 그토록 사랑하는 여인에게 선이는 정을 주지 못하고 머뭇거리는 것일까? 어머니 없이 성장한 일종의 정신적 장애가 아닐까 생각했다. 선이의 마음속 깊이 감춰진 욕정을 누르기 위하여 그러한 현상이 일어나는 것이 아닐까? 즉, 사랑을 적절하게 표현하고 조절할 수 있는 능력이 부족해서 일어나는 현상이 아닐까? 서울 어머니와 상의해야 할 일일 것 같다. 선이와 철이가 자고 있는 동안 어머니도 파김치가 되어 귀가하서서 집안일을 하시고 인기척이 없으니 당신 방으로 들어가 주무셨는지 아침에야 어머니가 특별한 아침 식사를 차려 놓으시고 철이와 선이를 식사를 하라고 깨워서 일어나 둘 다 대강 씻고 밥을 먹으러 주방으로 갔다. 시원한 콩나물 해장국을 끓이시고 맛깔스러운 배추에 부추를 넣고 갖은양념을 하고 참기름을 살짝 두르고 깨소금으로 마무리한 겉절이와 새우젓에 청양고추를 썰어 넣고 국산 토종 마늘을 생마늘로 넣고 고춧가루, 통깨, 꿀, 참기름으로 담근 마늘 김치를 생김과 함께 내놓았다. 어머니가 끓이는 콩나물 해장국 맛은 전주 원조 콩나물 해장국 맛을 능가한다. 같은 쌀로 밥을 지어도 어머니가 솥으로 지은 밥은 밥맛이 다르고 맛이 있었다. 철이는 "이렇게 맛있는 아침 식사는 난생처음입니다." 하면서 게걸지게 먹는다. 그러면서 "어머니. 해장국 한 그릇 더 주세요." 하니 어머니는 신이 나서서 한 그릇을 더 갖다주었다. 음식을 만든 사람은 그 음식을 잘 먹는 사람이 예뻐 보인다고 한다. 철이는 아침 해장술이 생각 나는 모양이다. 어머니는 당신이 가끔 마시려고 사다 놓은 소주를 내어 주시며 철이의 해장술 갈망을 달래 주었다. 그리고 어머니도 소주를 한 잔 마셨다. 월요일은 출근을 오후에 하서서도 되니 철이 마음을 편하게 해 주려고 그러신 것 같았다. 그리고 한 말씀 하셨다. "이 세상의 모든 부모는 자기가 배 아파서 낳은 자식이 잘되기를 바라지. 그래서 과도하게 자식의 일에 관여하며 부모가 바라는 길로 내몰려고 하지. 그러나 그러한 일은 자식을 힘들게 하는 거야. 그래서 선진국에서는 부모의 자식에 대한 역할을 최소화하면서 자식이 가는 길을 존중하며 부모의 역할을 최소화한다고 하지. 워런 버핏은 장남이 버핏의 뜻과 달리 음악을 공부하기를 원해서 아버지는 그에게 구만 달러어치의 주식을 주면서 이것으로 너와 나의 계산은 끝났다고 해서 장남은 구만 달러로 자립하였다고 한다. 만약 아버지 뜻을 따랐다면 최소한 수십억 달러를 유산으로 받아 평생 부유하게 살 수 있는 권한을 가질 수 있을 것이다. 그러나 그 모든 것을 포기하고 자신의 길인 음악 공부를 하여 지금까지 행복하게 잘 살아간다고 하며 음악가로서 명성을 얻어서 이제는 수십억 달러가 부럽지 않다."라고 한다. 어머니는 살아오신 환경과 전혀 다른 지식과 지혜를 가지고 괴로워하는 젊은이를 위로할 줄 안다. "부모님 세대는 무에서 유를 창조한 우리나라의 역사와 궤를 같이한다고 생각해야 한다. 고신간난(苦辛艱難) 끝에 부를 이룬 사람들은 자녀들에게서 그들이 할 수 없었던 공부를 훌륭하게 시켜서 대리 만족을 하려는 경향이 있어서 자식들을 괴롭게 한다."라고 했다. 철이는 어머니 말씀에 동의하며 "감사합니다."라고 했다. 철이는 "아버지가 왜 그렇게 철이에게 집착하는지를 어머니 말씀에서 힌트를 얻게 되었다며 자신도 아버지를 더 많이 이해하려고 힘써 보겠다."라고 했다. 어머니는 "그렇게 해 보라."라고 하며 "도망 다니거나 현실을 회피하려고 하지 말고 아버지와 끝까지 담판을 짓되, 화를 내거나 무례를 저지르면 안 된다."라고 타일렀다. 철이는 아버지 앞에서 불효자라고 고백하며 눈물을 흘렸다. 심지어 술을 마시고 아버지 차를 야구 방망이로 다 부수기도 하고 어머니 핸드백에서 카드를 훔쳐서 수천만 원을 인출하여 도박으로 날렸다고 했다. 어머니는 묘한 기술이 있다. 전문 프로파일러 수준이다. 상대방이 스스로 비밀을 털어놓게 하는 비법이 그것이다. 철이에게 소주의 갈망을 달래주려 소주 한 잔을 마심으로써 철이가 어머니에게 강한 믿음을 갖게 하여 그의 속마음을 털어놓게 만든 것이다. 어머니는 그런 "철이 입장을 충분히 이해한다."라고 하면서 "만약 그런 일을 다른 사람에게 했다면 교도소에 가서 몇 년을 살아야 할 커다란 죄다."라고 철이에게 말해 주었다. "명문고와 대학을 졸업한 인재가 그런 일을 했다는 것은 사회와 나라와 시민들에게 더 큰 죄를 지은 것이다."라고 했다. 철이는 눈물을 흘렸다. 어머니의 말씀이 이어졌다. "가능하면 빠른 시일 안에 참회하고 고해성사를 통하여 성당에 나가 미사에 참례하거라." 그리고 집 나간 탕자가 죽을 고생을 다 하다가 결국 아버지 집에 돌아와 자신의 모든 신원이 회복되어 행복했다는 성경 이야기를 하면서 철이가 집 안에서나 성당에서 신원이 회복되기를 어머니는 기도하는 마음으로 철이에게 부탁한다고 말씀하셨다. "우리가 살아가는 과정에서 수많은 사연들이 있지만, 그 사연들은 본인이 만든 오류에서 오는 경우가 대부분이다. 물론 사회나 제도의 모순에서 오는 경우도 많다. 어찌 되었든 사람들이 자신의 오류를 발견하고 성찰하여 아버지의 부유하고 넉넉한 품으로 돌아가는 것이 최고의 잘사는 첩경이며 우리 자녀들의 의무이고 책임이자 도리이다. 그러니 이제 우리는 옹고집을 버리고 아버지에게로 돌아가면 만사형통이다. 그 길이 어렵고 힘들지만, 마음을 비우고 아버지는 무조건 자식을 사랑한다는 믿음을 가지면 좀 더 수월하게 아버지께로 돌아갈 수 있다. 철이야. 힘내라. 내가 네 나이 때는 밥을 수시로 굶었고 물도 시냇물을 마셨으며 전쟁통에 죽을 고비를 수만 번을 넘겼지. 그래도 삶에 대한 열망으로 밥을 얻어먹기도 하고 좋은 이웃에게 잠시 의탁하며 살기도 했지. 그리고 남자가 있으면 삶이 편할까 하고 남자와 살기를 다섯 번이나 했어도 잠시 잠깐 고민이 없어지나 했다가 더 큰 고난이 다가와 헤어지기를 반복하다가 혼자 살기로 결심했단다. 그리고 별의별 일을 다 하다가 미군 부대 군속으로 일하면서 형편이 나아져 오늘에 이르렀다."라고 했다. 어머니 말을 들으며 철이는 눈물을 훔쳤다. 선이도 몇 번 들은 이야기이지만, 들을 때마다 새로운 감동을 받는다. 철이는 아버지께 다가가려고 노력해도 그때마다 아버지의 분노가 크셔서 철이의 의견을 말할 수 없다고 했다. 성당에서 만나는 철이 아빠의 성격은 매사에 꼼꼼하고 철저하며 지극히 도덕적이고 윤리적이며 하느님 계율에 철저하다는 느낌이었다. 선이는 철이가 가끔 일탈하는 모습을 보면서 엄격한 부모님 아래서 힘겹게 살다 보니 저렇게라도 푸나 보다 생각하였다. 그래서 철이의 모든 일을 탓하지 않고 늘 이해해 준 선이를 끝까지 믿고 따라 주었다고 한다. 오늘도 선이 어머니 덕분에 철이의 폐부에 감춰진 사실을 알고 선이가 철이를 더 많이 이해해 주고 더 많이 사랑하고 감싸야 하겠다는 생각을 했다. 어머니는 철이에게 "힘든 일이지만, 아버지가 화를 낼 때 한 번만 참고 넘어가 보아라. 서로 극도의 분노가 치밀 때 결국 서로가 멸망의 길을 선택한다. 그러나 한쪽이 연습해서 의도적으로 참으면 그 싸움은 참는 사람이 이긴다고 한다. 그러니 아버지 집으로 들어가서 아버지와 대화를 나눌 때 화가 치밀더라도 끝까지 참고 견뎌 보라."라고 했다. 철이는 "잘될지는 모르겠지만, 어머니 말씀에 따르겠습니다."라고 했다. 선이는 어머니가 존경스러웠다. 어머니는 선이도 고민이 있으면 털어놓아 보라고 했다. 선이는 정이에 대한 이야기를 했다. 안 만나면 보고 싶고, 만나면 별로라는 이야기를 했다. 그리고 선생님이라는 직업도 마음에 들지 않았다고 했다. 어머니는 선이도 아버지와의 갈등이 심각하다고 했다. 선이는 행동으로는 아버지께 가해를 가하거나 반항도 한 적이 없다고 생각 하지만, 실은 몇 번이고 반항도 하고 아버지 마음을 괴롭게 한 적이 많다고 했다. 다만 신사적인 방법을 썼을 뿐이지만, 아버지가 느낀 충격은 철이 아버지가 느낀 충격만큼 클 것이라고 했다. 어머니는 매 우 지혜로운 방법으로 선이와 철이를 나무라며 아버지께 순종하고 화를 돋구지 말 것을 주문했다. 특히 선이의 백색 테러에 대하여 더 크게 꾸짖으면서 그 방법으로 철이에게 더 큰 꾸지람을 주시는 방법 은 영적 지혜의 소산이다. 그만큼 평소에 선이와 철이가 잘되기를 기 도해 온 결과라고 할 수 있기에 감사했다. 같은 종교로 서로 소통하 는 것도 우리 인생의 아름답고 소중한 삶의 방향을 제시할 수 있다. 어머니는 아버지와 자녀들 간의 문제를 해결하기 위한 중간자 역할 을 잘하고 계신 것이다. "결혼 상대자를 고르는 것은 어떤 삶이건 간 에 특별한 사건이다. 그래서 단 한 번의 선택은 한 남자나 여자에게 엄청난 중대사이다. 물론 살다가 아니면 쉽게 서로 물러나는 것이 요 즘 세태지만, 그 상처는 당사자 둘만이 아니라 주위 사람들에게도 크고 이 사회에 미치는 영향도 크다고 한다. 우리 삶의 현실에서는 더 많은 서러움과 아픔이 현존하여 늘 우리를 긴장시키고 스트레스 를 쌓이게 해서 불안 장애로 고생하는 사람들이 많다고 한다. 이처 럼 이성 간의 만남은 수천 번을 강조해도 더 해야 하는 것은 사랑과 믿음을 기반으로 서로 잘 아는 사람이 만나서 건전한 교제를 한 후에 서로 느낌이 통하면 관계를 맺어가는 것이기 때문이다. 느낌이 안 통하면 관계를 끊으면 된다고 한다. 다만 헤어질 때 서로에게 유감이 없도록 노력해야 한다고 한다. 만나는 것도 중요하지만, 헤어지는 것은 더욱더 중요하다고 한다. 잘못하면 서로에게 씻을 수 없는 상처를 주게 된다는 것이다. 그래서 가능하면 신체적 관계를 피하며 서로 마음을 맞추어 나가는 것이 중요하다."라고 하셨다. "정이와는 언젠가도 말했지만, 아버지가 개입되어 있으니 신중해야 한다. 만약 정이와의 관계가 원활하지 않으면 선이보다 아버지의 충격이 더 클 것이다. 그런 불상사가 없기를 어머니는 기도하마. 그러니 정 생각이 없으면 아버지께 정중하게 먼저 말씀을 드려서 설득한 후 정이에게도 선이의 마음을 잘 설명해야만 한다."라고 했다. 어머니는 긴 말씀에 약간 피곤해 보이셨다. 또 일을 나가셔야 하는데 쉬지도 못하고 배 안 아프고 낳은 두 자녀의 멘토를 하시느라 무척 고생하셨다. 이렇게 친부모는 아니지만, 친부모처럼 다른 사람들에게 인간의 도리를 지키도록 하는 사람들이 많다. 오히려 그런 멘토는 사람들이 건전하게 사회생활을 잘하게 하고 사람의 도리를 지키며 살아가도록 한다. 그 멘토가 정신과 의사라면 더 좋다. 우리나라 대부분의 국민은 정신과 진료를 꺼린다. 하지만 선진국에서는 정신과 의사를 주치의로 삼아 수시로 상담하면서 자신들의 삶의 질을 높여 간다고 한다. 그러나 우리나라에서는 아직은 중증 환자만이 정신과를 방문하여 증상을 상담하고 약을 먹는 수준이라고 한다. 그러나 우리나라도 앞으로 정신과 의사가 하는 일이 다양해질 전망이라고 한다. 각종 약물 중독, 알코올 중독, 각종 게임 중독과 도박 중독도 정신과 의사의 진료를 받아야 한다고 한다. 유명한 사람들이 자살하는 전조 증상으로 알코올 중독이 온다고 한다. 그들은 술에 만취하여 정신이 없는 상황에서 자살을 선택한다고 한다. 우리나라가 세계 자살률 1위라는 것은 우리 국민이 정신과 의사를 꺼리는 것과 관련이 있다고 생각된다. 배가 아프면 내과에 가고 뼈에 이상이 생기면 정형외과에 가고 눈이 아프면 안과에 가듯이 마음이 아프고 정신이 혼란스럽고 기분이 좋았다, 나빴다 하면서 널을 뛰면 정신과에 가서 전문 치료를 받는 것이 당연하다. 우울증, 조울증, 과대망상증 모두가 좋지 않은 정신 마음 불안에서 오는 정신 장애이다. 감기에 걸리면 감기약을 먹듯이 정신과 마음이 아프면 정신과 전문의가 처방한 약을 먹어야 한다. 그래야 개인이 건강해지고 사회가 건전해지며 나라도 평안해진다. 음주 운전도 하나의 정신질환이다. 법으로 아무리 강력하게 단속해도 음주 운전은 계속되고 음주 운전 사고가 끊이지 않는다. 한번 음주운전을 한 사람은 법이 강화되어도 소용없이 또 음주운전을 한다. 그런 사람들은 물론 처벌도 받아야 하지만, 정신과 전문의의 진료도 의무적으로 받도록 해야 한다. 무면허 뺑소니 사고를 낼 확률이 높기 때문이다. 철이에게도 정신과 진료를 추천하였다. "아버지를 만나면 분노가 솟는다는 것은 감정 혹은 분노 조절 장애로서 전문의와 상담하며 살아가는 것이 본인도 행복하고 주변 사람들도 편안하게 해 주는 것이다."라고 선이는 철이에게 고언을 했다. 철이를 정신과 환자로 만든 것이 미안하지만, 예상외로 철이의 반응은 고맙다는 반응이었다. "당장 전문의를 찾아가 상담을 하겠다."라고 한다.

"예전에는 화가 나서 술을 마시면 그런대로 화가 사그라들고 잠을 잘 수 있었는데 요즘은 잠도 오지 않고 더 화가 나고 자주 죽고 싶다는 생각이 든다."라고 했다. 선이가 정신과 이야기를 한 것은 철이의 눈빛이 예사롭지 않고 얼굴에 그늘이 져 있었기 때문이다. 예전에 보였던 총명함과 쾌활함이 없어졌다. 철이의 좋은 점이 많이 사라졌고 약간 불안기가 있어 보이고 식사할 때 보니 손을 떨고 있었다. 세상에 별일이 다 있구나 생각했다. 슬프고 아픈 철이의 모습에 선이는 측은한 생각이 들었다. 그리고 빨리 치료되어 예전의 삼쾌(유쾌, 상쾌, 통쾌)한 철이로 돌아오기를 간절히 속으로 청했다. 철이는 학교 기숙사로 가겠다며 나갔다. 어머니는 쉬시는지 인기척이 없다. 선이는 시골로 내려가서 부모님 농사일도 돕고 석이네 가서 일도 하여 돈을 벌고 싶었다. 도대체 돈이 무엇이기에 사람들이 돈에 울고 돈에 웃는지 알고 싶었다. 경제학에서 말하는 돈은 공부를 해서 어느 정도 알고 있지만, 개인에게 돈이 무엇인지 그 의미를 알고 싶었다. 석이는 돈의 소중함과 쓰임새에 대하여 매우 잘 알 것 같았다. 어머니의 인기척이 나 나가서 어머니를 뵈오니 오늘따라 더 우아하고 아름답게 꾸미고 예쁘고 멋진 옷을 입으셨다. 오늘 가게에서 일하는 직원의 할머니 팔순 잔치가 있어서 잠시 들렀다가 가게로 가신다고 했다. 선이는 "어머니. 오늘은 시골집으로 내려가려고 합니다. 부모님 농사일도 돕고 친구가 운영하는 한우 농장에서 아르바이트도 하며 새로운 경험을 해 보려고 합니다." 했더니 "그딴 말 하지 말라. 나하고 서울서 더 있다 가라우. 정들자 이별이 이런 거 아니가. 쌍." 하시며 북한 고향 말투로 말씀하신다. 하지만 서울에 있으며 공부도 하고 싶지만 쉬는 시간에 다양한 삶을 체험하고 싶다며 어머니가 보고 싶으면 또 올라오겠다는 다짐을 하고 간신히 허락을 받아 냈다. 어머니는 카드 하나를 주시며 "네가 여행을 하거나 좋은 일을 할 때 유용하게 사용하여라. 엄마의 선이 제대 기념 선물이다. 큰일을 할 사람은 돈에 연연하면 안 되니끼니, 유효적절한 곳에 쓰거라. 앞으로 선이가 무엇을 하든 돈 때문에 못 하는 것은 엄마 자존심이 허락하지 않는다." 하셨다. 어머니께 감사하다고 하면서 어머니와 헤어져 시골로 내려왔다. 부모님은 언제나 여일하게 고향 생활에 적응하셔서 늘 하시던 농사 일을 꾸준히 하면서 열심히 땀 흘리고 계셨다. 늦게 만나서 다정하게 농사지으며 서로 젊은이들이 연애하는 기분으로 살아가니 보기가 참 좋았다. 아버지는 대체로 어머니의 의견을 잘 받아들이시고 교회가 신자들을 사랑하는 것처럼 어머니를 정성으로 사랑하신다. 어머니는 아버지를 주님을 모시듯 존경하고 사랑하신다. 바오로 사도의 가르침을 실천하시니 시골집에만 오면 기쁨과 평화가 가득하다. 철이네는 선이네보다 비교도 할 수 없는 부와 명예를 세상과 성당에서 누리며 사는데 철이는 집에 가는 것을 싫어하고 밖으로 나돌며 심지어 부모님께 복수까지 하려는 마음을 가진다는 것이 선이는 이해가 되지 않는다. 다만 친구가 모든 걸 잘 극복하기를 바랄 뿐이다.

＊ 아버지와 어머니 그리고 선이

선이는 아버지와 어머니께 서울 잘 다녀왔다고 인사를 드렸다. 들어가 쉬라고 했지만, 옷을 갈아입고 고추 모종을 부모님과 함께 심었다. 아버지께서 또 조크를 하신다. "선이가 당신과 내가 정겹게 일하는 것에 질투를 느껴서 또 끼어드는 모양이오." 어머니는 "오히려 선이가 내 곁에 오니 당신이 질투하는구려." 하며 두 분이 깔깔대신다. 선이는 어머니 옆으로 바짝 다가앉으며 "어머니가 보고 싶어서 서울에서 빨리 내려왔어요." 하며 아버지가 검은 비닐 위에 뻥뻥 구멍을 뚫어 놓으면 그곳에 고추 모종을 심었다. 누가 보아도 선이와 어머니는 연인 같아 보였다. 아버지는 선이 줄은 촘촘히, 어머니 줄은 드문드문 구멍을 뚫어 어머니와 선이가 나란히 앉아 모종을 심는 것을 방해하셨다. 어머니가 또 한 말씀을 하신다. "모자가 짝지어 일하는 것이 싫어서 심술부리시는 거죠." 아버지는 피식 웃으며 "벌써 눈치채셨네." 했다. 선이는 얼른 달려가 "아버지. 제가 할 테니 어머니 곁으로 가셔요." 하니 "진작 그래야지." 하시고 어머니 곁으로 가셔서 어머니 얼굴 가리개에 뽀뽀하며 두 분이 사랑을 교감하며 고추 모종을 심으셨다. 선이가 질투가 날 지경이다. 선이는 속으로 두 분은 참으로 천생연분이라고 생각했다. 어머니는 먼저 일을 마치시고 집 안으로 들어가셨다. 온종일 꽤 긴 다섯 두둑을 심었고 이직 세 두둑이 남아 있었다. 아버지와 선이는 계속 모종을 심어 나갔다. 아버지의 밭일 솜씨는 선이보다 빨랐다. 선이는 꼼꼼하게 하느라 무척 느리다. 아버지는 술술 하시는데도 잘해 나가신다. 천직이 농자로되 성인군

자가 틀림없다. 가족들을 편하게 해 주려고 힘쓰는 것이 눈에 보이니 즐겁고 행복하다. 금수저들의 어느 아버지보다 소중하고 훌륭한 아버지시다. 노후라도 즐겁고 행복하게 좋은 짝인 어머니를 만나서 알콩달콩 사시니 더욱더 최고다. 선이는 언제나 아버지 뜻대로 좋은 가정을 이룰까? 아직 자신이 없다. 분명 서울 어머니가 겪으신 고난을 이겨내야 지금의 부모님 부부와 같이 행복하게 살지 않을까 하는 생각이 든다. 책을 읽고 삶을 체험할수록 가정을 이루고 행복할 자신이 없다. 학이처럼 어릴 때 만나서 서로 죽기 살기로 살아가면 아마도 별 고민 없이 살고 마누라가 하자는 대로 애 낳고 살면 편할 것 같다. 이것저것 다 따지며 살아가다 보면 결혼 생활이 결코 무난하고 편안하지 않을 것이다. 특히 선이는 더 그러할 것 같다. 아버지로부터 받은 유전자가 만만치 않다. 자신만이 최고라는 선민의식 때문이다. 그 교만과 아집이 쉽게 깨지지 않을 거라는 생각이 든다. 아무리 보아도 성적인 쾌락을 추구하는 대상이 여인이 된다면 그것은 상호 불행하고 동물적이다. 그런데 대부분의 수컷은 암컷을 그렇게 대한다. 사람도 합리적이고 이성적인 인격이 없다면 동물과 같다. 다행히 교육을 통하여 잘 성장하면 성 욕구에 인격이 관여하여 다른 동물과는 달리 서로 고상한 감정을 교감하고 정신적 엔도르핀의 작용으로 남녀 상호 간의 정을 돈독히 할 수 있는 성적 관계를 맺을 수 있다. 철저한 사랑과 신뢰에 바탕을 두고 상호 책임을 다할 때 부부 관계가 유지 및 발전하여 평생 해로하며 살 수 있다고 한다. 선이는 아직 정이를 진지하게 사귈 준비도 안 되어 있고 정이에게 선이를 포기하라고 말하기에도 용기가 나지 않는다. 특히 아버지를 어떻게 설득

할까가 큰 고민거리다. 그래도 어차피 넘어야 할 산, 건너야 할 물이라면 일찍 말씀드리는 것이 도리라는 판단이 섰다. 시간을 보아서 적당한 시기에 정이와의 관계 설정의 매듭을 짓기로 했다. 그런데 변수가 생겼다. 고추 모종을 심고 나서 부모님은 캐나다에서 이민 생활을 하는 어머니 고모님 댁으로 외유를 하려고 몇 달 전에 비행기 예약을 마쳤다고 한다. 선이는 오랜만에 외국 나들이를 하러 가시는 두 분께 고민을 안겨 드리기 싫어서 정이와의 이야기는 그만두기로 했다. 주말이 되어서 어머니 차를 운전하여 성당을 다녀왔다. 성당이 파하고 아버지, 어머니는 읍내에 볼일이 있다며 선이 먼저 귀가하라고 해서 선이는 버스를 타고 집으로 돌아왔다.

* 선이와 정이의 두 번째 식사

그리고 거실로 들어가 소파에 앉아서 잠시 졸고 있는데 "오빠!" 하면서 두 손에 뭔가를 들고 정이가 들어왔다. 현관문을 열고 선이는 먼저 들고 온 짐을 받아서 주방 식탁에 갖다 놓았다. 정이는 선이의 품에 안기며 갑자기 울기 시작했다. "오빠는 정이를 싫어하고 미워하는 것 같다."라고 하였다. 정이는 "선이가 보고 싶어서 몸살도 나고 학교 나가기도 괴로워 다음 학기만 마치고 내년에는 휴직계를 내고 1년간 쉬겠다."라고 일방적인 통보를 한다. 선이가 "배고프니 일단 식사를 하고 천천히 이야기하자."라고 하니 정이는 울음을 그치고 화장실을 들어가 눈물을 닦고 나와서 주방으로 갔다. 선이는 정이가 남긴 향기롭고 상쾌한 연인 향기에 취해서 흥분이 되었다. 그러나 곧 평정심을 찾고 소파에 앉아서 조용히 눈을 감고 선이에게 완전히 반해 있는 정이를 진정시킬 방법을 찾으려 애를 썼다. 하지만 적당한 생각이 떠오르지 않았다. "오빠. 식사해요." 해서 주방으로 가니 선이가 좋아하는 오곡 찹쌀밥에 시원한 나박김치와 갓김치, 수정과와 인절미가 식탁에 예쁘게 차려져 있어서 식욕을 불러일으켰다. 선이와 정이는 두 번째로 단둘만의 식사를 하는 중이다. 서로 인절미를 조청에 찍어 먹여 주며 서로의 사랑을 확인했다. "오빠가 어떻게 정이를 미워할 수 있겠느냐. 오히려 너무 사랑해서 문제지. 정이가 너무 예쁘고 사랑스러워서 정이를 만나는 것이 조심스럽고 마음에 혹시나 서로에게 상처를 주면 어쩌나 하는 고민 때문에 정이를 쉽게 만나지 못하는 것이다."라고 선이는 간단하게 설명했다. "오빠. 잘 생각해 봐. 어려서부터 오빠가 너무 좋아 죽겠는데 오빠는 정이에게 눈길 한 번 안 주고 순 동네 새색시들에게만 가서 얘기하곤 했어요. 그럴 때마다 정이는 밤새도록 오빠를 생각하며 슬퍼하기도 하고 미워하기도 했어요. 그리고 이튿날이면 오빠를 학교에서 볼 수 있다는 생각으로 학교에 신나게 갔지요. 그리고 멀리서 오빠를 바라보며 혼자 행복했어요. 어서 빨리 대학에 들어가서 오빠에게 프러포즈를 해야지 하는 생각을 하기도 했지요. 그러면서 그 꿈은 하나씩 이루어졌고 다행히 오빠 아버님께서 정이의 열망을 아시는지, 저희 아버지께 일하시다 술 한잔하시면서 자네 셋째는 내 며느리네 하셨다고 했어요." 선이는 이미 때가 늦었나 하는 생각도 했지만, 일단 하나씩 정리하기로 했다. 우선 정이에게 학교를 쉬는 것은 정이의 성실함에 금이 가는 것이라고 이야기했다. "선생님은 하늘이 내린 천직이다. 일반 직업과는 다른 것이라 한번 결정한 길을 번복하는 것은 잘못된 것이라고 했다. 선이가 생각하는 성실함이란 한번 시작한 일은 끝까지 해 보는 것이다. 일신상의 이유로 중간에 멈춘다는 것은 성실성과 인내심이 부족한 것이고 특히 교사로서 결격 사유가 된다."라고 했다. 정이는 고개를 끄덕이며 동감을 표시했지만, 두 눈망울에서는 곧 눈물이 쏟아질 것 같았다. 그래도 선이는 침착하게 이야기를 계속했다. "정이야. 우리 더 심사숙고하며 미래를 설계하며 우리 모두에게, 그리고 부모님과 이웃들, 동료들과 친척들에게 행복을 줄 수 있는 길을 함께 가도록 노력하자." 했더니 정이의 얼굴에 미소가 번졌다. 정이는 "오빠를 위하는 길이라면 가시밭길이라도 갈 수 있고 불가마라도 마다하지 않을 거예요."라고 했다. 선이는 고맙다고 얘기했지만, 누구나 사랑에 빠지면 하는 말이려니 하고 생각했다. 그러니 연애가 원활하게 이루어지지 않는 것이란 생각을 하며 오늘의 위기를 빠져나갈 길을 모색하고 있다. 아버지의 선이 결혼 작전에 휘말려 선이가 혼쭐이 나고 있는 것이다. 정이는 "선이 오빠는 너무 신선 같다."라고 하며 "때로는 야성이 있어야 여자들은 좋아한다."라고 했다. 선이도 "그러고 싶은 생각이 순간순간 들지만, 정이가 한 송이 꽃과 같아서 아껴주고 정성을 들이는 것이다."라고 하니 정이는 "차라리 오빠에게 꺾이는 것이 더 행복할 것 같다."라고 했다. 그래서 정이의 정곡을 찌르기로 하고 "그럼 왜 선생님이 되어서 오빠를 힘들게 했어. 정이가 선생님이 아니었으면 오빠가 정이를 보며 지금처럼 힘들지는 않았을 텐데." 하였다. 선이는 갑자기 폭탄을 터뜨린 것 같다는 생각을 하였다. 정이는 "그러니 선생님을 그만두고 오빠를 위해서만 산다고 했잖아요."라고 하며 울먹거렸다. "사랑의 열병은 잠시 스쳐 지나가지만, 천직인 선생님이란 직업은 평생 정이를 행복하게 해 줄 거다."라고 했다. 정이는 "나는 오빠 곁에만 있으면 평생 무엇이든 할 수 있을 거야."라고 항변한다. 선이는 "다행히 고귀한 사랑으로 회자되지만, 로미오와 줄리엣도 사랑의 열병으로 비극으로 끝났지. 그들이 만약 다른 길을 택했다면 그런대로 행복한 삶을 이루었을지도 모르지. 그러나 남녀가 지나친 사랑에 빠지면 어쩌면 불행해질 수도 있다는 암시를 해 준 거라고 오빠는 생각하는데, 잘못된 생각인가?"라고 말했다. 정이도 일부 수용하는 듯했다. "그러니 정이는 선생님으로서 현명하고 슬기롭게 오빠와 함께 열심히 사랑도 하고 자기에게 주어진 하늘의 소명에 따라 최선을 다하여 자신의 직업에 성실하고 정직하게 일하며 즐겁고 기쁘게 살아가는 것이 우리 젊은이들에게 주어진 사명이 아닐까? 어쩌면 하느님의 뜻일 수도 되겠지." 하니 정이는 "오빠 본성에 충실했으면 좋겠어. 그리고 진실로 그것이 중요해. 오빠의 말은 너무 이상적이야. 시대에 역행하고 현실에서 도피하려는 그런 나약한 모습을 도덕과 윤리의 상식으로 포장하는 것 같아. 오빠 자신의 감정에 충실하는 것도 하느님의 뜻이야. 그러니 하느님은 우리에게 자유 의지를 주고 에로스 사랑을 허용했잖아. 우리는 그것을 지켜야 할 의무와 책임이 있어. 요즘은 성에 일찍 눈을 뜬 학생들도 그 일에 기쁨을 얻는다는데 성인이 된 정이와 오빠가 사랑을 지독하게 한다고 하느님께서 벌을 내리지는 않을 것 같아."라고 했다. 정이는 선이에게 본격적으로 항변했다. 그러나 그럴수록 선이는 냉정해졌다. 그리고 이성의 작동으로 감정을 통제하여 더욱 평온해지고 침묵으로 이 순간을 넘기기로 했다. 정이도 더 이상 이야기를 해봐야 우이독경(牛耳讀經)이라는 생각을 했는지 말을 하지 않았다. 한참 동안 거실에는 무거운 침묵이 흘렀다. 선이의 가슴속 혼란이 서서히 잦아들며 이 무거운 정적을 깰 말이 무엇일지 생각하기 시작했다. 이윽고 선이는 소파에서 일어나 정이에게 다가가 정이 볼에 가벼운 키스를 하며 "정이야. 오빠는 하늘만큼 정이를 사랑한다. 그래서 정이를 더 아끼고 정성껏 대하는 거야." 했더니 정이도 선이 가슴에 안기며 "오빠 말 명심하고 정이가 교사의 길을 행복하게 갈게요." 하며 얼었던 얼굴이 환하게 피어났다. 마치 나팔꽃이 밤에 꽃잎을 닫았다가, 새벽이면 환하게 피어나는 모습을 연상하게 했다.

＊ 아버지의 작전에 말려든 선이

그때 막 어머니와 아버지가 당신들 집으로 안 가시고 선이네 구옥에 먼저 들렀다. 정이는 얼른 일어나 "어머니, 아버님. 안녕하세요. 잘 다녀오셨어요?"라고 했다. 아버지는 "내 사랑하는 며느리 아가야. 잘 왔다. 목석같은 선이에게 네 사랑을 듬뿍 뿌려 줬겠지? 어머니 없이 자라서 네 사랑이 중요하다. 고맙다. 아가야." 하니 어머니도 말했다. "왜 선이가 어머니가 없어요? 제가 어릴 때 못 받은 사랑까지 듬뿍 주고 있는데요." 어머니가 선이 편을 들었다. 선이도 아버지에 대한 마음이 멀어져 가는 것이 싫었다. 이제는 아버지로부터 분리되고 싶은 마음이 점점 더 커져 간다. 어머니는 정이에게 "요즘 아이들 가르치기 힘들지?" 하고 운을 텄다. 정이는 "아이들이 무척 예민하고 불안정해서 가르치기 힘들다."라고 이야기했다. "특히 대부분 아이들이 혼자 아니면 둘뿐인 형제가 있어서 자라나며 부모님들의 사랑을 독점하다 보니 학교에서도 아이들이 서로 조화롭게 어울리지 못하고 개인 위주로 생활하려는 경향이 많다."라고 했다. 그래서 정이 선생님은 "수업에서 학생들이 서로 토론하는 방식을 선택하여 토론 과제를 숙제로 해 오게 해서 학생들 상호 간의 이견을 조율하는 과정에서 공동생활과 토론에서 서로 배려하고 다른 사람의 생각이 나와 다른 의견도 수용하는 훈련을 시킨다."라고 한다. "물론 개인 프라이버시는 중요하고 다른 사람의 개인 생활을 과도하게 침해하는 것은 예절이 아니지만, 서로 함께 소통하며 사는 것은 사람이 공동체를 이루고 사는 데 필수 요소라고 가르친다."라고 한다. 어머니는 "요즘 아이들도 문제가 있지만, 교사들에게도 문제가 많다."라고 이야기를 하셨다. "선생님들이 노조를 만들어 스스로 노동자임을 자임했고 일부 교사들은 나이 차이가 크게 남에도 제자를 아내나 남편으로 삼는 경우도 종종 있다고 들었다."라고 한다. "교사는 고도의 윤리적·도덕적 소양을 갖추어야 하지만, 일부 교사들은 그렇지 않은 교사도 있다."라고 한다. 어머니 말씀에 정이도 수긍을 했다. 노동 운동을 하려면 학교를 벗어나 대기업에 취직하여 근로자로서 하면 좋은데 그렇지 않은 것이 문제라고 하셨다. 어머니는 "교사란 어쩌면 수도자, 구도자처럼 살면서 학생들에게 인간적인 모범은 물론이고 신비한 느낌까지 주면 교육 효과가 배가될 것이다."라고 한다. 어머니가 잠시 미국에 한 일 년 머물 기회가 있었는데 머무는 그 기간에 마침 미국서 중학교 교사를 하는 친구와 자주 만나서 대화를 나누었다고 한다. 미국 사회는 전체적으로 자유 민주주의가 발전한 나라인데 공무원이나 교사들의 도덕적·윤리적 수준도 세계적인 수준이라고 했다. "만약 교사가 학생들에게 사소한 거짓말을 한 것이 한 번이라도 들통이 나면 당장 보따리를 싸야 한다."라고 한다. 그리고 "적당한 체벌이라도 교사의 감정이 들어간 체벌은 강력한 제재를 당한다."라고 한다. "우리나라 교육 현장을 살펴보면 교육의 공정성과 공평성이 정당하게 유지되는지 정이 선생님께서 교육 현장에서 살펴보라."라고 했다. 저녁 먹을 시간이 되자 어머니는 "정이야. 우리 주방으로 가서 식사 준비를 하자."라며 정이를 데리고 주방으로 갔다. 아버지와 선이는 거실에서 마주하였다. 아버지는 선이에게 "정이를 어떻게 생각하느냐?"라고 물었다. 선이는 "제 동생으로 생각된다."라고 하며 훌륭한 선생님이 되었으면 좋겠다고 했다. 아버지는 물끄러미 선이를 바라보면서 "웬 걱정과 고민이 많아 보이냐?"고 물으셨다. "아버지께서 지금까지 저를 키워주시고 사랑해 주신 것, 저는 한순간도 잊지 않고 아버지께 감사하는 마음으로 살고 있습니다. 그런데 정이를 아버지 며느리로 이야기하시는 것은 저는 동의하기 힘듭니다. 아버지께서 수양딸로 삼으신다면 몰라도 며느리로 삼으시려면 제 의견을 먼저 타진하시는 것이 옳은 일이 아닌지요." 하니 아버지는 말을 안 하시고 깊은 생각에 빠지신 모양이시다. 충격을 받은 느낌이다.

선이도 더 이상 이야기를 할 수 없었다. 어머니가 식사를 하라고 주방에서 부르신다. 아버지는 일어나 주방으로 가면서 "식사하러 가자." 하셨다. 네 식구는 식탁에 앉아 어머니와 정이가 합동으로 마련한 저녁 식사를 맛있게 했다. 아버지가 별말씀 없이 식사를 하시니 모두 조용히 먹는 데 집중했다. 밥맛을 잃은 듯 아버지가 수저를 놓자 선이도 수저를 놓고 기도를 하고 바로 주방을 나와 사랑채로 갔다. 선이의 그런 행동에 세 사람은 어리둥절했다. 정이는 조용히 일어나 두 분께 인사를 드리고 정이네 집으로 갔다. 정이가 현명한 선택을 하기를 기도했다. 아버지는 며칠 후면 어머니와 외유를 하신다. 아버지가 선이의 의견을 받아들이기를 빌 뿐이다. 선이는 일찍 자고 싶었다. 오늘은 심신이 피곤하고 힘이 들었다. 사람이 이 세상을 살아가는 것이 간단하거나 쉬운 일이 아니고 인간관계 안에서 많은 변수가 있구나 하는 생각을 하게 한다. 어디에서 무엇을 하든지 모든 것이 사람과 관계가 맺어지고 그 관계 안에서 또 다른 관계가 이루어진다. 인과응보(因果應報)란 이런 데서 형성되는 원인에서 그 원인에 대한 반대 행위로 보답을 받는다는 것 같다. 즉, 좋은 일을 하면 좋은 것을 얻고 나쁜 일을 하면 나쁜 것을 얻는다는 것인데 그 반대도 있는 것 같다. 선이가 생각하는 정의와 공정 그리고 도덕과 윤리가 이 세상에 구현되었으면 좋겠다.

* 아버지와 어머니의 출국

어머니와 아버지는 캐나다로 떠나셨다. 당분간 선이는 혼자서 시골 생활을 해야 한다. 밭에 심어 논 모종들에게 물도 주어야 하고 모내기 준비도 아버지가 남겨 놓은 농사 일지를 보면서 그날그날 할 일을 해야만 한다. 아버지는 선이에게 한동안 말을 하지 않고 외국으로 가면서 농사 일지를 주셨다. 농사 일지에는 아버지가 농경지에 모월 모일에 무엇을 했고 앞으로 무엇을 해야 하는지 빽빽하게 적혀 있었다. 어떤 식물은 밤에 씨를 뿌려야 하는지, 아침에 심어야 하는지, 낮에 파종해야 하는지도 적혀 있었다. 그러한 연간 계획이 있으니 늘 서두르지 않고 여유를 가지고 편안한 마음으로 농사를 지었던 것 같다. 아버지가 비록 농부이지만, 농부로서는 최고의 농부로 살았다는 증거가 바로 농사 일지이다. 그리고 선이도 다 성장했으니 복학할 때까지 선이를 믿고 집안의 농사일을 맡기고 출국한 것 같았다. 이제는 더 이상 네 일에 관여하지 않을 테니 네가 알아서 하라고 하시는 것 같았다. 며칠 전 정이 문제로 선이가 제기한 문제를 아버지가 침묵과 은유적으로 답변한 것이 농사 일지를 선이에게 주는 것으로 나타난 것 같았다. 더 겸손하게, 정확하게 사는 것이 어떤 것인가를 암시한 것 같다. 선이는 부모님이 떠나신 지 얼마 안 되어 부모님이 뵙고 싶었다. 아버지의 빈 공간은 너무 크게 다가왔다. 아버지의 농사 일지를 따라 하니 온종일 바쁘다. 내일은 이웃집 김 씨 아저씨와 손씨 아저씨와 함께 불린 볍씨를 미리 만들어놓은 못자리에 뿌려야 한다. 그리고 비닐로 덮어야 하고 아침저녁으로 못자리를 돌보아야 한다. 석이도 소 키우는 일로 바빠서 꼼짝도 못 하고 있다고 했다.

* 정이와 선이의 가정생활 연습

토요일이면 정이가 집에 와서 빨래도 해 주고 저녁도 챙겨 주었다. 운전면허를 따서 차를 구입해 집에서 출퇴근할 거라고 한다. 동네 사람들에게 선이와 정이가 결혼할 거라는 사실을 공표한 상황이다. 갈수록 상황이 아버지 의도대로 되어 가는 듯하다. 이제 선이도 토요일이 기다려진다. 정이가 오기 때문이다. 정이가 오면 살갑고 다정하게 대해야지 하고 생각하지만, 막상 보면 여동생이 온 것처럼 무덤덤하다. 오늘도 정이의 불만이 대단할 것 같다. 그러나 그것도 선이의 운명인 것을. 정이 할머니, 어머니, 아버지도 선이 걱정을 하며 수시로 들락거린다. 아버지가 안 계시니 농사도 걱정되고 선이가 혼자 있으니 여러 어른이 오신다. 시골 인심이라 생각하니 마음이 든든해진다. 어머니와 아버지는 캐나다가 좋다고 하시며 입국을 미루실 모양이다. 정이와 정분이 나서 손주라도 낳으면 오시려는 듯하다. 선이와 정이는 주말마다 부부 연습을 하는 것 같다. 토요일에 와서 월요일 첫차를 타고 출근한다. 3년이 지나면 읍내 학교로 발령이 날 수 있다고 한다. 토요일은 어김없이 돌아왔다. 저녁 식사는 으레 정이가 구옥 선이네 집으로 와서 퇴근하면서 사 온 반찬거리로 맛있는 음식을 만든다. 그 음식에도 이제는 관심이 많이 간다. 사람이 살아가는 데 필수적인 것이 의식주 문제이다. 사람이 땀 흘리며 혼신을 다하여 사는 것이 이 문제를 해결하기 위한 것이다. 봄, 여름, 가을, 겨울, 사계가 뚜렷한 우리나라에서는 계절에 맞춰서 옷을 입어야 한다. 센스 있게 멋 좀 부리면 꽤 많은 돈이 들어간다. 먹는다는 것은 사람의 몸과 마음, 정신, 영혼의 건강을 위해서 필수 요건이다. 먹는 문제가 해결되어야 사람은 기본적인 생활이 된다. 다음으로 둥지가 필요하다. 좁은 땅에 인구 밀도가 높은 우리나라에서 주거 시설, 즉 주택을 구하는 것은 하늘의 별 따기보다 힘이 든다. 그래서 평생 자기 집에서 살아보기 힘든 사람들이 대부분이다. 전세, 월세, 옥탑방, 고시원 등을 전전한다. 어떤 사람은 알코올 병원에서 일평생 살다가 길거리에서 죽어가는 경우도 있다. 아니면 복지 시설 등에 수용되어 살아가는 사람들도 많다. 이러한 구조적인 사회 문제는 국가의 치밀한 경영에서 얻는 효과로 해결할 수 있다. 케인스는 자신의 경제 이론에서 의식주의 중요함을 깨닫고 국가가 국가안전망을 통하여 이를 해결한다는 이론을 주장했다. 즉, 애덤 스미스의 보이지 않는 손에 의한 완전 자유 시장경제 구조를 수정하는 이론을 주장하여 많은 국가에서 케인스 이론을 경제 정책에 수용했다. 의식주 문제뿐만 아니라 거시 경제 정책으로 자유 경제 체제에서 국가가 경제 주체로 등장하여 소득 분배를 올바르게 하도록 마르크스의 자본가와 노동자의 극한 대립으로 공산주의가 태동하게 되었지만, 그런 접근도 조금씩 수용하면서 실질적 소득 분배를 국가가 세금을 통하여 담당하고 국가가 공공사업을 일으켜 시장 자유 경제 체제를 보완한다. 경제 이론이야 어찌 되었든, 정이는 선이를 위하여 고등어구이와 완도 곱창 돌김과 고춧가루, 깨소금, 꿀, 진간장으로 양념장을 만들어 달래 생채를 참기름으로 무쳐서 만들었다. 그리고 오곡 찰밥을 돌솥으로 지었다. 나박김치도 바로 담아서 맛있게 내놓았다. 진수성찬(珍羞盛饌)이다. 계절 밥상을 깔끔하게 차려 놓고 모종 밭에 물을 주고 있는데 밥을 먹자고 한다. 선이는 사랑채로 들어가 온종일 땀 흘려 더워진 몸을 식히기 위하여 샤워를 하고 옷을 갈아입고 안채 주방 식탁으로 갔다. 이제는 제법 새색시티가 나는 정이를 보며 "함께 식사하게 앉아요." 했다. 고맙기도 하고 예쁘기도 한 정이의 모습이 고운 어머니의 새색시 때의 모습으로 보인다. 선이는 하마터면 정이를 어머니라고 부를 뻔했다. 정이와 선이는 마주 앉아서 즐겁게 저녁 식사를 했다. 생 곱창 돌김을 달래 생채로 싸 먹으니 맛과 향이 입맛을 돋우어 주고 기분까지 좋아졌다. 정이와 선이는 요즘 말이 많이 줄어들었다. 서로 한 주간을 어떻게 지냈는지 이야기할 정도였다. 정이는 이미 선이의 색시 노릇을 하니 예전처럼 투정을 부리지 않았다. 저녁을 먹고 커피를 한 잔씩 마시는데 전화벨이 요란하게 울렸다.

* 왕초 요한의 죽음

선이가 받으니 석이였다. "왕초 아저씨가 일하다가 소 뒷발질에 채여서 조금 전에 숨을 거두었다."라고 했다. "아니, 이럴 수가!" 선이는 바로 석이네로 달려갔다. 정이는 어리둥절하다가 "나는 집으로 갈게요." 했다. 가서 보니 읍내 의사가 와서 사망 진단서를 적고 있었다. 경찰에서도 와서 사고사로 결론을 짓고 석이에게 수습을 잘하라고 했는데 왕초 부하들이 누가 대표로 나서서 석이와 협상을 할 것인가를 의논 중이었다. 일단 읍내 장의사에 연락하여 삼일장으로 장례를 치르기로 하고 성당에서 고별미사를 올리고 새로운 왕초는 야고보 형제님이 맡기로 했다. 선이가 경황이 없는 석이 대신 새 왕초와 장례 절차와 보상에 대한 협상을 했다. 왕초 부하들과의 협상도 간단히 끝났다. 예전과 같이 석이네 농장에서 일하기로 하되 노동자 고용 계약서를 1년 단위로 재계약하고 고용 보증금으로 1인당 오백만 원씩 일괄 지불하고 고 왕초 요한을 꽃동네 묘지에 안장하기로 했다. 모든 비용은 석이가 대기로 했다. 선이는 석이와 함께 꽃동네를 찾아갔으나 묘지 안장이 불가하다는 꽃동네 묘지 담당의 말을 듣고 꽃동네에서 가까운 공원묘지에 모시기로 하고 계약을 하고 이튿날 성당에서 고별미사를 드리기로 했다. 왕초 요한은 평소 자기가 죽으면 꽃동네 묘지에 묻히기를 원했다. 장례가 끝나고 석이도 안도하고 일에 복귀하고 왕초 야고보를 중심으로 한 일꾼들도 본업으로 복귀했다. 왕초를 죽음에 이르게 한 거세된 수소는 바로 출하하여 도축장으로 보내어 왕초 요한의 영혼을 달래 주었다. 왕초 야고보는 안전반장까지 맡아서 매일 작업에 임하기 전에 일꾼들에게 안전교육을 시켰다. 이번 일로 석이는 큰 손실을 입었지만, 무엇보다도 일을 열심히 한 왕초 요한을 잃은 것이 제일 큰 손실이다. 석이가 외부로 볼일을 보러 나갈 때는 왕초 요한이 목장주인 석이를 대신했다. 새 왕초 야고보도 성실하고 일은 잘하나 리더십이 부족하다고 했다. 선이도 다시 일상으로 돌아와 아버지가 준 농사 일정대로 일을 하였다. 김씨 아저씨가 논마다 갈고 써레질을 트랙터를 이용해 다 해놓고 못자리에서 모판을 떼어내 이앙기로 모를 심기 시작했다. 선이는 구경을 하면서 논마다 모내기 현황을 농사 일지에 써넣었다. 서울 어머니가 몹시 뵙고 싶으나 갈 수가 없다. 어머니와 통화도 힘들었다. 서로 일하고 자는 시간이 틀려서다. 어머니는 가게에서 사적인 전화는 안 하신다. 직원들에게도 그렇기 때문에 어머니도 예외가 아니었다. 공사가 뚜렷한 분이다. 어머니도 선이가 어찌 생활하는지 몹시 궁금하실 것이다. 그러나 어찌하랴. 서로 연락하기 힘이 드는데. 이럴 때는 서로 기도하자고 한 어머니 생각을 하며 기도를 한다. 늘 거지 왕초면서 전혀 기죽지 않고 얻어먹는 것을 부끄러워하지 않고 지역 사회의 치안에 기여하려고 노력하며 남몰래 대가 없는 봉사를 하였던 왕초 요한을 위하여 짧은 연도를 바쳤다. 친동생으로 대해 주었던 쾌활하고 정직했던 왕초에게 묻고 싶은 것이 많았는데 갑자기 선종하니 선이의 마음이 허전했다. 선이의 멋진 지지자이자 후견인이었는데 말이다. 이렇게 사람의 인연은 갑자기 파손되는 경우가 잦다. 그래서 있을 때 잘해야 한다. 서로 마음이 떠나고 몸도 떠나면 모든 게 남는 것이 없다. 왕초가 갑자기 떠나니 이웃 사랑에 더 관심을 갖게 되고 정이에게도 더 잘 대해 주고 싶다. 그런데 막상 만나면 부담이 되니 무슨 조화일까? 슬프고 아픈 생각이 든다. 오늘은 온통 이런저런 일들로 고통스럽다. 아버지가 지금은 돌아오실 거라는 생각에 안심이 되지만, 영영 안 돌아오시면 어떻게 하나 하는 아픈 생각이 들었다. 어릴 때부터 아버지가 없는 세상은 선이에게는 바로 지옥이었다. 가끔 꿈에서 아버지를 시장 등지에서 잃고 울다가 꿈에서 깨어나기 일쑤였다. 그러나 차차 성장해 가면서 아버지의 존재를 서서히 잊고 살아감을 느끼며 선이는 슬프고 아팠다. 사람은 망각의 동물이다. 다급할 때만 누군가를 찾는다. 그러나 막상 그때가 되면 곁에 아무도 없다. 하느님만이 다급할 때 도와주신다. 하지만 평소에 꾸준히 잊지 않고 인간관계를 맺는다면 다급할 때 그 구조 요청을 받아주는 사람이 있다. 하느님도 마찬가지이다. 착실하고 성실하게 끊임없이 믿음을 지키며 살아갈 때 우리는 새로운 세계로 갈 수 있는 기틀이 마련되고 인생의 간난도 극복하며 살아갈 수 있다. 이웃과 친구, 부모, 형제, 하느님을 의식하며 살아갈 때 우리는 행복하고 기쁘게 모든 슬프고 아픈 세상에서 이기고 승리하며 살아갈 수 있다. 선이는 하루를 마무리하는 기도를 바치고 바로 잠이 들었다.

＊ 아버지와 어머니의 귀국

농사일이 걱정되고 고향이 그립고 선이가 너무 보고 싶어서 연말쯤에 귀국하려다가 빨리 오셨다고 한다. "두 분 모두 건강하게 신혼여행을 다녀오신 것을 축하합니다." 하고 선이가 말하니 "선이도 해외여행을 하려면 캐나다로 가라."라고 했다. 혹시 "외무 공무원이 되면 캐나다로 가서 근무하면 좋겠다."라고 했다. 지상 천국을 다녀온 것 같다고 캐나다 여행을 극찬했다. 캐나다는 미국과 달리 이민 정책으로 전 세계에 문호를 개방하여 온 세계 사람들이 각각 나라의 문화를 그대로 보존하여 가는 곳마다 색다른 문화를 즐길 수 있고 음식도 각기 다른 나라의 고유 음식을 맛볼 수 있다고 했다. 렌터카로 알래스카 고속도로를 달리며 휴게소마다 들러서 이런저런 풍경을 즐기는 드라이브는 아버지와 어머니의 마음을 설레게 했다고 한다. 중간마다 야생 동물들도 볼 수 있었다고 한다. 사향소와 곰들의 떼를 보았다고 한다. 벤프 국립공원에 가서는 백 년 된 온천을 즐기기도 했고 차로 로키산맥 드라이브 코스를 달렸는데 설경이 너무 좋았다고 한다. 그날따라 아버지 차만이 구불구불하고 급경사인 도로로 산길을 오르는데 경찰차가 계속 따라와서 아버지가 운전 중에 무슨 잘못을 했나 해서 길옆에(올라가는 길이 험해 도로 중간마다 비상 주차장이 있었다고 한다) 차를 세우고 비상 점멸등을 켜고 기다리는데 경찰차도 아버지 렌터카 뒤에 주차해서 기다리더란다. 아버지가 또 운전을 해서 출발하니 그 차도 또 따라오더란다. 산 정상에 올라와 차에서 내려서 전망대로 가는데 따라오던 차는 어디로 갔는지 보이지 않았다고 한다. 전망대로 가는 길에서 한국에서 온 젊은 신혼부부를 만나서 상황을 설명하니 국립공원 경찰관 차들이 렌터카가 확인되면 뒤에서 만약의 사고에 대비해서 그렇게 한다고 하는 이야기를 듣고 캐나다가 왜 살기 좋은 나라인지를 알 수 있었다고 하셨다. 어머니도 메이플(단풍) 시럽을 졸여서 하얀 눈에 살짝 떨구어 굳을 때 먹는 자연 사탕을 맛보았는데 그 향과 맛만 생각하면 지금도 침이 고인다고 말씀하신다. "선이도 정이와 결혼하면 신혼여행을 캐나다 브리티시 컬럼비아주로 다녀와라. 그곳에는 다도해가 있고 소블 비치가 있는

데 해안 길을 드라이브 코스로 달릴 수도 있고 자전거나 도보로도 아름다운 경치를 보면서 즐길 수 있도록 길을 만들어 놓았다."라고 말씀하셨다. "그 주의 수도는 빅토리아인데 정원의 도시라고 불릴 정도로 집마다 독특한 정원이 만들어져 있는데 인구에 비하여 땅이 넓으니 정원 문화가 발전했다."라고 했다. 아버지도 작은 정원을 만들고 싶다고 했다. 아버지는 조경사 기질도 갖추셨다. 밭과 논둑에 각종 꽃씨를 뿌려서 봄부터 늦가을까지 꽃들을 구경하게 한다. 두 분은 캐나다는 국민 소득에 걸맞게 사람들도 온순하고 친절하다고 한다. 한국인들도 많이 사는데 한국인 거리를 가면 우리나라 도심지를 다니는 것 같고 한국 음식도 언제나 먹을 수 있다고 한다. 자연산 메이플 시럽은 전 세계 시장의 약 85%를 차지한다고 한다. 오죽하면 캐나다 국기에 단풍잎을 그려 넣었을까 하는 생각도 해 보았다. 메이플 시럽은 말 그대로 단풍나무 수액이다. 달콤하고 향이 좋아서 프랑스 요리에 많이 쓴다고 한다. 미국과는 세계에서 가장 긴 국경을 접하고 있는데 약 6,700여㎞나 된다고 한다. 두 나라의 국민 소득도 1인당 40,000여 달러로 서로 비슷하지만, 문화는 서로 다르다고 한다. 미국은 이민을 오면 무조건 미국 문화에 흡수되어 언어도 영어로 통일하여 교육하지만 캐나다는 이민을 온 사람들을 존중하고 그들의 문화와 언어로 교육한다고 한다. 그러나 영국 사람들과 프랑스 사람이 많이 살아서 공식적인 국어는 영어와 프랑스어라고 한다. 또한, 아직도 영국 식민지 시절의 전통을 따라 영국 여왕을 따르고 총독도 있다고 한다. 그러나 실질적인 통치는 총리가 국가수반으로 완전한 독립 국가로서 권한을 갖는다고 한다. 식민지 시절의 전통과 법을 그대로 계승 및 발전시킨다고 한다. 캐나다 원주민 이누이트족을 존중해 캐나다 땅의 약 20%로 누나부트 준주를 만들어 그들에게 돌려주어 그들의 특별한 문화와 삶을 유지 및 발전하도록 준비 중이라고 한다. 가톨릭과 개신교 신자들이 국민 대부분을 차지하고 있다고 한다. 캐나다에 이민 오는 분들도 각 나라에서 비교적 잘 살았던 분들이 와서 각자 속의 전체, 전체 속의 각자의 삶들이 보장되는 그야말로 자유 민주주의 국민들을 위한 국민의, 국민에 의한 국가라고 한다. 우리나라도 캐나다같이 법치주의, 원칙주의, 자유 시장주의가 정착되어 국민을 안심하고 편안하게 하는 국가가 되었으면 좋겠다고 말씀하신다. 아버지의 귀국 설명회에 감사를 드리지만 선이가 완곡하게 말한 정이와의 혼사는 아직도 포기하지 않으시고 강조하시니 선이는 답답하다. 선이와 정이가 함께 가까워질 수 있도록, 아니, 둘이 육체적으로 접촉하도록 일부러 장기 외유를 했다는 느낌을 선이는 받았다.

✳ 선이의 침묵시위

아버지의 일방적인 선이와 정이의 결혼 결정과 집요한 아버지의 작전에 선이는 무대응 침묵 작전에 들어갔다. 선이의 생각을 말씀드렸지만, 안 들은 것으로 하고 당신 고집으로만 하시는 아버지를 이해하려고 했지만, 한 마디 설명도 없이 아버지 계획과 생각으로 정이와의 혼인 작전을 추진하시는 것은 선이도 이제는 수월하게 받아들이기 힘들게 되었다. 그래서 침묵시위를 하기로 한 것이다. 아버지 농사 일지를 아버지 한옥 거실 탁상에 가져다 놓았다. 그리고 선이는 석이네 농장으로 갔는데 석이가 몸져누워 꼼짝도 못 하고 있었다. 선이는 석이를 왕초 야고보 아저씨와 함께 차에 태워서 직접 운전을 하여 루가 의원으로 갔다. 고열과 구토가 심하다고 하면서 의원 병실에서 한 이틀 정도 링거를 맞으며 입원을 해야 한다고 했다. 석이는 안 본 사이에 많이 살이 빠져 보였다. 무슨 사연이 있는 게 분명한데 말이 없고 아프다고 끙끙 앓는다. 선이는 다시 농장으로 와서 왕초 야고보와 이야기를 했다. 요즘 소 가격이 반으로 떨어져 사룟값도 안 된다고 한다. 농산물 수입 관세가 대폭 내려가 값싼 미국 쇠고기가 유통되기 때문이라고 한다. 그리고 도축업자가 부도를 내서 꽤 많은 돈을 떼였다고 했다. 선이는 그동안 무심했던 자신이 부끄러웠다. 사람에게는 불행이 닥치면 쓰나미가 밀려오듯 한꺼번에 여러 가지가 겹쳐서 온다고 했는데, 지금 석이가 그런 상태이다. 그동안 혼자서 얼마나 힘이 들었을까? 그래서 전화도 없었구나. 전화를 했어도 낮이나 밤이나 이 일, 저 일로 정신없이 보냈기에 전화도 받을 수 없었다. 무슨 방법이 없을까 골똘히 생각했다. 선이의 데미안인 석이의 불행을 보고만 있을 수는 없었다. 왕초 야고보에게 공동체 통장에 돈이 있느냐고 물으니 8,000만 원 정도 있다고 했다. 그리고 바로 서울로 갔다. 서울 어머니 마리아도 보고 싶고 어머니와 석이 문제를 의논하고 싶었다. 어머니 집에서 어머니를 기다리는데 열 시쯤에 어머니가 오셨다. 그리고 선이 신발을 현관에서 보시고 "선이야!" 하고 부르며 뛰어 들어오셔서 선이를 부둥켜안아 주시며 좋아하셨다. 그리고 소파에 앉으라고 하면서 가게에서 가져온 과일과 야채 샐러드를 풀어 놓으시며 함께 먹자고 하셨다. 오늘은 이유 없이 집에 빨리 오고 싶었다고 하신다. 서울 어머니와 선이는 하느님이 맺어주신 모자지간인 것 같았다. 그러니 서로 주파수가 맞아서 서로의 마음의 전파가 송수신되는 것 같다. 어머니는 먼저 아버지의 안부를 물으셨다. 그리고 약사 어머니도 잘 계시냐고 해서 두 분 모두 건강하시다고 했다. 그런데 선이가 오늘따라 무슨 고민이 있어 보인다고 했다. "아버지가 인위적으로 정이와의 결혼을 선이의 의견을 묻지도 않고 밀어붙이려고 한다."라고 서울 어머니께 말을 했다. 어머니는 "그 양반은 한번 마음을 정하면 해내고 마는 분이시니 선이가 힘이 들겠구나." 하셨다. 그래서 선이는 아버지께 침묵시위를 해 보기로 했다고 어머니께 말을 했다. "현명하지 못한 처신이다."라고 어머니는 말씀하신다. "부자유친을 깨면 부자지간에 금이 가고 그 상처는 여타 사건에서 겪는 고통과 아픔 슬픔보다 더 커서 잘못하면 그로 인하여 병까지 얻는다."라고 하셨다. 어머니는 "모든 것을 순리에 맞게 따르라."라고 했다. "그동안 아버지와 맺어온 사랑과 신뢰를 바탕으로 좋은 열매를 맺거라."라고 하셨다. 가능하면 어머니도 정이와 잘해 보란 얘기이다. 사실 선이는 공부를 더 하고 싶었다. 기쁘고 행복한 결혼 생활보다 외교 안보 전문가가 되고 그림 공부도 하려면 결혼을 미뤄야 한다. 아니면 수도 사제가 되고 싶다고 했다. 어머니는 "선이의 마음도 충분히 소중하다."라고 하면서도 "아버지가 정한 정이 마음과 입장도 생각해 보라."라고 했다. "전체적인 룰 속에서 다소 자신의 뜻을 훼손하더라도 그 길을 가는 것이 옳다."라고 하셨다. 곧이어 선이는 본격적으로 석이의 이야기를 하면서 "지금까지 농장을 잘 운영하여 기반을 잡았는데 쇠고기 수입 자유화로 최선을 다하여 대처했지만, 소값은 반으로 떨어지고 중간 도축업자가 부도가 나서 큰 피해를 입었다."라고 말씀을 드리고 "도울 방법이 없나 하고 어머니를 찾아왔다."라고 했다. 어머니는 "일단 피해 규모를 정확히 파악하고 긴급한 자금이 얼마인가를 알아보아야 한다."라고 했다. "그리고 어머니가 돈을 마련해 주면 어머니가 석이네 농장에 투자하는 것으로 해야 한다."라고 했다. "그리고 지금 당장 팔 수 있는 소는 모두 팔아야 손해를 덜 본다."라고 했다. "경영에 위기가 올 때는 일단 감량 경영을 하여 경비를 줄여야 한다."라고 했다. "어머니는 여유 자금도 있고 은행에서 대출도 받을 수 있으니 선이가 가서 전반적인 재정 상태를 파악해서 최근의 대차 대조표를 구해 오라."라고 했다. 선이는 어머니께 감사드리고 함께 하루 끝 기도를 바치고 각자 방으로 가서 잤다. 선이는 아침도 먹지 않고 메모를 남기고 바로 시골로 내려와 석이가 입원한 의원으로 갔다. 석이 고모가 석이를 간호하고 있었다. 선이에게 고맙다고 하면서 석이가 많이 좋아졌다고 했다. 열도 내리고 배가 아픈 증상도 호전되었다고 했다. 석이는 주사를 맞고 깊은 잠에 빠져 있었다. 선이가 온 줄도 모르고 계속 자고 있었다. 선이는 고모를 데리고 다방으로 가서 차 한 잔을 마시며 오랜만에 대화를 나누었다. 고모는 석이를 원망했다. 왕초 가족들이 농장에 올 때부터 고모는 농장에 발을 끊었다고 한다. 고모는 "어떤 사업이든지 자신의 능력과 환경에 맞추어 욕심을 버리고 안분지족하는 안정된 마음으로 사업을 운영하여야 어떤 긴급한 상황이더라도 대처하기 쉬운데, 그렇게 하지 않았기 때문에 석이가 큰 화를 당하고 있다."라고 했다. 그리고 "사람이 돈을 벌게 되면 그동안 신세를 진 사람들에게 먼저 신세를 갚아야 하는데 자꾸 사업을 늘리는 데만 투자를 하니 다른 사람들에게 불평불만을 들을 수 있다."라고 했다. 고모가 그동안 석이를 위하여 고생하고 헌신한 것은 선이도 잘 알고 있었다. 그런데 석이는 그동안 농장 운영에 고모를 배려하거나 의논하는 일 없이 석이 마음대로 운영해 온 것이다. 고모는 속상해서 요즘은 아예 농장에 가지 않았다고 한다. 집을 새로 짓는 것도 고모는 반대했다고 한다. 석이가 어려운 고통에 처해 있는데 가장 가까운 고모가 석이에게 서운했다면 석이에게도 큰 책임이 있음을 선이는 감지했다. 고모에게 석이를 도울 방법이 있느냐고 했더니 석이가 처음에 농장을 시작할 때 보증도 서고 사채도 일부 대주어 지금 당장 여유 자금은 없지만, 서로 노력을 해 보아야지 않겠느냐고 했다. 선이는 "석이를 도와서 재기할 수 있게 하고 싶다고 하며 선이가 물주와 합의를 보고 서울에 어제 갔다가 오늘 왔다."라고 하니 고모가 눈물을 흘리며 "감사하다."라고 했다. 고모도 안심하는 눈치다. 병원에 와 보니 석이가 깨어나 침대 위에 누워 있었다. 마침 4인실 병실인데 석이 혼자 있어서 이야기하기가 편했다.

* 석이의 반성과 고모의 용서

석이는 일찍 사업을 시작해서 고모의 도움으로 큰 어려움 없이 지금까지 돈도 벌고 농협 빚도 갚았다고 한다. 그런데 왕초 요한이 죽고 나서 심한 충격을 받고 연쇄적으로 쇠고기 가격 파동으로 부도를 맞고 그러다 보니 수습하기 힘든 상황이 되었다고 했다. 누구와도 의논할 수 없었다고 한다. 그런데 "그저께 꿈에서 성모 어머니가 위로를 주시며 주변 사람들과 화해를 하라고 하셨다."라고 한다. "그때 떠오른 분이 고모였다."라고 했다. 석이는 고모에게 "그동안 서운하게 해드려 죄송하다."라고 했다. "어린 나이에 돈을 만지다 보니 기고만장하여 고모의 희생을 생각하지 못하고 저 혼자 힘으로 이룬 것이라고 어리석고 오만한 생각을 해서 하느님께서 석이에게 경종을 울린 것 같습니다."라고 했다. "왕초 요한이 사고를 당하여 유명을 달리했을 때 깊이 참회하고 초심으로 돌아갔어야 했는데 죽을 고비가 오니 고모와 선이가 나를 지켜 주네요." 했다. 고모도 눈물을 흘리며 "어른인 내가 너를 더 보듬어야 했는데 그러지 못한 속 좁은 고모를 용서해라."라고 했다. 그동안 회계 장부는 세무사 사무실에서 착실하게 관리했다고 한다. 그나마 천만다행이다. 석이가 우직하게 소처럼 뚝심으로 정직하게 농장을 운영한 증거이다. 대부분 다른 농가들은 주먹구구식으로 농장을 운영해 왔기에 망할 징조가 보이면 무조건 정리하여 챙길 것만 챙겨서 도망갔다고 했다. 석이에게 당장 급히 상환해야 할 돈이 얼마 정도냐고 하니 약 3억 원이 필요하다고 했다. 농협에서 단기로 대출받은 1억 원과 송아지 사입 대금 그리고 사료비가 많이 밀려 있다고 했다. 먼저 일하는 인원을 줄여야 하는데 그 일이 문제라고 해서 그 일은 선이와 석이가 왕초 야고보와 상의를 해서 해결하기로 했다. 마침 읍내에 폐지를 이용한 박스 공장이 생겨서 그곳으로 출근하도록 노력해 보자고 했다. 석이에게 대차 대조표를 최근까지 1년분을 달라고 했다. 서울 전주와 의논하여 장기 저리 자금을 융통하는 데 필요하다고 했다. 단 고모나 석이는 전주에게 표시를 안 내는 조건을 걸었다. 그리고 땅값은 그리 많이 안 나가지만, 고모가 담보 제공을 해 주기로 했다. 석이네 땅과 농장은 이미 농협에 근저당이 잡혀서 더 이상 담보 가치가 없었다. 선이가 서울 어머니와 하는 첫 거래라 어머니께 빈틈을 보이기 싫었기 때문에 이런저런 서류를 꼼꼼하게 챙기는 것이다. 석이는 선이가 얼마나 공부를 많이 했는지 실감하면서 선이의 이야기대로 하겠다고 했고 고모도 연신 놀라는 경탄을 하면서 선이의 문제 처리 능력에 감격했다. 물론 그런 힘은 서울 어머니 내락 때문이다. 그리고 석이에게 농장을 사회 조합 법인으로 운영할 것을 제안했다. 그러면 모든 것을 석이가 무한 책임을 지는 일은 없을 것이라고 석이에게 설명했다. 그래야 왕초와 그 부하들과 협상하는 데도 큰 도움이 되고 고모와의 갈등도 앞으로 없을 것이라고 했다. 고모나 선이 그리고 왕초와 그 부하들도 다 함께 투자하여 조합으로 운영하며 그 대표 운영은 석이가 맡아서 하면 되는 것이라고 설명했다. 이익도 공평하게 나누고 책임도 공평하게 나누는 형식이라고 설명하니 석이도 이해하고 그렇게 하겠다고 했다. 석이는 "당장 퇴원해도 될 것 같다."라며 "무거운 짐을 벗은 것 같다."라고 하였다. 석이가 그렇게 이해해 주어 "고맙다."라고 하면서 선이는 "이제부터가 중요하다."라고 했다. "그리고 일단 출하할 수 있는 소는 모두 출하하자."라고 했다. "그래서 최소한의 경비를 마련하자."라고 했다. "기다리면 소값이 오를 것이란 기대는 접자."라고 했다. 서울 어머니의 요구 사항이기도 했다. 석이는 매우 아쉽다고 하면서도 합리적인 생각이라며 선이의 뜻에 따르기로 했다. 이야기가 끝나니 저녁때가 되었다. 선이는 고모와 석이를 내일 농장에서 만나기로 하고 고모가 운전하는 차를 타고 집으로 돌아와서 부모님께 석이가 갑자기 아프다고 해서 다녀왔다고 했다. 어머니가 식사를 하라고 했지만, 이미 식사를 했다고 하고 구옥으로 돌아왔다. 앞으로 며칠 동안 석이 농장 일을 봐주어야 해서 내일부터 석이네 농장에서 지낼 거라고 말씀도 드렸다. 어머니만 알았다고 대답하시고 아버지는 별말씀이 없었다. 선이와 아버지 사이에 서서히 골이 생기는 느낌을 받았다. 선이는 그런 현실이 슬프고 아팠다. 그러나 더 이상 부자지간의 금이 안 가도록 힘쓰겠지만, 선이도 아버지에 대한 순종심이 엷어지는 것 또한 현실이다. 그런 사실을 최소화하려고 노력할 뿐이다. 아버지가 정이와의 결혼 문제를 독단적으로 결정한 것이나 지금 선이가 석이 문제를 아버지와 먼저 의논하지 않는 것과 뭐가 다른가? 선이는 다시 아버지께 가서 "의논할 일이 있다."라고 하니 아버지는 "피곤하다."라며 "다음에 하자."라고 하셨다. 선이는 쓸쓸히 사랑채로 돌아와 자려고 하는데 약사 어머니가 사랑채로 선이를 찾아오셨다. "선이야. 노여워하지 마라. 아버지께서 요사이에 말수가 줄어드셔서 나도 걱정이다. 분명히 걱정거리가 있으신 듯한데 말씀을 안 하신다."라고 했다. 그러면서 선이를 꼭 안아 주시고 "잘 자라."라고 하시며 아버지께로 돌아가셨다.

＊ 석이의 재기를 위한 조치

석이, 왕초, 선이는 농장의 위기 상황을 이겨내기 위하여 의논하기로 하고 석이 사무실에 모였다. 고모도 서류를 준비해서 오기로 했다. 첫째, 농장을 조합 법인으로 운영하는 건을 선이가 설명했다. "농장을 개인이 혼자 무한 책임을 지며 운영하기에는 그 규모가 매우 커졌다. 그러므로 사회 조합 법인으로 전환하여 운영하려고 하는데 참여하는 조합원 각자는 1년마다 순이익을 자본과 노동력을 투자한 만큼의 비율에 따라서 배분하는 것이다. 왕초는 부하들과 함께 한 단위로 참여할 수 있다. 즉, 공동체 참여가 가능하다. 그리고 공동체 유휴 자금을 농장에 투자할 수 있다. 그러나 그럴 경우 공동체 전원이 서명한 동의서를 받아서 투자금을 정하여 투자한다. 그리고 노동력 투자도 일이 없을 때는 돌아가며 쉬면서 필요한 노동에 참여하여 정당한 대가를 받되, 쉬는 날은 무임금 원칙을 지킨다. 거지 시절로 돌아가며 조를 짜서 얻어온 음식을 전원이 다 같이 먹는 형식과 같다. 그리고 참여하기 싫은 사람은 이곳에서 생활하되 다른 공장에 가서 일하고 일정 기간이 지나면 이곳을 떠나야 한다. 왕초는 따로 나가서 부하들과 의논하여 동의서를 받아 오시오." 했다. 왕초가 나가자 고모가 들어왔다. 세무사를 데리고 왔다. 세무사는 대차 대조

표와 지난 분기 세금 내역서와 매출 대비 영업이익 손실 내역서를 가지고 왔다. 각종 서류가 들어 있는 봉투를 두고 세무사는 돌아갔다. 선이와 석이와 고모는 자금에 대한 이야기를 시작했다. 앞으로 돈 관리는 고모가 맡기로 했다. 왕초가 동의서와 함께 현금 5,000만 원을 투자하기로 했다. 송아지도 한 달 전에 들어온 송아지는 되팔기로 했고 도축할 만한 모든 소는 빠른 시일 내에 손해를 감수하고 팔기로 했다. 그러니 모든 것이 삼 분의 일로 줄어들었다. 석이는 차라리 속이 편하다고 했다. 모두 순순히 석이가 고모와 선이 말에 따라 주어 일군 성과다. 선이는 고모가 준 서류와 세무사가 준 서류를 들고 이튿날 서울로 가기로 했고 고모와 석이는 공인회계사와 의논하여 조합 법인 설립을 진행하였다. 감정사에 의뢰하여 현재의 고정 자산 및 유동 가치를 감정하기로 했다. 송아지와 소를 처분하면 약 1억 원의 현금을 마련할 수 있다고 했다. 벌써 현금이 1억 5,000만 원이나 마련되었다. 당장 나가야 할 돈 중에서 반 이상이 해결되었고 임금 압박도 해소되었다. 석이는 자신의 고민과 고통에 함께 참여하여 문제를 해결하려는 고모와 선이에게 고마워했다. 이야기를 나눈 후 석이 대신 고모가 도축업자와 송아지를 사 갈 중간 업자에게 전화를 해서 상의하였다. 고모의 모습을 보는 석이는 감개무량하였다. 모든 것이 원위치로 돌아온 기분에 마음이 탁 트이고 기뻤다. 모든 계획이 일사천리로 착착 진행되어 갔다. 서울 어머니는 모든 서류를 검토하고 농장 조합원으로 참여하는 조건으로 2억 원을 투자하여 주셨다. 고모는 서울 어머니 이야기를 듣고 서울 어머니를 뵙고 싶어 했다. 기회가 되면 고모와 한번 뵙기로 했다. 큰 회오리바람이 스쳐

간 석이네 농장이지만, 이제는 평화로운 소들의 울음소리가 정겹게 들렸다. 벌써 또 계절이 바뀌어 여름이 가고 가을이 서서히 온누리를 가을빛으로 물들이고 있다.

＊ 세월은 화살보다 빠르다

선이는 대학을 졸업하고 외무 공무원에 임명되어 미국 LA 영사관으로 발령을 받아서 떠났다. 부모님은 시골에서 건강하게 살아가시며 떠나는 선이를 안타까워하면서 축복 기도를 해 주었다. 석이는 한동안 고생하다가 이제는 다시 안정적으로 농장을 경영하며 장가도 들어 행복한 생활을 하며 아이도 둘이나 낳았다. 복이도 농사짓는 땅에 항구가 들어서고 군부대가 들어와 큰 부자가 되어서 조개 캐는 분이와 혼인하여 아이들을 넷이나 낳고 잘살고 있다. 정이는 학교를 사직하고 시골에서 부모님을 도우며 동네 아이들에게 사랑을 듬뿍 주는 아이들 사랑방을 운영하며 선이네를 오가며 속절없이 나이만 들어갔다. 선이에 대한 일편단심은 변화가 없다. 선이도 갑자기 외국 근무를 하게 되어 떠났지만, 아버지의 강경한 태도에 결국 무릎을 꿇고 정이와 혼인하기로 하고 약혼식을 올렸다. 그러나 두 사람은 아직 서로 동정을 유지하고 있다. 선이가 어느 정도 업무에 적응하고 석사 학위를 받은 후 결혼식을 올리기로 했다. 아예 정이는 선이네 구옥으로 거처를 옮겨 실질적으로 아버지의 며느리 역할을 톡톡히 하고 있고 선이 봉급이 지급되는 통장을 아버지가 정이에게 주었다. 정이는 감격하여 눈물을 많이 흘렸다고 한다. 아버지는 선이가 정이를 못마땅하게 생각한다는 괴소문을 불식시키기 위하여 엄청나게 신경을 쓰신다. 정이는 선이가 미국으로 떠나기 전에 무척 울었다고 한다. 결혼식을 올리고 함께 출국하려고 미리 교사직도 사직했는데 선이는 학위를 받는 관계로 차일피일 미루다 결국 혼자 출국하게 되니 그 괴로움이 매우 컸을 것이다. 학이는 아이들이 벌써 다 커서 학교에 다닌다고 한다. 직장을 나와 작은 금세공 공장을 차렸는데 잘되어 아내와 아이들과 어머니를 모시고 잘 산다고 한다. 왕초는 석이네 농장에서 일하면서 빈 소 막사를 임대하여 소를 따로 키우기 시작하여 석이와 상생하며 공동체의 부를 늘리고 있다고 한다. 선이는 한국을 떠나며 모든 주변 사람이 평안하여 마음이 놓였다. 다만 선이만을 기다리며 하루하루 그리움 속에서 살아갈 정이가 마음에 걸렸다. 그러나 아버지 때문에 부부의 연이 맺어졌으니 이제는 최선을 다해 서로를 사랑하며 살아야 할 터였다. 기다리는 사랑의 미학을 만들어 보려고 한다. 선이가 이런저런 생각을 하는데 비행기가 LA 공항에 도착했다.